大脚姥姥

《铁道游击队》『芳林嫂』的真人版

生来是大脚，八旬传奇婆

一路走来，踏过民族的苦难与艰辛

王金年 著

南方日报出版社
NANFANG DAILY PRESS

图书在版编目（CIP）数据

大脚姥姥 / 王金年著. —广州：南方日报出版社，2009.4
ISBN 978-7-80652-836-5

Ⅰ. 大…　Ⅱ. 王…　Ⅲ. 长篇小说—中国—当代　Ⅳ. I247.5

中国版本图书馆 CIP 数据核字（2009）第 006446 号

大脚姥姥　　王金年 著

出版发行：南方日报出版社
地　　址：广州市广州大道中 289 号
电　　话：（020）87373998-8502
经　　销：全国新华书店
印　　刷：广州市怡升印刷有限公司
开　　本：787mm×1092mm　1/16
印　　张：16.25
字　　数：300 千字
印　　数：1-5000 册
版　　次：2009 年 4 月第 1 版
印　　次：2009 年 4 月第 1 次印刷
定　　价：30.00 元

投稿热线：（020）87373998-8503　读者热线：（020）87373998-8502
网址：http://www.nanfangdaily.com.cn/press　http://www.southcn.com/ebook

目 录

序言

序言

写完爷爷写姥姥

而且，仍是以同样的叙事方式（第一人称），给你讲述一个全新的故事。时空跨度同样不短，从义和团到改革开放，八十多年。

“你不会重复吧？”

我可以负责任地告诉你：不会。仅故事发生地就完全不一样，《百年匪王》的发生地是我的老家沂蒙山区，而这次则是鲁南枣庄。这里是我从小长大的地方，从另一种意义上讲，我对这里似乎更有感觉，也更有感情。

如果说《百年匪王》的结构是单线式的，因为重点笔墨是写我爷爷的一生，那么这部的结构则宽阔、厚实得多，它不仅写了我姥姥的一生，还有我的大姨、二姨、我妈（阴差阳错，都是大脚），以及大姨夫（老红军出身的八路，后叛变）、二姨夫（“汉奸”工程师，命途多舛）、我爸（新四军营长，爱江山也爱美人），还有那个因在朝鲜被俘而苦难一生的小舅；即便是对第三代人，即我的两个表哥（一为毛大发，政治小爬虫；二为范国庆，既有思想又有个性）、海萍姐（圣女贞德）、我以及我弟弟二林的描写，也是全面、细致的。

至于表述方式，依旧。仍是该叙述的叙述，该描写的描写；叙述尽量精练简约，描写力求细致入微。

语言风格也没变，也是改变不了的。它一如歌唱家的音色，能使你读着读着或忍俊不禁哈哈一笑，或愤怒至极想去揍人，或掩卷无语沉思感叹，或泪流满面呜咽不止……我也就心满意足了。

“只有一种声音的，肯定是谎言。”现在的国人需要了解到更多的历史事实。想倾听另一种声音的，请跟上我姥姥的一双大脚……

《百年匪王》及这部《大脚姥姥》几乎是同时构思的。因为我有种预感。仅仅一部《百年匪王》容纳不下那么多的故事及思想。所以，在《百年匪王》推出后，我几乎是马不停蹄地开始了这一部的创作，除去先期的筛选材料的时间外，真正写就，时间不过四个月（其间还没误了我每天去喂三群流浪猫）。

由于我至今手写，雇人打字、校对又耽误了不少时间。我之所以没学会打字，是习惯使然，即不愿放弃手写时的那种酣畅淋漓的愉悦感。

我之所以将主要人物定为老人，一是因为每位老人都是一部历史，二则是因为写老人能够写出他的个性。如果说爷爷有几分传奇，那么这位姥姥则有几分神秘——重要的是，我几乎巧妙地将鲁南地区的近代大事件囊括一空。

有趣的是，《百年匪王》的"真假问题"困惑了不少人，包括中国友谊出版公司的资深编辑沈庆均先生（和我同龄）。2006年4月26日，他来济南参加作品讨论会，下了火车的第一句话就是："是你家的真事吗？"结果还是错了，被罚酒一杯。

现在，这部《大脚姥姥》又呈现给大家了，我们不妨来个有奖竞猜：看看我写的是真事，还是假事（我再暗示一遍，枣庄是我从小长大的地方，直到初中时虚报年龄入伍——炮兵12师15团……）。猜对的，奖本书一本。

阅读（如今含上网）、思考、创作是我与生俱来的兴趣。就像老牛生来就要耕地，蜜蜂生来就要酿蜜，我无法想象，如果生活中没了这三项，生活还有什么意义。而在这三项中，我认为第二项最为重要。是的，作为一个作家最宝贵的是自己的独立思考。没有独立思考，读了等于白读，写了等于白写，写出来的玩意还是亩产10万斤，万岁万万岁……那还不如不写。

最后致意影视界的朋友，这部同样会引起各位的关注，希望有识之士抓紧时机。老实说，这部要比《百年匪王》人物更具个性，故事线索更复杂，因而更适宜改编电视剧（《百年匪王》影视版权已被山东天麦影视公司及广东华夏影视公司买断，这两家公司实力雄厚，它们准备与中央电视台通力合作，打造一部30集的重头戏）。

欢迎大家与我交流，尤其是提出宝贵意见。大家的鼓励和批评是我创作的重要动力。

也欢迎大家来济南做客，猪头肉管够（看完这书你就知道我为什么专提猪头肉啦，呵呵）。

谢谢大家！

2008年8月于济南甸柳小区

第1章 一出生就克了16条人命

1899年（光绪二十五年）阴历三月十七，我的家乡鲁南抱犊崮、枣庄一带下了一场百年不遇的“桃花雪”。这场罕见的大雪不仅砸碎了盛开的桃花，连德国人刚刚立起来的煤矿井架子也下白了。就在这场纷飞的大雪中，我的姥姥出生了。从此，她用她那双特有的大脚，开始了她80多岁的传奇人生。

姥姥出生时，出来的首先是脚。

姥姥的母亲是头胎，只觉得很费劲，低头一看：“我的娘来，这么大的脚……”当时便昏了过去。

先出脚就是难产，一天一夜的折腾开始了……从出生到满月，仅一个月的时间，尚在襁褓中的姥姥接连克死了16个人！从此后，人人都说我姥姥命硬。

一传十，十传百，姥姥也就成了抱犊崮山区和枣庄一带的大名人。长篇小说《铁道游击队》里的“芳林嫂”就有她的影子……20世纪80年代中期，我在济南上大学期间，曾跟该书的作者，著名作家刘知侠老师谈过，我说：

“刘老师，我觉得我姥姥完全可以写一部非常精彩的长篇。”

刘老师当即表态说：“完全对，你的艺术感觉很对，我因种种原因不能写了。你就来承担这一重任吧。”

“我看看吧……”我不好说可以，因为那时我毕竟刚刚发过几个短篇。

但自从我姥姥知道了我这一想法后，老人坐不住了，整天催我：“大林啊，你不是……是说要写写我吗？怎么还……还不写？”

“我太忙了，单位的事……”当时，我已在济南的一家报社干了记者，附带还有拉广告的任务。

“记者不……不也是耍笔杆的吗……”姥姥一辈子不认字，除了罗荣桓同志（她一直称“罗政委”）在抗日战争时期给她起的大名“刘大凤”三个字以外。但她记忆力惊人。

“等我忙完这阵子就写……”

“贼羔子，尽……蒙我。告诉你，刘主席当年吃过我的菜煎饼。”她指的是刘少奇同志。当年这位“胡服同志”在铁道游击队的护送下，过微山湖时，真的吃过她烙的菜煎饼。而且姥姥还坚持说：“胡”同志还带了好几张捎给了延安的毛主席。因为她烙的菜煎饼可以放上一个月不变味（这是一种技巧，后边我会慢慢地交代）。

“连李蛮子（指李宗仁将军）都奖过我100斤小米，哼……”她一急就拉出大人物来。

姥姥骂我蒙她，对我刺激委实太大。是的，我不能蒙姥姥，不能蒙老人家。于是，多年来，我一直默默地做着这部书的创作准备工作。

对不起，有点扯远了。还是让我们回到姥姥出生的那天吧，回到那场百年不遇的漫天大雪中……

…………

一天一夜过去了，还是只生下那两只大脚丫。大脚丫都冻得发紫了。怎么办？

那时的医疗条件可想而知，那些土生土长的乡间接生婆最多只会烧锅开水，找把剪刀，外加一块香胰子（日本的最受欢迎）。

“她爹，你还不想个办法？”有人朝着姥姥的父亲吼道。他是个只知种地的庄稼汉子。

“我……我一个大老爷们，能有什么……办法……”

突然有人提议：“要不去请洋和尚吧？”

“洋和尚”即当地的外国传教士。在我姥姥的老家吴村镇（枣庄以北最大的镇），有一座法国人于1884年（光绪十年）盖起的大教堂。教堂里的神甫是法国人，名叫索郎瓦，当地老百姓都喊他“老索”和“索先生”。老索当年已经60多岁了，其家族是法国南部平原的望族，本人还是个出色的外科大夫。25岁那年，老索却像中了邪似的，抛弃优裕的生活环境，不远万里来到中国，来传播主的福音。在我们那穷山区一待就是20年。20年的生活磨砺，已使他完全鲁南化，说当地方言，穿当地衣服，还吃惯了当地的煎饼和地瓜糊糊，连赶集、布道也是骑毛驴。索郎瓦的周围还有一帮修女，为首的叫玛丽。洋和尚索郎瓦除了看病外，就揣着印刷精美的《马窦福音》向周围的老百姓布道，宣传主的仁爱和互助精神。他还买了一大片山丘地，分给周围的老百姓种，交的租子也不多。很多老百姓都喜欢洋和尚，有的甚至入了天主教，成为他们的教徒。当地人称为“二毛子”。

一听说要请洋和尚，马上就有人反对：

“不行，不能请洋人，他们专吃小孩的心肝，请他们岂不是引狼入室？……”

这一骇人听闻的传说在当地已流传甚久。因为教堂办了育婴堂，专门收养一些死了亲人的孤儿。为了唤起人们对生命的尊重，索郎瓦对送来婴儿的人还进行奖励。时间一长，有些地痞二流子就骗老索的钱，他们不惜找来濒死的或已经死了的婴儿前来领赏。老索知道后，就痛斥这些人无耻，连连画着十字：“上帝会惩罚你们的，上帝会……”

再接下来，就有小道消息在流传了，洋和尚和洋尼姑们在用中国婴儿的心肝泡酒喝，他们专门喝中国婴儿的血，要不他们的眼睛怎么是蓝的……西县（指巨野县一带）的人已经和洋人干起来了，官府也支持咱老百姓……

但是，有病乱投医。耳听着姥姥的母亲一声弱似一声的哀号，请洋人的主意还是占了上风：“人命关天，救人要紧……”

于是，我姥姥的父亲急急忙忙借了一只毛驴上路了（穷得连头毛驴都没有，可见俺是九代血贫农）。

…………

洋和尚很快请来了，随行的还有那个名叫玛丽的修女。他俩一人挎了一个红十字包，就是这两个红十字包，救了我的姥姥和她的母亲，只不过是母女俩命运迥然，她的母亲只是活过了一个“满月”。

人们说，姥姥的那声啼哭，非常响亮，响彻了整个吴村镇。

洋和尚索郎瓦和他的女助手玛丽满头大汗地出来时，只是略带埋怨地说了一句：“应该糟糟（早早）地告虚（诉）我们……很简单的，只是轻轻地开一刀……”

后来人们就传开了，两位洋人只是在姥姥母亲的阴道下面轻轻地开了一刀。因为姥姥的母亲是头胎，而且姥姥生下来时就是九斤重（我姥姥身高1.70米，去世后，身高还有1.65米，这在那个时代是极其少见的）。

如今这一小手术已不算稀奇。以我女儿出生的1989年为例，当时，一个产房里住了6名产妇，其中四人因胎儿过大而挨了一刀。

但是，就是这救了我姥姥的一刀，却在不久后的日子里直接带来了16个人的死亡，富有戏剧性的是，这16个人是分两批死的！

第一批死的是4个，他们分别是，两位洋“凶手”，牵驴接人的姥姥的父亲，“被洋人割了×的”姥姥的母亲。第二批掉脑袋的，就是12个人啦……当时的峄县县令算是勉强保住了脑袋，却被“流放川贵边地……”

第2章　大毛子、二毛子、三毛子统统砍头

说到这16条人命，就不能不提及中国近代史上的一件大事：义和拳运动。

众所周知，这场最终导致八国联军入侵，并搭上庚子赔款的“匪祸”，最初起始于山东冠县，而那儿离我们鲁南一带，不过两三百里路。冠县犁园屯的拳民起事是1898年，仅一年的工夫，这股洪水就漫到了姥姥的家乡。

当时，义和拳提出的口号是：杀尽一切大毛子、二毛子、三毛子……烧毁所有的教堂。谁是大毛子呢？就是那些“黄毛碧眼”的外国传教士及所有的外国人，不管男女老少，“尽斩刀下”；那么二毛子呢？就是那些信了教的中国人；三毛子则是那些帮着教会、教堂做事的中国人，如花匠、厨师、女佣；四毛子则是说洋话，

用洋文的文化人；五毛子则是家中买洋货，用洋货的人……以此类推。最后，这帮人杀红了眼。最后死在这帮人刀下的是枣庄一新式学堂的十几个小学生，因为他们用了洋人的"铅笔"……

…………

鲁南一带本来就民风剽悍、习武成风（据说，乾隆皇帝下江南时，走至台儿庄大闸口，遥指南部山区，口吐圣言：穷山恶水，泼妇刁民）。义和拳的打杀风潮一旦传来，各地自然是揭竿而起。最先来煽风点火的是几个滕县的拳民，自称"大师傅"，而他们的"大师傅"则是兖州府的。兖州府的"大师傅"则是冠县的，那才是真正的"大师傅"。但这并不妨碍一级传一级，一地传一地。这让我们想起了星星之火，可以燎原的说法。

几个滕县来的大师傅先是在镇街口耍了一阵子大刀和吐火球，接着开始张贴标语：

神出动，仙下山，
扶我大清来练拳。
兵法艺，都学拳，
要杀鬼子不费难。
烧铁道，拔电杆，
海中去翻大轮船。
大法国，心胆寒，
英美德俄哭连连。
一概鬼子全杀尽，
大清一统太平年。

接着就号召众乡亲参加他们的队伍，为首的可做二师兄、三师兄（一到外地就可升官，前提是扩编队伍）。

那位大师兄五短身材，说话像打雷：

"我们要杀尽洋人。洋人不在洋国，到咱们大清国来作甚？"

"洋人还说我们男的不该留辫，女的不该裹脚……"

"还说咱们的伙房和茅房、猪圈不该垒在一起……"

"他们还不让咱打自己的孩子呢，说这是侵犯人权。去他娘的鸡巴……"

人们越来越愤怒，纷纷议论洋人不是人熊揍的，是猴子和老母猪云云……

这时，几个小混混朝滕县来的大师兄嘁喳了几句。五短身材的大师兄脖子变得更粗了：

"什么？这里的洋和尚见过咱大清娘们的光腚，还割了咱大清娘们的×？走，找他们算账去！"

"走，算账去……咱大清娘们的光腚，咱还没见，倒叫洋人见了。"

"要割×也该咱大清人来割。"

这一天，正好是我姥姥满月的日子。

…………

这帮人很快包围了那座大大的教堂。索郎瓦虽然有所准备，但也只能是紧关大门不出，站在二楼上向着狂怒的人群继续传播他的福音：

“兄弟们，姐梅（妹）们，以生（圣）父、生（圣）子、生（圣）灵的名义……”

但不等他说下去，人们已冲进教堂将他和玛丽修女揪了出来。大师兄晃动着手里的鬼头刀：

“黄发禽兽你听着，为何看我姐妹光腚？为何还要割她的×？……”

“上帝呀，这是多么淫秽的字眼……”索郎瓦哭笑不得，只是连连画着十字，“兄弟呀，那是因为难产，那是一种手术，是科学。”

“去你的狗屁科学。俺大清人自己生孩子，管你屌事。”大师兄当即决定，砍头示众。

当地的小混混恨不能“立即执行”，因为他们平时因送死婴骗钱而受到过索郎瓦的训斥，再就是他们看到了索郎瓦腰里缠的那些花花绿绿的“鹰洋”（即法郎，币值很高）。

大师兄鬼头刀举起的时候，索郎瓦喊了一声：

“慢！”

“啥屌事？快说。”

“看在上帝的分上，俺想期（吃）一块煎饼……”索郎瓦说这话时，花白的胡须抖动着，流露出哀伤、无助的目光。这位60多岁的老人，已经把这儿当成了自己的第二故乡。

煎饼找来了。索郎瓦眯起眼睛，很有滋味地吃着。两行浑浊的泪顺着嚅动的嘴角流了下来。

几张花花绿绿的“鹰洋”从索郎瓦的腰里滚落下来，小混混们等不及了，高喊着快点快点。只见大师兄手中的鬼头刀一闪，索郎瓦那颗饱经沧桑的脑袋便一下滚动到了三丈外，而那张大张开的嘴里还含着一块没有咽下的煎饼。

一股炽热的鲜血“吱”的一下，溅到了一旁的修女玛丽的脸上，这位连只鸡也不敢杀的修女一声尖叫，便昏了过去，连声上帝也没顾上喊。

这一声尖叫提醒了那几个小混混，他们的口水一下流了出来：“这洋娘们两个大‘妈妈’（鲁南土话，指乳房）不小，先别杀她……”

大师兄奸笑一声，挥了挥手。几个小混混七手八脚把玛丽拖进了屋里。不一会，便传来了玛丽凄惨的叫声。几个小混混轮奸了玛丽。后又用木棍捅进了她的下体，造成大流血不止，最终，玛丽的上帝也没救得了她。她的那双美丽的大大的蓝眼睛至死圆睁不闭，任谁也合不上。

杀完了大毛子（同时焚烧了教堂，大火烧了三天三夜），又开始杀二毛子、三毛子。

姥姥的父亲和母亲是作为九毛子给砍死的。理由是：姥姥的父亲太不爷们，居然拉着毛驴去请洋和尚来割自己老婆的×；至于姥姥的母亲，则被称为“婊子”，说连“婊子”也不如，好好的大清的×，竟然让洋人来割着玩。

…………

中国人历朝历代讲究“斩草除根”。在我姥姥一家人身上自然也不例外。带着姥姥父母的一身血腥，大师兄对着襁褓中的姥姥举起了鬼头刀。恰在这时，奇事发生了：

只见尚在熟睡的婴儿猛然睁开眼，“嗷”的一声长啼。这一声长啼高亢嘹亮，响震寰宇，如一声旱天惊雷，惊慑四方。伴随着这一声长啼的还有更加惊人的动作，“呼”的一下，一双比通常的婴儿大得多的大脚丫霍然伸出，差点踢到大师兄的鼻子，将所有的拳匪吓了一跳。

信神信鬼的大师兄一下丢了手中的鬼头刀，扭头就往外跑：“有鬼啊，有鬼啊……”

其他的小喽啰自然作鸟兽散……

姥姥大难不死。

第3章　遽启边衅者，一律弹压

俗话说，恶有恶报，善有善报。

义和拳的暴行很快被制止，并被弹压。这就要说到当时山东的主政官袁世凯了。

请允许我引用一点历史资料：

“（山）东省民教不和，大半由于地方官办理未能持平。前任（指前任巡抚毓贤）自己怕洋人，而煽动百姓与洋人闹事，未免太左。”（《袁世凯致徐世昌函》，《近代史资料》）

稍为有点历史公正感的人都可看出，袁世凯在这一问题上是很有远见的。说这名后来的北洋重臣或“洪宪皇帝”高瞻远瞩一点也不为过。故袁世凯一接手山东大权，便对义和团进行了残酷镇压。当时，清政府称“义和拳”是“左道邪教”，颁发《严拿拳匪暂行章程八条》，令袁世凯“见匪必杀，匪集之庄炮轰”，地方官吏“捕获匪民，不必开堂问案，就地处决”。

袁即对所有“遽启边衅者，一律弹压，以消弭祸端”。遂使这股祸水北移，经直隶而祸京城。直至招来八国联军入侵。腐败的满清帝国战败，签下耻辱的《辛丑条约》，以赔偿四亿五千万两银子而告终。同时，比日本更坏的沙俄还趁机占领了东北。现有史料为证：

“拳匪起于山东，而祸大之发，仍在直隶……试拳匪妖术不验，斩之以循……缉办拳匪为务……匪于山东不能驻足，则尽遁而至直隶。”（紫萼著《梵天芦丛录》卷二《庚辛纪事》）。

邹容在其名著《革命军》中说得更直接：

“有野蛮之革命，有文明之革命。”“野蛮之革命有破坏，无建设，横暴恣睢，足以造成恐怖之时代，如庚子之义和团，意大利加波拿里，为国民添祸乱。”

那段时间里，短短的六年（1894—1899年），山东居然换了四任“省委第一书记”：李秉衡、张汝梅、毓贤、袁世凯。政局之败乱，可窥一斑。

几乎与此同时，索郎瓦神甫的上级教会组织云济会（fraciscans，中心设在山东临清）也紧急照会满清政府，强烈抗议义和拳暴民的残暴行为，要求严惩凶手，赔偿损失。当时，遍布山东各地的教堂及教会组织，均有着深厚的国际背景。经费一般由罗马教会传教总部、巴黎国际儿童福利会，经香港天主教堂（即香港外方传教部），从香港中国银行汇款。

当时的峄县县令接旨“弹压”，不敢怠慢半步，立即组织兵勇前往吴村镇抓人。义和拳这帮乌合之众哪是兵勇的对手？第一个玩完的就是大师兄，他口念咒语“刀枪不入”冲在最前边，肚子让兵勇的毛瑟枪打成了蜂窝，血淋淋的肠子拖了一地。其他人一看，纷纷下跪投降。

接着，“赐死令”从兖州府快马递到。所有参与辱杀两位洋人的人，一律处死。这样，前后共有12人掉了脑袋。

更可笑的是，那名老家为甘肃岷县的邱姓县令，刚刚处理完这事，便接到了巡抚袁世凯的处罚决定：“……处置不力，姑息纵容；故革职查办，流放云贵边地以求效力赎罪。”（见《峄县志·旧编》）

…………

很快，新上任的县令做的第一件事，就是厚殓索郎瓦神甫。当地官员原先的设想是，将他俩的尸首运回国内安葬，一切费用由当地负责。不料，索郎瓦的家人却表示，愿尊重索郎瓦本人的遗愿，将其安葬在中国。因为老索曾多次表示，自己要活到80岁，死后就葬在吴村镇。地方政府只好照办（玛丽的尸首则运回了她的祖国比利时，因为她受到了魔鬼的性摧残，只有回到母亲身边灵魂才能安宁）。

索郎瓦的墓很简单。但墓碑却是上等的，是用抱犊崮的青钢石做的，上刻这样几行大字：

以主的名义，阿门，这里埋葬着来自法兰西共和国的神甫冉·索郎瓦。一个已经融入了当地,并为当地人谋福利的外国人。他不幸死于1899年的义和拳祸……

题字的人是吴村镇的富绅，落榜的秀才吴仁德（官称“吴四爷”，他的故事非常多，且是姥姥的救命恩人）。

这块青钢石碑历经春秋，饱受风雨，一直屹立不倒。

几乎一个甲子年后的1966年，红卫兵运动如暴风骤雨般兴起，从枣庄开来的红卫兵将其推倒砸碎（带领这支人马的就是我的大表哥毛大发，时任红卫兵总司令。那时我只是个十几岁的孩子，名曰红小兵）。

第4章 吃百家饭，穿百家衣

当时姥姥刚刚满月，一下子没了爹娘，这可难为了周围的街坊四邻。依照习惯，人们急忙禀报了镇上的吴四爷。在吴村镇，四爷既是富绅，又是“镇守使”（民国后改成镇长）。

吴家早年就是读书人家，世袭官爵。祖上曾被皇上封过五品的功名（有职无权）、七品的诰命。道光年间家里还挂过“千顷牌”，意即家产千顷。吴家一生积德行善，从不欺负穷人。他们家的门口常年拴着几头牲口，谁用谁牵走，晚上放回时还不用喂料。有一年，吴家的狗咬了邻居的小孩，吴家的太爷爷三番五次登门道歉。到了吴四爷这一代，家风依旧。吴四爷大概是善良过火了，每每考试，总是紧张，一紧张就拉稀上厕所。所以，屡考不上，以后干脆就不考了。吴四爷说，我不在官位，照样留名声！那个时候，读书人把名声看得比什么都宝贵。

吴家人一贯温良恭俭让，镇上甚至出了个“吴家大院——不正”的歇后语，足以彰显吴家在宅基地问题上的大度（第75章时我再揭谜底）。

至于吴村镇则是个不大不小的村子。据考证，大约建于北宋年间。人们传说，陆游还曾带兵驻过此地。吴村镇是枣庄北边的一个大镇，再往北就是抱犊崮山区了。吴村镇原是个村，以后才繁衍成了一个镇。镇子的东部为商贾云集地，为镇；镇子的西部多是些以种地为生的农民佃户，为村。吴村镇凸显了旧中国“亦工商、亦农桑”的鲜明特点。

将镇子一分为二的是条河，当地人称龙泉河。其实是没龙的，河也不宽，更不深，沙质河床。平日里，水仅漫脚脖，只有夏季雨水才多。山洪会从抱犊崮山区冲下。这时，河才有个河的样子。河水自东往西流。据说，一直汇入微山湖。

1941年夏，铁道游击队奉命护送胡服（刘少奇）过微山湖，我姥姥和铁道游击队的男爷们一齐顺河而下，顺利到达湖边。

龙泉河不大，但却是吴村镇及下游一些村庄的生命河。两岸的老百姓都要饮用这条河的水，并用来浇地。

吴村镇的围子便是依河而建，这样龙泉河也就成了围子的护城河。围子有近两丈高，最宽的地方能跑开一挂马车。围子是清同治年间为了防范南方来的捻军而修建的。当时围子里所有的人家都使了钱，吴家自然是拿大头。围子外的穷人则出工，只要有了祸乱可进来避难。更令人称奇的是，河西岸有一块十几亩的宝地。只要是用这条河里的水浇地，种出来的小米就特别香。人称“金不换”。在道光年间每年产的小米都要作为“贡米”送往京城。那年一股捻军打这里过，在那块地里放养军马，屙的尿到处都是，上边便不再要这里的“贡米”了。而这块地的主人就是镇上的吴四爷（风水轮流转，土改那年，这块宝地竟分给了我姥姥家。但好景不长……我姥爷最终就死在了这块宝地上）。

…………

当襁褓中的姥姥被抱到吴四爷面前时，下边正好露着一双大脚丫。吴四爷看了连连感叹：“这么大的脚，日后可怎么缠足呀……”四爷生性善良。当下人小心翼翼地问，四爷，是不是按老规距办时，吴四爷狠瞪了下人一眼：“愚蠢，这么大的小孩能按老规距吗？”

所谓的老规距即是，每当有了缺爹少娘的孤儿，一律先送吴家，吴家再找个忠厚、老实、心善的人家寄养。长大以前（以成婚为限）的所有开销由吴四爷家负责。孤儿在谁家随谁家的姓，绝不姓吴。寄养之家不得歧视、虐待孤儿，否则，除了退回吴家的供养，还要加倍惩罚：是男孩子的有权分田、分房；是女孩的要赔送嫁妆。为慎重起见，双方要立字为据。

“那四爷这……这事……”下人犯了难。四爷沉吟了会，马上有了主意：“传我的话，从现在起，凡镇上有吃奶孩子的人家，均轮流喂养这个小人脚。每家半月，按一天铜钱10枚算（可买一只老母鸡）……”

接着，吴四爷十分爱怜地抱起襁褓中的姥姥。不料，我那姥姥也太不识时务，大脚丫一蹬，正好踹歪了吴四爷的旱烟袋：“好厉害的闺女，哈哈……”

就这样，姥姥打小就被众人家喂养起来。几乎所有的奶妈都喜欢姥姥，常常一边喂她一边把玩她的大脚丫：“这妮子命苦，命硬，命大，都占齐了。”

第5章　天下奇闻，一裹（脚）就发烧……

也许是百家饭吃得太好了，四五岁的时候，姥姥已长得很高了。她回忆说，站在磨前不比磨眼低。姥姥长得人高马大，又有双大脚，就常跟同龄的男孩一起玩。这其中就有吴四爷的大儿子吴玉臣。他们爬山坡、涉龙泉河，在镇祠堂前的空地上“打皇上”。周围的女孩也喜欢她，女孩家的小游戏，她玩得更溜，什么跳房、踢毽子、跳绳等等，因为她脚大。

眼见得个头越长越高，那些分散的奶妈家不再愿留养姥姥了，因为孩子大了，不好养了，要是有个闪失，对不住吴四爷。四爷也是个善解人意的人，立马决定交由村西头的刘家来养。刘家夫妻俩，三十来岁，都是忠厚老实、心地善良的庄稼人。刘家是吴四爷家最看得上眼的佃户，种的就是那块专产“贡米”的宝地。吴四爷把我姥姥送他们家养的第二个原因是，他们夫妻俩结婚多年，没有生育小孩。

刘家小两口接此重任，对东家自是感激不尽。他们把能够抚养我姥姥看成是一种巨大的荣誉。吴四爷对他们自然不薄，除了以往抚养孤儿的条件，还在租子上让了一成。

刘家两口子对我姥姥视为己出，从没有半点怠慢。多年后，姥姥常常回忆跟着刘家大叔去镇上赶集的情景：每逢三、六、九赶集，刘家大叔就带着穿戴一新的我姥姥去镇上了。买卖完，刘家大叔往酒馆里一坐喝一气，就会给我姥姥买块刘拐子的五香狗肉（刘拐子是镇上的屠夫，专当街杀狗，来鬼子那年他出了一大洋相）。那狗肉用头年的干荷叶包着，吃起来那个香啊……

刘家的善行居然感动了老天爷，我姥姥到他们家的当年，刘家大婶有喜啦！生了个虎头虎脑的大胖小子。这个胖小子比我姥姥小了四岁零两个月，以后他便成了我的姥爷。怎么样，有意思吧？

…………

其实，吴四爷之所以给我姥姥找个人家，还有个重要的原因，那就是姥姥该裹脚啦，旧时的女儿，哪有不裹脚的？不裹脚的女子连婆家都不好找。

同所有的女孩在裹脚时一样，姥姥自然是又哭又闹，因为裹脚疼啊。说到旧时女孩裹脚那可如同上刑，先是用热水烫脚，烫得很热的时候，趁机将大脚趾外的四个脚趾向脚底弯曲，紧贴脚底，并在脚下趾涂上明矾，时间一长，脚缠得弓弯而短小，使脚底凹陷，而脚背隆起，脚的长度会自动缩短。长期的挤压下，只有大脚趾独自前伸，其余四趾便被残忍地挤压在脚底之下。乃至孩子长到八九岁，小脚裹成啦。

由于姥姥的脚格外的大，蹬起来特别有力，刘家夫妇只好是大叔抱人，大婶缠脚。但往往是好不容易缠好，一会就让姥姥给蹬散了。姥姥这倔强的性格一直伴随她一生。

更离奇的是：

只要硬裹上两天，我姥姥必定发烧，常常把小脸蛋烧得通红，连两个大大的眼珠子也烧得通红，有时还说胡话。

刘家大妇扛不住了，只好连夜敲开了吴四爷家的门：

“四爷呀，妮子脚忒硬了，发烧哩……”

裹脚会发烧？这的确是天下奇闻。至少在吴村镇、在枣庄，甚至整个鲁南地区属于闻所未闻。

“发烧？”见多识广的四爷几乎不相信。

“烫手心呢，怎么办呀，四爷？……”

吴四爷连连原地转了几大圈：

“不能出了人命！停裹，不要再裹了……”

四爷一声令下，姥姥躲过了裹脚的劫难，使得这双本来就不小的脚丫长成了浑然天成的大脚。

大约是改革开改初期，有一年，我们给姥姥做寿，我还跟她老人家谈起这事：

“姥姥，您老厉害啊，您那个年代，因为裹脚发烧，而最终没裹的，只有两个人。”

“那个是谁？”她不相信还有第二个人。

“宋霭龄。”

“宋矮（霭）龄是哪家的？”她以为就是吴村镇上的人。

“宋美龄的姐姐。”

“宋美龄又是谁？”

瞧，这越转越远了，“宋美龄是蒋介石的老婆，不不不，夫人……”

“噢——知道了。”她终于明白了，“蒋总统好呀，民国那时上学不要钱，公家还管饭吃，你大姨、二姨、你妈和你小舅都沾过他的光……”

姥姥一生生育了四女三男，但存活的只有三女一男，即姥姥说到的上面四位。

姥姥一生不识字，但记忆力很强，甚至到了神奇的地步。她能背全部的《杨家将》、《说唐全传》、《孟母三迁》、《包公怒斩陈世美》、《岳母刺字》、《大八义》、《小八义》等等。过去发生的事情，大大小小她几乎都记得。

“姥姥，我得写写您这双大脚……”

老人认真了，脸一板：“她谁的脚也比不上郎（姥）娘的这双脚。不信，俺跟她比……”说着就脱鞋子〔注意，郎（姥）娘是鲁南一带的土语。我之所以称姥姥，是为了全国读者阅读上的方便。谢谢〕。

我只好说：“郎（姥）娘的脚最厉害，全国第一厉害，全世界第一厉害，她谁的脚也比不上俺郎（姥）娘的脚。”

“这还差不多……”姥姥孩童般地笑了，“贼羔子们，喝酒……”

我们这些外孙在她眼里则是“贼羔子”。她最喜欢的是我二姨家的国庆哥，但他也死得最惨；其次是我及我弟弟二林；她最烦的是我大姨家的大发哥，即“毛总司令”，因为“他好舔腚眼子遛腚沟”。

于是，我母亲及那个最终没能让我姥姥当成“奶奶”的小舅舅（他因为在朝鲜当了战俘，倒霉了一辈子），以及我们这些外孙辈的人，便一起喝酒。

第6章 如此启蒙：会背不会认（写）

姥姥七岁左右的时候，有幸接受了启蒙教育。这完全是沾了吴四爷几个孩子的光，他的几个孩子都到了上学的年纪，就让我姥姥做了“陪读”。

那是吴村镇的第一座正式学堂。新式学堂“受蒙学四年”（即只到四年级），堂长就是吴四爷。注意，不叫校长，叫堂长。这座新学堂在当时的枣庄地区来讲，也不算是落后的。

那时的清王朝已处于风雨飘摇中。伴随着西方发达国家的隆隆炮声，各种新潮思想、观念、做法横扫整个大清疆土。1904年，满清政府适时颁发了《奏定学堂章程》，规定：

儿童自六岁起受蒙学四年，十岁入寻常小学修业三年。俟各处学堂一律办齐后，无论何色人等皆应受此七年教育，然后听其任为各项事业。

于是，吴四爷自己出资办了这么座新式学堂。吴四爷严格地说是个旧派人物，这从他找老婆的问题上就能看出。他找老婆不论丑俊，只要脚小。所以，他的一妻二妾的脚那叫一个小。但是就是这样一个旧派人物，还是架不住新风潮的冲击。这是他创办吴村镇新式学堂的初衷。堂长是他兼任，自然办学的一切费用也就由他出。学堂就选在那个破旧的老教堂里。吴四爷差人将其整修一番，就成了一座不错的校舍。

当年的吴四爷无论如何不会想到，这座20世纪初的学堂，居然一直存活了近一个世纪（包括鬼子时期及解放后）。当我大四那年在姥姥的建议下，将自己得到的一部中篇的稿费750元，捐给这座希望小学时，所有的孩子都激动得热泪盈眶（直到1999年当地政府才盖了三排平房作校舍）。

吴四爷还亲自为学堂题写了八个字的校训：“明德新民，止于至善”。

学校的“先生”，也是吴四爷亲自挑选的。那时，虽是新学，但还是称“先生”。直到民国后多年，先生才改成老师。新学就不仅仅是《三字经》、《诗韵》、“四书五经”之类的之乎者也了，它分国语（语文）、历史、修身、算学（算术）等等。最新奇的是歌唱（音乐）及国术（体育）。当时的老师是三人，其中教国语的老师李仲文成了枣庄地区较早的共产党人，后任铁道游击队副政委。1948年随大军南下，1949年3月留任浙江某地委书记。

镇上的富家子弟大都入了学，因为他们家境富裕。当时还没有“义务教育”一说，上学缴费是天经地义的事。好在吴四爷是大方人，一般的学费不让出。但所有上学的孩子家必须管老师的饭。一家管一天，一天三顿饭。这种“派饭制”一直实行到1958年大跃进。那时我大姨家的大表哥毛大发正好上四年级。

别小看这三顿饭，一般的人家也管不起。即使管得起的，也想让孩子早早下地干活当劳力使，故穷人家的孩子上学的很少。但姥姥却因“陪读”而有幸上了学。

吴四爷的几个孩子中，以吴四爷的长子吴玉臣为首，他大我姥姥两三岁；下边是两个姨太太所生，都是女孩，旧时代女孩是不上学的，但受新学的影响，吴四爷也破例让她们上了学。她们几个同我姥姥差不多大，但都不如我姥姥“壮实”，因为她们缠了小脚。每年春暖花开后，孩子们贪玩，过河偏偏不走桥，专爱涉那水没脚脖的龙泉河，走那铺满了细沙的河床，这时，我姥姥的作用就大了，牵这个扶那个，稳稳当当。

姥姥的任务就是把吴家的几个孩子护送到学校，放学后再护送回家。这个时间以后呢？随便。但姥姥不是那种贪玩的孩子。她知道分担刘家夫妇的负担。于是，她不是去后边的坡上放那几只羊，就是下到下边的地里帮着大人干活。

朗朗的读书声顺风飘来，飘过山坡，飘过田野，像阵风一样撞击着姥姥的耳膜，撞击着姥姥的心扉。久而久之，姥姥会背了很多文章、诗句。什么“关关雎鸠，在河之洲。窈窕淑女，君子好逑”，什么“关公重义，刘备重情，白脸曹操是奸雄……”，“地球是圆的，天地是大的，不光有大清，还有法兰西，东洋有日本，西有英吉利……”，什么“大羊大小羊小，大羊小羊满山跑，大羊去喝水，小羊啃青草……”，有的还富有诗意：“一去二三里，烟村四五家，楼台六七座，八九十枝花。”有的则纯是介绍自然知识，如：水仙得信早，遇水不嫌凉，梅苞关不住，迎春满枝黄。山茶红似火，闭门郁金香。樱桃嫣然笑，芭蕉穿绿袄。

姥姥的脑子特别好用，常常是蹲在课堂上的正式学生还没有学会的，她这个旁听的，却已朗朗上口了。遗憾的是，她没有机会去认那黑板上的字，更没有机会手握毛笔一笔一画去书写。但就这样，也使教书的先生欣喜若狂了。李仲文先生就曾感叹地说：“大脚妮啊，可惜你了，你要是个男孩，那就是个秀才……”李先生把我姥姥的遗憾补在了我大姨身上，她16岁时，李先生就发展她成了共产党员，1945年7月我大姨被鬼子杀害。

姥姥的启蒙教育的第二个渠道是“戏文”（即唱戏）。当然也包括那些说书。那个时候既没有广播，也没有电影、电视。人们的娱乐只有靠那些走城串庄的戏班子。在鲁南农村一带流行的是豫剧、柳琴和拉魂腔。但吴村镇人最爱听的是柳琴。那多是滕县的“红梅班”和峄县（今枣庄市峄城区）的“青檀班”。给戏班的赏钱自然又是吴四爷出，包括饭、茶费，吴四爷是个戏迷，众人皆知。

戏台就在吴家宗祠前的那个场院上，用几块大木板搭垒起来。有一间堂屋那么宽大，离地有一米高。逢年过节，红白喜事，镇上总要请戏班子。这个时候是镇上最热闹的时候，天不黑，孩子们就要去戏台前“占窝”。谁占上就是谁的。占窝时只去一人，带上几个小板凳，有的连小板凳也不带，只需带几块砖头或手绢之类，往那一放，就算是你家的了。天一擦黑，戏台上的汽灯一亮，戏班子招人的锣鼓声一响，家里的人便准时来到，高高兴兴地看起戏来。

给全家“占窝”的任务就落在姥姥的身上。一放学或一从坡里回来，姥姥便卷上一个煎饼卷子，带上两个小板凳去戏台了。到了那里，少不了一番争执，凭着那双大脚，姥姥是真正的“巾帼不让须眉”，很多男孩都怕她。就这样，姥姥常常为全家占个好窝。这个位置既不是很靠前，看戏时还需仰起脖子；又不是很靠后，以至于看不清。汽灯亮，锣鼓响，刘家大叔和大婶就领着我那个未来的姥爷来了，于是，全家便沉浸在美好的戏文里。

至于说书的，那更是方便，镇上有好几处说书的场所，常年不走，什么《杨家将》、《十二寡妇征西》、《薛仁贵征东》等等。刘家大叔是个听书迷，一没事就抽空去了。去的时候要准备好几文零钱。每当说到精彩处，说书的便不是喝茶就是尿尿，要不就是眯眼了。这当儿便有他的同伴端着个破碗来到每个人面前，这是在收钱。人们便三文五文地往碗里丢钱。那时的钱多是“同治通宝”。三四枚钱就可以听一下午。这往里丢钱的任务就交给了我姥姥。她常常不等收钱的赶到，便主动跑上去交。咚咚的脚步声引来了大伙的赞赏：“你看，还是咱大脚妮……”直到20世纪60年代中期我上小学了，还见过姥姥收藏的这种钱。不过，已经不值钱了，只能拿来玩。

在这种教育的氛围下，姥姥满脑子是以儒家文化为根基的旧传统道德、旧传统观念就不奇怪了。她满脑子的“忠君爱国”、“君为臣纲”、“夫为妻纲”，张口就是“上忠君王，下孝父母”。岳飞是好的，秦桧是坏的。大清国是大爷，周围的都是蛮夷，是猴子。富贵在天，生死由命，所以，当以后的八路军115师政委罗荣桓一边吃着她烙的菜煎饼一边劝说她闹革命、要斗富人、要分他们的地，穷人闹翻身、消灭富人剥削穷人时，她老长时间都不开窍。

第7章　青梅竹马的偏偏是“大少爷”

“什么命就是什么命，这个犟不得……”这是姥姥对命运的阐释。

孩提时代的姥姥是在懵懵懂懂中，知道了那个小她几岁的弟弟金贵就是她“男人”的。

家里人给金贵起名“金贵”，既是一种昵称和呵护，更是一种企盼和希冀。但金贵看上去却不金贵，生得虎头虎脑，木木讷讷，不爱言语。用刘家大婶的话说就是一锥子不见血、三脚不出屁。

家里虽然有了男孩，但刘家夫妇对姥姥一直没有冷落，不但没有冷落，而且宠爱有加。他们甚至认为姥姥是个“神妮子”，给他们家带来了福气。

刘家喜气洋洋，吴四爷更是高兴。终于在某一年的中秋节上（交租的时候），吴四爷依老规矩留刘家大叔喝酒。酒过三巡，吴四爷发话了：“干脆两好搁一好，日后大了，就给这俩孩子成亲吧。”

“哎呀，谢四爷了。”刘家大叔恨不能要给吴四爷磕头了。

吴四爷还有想得更周到的：“……出门子那天，大脚妮从我家走就是，就权当是我嫁闺女。”

“哎呀呀，四爷呀……”这回刘家大叔是真跪下了，所以姥姥自认为吴四爷是自己的“再生父母”。

解放以后，经常看电影《白毛女》、《红色娘子军》、《半夜鸡叫》（动画片），每每看到里边的地主那么坏，姥姥总是摇头：“反正吴四爷不是那样的人……”

如此一来姥姥在刘家的地位可想而知，用“宠爱有加”来形容一点也不过分。只是那小她几岁的姥爷金贵有时好欺负她：“一边去，丑大脚，日后看谁会要你……”

姥姥便抹着眼泪找自己未来的婆婆：

“俺娘，你看金贵……”

刘家大婶每每向着姥姥，抄起笤帚就撵：“好你个小金贵，再喊大脚？给你说，她就是你媳妇……”

金贵就满院子地跑：“俺不要，她是大脚……”

刘家大婶终于抓住了金贵，照腚就是一笤帚：“给你说，找个大脚是你的福分，就你这木头疙瘩的命。”

金贵打小木讷老实，干什么都是死脑筋。不然他不会在闹高级社时，喝卤水死在自己的宝地里了。死那年差不多50岁。

再大点的时候，姥姥就不再告状了，而是一脚踹过去，姥爷金贵一准摔个仰八叉。有时候摔重了，就赖着不起来：“死大脚、烂大脚、坏大脚……”我姥姥没办法，只好去煮个鸡蛋哄他。

…………

一方水土养一方人。龙泉河的水滋润得姥姥很快成了一个人见人爱的小俊妮！有一事为证：

吴村镇多年就有着正月十五耍龙灯的传统，走在龙灯最前边的是“莲花仙女”。一个十四五岁的女孩，穿着打扮一番，站在一个由好几个壮小伙抬着的大八仙桌上，高高在上，穿过大街小巷，供万人欣赏、夸赞。这个小俊妮必须是全镇最漂亮的。不分穷富，不论族氏，由大伙共推。我姥姥就当了三年的“莲花仙女”（一般是一年换一个人）！按现在的说法叫连任。

姥姥小时候有多漂亮呢？我们谁也没有见过。只是1965年初，矿俱乐部里第一次上演电影《小兵张嘎》，望着电影里的小英子，姥姥小声地说道：

“看到了吧，姥姥当‘莲花仙女’的时候，就跟这小妮子一样俊……”话语里满是自豪和留恋。

那个“小英子”，我可是注意过，圆圆的脸，齐眉的刘海，大大的眼睛，小小的嘴巴，一口洁白、整齐的牙齿……浑身上下透出的是一种现代人所独独缺乏的清纯、秀气和水灵……原来姥姥小时候是这样的俊秀、可爱。

…………

如果姥姥、姥爷的事情一帆风顺也就好了，但偏偏出了岔子：三个孩子之间闹出了“三角恋”。

另一位男主角就是吴家的大少爷吴玉臣。

两个孩子就是在天长日久的陪读中，有了感情的。先是吴玉臣天生结巴（但他人非常聪明），一上课就念不通课文。

“窈窕淑女……女，君子……子……”

这时，我姥姥就忍不住在窗外提醒他：

“君子好逑！”

“君子好逑！”神了，只要我姥姥一提醒，吴玉臣立马就不再结巴了。

“吴……吴玉……玉臣不是狗，是……是……”碰到小伙伴们欺负，吴玉臣也是结巴。

姥姥就在一旁帮腔：“吴玉臣不是狗，是人。”

吴家大少爷立马底气十足：“吴玉臣不是狗，是人。”

“你才是狗。”再来一句。

“你才是狗。”吴玉臣随声附和，渐渐地，吴玉臣的结巴竟改好了。

接下来，吴玉臣开始不让我姥姥称他少爷：

“别大少爷大少爷的，俺不当你的大少爷。”

“那俺喊啥？”

“喊玉……玉臣哥。”犹豫一会，吴玉臣说。

我姥姥支支吾吾，低眉流闪，就喊了声：

“玉臣哥。”

“玉臣哥，玉臣哥……”吴玉臣的几个妹妹跟着起哄。

“哈哈……”几个孩子全笑了。

“嘿嘿……”我姥姥和她的玉臣哥也笑了。

课间休息时，两个孩子还爱在一起做游戏。姥姥因为身个高脚板大就当老母鸡，护着身后的一群小鸡，她的玉臣哥就当老鹰。由于姥姥灵活、有劲，老鹰总是抓不到小鸡。有一次，两人一同摔倒了，两人都怕摔着了对方，几乎是同时伸出手拉起了对方。孩子们又是一阵哄笑：“小两口，手拉手；手拉手，往家走……”

这事慢慢地传开了。先是我那未来的姥爷金贵将军般地靠在门框上：“臭大脚，别回俺家。”

姥姥毫不示弱：“臭金贵，这也是俺家。”

“你长得俊，日后要当少奶奶、官太太。嘻嘻……”金贵做着鬼脸。

“你……你再……胡扯，我……我找俺娘。”姥姥的泪就出来了，是怨恨，还是羞恼，还是哀怨，搞不清。

这时，刘家大婶就会捡起扫帚条子揍金贵：“小金贵，我叫你胡扯……”

金贵就会满院子地跑。刘家大婶就踮着双小脚满院子撵：“以后不能再胡侃……你大脚妹妹许给你，可是吴四爷的金口玉言，你胡扯就……就打烂你的嘴。”话虽这么说，眼睛还是要乜斜一下站在一边的我姥姥。

姥姥便哇的一声哭出声来，而且越哭声越大……哭得金贵咧嘴直笑，哭得刘婶莫名其妙。是哭自己的命好，还是哭自己的命孬？只有天知道。

第8章　“大脚不得进吴家”

这事最终被吴四爷发现，则是在多情的吴家大少爷写了一首四不像的爱情诗以后。诗的具体内容已无法考证，但其中的四句，姥姥是记住了，且一生不忘。

…………

我乃吴张生，

就迷崔莺莺。

天下独一枝，

偏爱大脚妹。

…………

“大胆臣儿，真有此事？”吴四爷暴怒了，拿出了家里的戒尺。

吴玉臣立马跪下，但仍是一副英雄气概：

“回父亲，确有此事！”

“瞎胡闹！你想我们吴家虽不是望族贵胄，但亦是大户人家。你应悬梁刺股，刻苦读书，早成功名，怎能娶一个大脚的闺女为媳？这岂不辱没门风，让天下人笑话？”

“大脚怎么了？大脚有……有劲……”差点又结巴。

“啪。”吴家大少爷手上已挨了一板。

“放肆，大脚就是不能进吴家……你大脚妹妹……”不知哪里触动了吴四爷的心弦，他竟放声大哭起来。

很快，吴、刘两家的人在一起开了个会。吴四爷再次宣布：

“大脚妮到几（就是到啥时候的意思）都是刘家的媳妇，到几都权当是吴家的闺女！玉臣你听着。”

吴家大少爷红着双眼，跪了下来。

“你大脚妹妹，就是你的亲妹妹。以后不得胡思乱想。你要集中心神，刻苦攻读，以保将来有所成就，上报效国家，下光宗耀祖。”

“是。”声音很小。

“小金贵……”吴四爷又点刘家儿子。

金贵跪得很顺当：“哎，在这了。”

吴四爷继续训道：“你要好好待你大脚姐姐，她生来命苦，你不得半点亏待和欺负。否则，我打烂你的腚！”

“俺肯定对她好。”

“好，你在我手心里按个手印。”这好像是当年流行的规矩。

金贵急忙站起，伸出右手食指蘸了下自己的唾液，在吴四爷的手心里使劲地按了下手印——这就等于作出了庄重的承诺！

该轮到我姥姥了。只见吴四爷十分和气地喊了声：

“闺女，过来……”

我姥姥慢慢挪到吴四爷面前，脸上分明是难以抹去的泪痕。吴四爷轻轻地将我姥姥揽在怀里。这位饱读诗书、满腹经纶的老学究竟一时哽咽：

“闺女……女呀，四……四爷不是不懂情理呀，只是这千年之规……”话到这里，泪水已滚了出来，“下辈子吧，闺女，下辈子咱一准缠它双三寸金莲，对了，再读它几天诗书，吴家……家……一定娶你当儿媳……”

话音未落，一屋子的人全哭了起来。号啕声如同夏天里发了水的龙泉河。刘家夫妇抱头哭在了一起，吴四爷家的几个女孩子哭得声音最大。吴四爷虽然努力克制，但泪水、鼻涕还是挂在了半尺长的胡子上。就连最冷静的吴太太也抹起了眼泪。

最没表情的只有吴家大少爷和我姥姥。他们依旧站在那里，低着头，管自盯着自己的脚尖。不哭不笑，不说不道。满眼都是泪，却只是含而不流。最高兴的是得了便宜的小金贵，咧着个厚嘴唇在那里乐呀。

…………

事情到这里按说就该了结了。但事实上却没完。按我姥姥晚年以后的说法就是，她同吴家大少爷是情缘难断……

这事就要从吴家的几个孩子的转学说起了。

随着孩子们的年龄增长以及学业的需要，吴四爷家的孩子陆陆续续就升到了枣庄的学堂去上学了。按现在的说法，这应是初中级的学堂。

在这同时，为了收住吴大少爷的心，吴家还按当时的风俗，给他提了个亲。

对方是邻近苍山县地界的一个财主。闺女大吴家大少爷三岁，正合了“女大三抱金砖”的说法。最让吴家满意的是，闺女缠了双不足三寸的小脚，还粗通笔墨。媒人阅了双方的生辰八字，说是“金玉良缘，门当户对”。可到了换帖子订亲时，两人还没见面哩。

吴家大少爷一开始就用沉默来对待。他不说愿意，也不说不愿意。气得个吴四爷胡子直翘，你再问，他就来上一句：

“如今都民国了……”

“民国跟皇上有什么两样吗？”吴四爷就反堵他一句。

吴家大少爷就不发话了。吴家很快就按有钱人家的规矩给他打了四大金件：金镯子、金戒指、金簪子、金耳环。留待新媳妇过门那天用。

…………

随着转学，新的故事也来了。那时的学堂，不像现在的学校，休息什么星期六、星期天。那时平时一般不歇课，歇课也不让学生回家。冬、秋、暑假除外。这样，平时学生的日常用品都是家人给送到学校。

无疑是吴家的几个孩子太喜欢我姥姥了。她们一致指定这平日的生活用品就由我姥姥给送。这样，每逢阴历三、八枣庄南马道逢集，我姥姥就会送去吴家几个孩子的食品。如菜煎饼、辣椒炒老咸菜、香油调好的酱豆子，以及他们的内衣、香粉、香胰子（即香皂）等。在食品中，最受欢迎的是菜煎饼。这是一种重新加工的煎饼，里边放上各种菜肴。既是饭，又是菜，一举两得，而且存放的时间还长。这种食品在枣庄的学生、民工中很受欢迎。20世纪60年代我上初中时，姥姥的菜煎饼仍是我的主要食品（姥姥做的菜煎饼堪称一绝）。

每次去枣庄，姥姥总是将捎去的东西放在拉炭的牛车上，自己跟在牛车后边走。有时走累了，驾车的也会让我姥姥到车上坐上一会，但我姥姥一般都会推托：“没事，俺跟得上。”事实上也是，当天打来回没问题。有时回来晚了或碰上下雨天，就干脆安排姥姥跟丫环们住一晚上，第二天才回家。

吴四爷很感激这个大脚妮，除了按一天的长工报酬给我姥姥外，每次还赏她5毛钱。那时的钱值钱呀，5毛钱可以在饭馆里炒两个菜，但姥姥总是一进家门就塞给刘家大婶。

那时，男女不同校。姥姥只好在南马道送完几个女孩的东西，再到东大洼去送吴家大少爷的东西。

感情上的事真的是无法阻断的。两位痴情少年就利用这短暂的机会藕断丝连：

“哎，这是你的菜煎饼。你爱吃的韭菜馅……”

“怎么这么香……”吴家大少爷总是使劲闻闻。

“你傻呀，放的香油多呗，还秀才呢……”姥姥便嗔怪他一句。

吴家大少爷便哈哈大笑了：“我才不傻呢，我是故意的……哈哈……”

“就你坏……”姥姥脸庞上便飞来一片绯红。

她的玉臣哥当然也想着姥姥，便常常塞给她一些当时最珍贵的日本牙粉：

“给，学堂发的我用不了。你刷刷牙更好看。”

姥姥接过牙粉，嘴上却不买账：“俺不刷牙也白……”的确，姥姥一口的好牙，整齐而洁白。70岁以后还有19颗好牙（远远超过了发达国家日本的标准：60岁时20颗原牙）。

当然，两个孩子心里都明白，他们是不会有什么结果的。那个时候的人可不像现在，什么一夜情了，什么网上聊天了，什么快餐式了，什么同居了，生了小孩了，家里都不知道。父母之命，媒妁之言，那是一生都不能改变的。

所以，也就出现了下面这件惊天动地的大事……

第9章　“偷出”了改变命运的印章

这事如果要从头说起的话，就要说到当时的北洋政府了。当时北洋政府虽然掌管了全国的政权，但宝座却不“稳腚（定）”，因为有以孙中山为代表的南方革命党同它争权夺利。为了稳固到手的权益，袁世凯在很多治国方针上都是极富建设性的。比如讲，从乡间基层扩大民主选举，加大地方教育投资，结社自由，广开言路。老百姓可以点名骂他袁大头，包括在报章上写文章骂他。大力地开发铁路、通信、矿业、海运等。

包括国防建设，袁大头也有着统筹的考虑。在他亲自过问下，北洋政府海军部决定选派一批优秀的中国少年去国外学习海军军事。这是一次“砸锅卖铁”的行为。即为了培养自己的海军，不惜卖掉了前满清政府原先从美国订购并准备交付使用的大型军舰“飞鸿”号，一下筹得巨款3万英镑，这笔钱经当时海军部的负责人刘冠雄请示袁世凯后，就被用在了这批少年留学生身上（详情可查有关资料）。这批少年留学生的录取条件自然十分苛刻：男性年龄在12岁到15岁之间，需身家清白（没有为匪、奸商的经历和前科），家业上有殷实保证，体质须经医生检验合格。此消息在全国发布，人员广为海选。山东是袁世凯的发家地，报名者自然踊跃。

在这个大背景下，吴家大少爷有了想法。离开家乡，远赴国外……既可一疗失恋之痛，又可学习事国本领。

一次，在接过吃穿用品后，吴家大少爷把我姥姥拉到了学校的后墙根，把这想法向她说了一遍。

我姥姥那樱桃小嘴一下就张圆了：“玉臣哥，你……疯……疯了？”

“我没疯，是他们疯了。”在那一刹那，我姥姥觉得她的玉臣哥一下子变成了一个大男人。

想着想着，姥姥一下哭了起来：“玉臣哥，俺一双大脚不值你这样……样……”

“不，我不嫌大脚。”吴家大少爷像在课堂上背诗文，“在我眼里，你最俊，心最善。其实就是这么回事。这辈子要是没有你，读再多的书，当再大的官也没味。”

这后一句话让我姥姥记了一辈子，也默默地哭了一辈子。直到80多岁后俩人才……

“所以，我要走，不但要走，还要走得远远的。”吴家大少爷几乎是咬牙切齿，“我要让我爹看看，让全吴村镇的人看看，我吴玉臣是咱吴村镇的梁山伯！”

“再胡说？越说越下道……”一双纤纤玉手捂住了吴家大少爷的嘴。

但是，问题来了，在写“具结书”（类似于今天的保证书或合同）时，遇到了麻烦。

当时的具结书的大意如下：

具结人×××（注意，必须是父兄）今与具结事：兹子（弟）吴玉臣情愿赴西国留学，学习舰炮技艺。学成之日，不得在外国逗留生理。回国之后，听从政府差遣，为国服务，倘有疾病、故亡，按政府规定处置，不得额外提请，此结是实。……

不知大家是否注意到了，具结书的签名人必须是父兄，也就是说出国人自身是无权签约的。而吴大少爷肯定是请不来吴四爷签字的，他保密还来不及呢。于是，他对主考官撒谎说，家父有病、难以亲自前来，但我会让他盖章画押的，如何？主考官称，不必亲自前来，有盖章即可。具结书是认章不认人。

于是，这偷盖章的历史重任自然就落在了我姥姥身上。

“不会被发现吧？”姥姥只是担心办不成。

“不会，这个时间是天助我也。我爹是每晚才习字画画，你正好是早上瞅空了拿出，当天下午就送回去了，神不知鬼不觉。”吴大少爷早已是筹划多时。

真的是如吴家大少爷所预料的那样，一切都那么巧，一切都那么顺。我姥姥是可以自由出入吴家各房间的人；恰巧，又是由她来送各类生活用品；恰巧，她又有双当天来回的大脚；又恰巧，吴四爷每天晚上才习字作画……

总之，一切都很顺利。我姥姥无论如何没有想到，她的这一义举，竟为日后的中华民国海军“偷出”了一个出色的海军将领！人送外号：吴大炮。

…………

吴家大少爷离开枣庄是秋末的一个黄昏，是直接从临城（今薛城）坐火车去的北平。暮色中已经变得有些凉意的秋风，斜裹着霏霏秋雨下个不停。在一种秋风秋雨愁煞人的凄恻、忧伤的气氛中，两位相互爱恋的翩翩少年作了最后一次对话。

吴大少爷颤抖着手掏出了一个金手镯：

“好妹妹，这是大哥留给你的信物，看到它就想起了我。另一个我留下了，会一直带在身边。”吴家大少爷变卖了其他的三大金件作学费，独独留下了这对金镯子。

“俺……俺……”我姥姥不知说什么好，但还是忍不住接了过来。

“别哭……”吴大少爷不让我姥姥哭，自己倒先哭了起来。

“以后，你见到它就等于见到了我；我见到了它，也就等于见到了你。”

“玉臣哥……你……你别再说了……”姥姥抽泣起来。

说到这儿，你可能又认为我加了那些电影、小说里的老套子，什么长命锁呀，什么金戒指呀之类的东西。实际上，那个时代的心上人之间就是这么回事。他们没有电话，没有数码相机，没有网上视频，不靠这些信物靠什么？

吴家大少爷亲眼看到我姥姥把金手镯放进了口袋里，又嘱咐一声：“金贵人不孬，虽然脑袋瓜死点，心眼倒不错，日后你要好好跟人家过。”

不说这话还罢，一说这话，我姥姥顿时大哭了起来。按照现在一些影视导演的手法，一定是吴家大少爷一把把我姥姥搂在怀里，而后俩人拥吻在一起……

事实上，完全相反。我姥姥抽动着双肩，一下转过身去。而吴家大少爷居然没有勇气去扳姥姥的肩膀，只好也转了一圈，又站到了我姥姥的对面：“行了，别再哭了，哭……哭得人挺难受……”

这就是当时的年轻人。

秋风再次刮来，秋雨阵阵飘过，黛色渐渐围拢。两人的衣服全湿透了，两人的脸上全是水，但谁也分不清哪是雨水，哪是泪水。依依惜别中，两人终于分手了。

当两只金镯子再次见面时，已是20多年以后啦。那是国民党海军少校吴玉臣的第一次回家探亲，而我姥姥则已是四个孩子的母亲了。

第10章　命中注定，贫贱夫妻

龙泉河水日夜流，夏天水多点，冬天水少点。时缓时急，波澜不惊，反正是个流。

穷日子照样过。日升而作，日落而息。春种秋收，日复一日，年复一年。

终于等到小金贵长大成人了。就在金贵15岁多点16岁不到的时候，吴、刘两家让姥姥和姥爷圆了房。

吴四爷没有食言，把我姥姥当亲闺女嫁了。

吴家先是为我姥姥缝制了一套三层新的被、褥。这三层新讲究表新、棉花新、里新。不但三新，里边还放上几个大红枣和大花生，意为“早生”贵子。

按照老风俗，这些嫁妆在姥姥出嫁的头一天下午，请男宾四至八人，雇抬夫将陪送的嫁妆送至了刘家，名曰：“陪奁”。吴四爷是按中等人家的“二十四抬”来办的，即大小十二件，每件由两人抬着，不管大小。最大的件是樟木箱、八仙桌、双人床、子孙箱（里边是给小孩做的小衣服）、梳妆台之类。

吴家之所以按中等人家的做，主要是为了与刘家家境相对应，办得太富贵了显得刘家太没面子。

送嫁妆的那天下午煞是热闹，几乎全镇的人家都来看了。一群小屁孩还跟在队伍后边大声唱着：

月亮月亮照东窗，
大脚妮子好嫁妆。
八仙桌、樟木箱，
还有睡觉的双人床。
小孩的衣服别拉下，
红红的胭脂喷喷香。
…………

当然“大脚妮子”是临时加上的。谁家的闺女出嫁就唱谁家。这是人人皆知的秘密。

…………

第二天上午是“迎娶”。我姥爷金贵穿戴一新，骑了头毛驴去了吴四爷家。最显眼的地方是，他胸前戴了朵大红花，驴头上也缀了朵大红花。金贵从来没骑过驴。上去后老是坐不稳，走到刘拐子门头时，正碰上刘拐子当街杀狗。一只狗哀叫一声，吓得毛驴一哆嗦，姥爷一屁股摔了下来，并随口一句：“媳妇好娶……娶，驴难骑。”

这话引来大伙一顿哄笑。而我姥爷以后就再也不敢使驴了。

姥姥小两口的新房就在刘家小院的东屋。此前，刘家大叔、大婶曾小心翼翼地征求过姥姥的意见：你们是愿意分家呢，还是不分家？分家呢，屋单盖，不分家呢，更好说。姥姥是通情达理的人，自然是不愿分开的。刘家拉扯自己不容易，咱不能人长大了忘了爹娘，这也正合刘家二老的心意。于是，很快就起了这座半砖瓦半泥墙的东屋。屋子分了三间，是按养育三男三女的规划来盖的。可惜最后成活的只有三女一男。

那时能起半砖瓦半泥墙的小屋实际已很普遍。只要没有战乱，没有匪祸，没有瘟疫，没有大灾，中国老百姓的日子基本都能过到这种“殷实”的程度。别看刘家常年是吴四爷的佃户，但小日子从来不愁吃喝，有时还往外借粮呢。借的时候是小斗，还的时候是大斗。用碗借呢，则是往外借是一平碗，人家还时是一尖碗。说到这儿，也许有人会一声惊叫：“这叫地主剥削穷人……”

实际错了。那时的借，还都是这么个规矩，不管穷人、富人。这实际就是“利息”，也可以称为“人情”。人家在困难的时候帮了你，到时还不该感谢人家吗？人之常情嘛。别人用大斗来还你，你若不要，人家还认为你瞧不起他呢。

白天的迎亲很顺当，晚上的喜宴也不错，喝得很高兴，只有一个喝醉的，还让家人扶回家了。就连晚上的闹洞房也很顺当。除了几个半头小伙子硬要我姥姥和姥爷亲嘴，俩人不亲被大伙硬是抱在了一起外，也没出什么事。

只是在大伙都走了以后，两人洞房花烛、春宵一刻值千金时，出事啦……

…………

金贵要急着吹灯睡觉，这当然是可以理解。姥姥以后告诉我们，那晚的姥姥最俊了。她用日本胰子洗了两遍脸，又抹了一层薄薄的粉，而后又抹了胭脂。

姥姥却嫌他猴急：“慌啥，早晚都是你的……”

说着，拿过陪送过来的子孙箱打开，开始整理里边的东西。翻着翻着，翻出了几枚银圆。金贵的眼一下直了。

“哎，你哪来的银圆？”

“压岁钱，怎么了？”

“你怎么没花？俺的都让俺买糖胶人了。”那是一种用地瓜熬成的糖，可以吹成各种人、兽，包括孙悟空。

“留给你儿子不好吗？”这几枚银圆一直保存到20世纪80年代改革开放，真的用在了给小舅找媳妇上。

这么一说，姥爷高兴了，哈哈一笑：“好，还是媳妇想得周全。”以前，他一直喊“大脚姐”。

就在这时，花烛下金光一闪。金贵收住笑，问：

“咦，那是什么？像是金镯子。”

姥姥手忙脚乱想再藏起来时，已经晚了。新郎倌一把夺了过来。

“好啊，还是那个金镯子……”

以前，金贵曾见过这个金镯子，也问过姥姥这东西是从哪儿来的。姥姥自然不会说，只是说，不用你管，反正不是偷的。金贵曾威胁说：我告诉咱娘。姥姥抬腿就是一脚：“死金贵，你要是说了，我天天踹你，你信不信？”金贵扒拉扒拉腚上的土，哼了哼说，谁说要告状了，不就一个金镯子吗？我才不稀罕呢，嘁嘁……

这会儿，就着花烛的光亮，金贵看清了这只金镯，这一看不要紧，金贵像是让蛇给咬了一口。

“上边有字，这……这是个‘吴’字。”金贵虽不识字，但人并不傻，吴家祠堂上也是这个字。金贵快要疯了：“你说，这是不是大少爷给你的？好啊，到现在了，你还……”

姥姥急忙一把捂住了金贵的嘴：“挨千刀的，别咋呼。别让咱娘听见……”

金贵越发上劲：“我就要喊。”

“你再喊！”姥姥抬起了一只大脚，“你信不信我一脚把你踹到枣庄的炭池子里？”

金贵也怕丢人，就不再作声了。

姥姥急忙把他拉到坑边上坐下：“你傻啊，这个时候喊，让人知道了，你脸上光彩是不？再说，你知道个屁呀……”

“怎么了？”

姥姥轻轻地叹了口气：“临上轿前，四爷跟我说了会话。老人家都哭了，他从来没哭过……他先是交代我好好跟你过。”

“嗯，俺知道四爷是好人。”金贵说。

“接着，又说了玉臣哥的事。”姥姥开始哽咽，“说大少爷现在外国挺好的，生活上很好，学习也很用功，在留学生里当队长。说他们平时都是住在外国人家里，一块吃住，好跟外国人说洋话。”

金贵姥爷跟着说：“嘁——那洋话咿哩哇哇的，有什么好听的？”

“你懂什么，不先学会洋话洋文，怎么学开洋枪洋炮？要紧的不是这个，要紧的是……”

“是什么？”

“是……是大少爷家房东闺女看上了大少爷，要跟他。”姥姥说这话时不易察觉地叹了口气。

“啊，要跟他？”金贵又是惊叫一声，“那洋人跟猴子差不多，浑身是毛，白搭钱我都不要。再说，要是娶了洋媳妇，怕是回不了咱中国了。”

姥姥说：“没有那规矩，那具结书里说得很明白，不得学成滞留不归，要不国家的银子就白花了。倒是说了，娶了洋女人的可以带回咱中国来。”

“啊，那也回咱杲村镇？”

“这是他老家，能不回来吗？”

“那……那生个孩子不是杂种吗？那……”金贵越说越恐惧。

姥姥马上推了他一把：“话一到你嘴里就变味，你再胡扯……”

金贵又不高兴了：“你看吧，一提大少爷你就不乐意，你心里还是想着他。”

姥姥没有马上说话，只是盯着金贵，像是第一次见面。片刻，才一字一句地说道：“是的，你说得对，我是在惦记着他。可是……这有用吗？没用，命里注定的俺和他是没这缘分，要说有，也得下辈子。金贵，俺跟你说实话，你在俺眼里是不如大少爷，但俺偏偏成了你的媳妇，那俺就只有低头认命，老实地跟你过……”

“我就要你这句话。嘿嘿。”说着就要搂人。

姥姥挡住他的手：“且慢，如今俺人都是你的了，俺想想他还不能吗？俺能不想他吗？”说着说着姥姥嘤嘤地哭了起来，“俺也是人哪，又不是那些不懂事的牲口……”

金贵想了想说：“也是，也是，你就想一会儿吧。”说着挪到了床的那头。

不知什么时候，花烛燃烧完了，谁也没有再点新的。黑暗中，不时传来姥姥的抽泣声，间或夹杂着几声叹息。渐渐地，什么声音也没有了。姥姥不知什么时候睡着了。

“你可想完了？……”早已等不及的姥爷，一把拖过了姥姥。

“玉……臣哥……”迷迷糊糊之中，姥姥轻吟了一声。

“俺不是你玉臣哥，俺是金贵……”一使劲，姥姥贴身的红兜兜一下被撕成了两半。

第11章　兰心蕙质，几曾作女红

姥姥的那条又粗又长的大辫子不见了，取而代之的是小媳妇的发髻。这是那时的风俗，闺女一出门子，立马梳成发髻，好告诉人们：俺是媳妇了。

大脚出了门子，并不等于你就是小脚了。大脚媳妇仍然是大脚，大脚见了小脚仍是很自卑。大脚仍是另类。

为了弥补大脚带来的不足，姥姥只好在别的方面多使力气。比如讲“女红”。

说到“女红”，现在的人，包括女性都已十分陌生了。它是中国妇女千百年来流传下来的一种传统习俗和生活技巧。似乎不会女红，便做不成“贤妻良母”，也就做不到“相夫教子”。“唧唧复唧唧，木兰当户织”就是女红的最好描写。《桃花扇》也曾有这样的诗句：“慵线懒针，几曾作女红”。至于《红楼梦》里的晴雯，其织补本领则是现代人根本无法企及的。

女红包括了织布、刺绣、缝补、剪裁等等最基本的功夫。要做好女红，不仅要心手勤快，更要兰心蕙质。富家女子稍讲究些，有时还要请专门的老师。但穷苦人家的女孩就没那么讲究了，说白了就叫“针线活”。比如讲绣荷包、纳鞋底、做鞋帮、拆洗被褥、剪裁衣裤，男人的、女人的、大人的、小孩的、夏天的、冬天的，各有不同，必须样样精通。在这个过程中，自己的母亲、姐姐、嫂子或邻居就是自己的老师。老师会十分畅快地教，学生会十分虚心地学。早上的树下，后晌的墙根，晚上的坑头，都是现成的教室。

姥姥天生心灵手巧，这些活计不久就全部学会了。她的针脚扎实而密集，针行规矩而笔直。她最擅长的是做鞋。那是抱犊崮山区老百姓常穿的一种鞋，鞋底厚而结实，鞋底是上好的棉布，松紧有度，鞋面上还有个如同武士盔甲的角角，十分倔强地翘着。当地人叫这种鞋为“踢死牛”。

做这种鞋要有很多工序：打浆子、打袼褙、剪鞋底、帮沿条、粘沿边、叠底子，直到搓麻绳、纳底子、做鞋帮，道道不能马虎。

姥姥做第一双“踢死牛”就是给姥爷金贵做的。当她把一双好的新鞋丢给金贵时，已经长大的金贵再也没有骂大脚，只是嘿嘿地傻笑：

“这鞋好，这鞋好……”

姥姥曾给吴四爷做过鞋，一直到了土改吴四爷挨了揍以后（我姥爷打的第一棍），姥姥还偷偷给吴四爷做过鞋。以后吴四爷因故上吊自杀后，寿鞋也是我姥姥做的。

姥姥还给刘家大叔等包括很多邻居做过鞋。他们都说姥姥做的鞋结实、舒坦、俊像。

因为做鞋好，我姥姥还受到过国民政府的表彰。这就要说到抗日战争时期的台儿庄大战了。当时，我们老家是大战的北部战场。

当台儿庄争夺战正酣之际，远在临沂阻击东线日军的庞炳勋的第40军有些吃不住劲了。这时，第五战区长官部急调张自忠的第59军驰援。第59军走的就是我们家乡这一带。他们奉命后以急行军180里的速度前往，受损最大的就是鞋子，很多将士几乎都要光脚板了。在这紧急情况下，峄县战援会（国民政府的战时组织）发布了“广收军鞋，以资抗敌”的命令。吴村镇妇女们在我姥姥的带领下连夜缝制、收集了120双军鞋，并由我姥姥亲自带领两个后生，连夜追赶部队至郯城境内，将军鞋交给第59军后勤部。这些军鞋起了大作用，第59军的先锋队就是穿上这批军鞋率先迎敌的，使他们赢得宝贵的两小时。此事被逐级上报，一直报到第五战区司令长官李宗仁那里，李将军听后激动万分，遂决定奖励我姥姥100斤小米。

小米是由国民峄县县长亲自发的。吴四爷亲自带的路。但我姥姥压根没让小米进家门，就在家门口，就在那位张县长还在念嘉奖令什么“民妇刘大脚氏……拳拳报国、荣立奇功，特予嘉奖”的时候，小米就让我姥姥一瓢一瓢地给分了。

姥姥从小历经磨难，使得她早早地就掌握了穷人勤俭持家的种种生活本领。什么喂猪养鸡、洗衣做饭、上坡下地，屋里屋外，可以说样样精通。锄头一扛是个劳力，围裙一围是个妇道。

首先说洗衣服。那时的洗衣可不像现在，既有高效洗衣粉，又有什么洗衣机、甩干机。那时基本靠人工。首先是没有肥皂和洗衣粉，那用什么去污呢？用皂角，即树上结出的一种东西，把它撕碎放在衣服上揉搓。再就是把衣服放在石板上，用捶衣棒使劲地砸，这样洗衣有个最大的坏处，是损坏衣服太快。

好在我姥姥有双大脚，这就省了捶衣棒。当别人家的妇女在龙泉河边的洗衣石上，吭哧吭哧使劲砸时，我姥姥却在用她那双特有的大脚来回地踩着，这还误不了她同别的姐妹们东家长西家短。所以，衣服格外耐穿。别人家是“新三年，旧三年，缝缝补补又三年”，姥姥家是“新四年，旧四年，缝缝补补又四年”。

再就是推磨了。在我们鲁南一带，老百姓的主食是煎饼。烙煎饼用的是煎饼糊子，而煎饼糊子就是用磨磨出来的。旧时干推磨这活的，大多是女人，女人脚小，就套上头小毛驴。但姥姥因自己有双大脚，推磨这活就很轻松，家里的小毛驴，姥姥也从不舍得用。

姥姥说，她推起磨来像一阵风。年轻时，都是她一人推。大约是鸡叫头遍开始起床上磨，天亮的时候，一大盆糊子就推完了。她那劲头，远比一头小毛驴还利索。

以后，我大姨长大了，就帮她一起推。两双大脚一起推磨，成了吴村镇的一景（对了，我大姨也是一双大脚）。

第12章　三女一男，个个有戏

姥姥的四个子女是个个都有故事。而他们的性格命运又与姥姥息息相关。按姥姥的话说就是：到底是俺身上掉下来的肉，千刀万刀割不断……

大姨长得像我姥姥，脾气性格也像，但命运却截然不同。单从寿命上来讲，她仅是姥姥的三分之一。她死在日本鬼子的屠刀下。留下个一岁男孩叫毛大发，孩子之所以姓毛，当然是因为他爹也姓毛，是个老红军。

二姨长得比姥姥还漂亮，皮肤更白，只是个头矮点，但矮了这一点却成了最合适的身个。至于性格，却随了我姥爷金贵，是典型的内向型，因为模样俊俏，她被“二鬼子”，矿上的总工程师范德昭看上了，并最终娶她为妻。范德昭实际是东北人（那时是满洲国），有着一手好技术。解放战争初期，经当时的华东地区最高首长陈毅首肯，才没有被枪毙，作为“留用人员”而活了下来（姥姥就是因为到他家看孩子，才做了八路军的“卧底”）。

老三就是我妈妈了。老实说，我妈妈是他们姐妹三人中长得较差的，但比起其他女孩来，仍是个俊妮，不然，我那新四军营长的父亲就不会宁受处分，也要转业。转业干吗？与我妈妈结婚呗。当时，他们部队开他的玩笑，说他是“不吃大米啃煎饼，不要团长要美人”，因为有消息说，他马上就要升团长。这个安徽人父亲使我和我的弟弟因此而有了“蛮子”的血缘（矿上的小孩统称南方人为“蛮子”）。

至于我的小舅，姥姥唯一的儿子，则从模样到脾气都随了我姥爷金贵。也许是命中定数，他这一生过得十分窝囊。因为他在朝鲜当了战俘。当时，他完全可以去台湾的，却因为一句“俺想俺娘”（被我方翻译翻译成“我想念我的祖国母亲”），而被押回国内，从此灾难不断……

…………

为了叙述上的节奏感，我还是先从我大姨说起吧，而且，故事仍然从缠足开始。

大姨表现出自己的个性来，也是从缠足开始的（真是巧了）。那个时候，同样是她四五岁的时候。

说到这个时期的缠足，有必要回顾一下民国政府关于缠足的政策。民国政府自然是比慈禧的满清王朝先进得多。对于缠足这样的陋习自然是在取缔之列。故在1912年3月13日，民国政府在刚刚成立之际，就由内务部发出劝禁缠足令：

“……迅速通饬各省，当此除旧布新之际，此等恶俗必须首先革除以培养国人体质……

及至民国八年（1919年）再次发布放足令公告：

“以期缠足陋习早日肃清，否则法律具在，实行从严惩处……”

大姨是民国六年（1917年）生人，待到她缠足时，放足公告已发布了好几年了，按说就不该缠了，但问题就在这里，一是，民国成立之际，即是国内军阀混战之始，南北两派忙于打仗，已经无暇顾及其他。二则是，在中国这块古老的土地上，任何新生事物推广起来都是十分艰难的。何况是有着千年历史惯性的缠足。所以，除了大城市外，中小城市包括县城都实行得不甚理想，更不要说离着峄县县城还有着几十里的抱犊崮山区了。

没办法，到了大姨那会，还是得缠！

“小脚一双，眼泪一缸。”大姨自然也是坚决反抗。我金贵姥爷就死命地抱住大姨，让我姥姥缠。

大姨则使劲挣扎：“疼，俺不缠……”

姥姥一开始是哄：“过几天就不疼了，大妮乖……”大姨还是不乐意：“不疼也不行，俺还要上学堂来，要跑步、跳绳……”姥姥说，大姨从小就聪明、好强，看着别人家的女孩上学就嚷着上学堂。

姥姥就大声喝斥：“老实点，小闺女家，哪有不缠脚的？”

“你……你……不就没缠吗？”

姥姥让堵得一愣，手不由得一松，大姨瞅空一溜烟跑了。

大姨可真够倔的，跑了就没再回来。到了晚上“喝汤”（即吃晚饭）时，仍不见人影。这下，两个大人急了，这毕竟是他们的第一个孩子啊。他们一是怕孩子乱跑，跌到河沟、山崖里摔倒碰伤；二是怕山上的狼吃了；三是怕人贩子给拐跑了。那时，刘家大叔、大婶都健在，也跟着满山满镇地找。结果是虚惊一场。

…………

到了晚上，大姨让人给送回来了。送她回来的人正是小学堂的国语教师李仲文。李老师一进门便开门见山：“民国政府已明令禁止缠足，你们还是不要强迫的好。”

金贵姥爷一边泡茶一边嘟哝一句：“可咱这小地方……”

“小地方也要跟大潮流。”李老师连连说茶好茶香，“什么叫大潮流？大潮流就是大势所趋，这么说吧，阳春三月的冰，没有不化的。孙（中山）先生早有讲话，男女平等。在南方革命军里还有女兵呢，都是大脚。”

姥姥接上一句：“那不跟花木兰一样了？”

李老师说：“就是花木兰，大脚的花木兰。南方在民国初年就放足了。”说着随手丢下一本广州新出版的时尚杂志《新妇女》，里边就有放足的内容。

姥爷嗫嗫了一句：“这么说，非放……放不可？”

“可以这么说吧，今天这事我要是不知道呢，也就算了，知道了就要管到底。你们要是硬要孩子缠足，可别怪我不客气，我可以告吴镇长（即吴四爷），告县府……”李老师将茶一饮而尽，又连连说好茶好茶。

姥姥、姥爷一直送李老师到大街上：“好好，李先生，听你的，不再缠了。”

李先生走出好几步了，又对我姥姥说：“大脚有什么不好的？站得正，走得直，跑得快。你这双大脚不是很好吗？”

…………

有了李先生出面阻拦，大姨缠足的事基本上就算黄了。当然，其间也有反复。

那多是姥姥、姥爷在夜深人静，两人偎在一起说私房话的时候。那个时候自然是一天里最美的时辰了。辛苦了一天的小两口上床了。这个时候，姥姥总是把那双浑然天成、白白肥肥且又洗干净（当然是姥爷给她洗）的大脚往姥爷怀里一塞，逼着姥爷说她的脚香：

“香不香？……”

“香香……”姥爷还要使劲地嗅上几下，以示真香。

“就是香……亲亲它……”

姥爷就会当真地亲几下，说香是假的，但起码不臭。没有小脚那么臭。不知道各位有没有见到过小脚及缠脚的裹脚布？那个奇臭呀，简直无法形容。这是因为裹过的脚除了大脚趾还保持原形外，其余四趾均被挤压变形，难以张开，更遑论清洗，多年汗垢积存其中，不臭才怪。故近代的中国有句全国通用的歇后语：老太太的缠脚布——又臭又长。

“这么说，桂花就不缠了……”那个时代，女孩已经可以起名了。

姥爷就说：“不缠行吗？要是有别人带头不缠就好了。”

姥姥就轻轻地踹他一脚：“噢，让人家带头，你就不能带头吗？”

就在姥姥、姥爷为了缠还是放而犹豫不决的时候，抱犊崮山区发生了一件震惊中外的“惊天大案”。这件大案的发生使得姥姥、姥爷彻底改变了对缠足的态度了，遂使得大姨也有了双天然大脚（正是凭着这双大脚，大姨桂花才第一个当了“女八路”，受到了罗荣桓政委的表扬）。

…………

1923年5月6日，活动于枣庄抱犊崮山区的土匪孙美瑶（张敬尧旧部），在津浦线临城站附近，即现在的枣庄西站，劫持了一趟旅客列车，上有中外乘客三百余人，其中外国人19名（含女性乘客7人）。人质被劫后，均被掳往匪巢抱犊崮。后来此案被史学家称为“民国第一案”。

该案的具体案情，本人不再赘述，感兴趣的可自查资料（该案最终在多方斡旋下，和平解决，所有外人一律释放，匪首孙美瑶先被招抚，后又被官府设鸿门宴杀死。山东督军田中玉、兖州镇守使何锋钰等系列官员均被严肃查处）。现只想谈谈该案与吴村镇有关的故事。

各位可能想象得到，既然这股土匪是枣庄地区的，会不会与吴村镇有干系？算你猜对了，还真有关系。诚如我在另一部长篇小说《百年匪王》里所写的那样，土匪并不都是些杀人放火、打家劫舍的坏家伙，他们有时也讲义气，也有点人情味，比如讲，他们一般都奉行“兔子不吃窝边草”的原则，在当地一般都还规规矩矩的，甚至还承担保一方平安的责任，即抗击外地兵、匪的袭扰。当然，当地的老百姓也要有所表示，不时地接济些粮饷，跟向官军纳税捐粮毫无两样。在这些粮饷中，富绅们拿大头，平民百姓拿小头。

当然，对付土匪、流寇亦得有硬的一手。故吴村镇多年来，也养有一支民团。那时已有20多支步枪外加土炮、大刀、长矛，力量亦不可小觑。吴村镇的围子是当年为了抵挡捻匪于1858年（清咸丰八年）建的，也算坚固。这民团的总指挥自然是吴四爷，因为粮饷多是他出。再者，为了保吴村镇一方平安，吴四爷没有少费心思。反正是包括孙美瑶在内的几股土匪从来没有袭扰过吴村镇。这次孙匪肇事，自然又少不了给吴村镇“派差”。这次是让吴村镇连着三天出夫役10人10驴，给山上送水，回来还要捎回陆续释放的女眷（孙匪依谈判进程不断地放回女人质）。

不巧，姥姥家又被派了当夫役。按说这档子事应该由姥爷金贵出面，但由于金贵姥爷得了个怕驴的毛病，这差也就只好由姥姥出了。就是这次顺捎女眷下山，让姥姥开了眼界：这些女人质全是大脚！不管老的少的。

“哟哟，跟画报上的一样。”姥姥想起了李老师留在家里的那本《新妇女》杂志。

“大脚，大脚，还是皮鞋……”

“那双更大，那双更大……”

大家伙议论纷纷，如同看见 西洋景。

由姥姥负责照顾的是位20岁出头的“女学生”，留着齐耳的短发，穿着白绸上衣，下边是凡士兰黑布做的短裙，只是由于是阴历三月底，腿上穿着长统的线袜。

闲聊中得知，这位女学生已经不是女学生了，而是吃皇粮的“职员”，一月工资15块大洋，是上海宁（人），住四层高的楼。女学生告诉她，她们所乘坐的“钢皮快车”（即火车客车）跑得比马都快，外国人不是猴子，也是人，而且要比我们中国先进。在上海、北平、广州这些大城市，外国人可以跟中国人结婚；城市里用上了电灯，不用火点，一拉就亮，还有电话、留声机；演戏的地方不是土台子，是两层楼，能盛好几百人……至于女人缠足，那更是老皇历了。

出了一趟官差，让姥姥开了眼界，从此她再没提大姨缠足的事……

第13章　那时上学是免费的

同样是大势所趋，两三年后，我大姨就挎上花书包高高兴兴地上了学（而且我二姨、我妈都有幸上了学，至少是上完了高小）。

大姨之所以能上学，从小处讲是因为李仲文老师的登门劝说，从大处讲，是当时的北洋政府重视教育的结果。

实际上，早在1912年9月29日，在袁世凯的亲自督导下，当时的教育部就公布了《学校征收学费规程》，其中第十六条明确规定："初小、师范、高等师范复免收学费"，并对高小、中学、大学、实业学校、高等专门学校的收费标准作了具体规定，严禁各地乱收费，对成绩优秀者，还由学校减免学费。其间，虽然军阀混战不断，各地经济发展程度不一样，有的地方可以停办或不办学，但是已经办的，从没有收费的。

到了1919年，甚至还出现过一段小插曲。由于当时各地都十分重视教育，故许多学校成立后，盲目追求形式，要"仿发达国家令学生添置校服"，此举令贫寒学生苦不堪言。故当年的正月，北洋政府教育部再次发文强调："学生不必一律制服；国民学校施行义务教育，以普及为主旨，实无一律着制服之必要……"此文再次强调了政府所实行的是"义务教育"。

在这种情势下，学校的李老师登门了……

…………

那是在麦假放完，下一学期快要开学的一个下午，李老师提着一瓶枣庄"十里泉香"进了姥姥家：

"金贵啊，晚上咱喝一气。"李先生有时又不像个读书人。

姥爷金贵自然十分高兴："李先生大驾光临，还带酒干什么，我还有酒，是上回交完租子后吴四爷送我的。"

姥姥一看就知道李先生是无事不登三宝殿，急忙吩咐我大姨去镇子上买五香狗肉："跟你刘拐子大爷说，给点后腿，就说学堂的李先生来了。"

"还用您说，俺知道……"大姨拿上钱，一蹦三丈高地出了门，临走，朝李老师挤了下眼。

这下正好让我姥姥看到了，便嗔说了她一句："这鬼妮子，想必是有事。"

李老师急忙说，说得对，他就是为桂花上学的事来的："你知道吗？这妮子和你小时一样，没事就往学校跑，快成了旁听生了。"

"娘俩一个劲头……"姥爷金贵来了一句。

“桂花脑瓜是好使，不比你差。”李老师连连夸奖，“无论上什么课，听上几遍就会，不上学可惜了。别像你只会背，不会写。”

“说的也是，俺是睁眼瞎……”姥姥嘿嘿一笑。

说到女孩子上学，姥爷金贵自然不太乐意：“唉，这女孩子上什么学呀，长大就嫁人了……”

李老师则说，你这是老皇历了，如今都民国十二三年了，讲男女平等，女孩该上学：

“别忘了，现在讲究女孩富养，越是女孩，越该学文化，长大了嫁个好人家。何况，现在上学不用交学费，政府都包着……”

这话触动了姥姥的心弦：“嗯，现在是比宣统那会强，俺要是晚生上十年……”她没说下去。宣统退位那年，姥姥12岁，所以她头脑里老是宣统宣统的。

到底也是大脚板，一会儿的工夫，大姨买肉回来了。一下子，满屋子飘起了狗肉的香气。

姥爷金贵感兴趣的是“上学不花钱”，不花钱的事当然是好事。当下他便同意了。

我姥姥自然也没二话：“李老师，什么也别说了，过了麦收，让桂花上学，让她跟你好好念，将来也出去闯一闯，上峄县，闯兖州……”那时，峄县归兖州府管（有时也划归济宁府）。

大姨日后既没上成峄县，也没闯成兖州，而是成了抱犊崮山区的第一位女共产党人，介绍人就是她的这位启蒙老师李仲文。

第14章　各有所长，亦有所短

有了大姨这个榜样，二姨、我妈以及小舅后来都上了学，在那个年代，穷人家的孩子能读完高小已实属不易。

二姨比大姨小两岁，是民国八年（1919年）生的人。到她上学的时候，正好是7岁。也正是中国国民党在蒋介石先生的领导下胜利完成北伐的时候，代表了先进力量的国民党国民政府自然要比北洋政府更得人心。在教育的问题上，更是胜出一筹。国民政府教育部所颁布的《师范学校毕业生服务规程》第二十一条规定：

“六岁至十二岁之学龄儿童，一律受基本教育，免纳学费。”“已逾学龄未受基本教育之人民，一律受补习教育，免纳学费。”

国民政府还规定：

“教育经费之最低限度，在中央为其预算总额15%，在省区及县市为其预算总额30%，其依法律独立之教育基金并予以保障。贫瘠省区之教育经费，由国库补助之。”

二姨就是在这种背景下，毫无阻力地走进了镇里的小学校。这时的学堂已正式改名“吴村镇初级小学”，学校收归国有。学校的一切经费包括教师的工资，均由国民峄县政府教育科支出。吴四爷就省了一大把银子，但政府没有忘了他当年筹办学校的功劳，就给他送了个金匾，上书“开化育民，功德无量”。

吴四爷对此备感荣光，如同中了秀才。他将这块匾挂在了吴家祠堂的正中央，还请镇上的人看了三天大戏。

前边介绍过，二姨虽然模样随了姥姥，但秉性却完全像姥爷。因此，客观地说，学习不咋的，国语、历史、地理尚可，数术、珠算却大大地差劲。但人有所短，亦有所长。二姨的“手工”课则特别好。“手工”课即是当时的教育部门为了培养学生的实际生活本领而设立的，有小制作、剪纸、器械修理、织布等等。平时就酷爱女红的二姨一下子找到了用武之地。她成了学校“勤工组”的组长。高小的最后一年，她设计的一双“虎头娃娃鞋”居然在济宁地区的小学生比赛中得了金奖（这时，已是北伐名将韩复榘主政山东了，原先的府一律改为地区）。

已是小学校长的李仲文很是高兴，拿着奖状去问吴四爷：

“像这样的成绩，还奖不奖？”

吴四爷虽然不管学校了，但为了表示对教育的重视，仍自行设立了“奖学金”制度，说白了叫“奖学粮”制度。为么呢？奖金就是粮食。各班的第一名，奖麦子50斤；第二名奖小米50斤；第三名奖玉米50斤。

吴四爷对着大红的奖状看了又看：

“奖，照样奖。这也是咱吴村镇的荣光，全府……不不，全地区第一，以前谁得过？奖！重奖！”

这一个重奖就是100斤小麦。

从此后，二姨迷上了这类小技巧，尤以虎头娃娃鞋为甚。人心不可二用。二姨上完4年初小，便不想再上学了，便专心做起了虎头娃娃鞋，一开始只是拿到集上换点粮食和布，直到有一天，枣庄炭行的一位经理因事来镇上拜访吴四爷，无意中发现了这件事，满口答应要买二姨的货，事情才有了根本转机。

一开始，二姨做几双，那位老板要几双。价格是每双三个银元。后来一看不够卖的，那老板干脆就让二姨组织了几个脾气相投、心灵手巧的闺女，一块来了枣庄。在当时的洋街租赁了三间房，管吃管住，工资按件计。因此，从这个角度讲，二姨是最先独立生活的，不仅独立，还能补贴家里零花钱。

二姨同她的几个女伴在枣庄一干就是好几年。直到1938年1月，鬼子占领枣庄，她的人生也发生了根本变化。日本华北采炭株式会驻枣庄矿的总工程师范德昭看上了我二姨，这个比她大了十三岁的满洲（国）人死活地对她穷追到底，非她不娶。

我的这位二姨夫范德昭身高一米八，皮肤白白的，戴一副金丝眼镜，很有派头。他为人正直，豪爽，从不欺压窑工。虽是个“二鬼子”，但没有一点民愤。相反，因为技术好连鬼子也敬他几分。

他与我二姨的故事，我会在后边慢慢聊（其实正是因为他们俩，我姥姥才稀里糊涂当了八路的“卧底”）。

…………

至于我母亲，她也有幸上了高小。这在当时，已是高学历了，尤其是对于女孩子而言。

我母亲生于1924年（民国十三年），她比我二姨小了5岁（其间姥姥还生过一个男孩，可惜夭折了）。待到她上学时，已是韩复榘主政山东的时候，那时的社会秩序、经济发展都有了很大变化，也是历史上山东最好的历史时期之一。这一点我已在《百年匪王》中作了一定描述，可惜限于篇幅写得不细。

一句话，韩复榘很重视教育。据已经公开的资料记载，当时的山东省政府一班人员，几乎全是韩复榘从河南带来的老班底，唯有教育厅长何思源是“外来户”。当时曾有人提议，将何排挤走，但遭到韩复榘的反对：我们连一个何思源都容不下，还干什么事呢？土匪还讲五湖四海呢……而且，每有何思源为教育上的事要钱，“韩主席都是照准……”（何思源语）。故在1938年12月，韩复榘被蒋介石枪毙后，国民党中央曾专门派员找何思源谈话，问：

“韩复榘是如何拖欠教育经费的？”

何思源答：“韩先生从未拖欠过教育经费。”

来员又问：“韩复榘是如何贩卖鸦片的？”

何又答：“韩先生从没贩卖过鸦片。”

不知何思源要来的钱用没用在吴村镇小学上，反正是到我母亲上学时，已是很轻松了。女童的升学率也到了十之六七，学校里上一件新仪器需千元以上，且一气就从徐州买了三个篮球。学校还在1934年春天，参加了在枣庄召开的第一次国术（体育）运动会。

我母亲很聪明，上完了初小，又以优异的成绩考到了枣庄上高小。高小一毕业就留在了中兴公司医诊所当了见习护士。当时有着四十多个床位的医诊所共有四名女护士。她们都毕业于济南的教会学校，学的是专门的护士护理。只有我母亲是半路出身，但我母亲的业务并不差。重要的是她脾气好，对病人不急不躁，学技术也快，很受大家欢迎。

鬼子来了以后，医诊所扩建成了医院，病床增加到80个，日方又调来两个日本医生和大批的医疗器械。医院主要为矿上的工程技术人员、里工（即从当地人里召来的工人）和市民服务，偶尔也医治日军的伤病员。

那时，我二姨已同范德昭结婚成家。她的特殊身份，给了我母亲一定的照顾。同时，在我大姨的影响下，我母亲利用合法的身份为山里的八路军搞过不少药品。

其间，一位日本医生还爱上了我的母亲，称她为“樱花女神”，追得我母亲到处跑。但我们全家大事不糊涂，大鬼子不同于二鬼子，是地地道道的鬼子，所以这事一直没应他。没应他人家那鬼子大夫也没怎么着。接着日本投降，那个大夫反而来了机会，只可惜……

到了1946年9月，新四军第一次解放枣庄，我那身为营长的父亲有事没事往医院跑，有病没病就拍着白花花的屁股让我母亲打针时，我母亲已经是医院的护士长了，并从此在父亲的影响下参加革命。被新四军同时带着北上的，还有这座相当规模的医院。

…………

诸位肯定还惦记着我二姨及我母亲的一双脚……

现在让我告诉你，都没缠。到了我二姨的那个时代，放足风更甚。重要的是，有着大姨这个榜样，二姨就有了攀比性。“俺姐怎么不缠？她不缠，俺就不缠……”都说老实人更拗，一点不假。二姨要拗起来，可以三天不吃饭。不等她喊饿，大人先撑不住了。

…………

说到小时的上学问题，那就顺带说说我小舅，尽管他不存在着缠足的问题。

小舅该上学的时候，正是鬼子来了的时候。在大家的意识中，小舅的上学肯定受影响，其实不然，日本人的占领并没有影响了小舅的上学。吴村镇小学校照开不误，而且也没有被强迫学日语……一段时间里，驻镇里的小鬼子还去学校的篮球场打篮球，同小孩一块玩耍。当然，这同吴村镇的地理位置有关，也同吴四爷善于同日本人周旋有关。

小舅虽然性格上随我姥爷金贵，却喜欢读书，字写得也不错。他也上完了初小。就是这四年级的文化，使他在参加志愿军后有幸留在了团部，从而没上战斗的第一线，第四次战役中全团2000多人全部战死，仅剩下27人时，他便是27人中的一人，尽管结局是被俘。全团2000多人半小时全部玩完的噩梦几乎伴随了他一生：“美国炸弹忒厉害了，有一人多高，一炸一个排……”“炸弹来了，炸弹来了……”“俺想俺娘，俺想俺娘……”

第15章　以廉为先，以民为本

如果说我姥姥给八路军当“卧底”（时髦的说法是“地下工作者”），是她一生最大的辉煌，那么，她担任了国民政府吴村镇妇女放足劝导队主任，则同样是值得一书的一章。

这就要从韩复榘主政山东说起了……

韩复榘是1930年9月正式来山东任国民政府主席的。他来山东是由蒋介石推荐，并经国民政府批准的。完全不是传说中的花钱买的。

上任伊始，这位有着深厚的文化底子和新派思想的西北军将领就采取了与北洋旧将，外号“狗肉将军”的张宗昌完全不同的施政方针。他提出了十六字诀：澄清吏治，根本清乡，严禁毒品，普及教育。

所谓“澄清吏治”很好理解，那就是要求政府官员亲政爱民杜绝贪赃枉法。为了切实做到这一点，全省各县的县长一律由韩复榘亲自考察任命。峄县新任县长张远涉就是由韩复榘亲自选定的。

张远涉时年27岁，毕业于山东高等师范学校，毕业后回到家乡任教。韩复榘主鲁后曾广发文告，号召“各界能人贤达，奉献治国利民方策”。身为教师的张远涉积极响应，便将自己考察、研究多年的治黄（河）方略寄呈了省政府。韩复榘收到后即交水利厅阅办。水利厅的意见是：意见甚好，科学周到。

韩复榘立马认识到这是位人才，只当个教书匠是有点大材小用了。但对于官员的任命，韩又有个严格的规定：必须异地任职，以防七姑八姨九大爷……

于是，韩复榘决定让这位年轻人到峄县任职。之所以让他去峄县，除了峄县地处鲁南、毗邻江苏，且又有盛产煤炭的中兴公司外，还因峄县原县长刚刚被查办。这名北伐前的旧官僚本该洗心革面，辛勤劳作，以稳住原职，不料，却积习不改，继续以权谋私。半年前，他竟用财政上的钱包养了个16岁的女学生，在当地造成了很坏的影响。韩复榘一不做二不休，将其革职查办，丢进了大牢。

张远涉到任前，韩复榘曾亲自找他谈了一下话。问他：

“为官之道，以何为先？以何为本？”

这位年轻人答曰：

“以廉为先，以民为本。”

韩复榘连连颔首称是：

“这话我怎么听着耳熟？”

年轻人答：“这是曾公曾国藩的为官之道。”

这是一个有名的典故：曾国藩当年以第58名录为同进士入翰林院为庶吉士，在内阁大臣的引荐下，见到了穿着一身补丁龙袍的道光皇帝，道光问他当官应以何为先。曾答曰：以廉为先，以民为本。这话让道光一惊，便正眼看了曾一眼，他虽不喜欢曾的三角眼，但对他的应答还是十分满意的，就委任他做了一个县级官吏。曾的仕途从此开始。

韩复榘闻罢击节叫好：“好好好，看来欣赏曾国藩的不光有咱们的蒋委员长，还有兄弟你我。知道吗？我的第三路军全体将士最爱唱的就是曾公当年亲自写下的《爱民歌》。弟兄们……”

“到……”在场的秘书、勤务、警卫统统立正。

“大声唱一遍，给这位兄弟听听……”

于是，韩大主席和在场的人员扯着嗓子，唱起了曾国藩的《爱民歌》：

三军个个仔细听，行军要先爱百姓。

贼匪害了百姓们，全靠官兵来救人。

百姓被贼吃了苦，全靠官兵来做主。

第一扎营不贪懒，莫摘人家耳门板。

第二行路要看清，不要踩了稻苗青。

第三行令要严明，兵勇不许乱出营。

爱民之军处处喜，扰民之军处处嫌。

…………

歌声一完，张远涉的任命书也签完了。

顺便来个小插曲：其实敬佩曾国藩的不仅有蒋中正、韩复榘，还有共产党人毛泽东。毛泽东年轻时，就发出过“独服曾文正公”的感叹，对曾倾服备至。更欣赏其“爱民为治军第一要义”的观点，故在创立武装之初便制定了《三大纪律八项注意》。

…………

张远涉上任后的第一件事就是搞调查研究。他提出了“访谘父老，求贤拜能；同心协力，发达峄县”的口号。

而张远涉所拜访的第一位社会贤达，便是吴村镇的吴四爷。张远涉去吴村镇的那天，既没骑马也没乘轿，而是从枣庄搭了辆拉炭的大车，两个随从也很随便，盒子炮还掖进了腰里。

此举令吴四爷感动：“哎呀呀，张县长远道而来不辞辛劳。实在令人敬佩。”

张远涉说，县府有马也有轿，他只是嫌麻烦。再说，一路走来也正好可体察民情。

在以后的岁月里，张远涉同吴四爷成了至交。年龄上的差距并没有影响两人的友谊。公众场合，张远涉尊称“吴镇长”，私下里，入乡随俗尊称“四爷”（去掉一个吴字）；而吴四爷亦是两个称呼，一为张县长，二为任重（张远涉的字）。这段友谊直至张远涉的生命完结。张远涉1943年死于同八路军的冲突。此为后话。

两人的第一次见面就谈得十分投机。话题就是如何落实韩复榘新政的各项要求。张远涉慷慨激昂地说：“我看得很准，这韩主席同过去北洋派的田中玉、张宗昌这帮督军完全不一样，他是把孙先生的三民主义学到家了，是个想干实事的人。要不蒋委员长也不会派他来山东？”

吴四爷插话：“听说韩主席这人说话很痛快，既有秀才的儒雅，又有军人的直率……”

“而且还极少饮酒。”张远涉流露出敬佩的神情，“字也写得漂亮，那真叫一个有功夫，要不冯玉祥先生也不会看上他？对了，临来前，他亲自给我抄写了他刚刚编好的《将来希望歌》。”

“噢？这韩主席还会编歌？”见多识广的吴四爷惊奇了。

张远涉一字一顿吟诵起来：

无人没饭吃，无人没老婆；

无山不种树，无水不上坡；

无县无工业，无路无跑车……

“好好好！”吴四爷大声赞许起来，连连称赞是大实话，都是大实话。

说到具体的举措，张远涉称：韩主席已经正式将全国的大学者、著名的农村问题专家梁漱溟先生邀到山东，允许他在济南以东的邹平县作乡村建设实验，这种乡村建设将是全新的乡村建设模式，集乡村建设、理论、农业生产知识、农商发展、农村治安自卫、精神陶冶、武术健身等为一体，并由村治学院来具体实施。

种田、养畜都要讲科学，不能像过去那样憨种、死养。粮种和棉花种都要从美国引进（当时俗称美棉），猪种也将从波兰引进（改良后的猪为波支猪）。还要发展养蚕、养蜂，要成立林业工会，专门种树。

张远涉还谈到：县府也要改革，要大力精简闲杂人员。县府只设教育、民政、警察（保安）、民众问事、金融流通、合作社等主要机构。而且这一切机构要“联署办公”，以免老百姓多跑腿。

谈到吴村镇的“工作”，张远涉甚为满意，大加赞赏吴四爷德高望重，乐善好施，镇子上下一片祥和气氛，百姓安居乐业，当然除了几个各地都少不了的地痞、二流子外（鬼子来了时，他们会适时登场）。

两人再往下谈时，就带出了我姥姥……

第16章　国民政府的第十一品官

张远涉谈论的话题是中国传统道德中的几个要点：礼、义、廉、耻。他称：蒋委员长现在号召开展一场声势浩大的“新生活运动”。强调国民要加强自身修养，要重诚信，要讲礼貌，要讲爱心，并要从一点一滴做起。比如讲，不要随地大小便，要系好鞋带，要扣好衣扣，不骂人，更不打人。走路靠右，胸部挺起。和谐邻里，同谋利益，共担苦难，尊老爱幼。还要清除垃圾、污水，清灭苍蝇。生活要勤俭，60岁以下的人不要搞祝寿活动，要提倡锻炼身体，洗脸要用冷水……

“敢情这委员长想得还真细？”吴四爷听着这一切，备感新鲜。

张远涉说：“咱们韩主席做得更细，这不，他又重建了省里的‘进德会’，提倡新生活、新面貌、新精神。‘进德会’现暂设皇亭体育馆，共有执行委员15人，监察委员9人，韩主席和闻承烈（济南市长）任一、二把手。”

张远涉介绍说，韩主席对此要求很严，每周一上午，政府公务人员皆须到皇亭体育馆（后迁往新址，现济南第一机床厂）集合朝会，亦称“总理纪念周”，会前要吟诵国父遗嘱，领导要讲话，总结前一周工作，奖励先进，批评落后。与会人员一律着工作装，右胸前佩戴徽章，以便严身律己及接受百姓监督。（笔者查过有关资料，此仪式一直坚持到七七事变前。1937年12月14日，韩复榘擅自撤离济南时，进德会大礼堂随省政府、发电公司等一同被炸毁）。

张远涉还说了个笑话：“有一次，省税务管理局的一个科长酒后殴打一个卖梨的小贩，正好让韩主席看见了。”

“完了，非撤职不可！”吴四爷说。

张远涉笑了笑：“撤职是以后的事。”

“那……”

张远涉这下笑得更痛快了，韩主席当时就命那个小贩狠揍那个科长。小贩不敢，韩主席点着他的鼻子说：“你揍，使劲揍。他怎么揍你，你怎么揍他。你不揍他，我揍你！”

“哈哈哈……”吴四爷大笑起来，“佩服，佩服，韩主席是个人物。”

张远涉又说：“韩主席还特别重视教育，说，刘胖子能做的，我也能做到！”

“刘胖子是谁？”吴四爷很认真地问。

“四川的刘主席（刘文辉），他放过话：县衙房子好于小学堂的，县长就地正法！”

吴四爷禁不住竖起了大拇指：“好好好，中国有望，中国有望。”

“所以，韩主席也照办了。这不，我的大堂至今还漏雨哩。”

峄县县衙的旧房子直到“文革”时还在使用，我作为红小兵去破四旧时见过。

两人又谈了吸食大烟、拐卖人口、丈夫打老婆等问题，最后说到了妇女放足。说到放足，吴四爷斟酌片刻说：

“放足嘛，镇里强于北部山区，不是很好办。”吴村镇辖域20多个村。

张远涉口气很坚定：

“不可不放，不可有任何死角。韩主席说了很形象的比喻：妇女不放足，民国走不快。这次要动真格的，落实国民政府一再强调的放足公告。”接着，把省政府的具体规定说了一遍：

以二月为劝导期，三月为解放期，未满十五岁之幼女，如缠足者应立即解放，未缠足者禁止再缠，十五岁以上，三十岁未满之妇女，缠足者，按期限一律解放，三十岁以上之妇女缠足者，劝令解放，不加强制。决定共十八条，并列举了奖罚办法，对地方各级官员要求甚严，即亲任劝导（处）队长。

张远涉刚介绍完，吴四爷发话了：

“其实呀，咱镇上就有现成的大脚，这大脚可不简单。”吴四爷讲评书般地把我姥姥的传奇故事娓娓道来。

这下可把个张远涉听入迷了，半天没回过神来。少顷，才一拍桌子：

“那好，就让这大脚嫂子现身说法，劝导全镇的放足工作。让她当你们镇的劝导队主任。”

吴四爷想得就是细，小声地问了句：

“那她地里的活和家务咋办？”

“县里给她发银洋，一月十块。这事我说了算。”张远涉倒十分痛快，“要不我再给你配两个女学生？”

“不用不用，学生也有现成的。”吴四爷马上说到了我大姨和二姨。

张远涉更乐了：“还有这等巧事，一家三口全为大脚？哈哈，真乃我老峄县之大幸。”

张远涉一高兴，马上又批我姥姥一挂马车：到全镇各村游说，现身说教。并强调说，这是韩主席从湖广一带学来的经验。

…………

“哟！还发大洋吃皇粮？”当吴四爷将县长的决定告诉了我姥姥之后，她简直不相信这是真的。

“是呀，才比我少三块，哈哈……”

我姥姥反倒不好意思了：

“让咱为官家办事，这就够场面的了，这银洋就算了吧。”

吴四爷当然是不同意的，说：“这是国家给你的酬劳，岂能不要？你看不起政府吗？”

话说到这份上，还说啥呢？

有这等荣光，全家都高兴。我姥爷金贵虽说要辛苦些，但仍全力支持。晚上睡觉前，两人又说起了私房话。姥爷一边搂着姥姥的大脚，一边说：

“哎，我说大脚妮，这劝导队主任该是几品呢？”

“谁知道呢？过去的县太爷是九品，到了吴四爷这里该是十品，那俺该……该是十一品吧？”说完，管自笑了。

“也许，这品是低了点，但大小也是政府的官。”姥爷喃喃自语。

姥姥也高兴，用大脚蹬一下我姥爷：“哎，你说，这大脚好不好？”

“好，好……”

“再亲亲……”

“是，再亲亲……”姥爷就当真地亲亲，并再次做出很香的样子。

…………

劝导工作马上展开。

中国人历来都喜欢喊口号。那时也是。吴四爷亲自抄写了几个流行的口号，如“女子不放足，甘为男子玩物”，“给女孩裹足的家长，心狠如虎狼”，“脚大福大造化大”，“今日放足，明日幸福”，“不娶缠足女，专爱解放脚”。

镇小学自然是积极响应，受吴四爷委托，李仲文老师专门写了一首歌，让学生演唱：

大姐大脚走得快，二嫂脚小摇摇摆。

大姐挑水又种田，二嫂围着锅灶迈。

大姐一天到枣庄，二嫂一天不出庄……

每每逢集，我姥姥便带上大姨、二姨及一帮小学生，坐在大车上游行宣传。这时，吴四爷也会亲自出马，前后张罗。这时的吴四爷十分威风，因为他已经有了“专车”——一辆“洋车子”（自行车），德国造的，八成新！前轮还绑附了个小发电机，这是县长张远涉奖给他的。四爷感到无限荣光。为此，他还专门雇了个“驾驶员”给他蹬车子，他只管坐在后车架上，为了坐着舒服，还在后车架上垫了块棉垫子。有了专车，四爷方便多了，远到去县城开会，近到在镇里瞎转悠，他都是坐这专车。

她们总是先在戏台上演唱、呼口号一番，这带头喊口号的就是我大姨。她嗓门特大，很招人喜欢。李仲文老师总说她有出息。而后就开始进行检查，遇有缠足的，当场开禁，没收裹脚布，并问明姓氏、家址，以备日后上门检查。如有复缠者，罚家人银元三块，再犯，捆镇公所蹲7天黑号，一天两个窝窝头……

没收来的裹脚布，血迹斑斑，又臭又长，但并不扔掉，而是挂在戏台上的木柱上。几个集下来，竟收了四百七十多条呢！

最热闹的是4月4日“中国少年儿童节”（当时的国民政府所规定的）。这天学校里出动了几十个孩子，个个打扮得漂漂亮亮。他们先是唱了当时的《中国少年儿童歌》：

我们大家都快活。

燕子筑巢养儿女，

蜂儿采花去酿蜜，

看那小动物自强不休息，

我们大家要努力。

鲜红的太阳照在窗上，

告诉我们可爱的儿童节已经到了。……

（万恶的旧社会居然还有儿童节？还有《中国少年儿童歌》？而且这歌还那么好听，这简直是天方夜谭！生在新中国，长在红旗下的我根本不相信。我记得第一次问我妈妈大约是在我上小学的时候。因为我妈妈一没事就爱哼哼，这优美、欢快、充满了童趣的曲调我至今会唱。我妈妈就压低声音说，能没有吗，你妈哪有那本事自己编。我自然提到我们的《中国少年先锋队队歌》，我妈马上说，这哪像儿童少年的歌，这像八路军打冲锋的歌……）

好，再回到放足会现场。唱完歌，又开始演讲进行劝导。孩子们一拥而上，抓住那些小脚就脱鞋。就在这时，台下突然有人喊道：

“大脚嫂子，你别光说不练，有本事把你的大脚亮出来让大伙看。”

此言一出，一片嘘声：“是呀，亮出来让咱见识见识！”

“亮出来咱看看！”

“听说是又白又胖。哈哈……”

台下所有人眼睛都盯住了台上。姥姥先是一惊，继而稳下神来。她一声不吭，慢慢地抬了脚，噌噌脱掉了脚上的鞋子，立马，一双又白又壮的大脚亮在了大伙的面前。

“好哇！”台下一片叫好声，如同听戏般喝彩。女人们尖叫，男人们大喊，孩子们咋呼，气氛热烈无比。

这次的示范效果最好，当场放足近20人。

此后，我姥姥又带领劝导队下乡巡演，每到一村，总能引起轰动，大大地推动了放足运动的开展。

几个月后，张远涉亲自验收，对吴村镇的成绩大加赞赏，称我姥姥是：“亲身示范，天足发威。”此做法被县里作为经验上报省政府。

韩复榘甚为满意，作了批示后又上报给南京国民政府。当时，山东一共有两处经验，另一处是烟台的，为“限制缠足妇女在街市行走”。

南京政府很快批转全国效行。与山东这两处经验一块被批转的还有：西安严禁缠足妇女出入公共场所；开封令警察见缠足者可当街剥除裹脚布；福建漳州专设“鞭足劝导员”，见上街缠足者可用鞭子抽打其足，边追边打，直至打进家门。

这事一下让我姥姥出了名。张远涉趁机劝我姥姥加入中国国民党：

“大脚姐，入党吧，以便为党国做更大的事。”

不料我姥姥连连摇头：

“算了算了，我一个妇道人家，又不识字，入什么党？”

张远涉见我姥姥不同意，也就没再强求，只在遗憾地说，现在国民党正缺女干部，不入实在可惜了。

半年后，放足运动告一段落，劝导队解散。我姥姥又回家当起了家庭妇女，吃皇粮的日子终告结束。

第17章　革命就是要革吴四爷那样的人

有人动员姥姥加入国民党，也有人动员姥姥参加共产党。后者就是平日里斯斯文文的学校老师李仲文“李先生”，尽管那时已改称老师，但老百姓还是习惯于旧称呼。

“李先生”有个特点，那就是一没事了，就爱帮着老乡干农活，或找他们拉。李仲文的家一直在枣庄，他平时很少回去，偏偏空闲时间还多，所以他的人缘一直很好。

有一次，姥姥往地里运粪，李仲文不知什么时候在后推开了粪车，毫无嫌臭的样子：

“桂花娘啊，种地挺辛苦的呀。”

我姥姥说：“庄户人，不觉得累。”

“你知道吗？你这叫受剥削，受压迫。”说着说着，李仲文说到了些新名词。

“啥意思呢？”这可是她从未听说过的。

“就是说你辛辛苦苦种地，还要把四成的租子交给吴四爷就是受……”李仲文很耐心，一如他当年教“大羊大，小羊小……”

我姥姥马上说：“咱种别人家的地，交租子是天经地义的事，自古都这样啊！谁让咱没地呢？”

“可你为什么没地，而吴四爷家有那么多地呢？”

我姥姥说得更简单了：“那还用说，俺老辈里穷，没攒下钱买地；人家吴四爷是几代人的老本了，省吃俭用也不容易，四爷家的老辈上都有亲自拾粪的习惯，这一直传到吴四爷这一代。”

李仲文连连摇头：“不对不对，有钱人家的地都是靠剥削穷人得来的。只要交租子就是剥削！所以穷人要革命！”同时做了个杀头的动作。

“革命！”我姥姥差点让吓死。

“对，革命！”李仲文接着说，现在在南方的一些省份，已经有了这种革命，那就是中国共产党领导的工农革命运动，他们分了东家的地和城里的商号、店铺，对于不配合的东家还要坚决杀掉。老百姓成立了自己的军队，叫工农红军。

我姥姥越听越糊涂，也有些害怕：“哪能随便杀人呢，那不就是土匪绑票吗？你别拉南蛮子的那些花花事，蛮子历来和咱山东人不一样，邪点子多。”

“哈哈哈……”李仲文被姥姥的话逗得哈哈大笑，“这些革命的大道理你迟早会明白的。总之，革命不是请客吃饭，不是做文章，不是绘画绣花。革命就是，就是要把吴四爷的土地分给农民。”

“李先生，你可别再说了，”我姥姥脸都白了，“蛮子的那套在咱吴村镇行不通，镇子里外谁不知道吴四爷是个大善人，你要分他的地，谁能干那缺德事，就是硬分，也没人要。”

“哎呀呀……”李仲文连连发出感慨，“要不怎么说中国的北方落后呢，中国的农民呀……”

此后，李仲文矢志不渝，毫不气馁，仍然抽空给我姥姥做工作，并说，经过革命，就会人人有饭吃，有衣穿。为了世界上不再有富人、穷人之分，为了全社会的公平、合理，最后劝我姥姥加入中国共产党。

我姥姥仍是面有难色地说：“李先生，俺看就算了吧，俺一个妇道人家，又不识字。前阵子张县长让俺参加国民党，俺也没入，这共产党俺也别入了。”

李仲文要比县长张远涉有耐心，便说：“不急，你再考虑考虑，革命嘛，总要有个过程的……”

李仲文一看姥姥不开窍，帮我姥姥干活的时间就少了，但接下来却常常用我家的那头小毛驴去东邻的苍山县。我姥爷有一次问我姥姥：

“李先生整天往苍山跑个什么劲？”

“兴许是闹革命吧？”

“什么叫革命？”姥爷更茫然。

…………

说到老峄县地区早期的共产党人李仲文，就要说到该地区早期的共产党活动了。这一时期应是1926年。

这年的春天，山东胶县人纪子瑞受党的派遣来到枣庄煤矿的前身中兴公司开展工人运动，并从事党建工作。纪子瑞在枣庄矿区工作期间共发展了张福林、蒋福义以及李仲文等10多人为中共党员，并建立了党支部。1926年6月26日，北伐军到达枣庄时（我姥姥等老一辈人对此记忆犹新，称他们为“红脖子”，因为北伐军士兵每人戴一红布做成的领巾），纪子瑞还主持召开了工人代表大会，正式成立了劳工会。当时全矿12000多名工人，参加工会的就有9000多人。这个时期是枣庄工人运动的高潮。但次年4月，中国共产党与中国国民党在中国革命的性质和方向问题上产生了重要分歧，国共两党公开决裂，国民党公开镇压共产党，共产党则在苏联共产国际的直接指挥下，武装暴动来反抗国民党。

国共两党公开分裂，导致枣庄矿区的工人运动陷入低潮。纪子瑞根据党的布置，调离枣庄去青岛工作。1929年6月，已经是中共山东省委委员的纪子瑞在青岛四方机车车辆厂被逮捕，随后被押往济南国民党山东省高等法院第一监狱。1931年4月5日凌晨，纪子瑞被韩复榘以“供认加入共匪，意图颠覆国民党合法政府”为罪名，枪杀于济南侯家大院，与其一同遇难的还有中共早期领导人邓恩铭和郭隆真、刘歉初（毛岸英的岳父）。

…………

纪子瑞牺牲后，李仲文适时潜伏了一段时间。不久，在上级党的统一部署下，又开始进行地下活动。不同的是，已经把重点放在了国民党统治相对薄弱的农村。

不料，李仲文在吴村镇的工作并不顺利。于是，他又马不停蹄地将工作重点转向毗邻的苍山县。为什么又转到苍山县呢？这就要牵扯到山东革命史上的一个重大历史事件了。

1933年4月，中共临郯县委决定以苍山为中心举行农民暴动。当时的中共临时省委书记张北华批准了这一计划。4月2日，因准备仓促，消息走漏，其中一部由党员凌云志率领提前行动。他们收缴了地主的枪支，分了地主的粮食，但这支200人的队伍在去往苍山会师的途中被打散。县委书记刘之言得知这一消息后，决定提前发动暴动，以相策应。4月6日，暴动正式开始，暴动队伍200余人，百余支枪，打出了“中国工农红军鲁南游击总队”的旗号。暴动队伍很快占领了苍山及附近村庄，镇压了地主，没收了他们的财产，并宣布成立“苍山苏维埃政府”。但这个短命的政府仅仅存活了三天，4月9日，国民革命军第81师下属的唐植邦旅在韩复榘的严令下，迅速、彻底地镇压了这次暴动。

刘立言、郭云舫、刘文漪等10多名共产党人被砍头示众。苍山暴动失败。

第18章 无意中救了一个共产党

当吴村镇的老少爷们知道教书的李先生也是共匪，理当砍头的时候，已是苍山暴动烟消云散后的好长一段时间了。

而最先知道这一消息的则是我姥姥。也正是她，偷偷地让我大姨跑步去报了信，从而……

对于这一“无意中救人一命”的积德行动，我姥姥一直记忆犹新，以后的日子里常常谈起。

那是某一天的一大早，县长张远涉骑快马，带着三个保安团的人来到吴村镇。进镇后，径直去了吴四爷家。进去后便大门一闭，不再出来，像是有什么机密之事。

那么，后来的事情怎会被我姥姥知道的呢？请听我慢慢讲来。

张远涉一行人匆匆来此，吴四爷自是重视，便安排午饭。镇里的“差饭”一般由我姥姥去做，因为她有最拿手的菜煎饼。

我姥姥一听说又有“官差”，而且还是给张县长做饭，便急急忙忙赶到了吴家大院。而且，还带了我大姨做帮手。

娘俩一进门，便忙活起来。这菜煎饼看似简单，其实道道特多，这也是我姥姥把大姨带来的原因。首先是挑烙得火候正好的煎饼，以麦子煎饼最好，高粱煎饼也行（穷人则多是以地瓜干为主的煎饼），要不干不湿，太干了，不好折叠，太湿了口感发黏；其次是要选上好的韭菜（其他菜也可），摘掉大叶、腐叶，清洗干净，并一定晾干（不能晒），而后是配上好的虾皮、葱花、姜丝、花椒粉；用花生油（豆油亦可，最忌猪油），搅拌成馅。临烙的时候，再放盐，因为盐放早了，会杀掉韭菜的鲜味。最后一道工序最重要，那就是在把馅子摊到煎饼里的时候，还要打上一个鸡蛋摊开。煎饼好了，鸡蛋也熟了。然后趁热吃最好。能让你一气吃死！

需要说明一点的是，以上介绍的仅仅是工序。实际操作起来很难很难，我母亲就跟我姥姥学了一辈子，但味道只能是吃个半死。

也就是在这些复杂的准备过程中，我姥姥无意中听到了张远涉泄露出来的天机。因为吴家的西偏房（专门用来存放副食、摘洗蔬菜的房屋，再往东的一家是锅灶房），离着客厅太近。

…………

张远涉毫无遮掩地说："蒋委员长最近是下决心了，一定要赶在日本大肆入侵以前消灭共产党，不给日本人入侵留口实。"

吴四爷愤愤地说："小日本也太坏，好好的东三省怎么一下就变成了满洲国呢？蒋委员长也是，为什么下令不抵抗？是中国人的就应该拼到底。"

张远涉轻轻地叹了口气，说："四爷您是有所不知啊。这打容易，咱中国人都有爱国的传统，说抡大刀片，个个不怕死。可如今国际上不讲这套，它还讲个胜败。打胜了好，一好百好。可打败了呢？那可就要割地赔款喽。"

"割地赔款？就像台湾和咱们胶州（即胶东）……"吴四爷毕竟是读书人哪。

"正是。"

"照你这么说，咱现在是打不过小日本？"

"自然，小日本不小啊……"张远涉又叹了口气，"现在日本的国力是咱中国的十多倍，一旦开战，胜算不多，或是干脆直说会失败。甲午战争不就是个例子吗？到那时，整个东北就会被割给日本，一旦割地，就永远难以收回。"

"这么说，现在不打是留有余地。"吴四爷有所顿悟。

"好，四爷是个明白人，"张远涉竖竖大拇指，说，"蒋委员长高明就在这里。他是一国之君，自然不能像我们草民百姓、山野武夫那样只知道抡大刀片。他要考虑整个国家的安危，整个中华民族的利益。所以，委员长高瞻远瞩，提倡国家先养精蓄锐，积存力量，将来大反攻。不反则已，一反必胜！"

吴四爷显然受到了鼓舞，大手一挥，就像刽子手行刑："好，一反必胜，不但收回东三省，还要灭了小日本。"

"所以嘛，"张远涉一副虽无近忧，但有远虑的口气，"为了积蓄力量，有很多事情要做，要发展教育，增民心智；要壮大工业，多造枪炮；要发展农牧，让老百姓吃上饭，以强筋骨。当然，更重要的是，必须铲除内患，那就是共产党。”

吴四爷马上明白了：“内患不除，难以强国！”

张远涉说：“现在咱中国共有一个内患，两个外忧。内患不用说，两个外忧则是一忧小日本，二忧俄罗斯。林则徐早年曾说过，给中国带来灾难的只有两个国家——俄罗斯与日本，而俄罗斯比日本更坏，历史上就是如此。”

只听吴四爷一声长叹：“这就是中国的可怜与无奈呀，身前是狼，身后是虎，让人难以取舍。”

张远涉口气肯定地说：“这还用说吗，当然是委员长提出的‘攘外必须安内’（注意，是‘必须’，而不是‘必先’）。不管怎么说，在反共上，蒋委员长和日本是一致的，整个西方民主阵营是一致的。”

“是呀，近来我老琢磨，共产党凭什么……”可能是太气愤了，吴四爷咳了两声，“凭什么就把别人辛辛苦苦几代人积攒下的家业说没收就没收了？什么叫公有制，国有制？这个公家是谁？这个国家又是谁？”

张远涉半天没说话，大约停了一会：“这个还真不好回答。过去嘛好说，是皇家天下，讲什么‘普天之下，莫非王土；率土之滨，莫非王臣’。这共产主义的公有制、国有制嘛，那只能是他们的一级级官员和政府了，他们谁都可以说自己代表什么国家和人民。”

吴四爷骂了声：“就像庙里的和尚都说自己是佛祖。”

张远涉的口气像是举枪瞄准：“所以要坚决平息共产革命。在这一点上，咱们韩主席倒是挺配合的，如今，经过几年的弹压，山东境内的共产党已大部绝迹。前一阵子的苍山暴动是一次最典型的共产革命，他们不但分了私有业主的财产，还要了所有业主的命，比起南方的共产暴动来，其血腥程度有过之而无不及。广东的海陆丰暴动，匪首彭湃竟公然提出，想入农民协会的，要杀20个以上的富人。”

“惨啊，那阵子苍山过来的要饭的可真不少。光我们吴家赈粥就赈了五天五夜。”生性善良的吴四爷落下几滴眼泪。

张远涉说：“所以，对他们必须毫不留情地镇压，至于李仲文，绝对是死路一条。只不过是要走一下法律程序，我们是合法的国民政府，不是土匪，说杀人就大刀一抹。”

什么？李……李仲文？李仲文，这不是教书的李先生吗？

…………

至此，我姥姥才惊起一身鸡皮疙瘩。

此前的所有谈话，对她来说，似懂非懂，差不多有点像在街上听《杨家将》或《三侠五义》。但要杀她认识的李先生，她可就……

李先生一个教书匠，孩子头，怎么会是杀人越货的共匪？虽说平日里说话有些癫狂，但毕竟是书生。

嘿嘿，不管怎么着，不管谁杀谁，俺先救那个被杀的，大鼓书里不是说“救人一命，胜造七级浮屠”吗？那俺就救李先生一命。都说俺命硬，先前克死过十几个人，那俺今天就软它一回……

“桂花，过来。”我姥姥叫过了我大姨，大姨正在帮她往馅子里倒香油。

“快，去学堂告诉你李老师，让他赶快跑，往后山……”姥姥如此这般一交代。

“咋的了？”我大姨毕竟是孩子，根本反应不过来。

“别多问，赶快去就是。不然就没命了……”

于是，大姨就撒开了她的大脚丫。

娘俩无意中为中国革命立了一大功。

第19章 民国海军少校吴玉臣回来啦

在来鬼子之前，吴村镇发生的最大一件事就是吴四爷的儿子吴玉臣回乡省亲，此事在吴村镇引起了极大轰动。他是从青岛的海军第三舰队来省亲的。进镇的时候他没穿军装（专门在枣庄就换下了），他的少校军衔是人们以后才知道。

“玉臣哥”的到来，也使得我姥姥本来平静的生活又泛起了一阵涟漪，尤其是在得知他仍是单身以后。姥爷金贵为此喝了两天枣庄的“十里泉香”。

…………

说到中华民国海军少校吴玉臣，就要先从北洋海军中尉吴玉臣说起了……

原来，待吴玉臣一帮热血少年学成回国时，已是北洋政府的后“袁世凯时代”。而袁死后的10年，也是中国分为南北民国陷入全国内战的10年。作为吴玉臣这帮西学青年，他们的身上既有西方讲究自由民主、个人价值的一面，又有中国旧有“忠君事主”的传统观念。他们既然是北洋政府派出的留学生（袁世凯个人还拿出了60万块大洋），自然也就应为北洋政府效力。这批留学生中，除了极个别的家乡在南方的人士投奔了南方派系外，几乎全部留在了北洋政府的海军里。

所谓的北洋政府海军，时称北洋舰队（收复两广后才组建了南洋舰队），共有大小舰船数艘并且租借了日本的几艘运兵船。吴玉臣当时在一艘小型炮舰上任中尉副舰长。

在不久后的直奉大战中，段祺瑞战败。张作霖成了实际的北洋政府首领，自然，原北洋海军也归顺了东北军，称东北海军。

但张作霖好梦不长，1928年6月，张作霖在皇姑屯被炸身亡（最新的资料显示皇姑屯事件为苏联人所炮制，见2003年9月3日《青年参考》）。7月，其子张学良继任东北保安总司令。具有新派观念的张学良意识到了建立一支现代化海军的重要性，故在上任不久即成立了东北海军总司令部，张学良兼任总司令，并委任沈鸿烈（早年留日学海军军事）为副司令，司令部设在沈阳。

这位会打网球、会开飞机的少帅非常重视海军。因经费不足，他居然从陆军军费中挤出钱来装备海军，对设在葫芦岛的海军学校也格外照顾。“九一八”事变前，东北海军共培养军官班两期，人员80名，学兵班8期，人员1500名。毕业后都分在东北海军各舰任职。当时的东北海军实力，是中国各系军阀海军之最。

就是在这当儿，实际主管海军和海军学校的沈鸿烈发现了吴玉臣。沈非常赏识吴的才干，便调他入海军学校任教官。

1928年12月29日，张学良毅然宣布易帜，表示信奉三民主义，归顺中央。同时，奉军改编为东北边防军。原奉军的陆海空三军亦归顺中央。

这时，至少在名义上，东北海军是归顺中华民国了。

…………

1931年“九一八”事变爆发，葫芦岛海军学校亦迁入青岛，仍由沈鸿烈管辖。

1933年夏，东北海军中的中下级军官及士兵因思念家乡，不满于沈鸿烈紧跟中央、不反击日本的做法，故策动了海圻、海琛、肇和三舰的南逃事件（欲投有着南天王之称的陈济棠），后失败。故此，以蒋介石为首的南京中央政府在1933年7月5日，将东北海军正式改编为中华民国第三舰队，直属南京中央政府海军部统辖（一开始，暂属华北政务委员会）。

舰队被改编后，沈鸿烈不再担任舰队司令，而专任青岛特别市市长（第三舰队司令改由原参谋长谢刚哲担任，谢乃四川人，沈的挚友）。这时，沈鸿烈同吴玉臣进行了一番推心置腹的谈话，因为沈鸿烈想让吴玉臣跟着他“干地方”。

吴玉臣也是个直率之人，他说：“沈长官，恕我直言，我还是想干海军。如今，日寇步步紧逼……”

沈鸿烈老成持重，缓缓说道：“知道，知道，我当然知道日寇步步紧逼，而我们的海军又实在太弱。到现在，总吨位尚不足10万吨，海军需要建设，海军需要人才。可是你想过吗？目前，这种局面是发展海军的时机吗？从中央到地方，都没有钱。发展海军只是种空想。目前，中央的重点是发展陆军和投资少、见效快的空军，以备对日决战……”

吴玉臣想想说：“您说得对，沈长官，这倒是大实话。”

1937年中日全面开战后，中国海军的命运不幸为沈鸿烈所言中：仅有120艘中小舰艇的海军在1938年的武汉大会战中，不幸全军覆没。上将海军司令陈绍宽为此大哭三天，茶饭不思。

沈鸿烈语重心长地说：“你才30多岁，年轻气盛，这个我理解。但对于中国的事情，你还看不透。我长你近20岁，从满清到袁大总统，再到孙先生、蒋委员长，我是看得太透啦，中国的事，不好办呀……如今看来，日寇紧逼华北五省，山东亦在此列，中日大战不可避免。你不妨先随我去地方磨炼磨炼，万一中日开战，你又是山东人，亦可助我一臂之力。将来抗战胜利了，再重返海军也不迟。我沈某人说话算数。到时我亲自举荐你。陈司令长官是我的好友，对我是极其信任的。”

沈鸿烈并未食言。抗战胜利后的1945年9月，沈亲自向海军司令陈绍宽推举了吴玉臣。“三光”（钱光、人光、舰光）司令陈绍宽大为惊喜。三天后，吴玉臣即赶赴履新，并亲自帮助陈绍宽拟订了中华民国海军发展的宏大规划：设四大战区，建20艘航母（后确定12艘，这一历史事实，笔者会在后面作专门介绍）！

吴玉臣见沈鸿烈如此推心置腹，便没再犹豫，答应了沈鸿烈的要求。从此，吴玉臣开始了自己近10年“海军陆战队”的战斗历程（自谑）。

吴玉臣此次返乡省亲，就是在这一大背景下发生的，因此他的此次返乡，也不单纯是为了省亲。

…………

吴四爷见到儿子的第一面居然是让他当庭罚跪：“逆子，还知道回来！”吴玉臣当即双膝跪地：“父亲息怒，儿子公务繁忙，实无多少闲暇时间。自古忠孝不能两全，还望父亲恕罪。”

吴四爷仍不原谅：“那这次回来怎不提前打封信呀，搞得这么突兀？”

吴玉臣说：“父亲有所不知，此次儿子回家并非单纯探亲，还捎带公务在身，即留眼察看各地各方对日备战的情况。”接着吴玉臣介绍说，自己是先走的水路至日照，下船后去临沂，由临沂至苍山到枣庄。

毕竟是父子，几句话后，爷俩便坐在了酒桌旁。当父亲的问儿子喝什么酒，吴玉臣啪的一个立正：

“报告父亲，什么酒都不喝。儿子身为海军军官，对身体健康要求甚严。我们海军军官严禁抽烟喝酒。”

“那不跟蒋委员长一样了？”吴四爷连连说好。

吴四爷话音未落，儿子又一个立正站了起来：“不过，要说我不能喝是假。有一年过年，弟兄们打赌，我曾直着脖子不喘气，一气灌了三瓶青岛啤酒。再加上我打炮时，从不戴耳塞，故士兵们都尊称我吴大炮！”

“好一个吴大炮，能喝不喝更彰显意志弥坚。”吴四爷连连称赞。

吴玉臣为他的气盛好强，付出了沉重的代价。不到60岁，他的听力大不如以前，尽管如此，他还是晚退休了几年，这无疑须经蒋经国亲批。

毕竟是父子，聊着聊着，聊到了吴家香火是否有续的大事上。吴四爷说：

“臣儿啊，古人云‘三十而立’。如今你已三十有多，至今不娶，是何道理？”

吴玉臣面色一红：“对不起，父亲。儿子有愧吴家，深知本人不孝，可不知为什么，总是对周围的女人看不上眼。”即便是他当年留学时的房东的女儿，最终也是散了。倒不是那位金发女郎不坚决，而是吴玉臣辜负了人家的一番真心。那姑娘本已说服了父母到神秘的中国来生活。

吴四爷来了个单刀直入：“你是不是还挂念着你大脚妹妹？”

当儿子的又是一个立正："回父亲，恕我直言，是有那么一点。为儿的明知不现实，但就是扭不过这个弯来。"

吴四爷长叹一声，眼角里甚至流了泪："唉，这就叫鬼迷心窍呀。你要知道，你大脚妹妹的小儿子都快上学了呀。"吴四爷在这里说的那位"小儿子"就是我的那位当了战俘的小舅舅。

吴玉臣说："父亲不必过于伤心，我玉良弟弟将来定可继承家业。"

吴玉臣提到的这个弟弟，当年才10岁刚出头，是他出国留学后，吴四爷同一个叫芥菜的丫环生的。

不料，吴四爷连连摇头："你玉良弟且不说是小妈所生，论长幼难具继承人之份；即使是不分长幼，他生性厚重有余，心计不足，也难以继承吴家大业。想想我就不免心酸。"

吴四爷的话只说对了一半。吴家二少爷吴玉良并非因木讷愚笨而没能继承吴家大业，而是因为时代的变迁而一生受尽波折，一同受尽屈辱的还有他的母亲，地主的"小老婆"。娘俩最惨的时候就是"文革"中戴着高帽子为吴村镇扫大街。

聊着聊着，已鸡叫头遍。吴玉臣提议，暂且休息，明天上午要在镇子上转转，并顺便检阅下民团的操练情况。吴四爷一一答应下来。

最后，吴玉臣向自己的父亲提出一要求：此次省亲，一定要请我姥姥一家吃顿饭。话还未说完，吴四爷就急了：

"儿啊，你是不是吃洋面包吃糊涂了？我不是说了吗？人家的小儿子都快上学了。"

吴玉臣不慌不忙："父亲有所不知，儿孩的情感未必仅仅是你情我意婆婆妈妈。有一大事您有所不知。想当年我出洋留学……"吴玉臣像讲故事一般，将当年他让我姥姥偷出家里印章，方能盖了具结书一事原原本本说了出来："因此可以说，若没有大脚妹妹的鼎力相助，便不会有我的今天。"

"原来如此。"吴四爷恍然大悟，连连感叹：你俩真是无缘又有缘啊。随即同意了儿子的请求。

第20章　有恒产者有恒心

第二天上午，正赶上吴村镇逢集。吴玉臣偕父亲吴四爷一起，巡视了吴村镇。吴家大少爷回家省亲的消息不胫而走，人们纷纷拥到街上，来一睹吴家大少爷的风采。吴玉臣一副当时的政府公务员的打扮，稍为讲究点的是戴了顶黑呢绒的礼帽。

他跟在父亲后边，步履稳健，神情谦逊。不管是认识不认识的，统统打招呼。这也是吴家人多年的传统。

“喏，这是你李家二哥。”每每遇人，吴四爷总是主动介绍。

吴玉臣行抱拳礼：

“二哥安好。”

对方则急忙还礼：“兄弟康健……”

“喏，这是你刘家三大爷。”

吴玉臣便鞠上一躬：“三大爷长寿。”

对方则还上一个鞠躬：“大少爷英武……”

即便是遇上一些年轻晚辈，吴家父子也是颔首致意，就连那些小孩，也要亲昵地拍拍脑壳，赏给一两块糖果。而人们对吴四爷则一律尊称“四爷”，当然，也有称“东家”的。但无论称什么，都表现出一种难得的融洽和亲切。所以，当十几年后的土改骤然到来时，吴四爷拒不接受儿子让其撤往青岛的意见。因为他自信自己人缘好，更没仇人，不会有人分他的地，更别说要他的命了。

在街中心的一座正在盖的二层楼前，爷俩多停了一会。当父亲的向儿子介绍说，这是他们家刚要办的一家药铺，以方便镇上以及周围的百姓。

但吴玉臣却半天没说话，稍后，才面色沉重地说：

“父亲的菩萨心肠是好的。只是当前大敌压境，最好不要再搞投资建设了，尽量化成浮财，以便带走。”

不料，当父亲的却不以为然：“儿啊，你说得容易啊，这么多的家业我怎么带啊？镇上的其他大户、小户怎么带啊？皇上可以跑，衙门可以跑，军爷们可以跑，老百姓是没法跑的。古人云，有恒产者有恒心。你不挑担子不知重啊！”

也许是自己身在衙门的原因，吴玉臣没有说什么。

吴四爷又感叹道：“当年闹捻军时，你太爷爷就说了，谁也不能跑，谁也不能怯。水来土掩，兵来将挡。咱先修个围子墙再说，这才集资修了这么个围子。”

“父亲的意思是……”

“车到山前必有路。视情况而定，反正我要为咱镇子上的父老乡亲负责。孟子说得好，民为贵，社稷次之，君为轻。”吴四爷的这一观念奠定了自己同日本人打交道的方略。

…………

在整个逛街过程中，还发生过一件趣事。多年后，吴村镇的老百姓还在议论这事。

事情要从杀狗卖肉的刘拐子说起。刘拐子杀狗卖肉都是当街操杀，完了，将狗肉拿到后院去煮。不一会，肉香便会飘满全街。所以，每天一大早，街上便会传来狗的凄恻的哀叫声。人们已经见怪不怪了。

但今天，吴玉臣则出来干涉了。吴玉臣恭恭敬敬地敬了刘拐子一支三炮台香烟：

“大叔，当侄子的想劝你声，以后别这么个杀法。”

浑身狗血的刘拐子一脑子糨糊："大侄子的意思……"

吴玉臣耐心地说："你杀狗的时候，别让别的狗看见，杀它们以前，也不要提前捆起来，这样太不人道。"

"早些年都这么杀，这些东西都是畜牲……"

"是畜牲不错，但它们也有思维和感情，何况狗是人类最好的朋友。俗话说，狗有卧草之恩，马有提缰之义啊。"吴玉臣如此这般一说，最后强调：这在西方是种违法行为。

"那大少爷说该咋办？"刘拐子明显地有点嘲讽。

吴玉臣建议他不妨这样：一条一条地单独杀。先用铁棍突击狠击狗的头部，击昏后再立即放血。

"这么麻烦呀。"刘拐子当时答应了下来。但是，以后照旧。

令众人想不到的是，吴玉臣没有说服他的，居然让两个鬼子兵的几个"扇榜"（耳光）给扇改了。这是后话。

…………

视察民团是重头戏。所谓的民团也有称地方自卫队的。是韩复榘战前根据梁漱溟先生的建议搞起来的。以各县村镇现有义勇壮丁队为主，以本地防务为重点。其任务是保护地方治安，搜查汉奸、盗匪及日军别动队，并负责战时交通、战地救护、输送补给等各项任务。凡参加地方自卫组织的，得暂免补充兵役。

尽管韩大主席的本意很好，但由于资金、装备、人员素质方面的问题，真正落实起来却很难。所以，说这帮民团是乌合之众一点也不过分。他们还不同于以平时的警察为骨干的县保安团，县保安团还有些基本的战术、技术素养（国民党的县保安团是抗战时期，国民党坚持敌后游击战的基本力量之一。类似于共产党的县大队）。而这些人甚至连起码的会操都不懂，能知道打枪时三点连一线就不错了。而他们的装备也不敢恭维，最好的是汉阳造步枪，其余的都是土压五或是打兔子的土枪。有一部分人干脆就是大刀片。手榴弹极少，轻机枪没有。倒是炮楼上的土炮给吴玉臣留下很深的印象。

让吴玉臣无论如何没有想到的是，1938年1月韩复榘因擅自撤退被最高军事委员会枪毙后，继任国民山东省政府主席的正好是他的顶头上司沈鸿烈。沈鸿烈主持山东工作3年多，坚持境内的敌后游击战。这帮人倒也帮了不少忙。

集合完毕，民团的弟兄们列队请国军海军少校讲话。吴玉臣慷慨激昂，讲了当前的形势。他称：目前时局并不是"形势大好，越来越好"，而是很不好。日本人加紧了对华北五省的拉拢。提出华北特殊化、主张华北自治，其意在蚕食我华北五省。而华北五省的态度亦略显暧昧。宋哲元、阎锡山、韩复榘等人多是西北军派系，受冯玉祥这个有名的"倒戈将军"的影响，在一些重大问题上，多是摇摆不定。他们既不想让日本人占了自己的家园，又不想让中央染指自己的地盘。不过如今的中国已不是1928年北伐刚刚胜利时的中国，经过这七八年的努力，无论是经济、军事、外交、人心均有很大起色。国人空前团结，日本人想一下吞掉华北五省，太难。

这时，民团的一个小头目吼道：“山东自古出好汉，小日本想占咱山东，没门。”

吴玉臣立刻击节叫好：“对，这位兄弟说得对。目前看，山东的抗战工作在省政府的统一领导下，做得还比较扎实。且韩主席一再拒绝了日方的引诱和威逼。先是日本天津驻屯军司令官多田骏飞赴济南会晤韩主席，邀他参加冀察鲁自治活动，遭拒。接着，又是日本第12师团留守师团长土肥原赴济会晤咱韩主席，又是碰了一鼻子灰。最近，日本驻济南领事馆领事花谷邀请韩主席赴宴，要他表态参加华北自治运动。日本人够鬼的，还上了几个年轻的艺伎勾引韩主席。”

“什么是艺伎？”有人问道，声音很大。

“就是婊子呗！”声音更大。

“不对，是会唱拉魂腔的婊子，哈哈。”

“韩主席上钩了吗？”

吴玉臣不慌不忙地说：“韩主席是酒照喝，饭照吃，完了装憨卖傻，拍拍腚走人。气得个小日本呀。”

“哈哈哈。赚了，咱韩主席赚了。”民团士兵们一阵哄笑。

吴玉臣又鼓动说：“所以，我们要在省政府、在韩主席的统一领导下，进一步地做好抗战的准备工作，随时地准备痛击小日本。”

平心而论，吴玉臣介绍的情况都是历史事实。韩复榘在抗战一开始，并非消极作战，而是保持了一个中国军人最起码的爱国热情。就在吴玉臣此次探亲不久后的1937年2月，韩对当时的中央代表何思源说：“我绝不会跟日本人搞到一起。”还有一次，在对山东《民国日报》等9家报社总编谈话时，又愤愤地表示：“如果有谁想压迫山东，我山东亦不示弱。”不久，日本驻济南领事馆又以山东中学课本中有反日言论向韩递交《关于山东教育的抗议书》时，韩批示教育厅：不要理他们。

七七事变爆发后，日军一路南侵至山东境内。1937年10月3日，日军第10师团大举进攻德州。韩复榘部运其昌旅第485团全体将士英勇抵抗，悉数殉国。11月3日，韩亲率手枪旅贾本田第一团和朱世勤的特务队北渡黄河，阻击日军左翼。激战中，韩本人及所属不到100人在济阳被日军重重包围。贾团奋力抵抗，伤亡殆尽，韩本人差点被俘。后经随从拼命相救，韩才亲驾摩托车冲出重围。

至于后来韩复榘对日态度的转变，以至于擅自后撤当然也是有诸多原因的。这是众所周知的，感兴趣的朋友可自查资料。

第21章　佛度有缘人

像是佛教说的心灵感应，自打镇上的人传说吴家大少爷回来省亲后，我姥姥就整个地变成了另外一个人，她先是焦躁不安，后又兴奋异常。乌黑的头发梳了又梳，后边的发髻拆了又编，编了又拆，还搞来了个大红的套子套上了。没人的时候，还刷了两次牙，那时已有牙膏了，是日本货，苹果味，老百姓都爱用。我大姨已经知道用了，不过不常用，好几天才刷一次，主要是不舍得。

更重要的是，我姥姥像是有预感似的，提前烙起了菜煎饼，当然是韭菜馅的。

“哟哟哟，给谁烙的呀，不知道俺不吃韭菜吗？”姥爷金贵就在一边撇拉嘴。

“管不着，想给谁烙给谁烙。”姥姥嘴上这么讲，但还是烙了胡萝卜馅的。这是姥爷最爱吃的。

姥爷继续说风凉话：“嘁嘁，人家回家探亲，关你什么事，看你惊惊的。”

“俺愿意，俺愿意，管得着吗？”姥姥无话可说，只好耍赖。

“要不要俺给大少爷送去呀？”

“死金贵，再耍贫。”大脚飞起，正中姥爷的腚帮。

“哎呀呀，踢淌蛋黄了，踢淌蛋黄了！”姥爷借故大叫。

正巧，大姨、二姨进屋来了。两个孩子哈哈大笑，两个大人也跟着笑了。

我姥姥当时敢肯定地说，她一定会见上大少爷一面，而且还能说会话。因为大少爷肯定不会忘了她！但是，却没想到大少爷会请去吃饭，而且是请她全家！就连几岁的小舅舅也被请到了。

来送信的是大少爷的最小的一个妹妹。为了显得重视，居然没让下人来请。

“全家都去？”金贵姥爷以为自己听错了。

“是的喽，俺大哥说得很清楚。”

终于盼到了这一刻，姥姥自是激动万分，又有些忐忑不安。她急急忙忙又梳妆一番，用个洗净的包袱皮包上了烙好的菜煎饼。不让人察觉的是，她的右手上戴上了那只金灿灿的金手镯。

“嘁嘁，俺来瞧瞧。”守着四个孩，姥爷不便大声。

姥姥则干脆不说话，一抬手“啪”地把个姥爷的手给打回去了。

“哼哼哼，不让看不看，不就是个金的嘛。”悻悻然，姥爷走到了前边。他今天也穿得干干净净，做客嘛，就要有个做客的样子。

几个孩子，除了我大姨外，都高兴得像过年，你追我赶，打打闹闹的，向吴家大院走去。

吴玉臣早早地站在了吴家大院的大门口，远远地就能看到左手戴着只亮闪闪的金手镯。等到一眼瞧见了我姥姥全家，便一阵风似的从台阶上迈了下来：

“大脚妹……妹呀，你可好啊？”人早已哽咽了。

“玉臣哥……哥……”姥姥急步向前，离着还有几步远，人突然地一翻眼向一边倒去。

我大姨眼疾手快，急忙扶住了我姥姥。姥爷金贵急忙上前遮掩：“昨夜烙煎饼累着了，嘿嘿！”

从此，我姥姥落下了个一激动就晕头的毛病，不过不会很厉害，一会的工夫自己会好起来。等到下一次她再犯晕头病，则是十几年以后的土改前夕了。

吴玉臣却和金贵姥爷抱在了一起。他们的抱不是现代人的那种拥抱，而是彼此抱住对方的后腰。先是我姥爷一下拔起吴玉臣的硝碌（即把人整个抱起），而后放下，吴玉臣再拔他。两人拔了几个来回。

“大少爷，你不显老，头发一把黑。”

“金贵呀，你也不显老。你是老实人发闷财，便宜都让你赚了。哈哈……”

姥爷便又说：“托四爷的福，这些年的日子越过越好。你看，俺也戴上礼帽了。”七七事变前的吴村镇和枣庄街上，戴礼帽的老百姓不少。

“怎么样，大脚妹妹对你好吧？”吴玉臣有点调皮地问道。

“别提了，她尽踢我……”话音未落，腚上又挨我姥姥一脚。

“哈哈哈……”大伙全都笑了。

这时，我姥姥已经恢复了常态。面色依然如故，只是双颊泛起一种更好看的桃红色，两只眼睛也变得深情脉脉，宛如回到了少女时代。她拿眼角乜斜了眼吴玉臣，小声问了句：

“玉臣……臣哥，您还好吧？”

“好好好，挺……挺好的。”吴玉臣的泪顿时流了出来。

四目相对，近在咫尺，却凝咽无语……孩子们大眼瞪小眼，我姥爷呆在一边干咳嗽。墙角的狗不叫了，树下的鸡不鸣了……

恰在这时，吴四爷笑呵呵地出来了，让大伙入座。

进得客厅，吴玉臣开始给孩子们发糖果，花花绿绿的，一人一大把。据我母亲回忆说，这是她们4人第一次吃糖果。吃的时候不舍得咽，一块糖吃大半天。因为糖块发黏，孩子们就称它为“黏黏”。剩下的糖纸，也没舍得扔，还保留了起来。我二姨的糖纸保存得最长久，一直保存到她出嫁。

大姨当时已是大姑娘了，个头、模样一如当年的我姥姥。再加上她非常懂事地将自己的糖果让给我小舅，因而引起了吴玉臣的注意：

“桂花成大闺女了，怎么样，说门子了吗？”说门子就是找婆家，出门子就是出嫁。

我姥姥说：“说了，是西边齐村的一家磨豆腐的，姓张，比桂花小了一岁，人挺老实的。”

吴玉臣听了挺高兴：“行啊，庄户人过日子，老实肯干就行。”

人算不如天算，鬼子一打来，这亲事就黄了。很快，大姨便投身到抗日的洪流中去，她最终嫁给了八路军115师的那个老红军（这人后来被鬼子抓去了，在鬼子投降的前几天却……）。媒人就是她当年的老师李仲文。

…………

接下来的一幕就更有趣了。吴玉臣在抚摸我小舅时，问他：

“你喊我什么？”

小舅生性老实，便看了我姥姥一眼，姥姥说：

“喊大爷。”

“大爷。”小舅怯生生地喊一句。

吴玉臣高兴得像个孩子：“好好，喊得好。”

这时，我姥爷金贵嘴角一下拉长了：“不是喊舅舅吗？”

小舅有点晕了，只好又拿眼睛看我姥姥。孩子毕竟跟娘亲。

我姥姥几乎是大吼一声：“喊大爷。”

“是，喊大爷。”小舅咽下满口的糖水，又喊了一声。

所有的人都被逗笑了，包括上菜上茶的丫环。只有姥爷金贵撇了撇嘴，眼睛盯向了别的地方，还干咳嗽几声。

酒菜备齐，人员落座。就连吴玉臣的老母亲也挪动着那双吴家引以为豪的、全镇最小的脚晃晃地来了。

全是大鱼大肉，当然少不了刘拐子的五香狗肉。孩子们可解了大馋，一个个大口吞咽，但大人们似乎全无胃口。

吴玉臣破例地喝了杯枣庄“十里泉香”，马上就醉眼朦胧：

“今天我高兴，就像成亲一样高兴……”话未说完，两行热泪滚了下来。

其他人不语不言，我姥姥忍不住了，泪水涟涟地说：“玉臣……玉臣哥，你也是快四十的人了，赶快找个……个嫂子吧。”

吴玉臣眼一瞪：“谁说我没找？只是没合适的，就是没我看上眼的……”说着，泪又下来了。

吴四爷叹了口气，撤下了儿子的酒杯：“行了，你喝多了……”

我姥姥便嘤嘤地哭了起来……

吴玉臣的老母亲开了口，才把话题引开了。她唠唠叨叨地说，赶明儿上枣庄洋街上找一个，那里大户人家的闺女多的是。在老太太眼里，枣庄街是天下最场面的地方。

整个酒宴吴玉臣只吃我姥姥给她烙的菜煎饼，就着泪水一气吃了四个，咬一口喊一声好吃。

第22章　真实的台儿庄大战：秘闻、趣事

说鬼子，议鬼子，骂鬼子，怕鬼子，但鬼子还是来了。

鬼子到底什么样？是见了小孩就给糖，还是像鲁迅先生笔下的藤野先生那样彬彬有礼，说句话鞠一个躬？还是杀人放火，无恶不作，见了大闺女就“花姑娘”的，还是……在这些事上，恐怕我姥姥及她的乡亲们最有发言权，因为大伙别忘了，在我的老家发生过震惊中外的台儿庄战役。

而且我姥姥作为战役的亲历人，她看到了战争的残酷景象，在后边我还要说一个细节，这可是中日两国教科书上都没有的，那就是日军是如何对待负了重伤无法带走的伤兵的。枪毙？活埋？安顿给中国的百姓？哈哈，都不是。

而且参加台儿庄大会战的鬼子兵，也不是像我们想象中的那样，是自卢沟桥事变后，一路南下杀将而来（北路日军在占领德州后即没有南进）。那么，他们是从哪儿来的呢？

…………

事实上，鬼子自卢沟桥事变后，兵不血刃地占领了北平和天津（中国军队在自己宣布“南苑大捷”后，莫名其妙地主动撤退了，撤得连日军都毫无准备）。而后，既没有增派部队，也没有继续南下。而是着力恢复北平、天津的秩序，扶植汉奸政权。当然也没搞什么北平大屠杀。平津的老百姓生活照旧。

但是，以蒋介石为首的南京政府却有自己的打算：不想在便于日军机械化部队行动的华北平原与日本决战，他们把决战地点放在了上海。因为上海有美、英等西方各国的利益。蒋意图引火烧身借助西方的力量牵制日本。于是，在作了相当的准备后，蒋介石命中国军队突然袭击了日本驻上海的海军陆战队（中方前线指挥官为张治中），这就是历史上所说的“八一三”淞沪会战。这一战术很有点像当年的义和团攻打西什库教堂。此举令日军备感意外和措手不及。

不过，战局的发展却不像中国当局事前设想的那样，五千多人的日本海军陆战队和武装起来的日本侨民拼死抵抗，使得中国军队的进攻屡屡受挫。更糟的是，日本立即进行了全国总动员，提出了“膺惩支那”的口号，动员了预备役（预备役军纪甚差，故为以后的南京大屠杀留下了隐患），紧急开赴上海，中日大战正式爆发。

截至1937年11月5日，日军在金山卫突袭登陆，战局开始不利于我中国军队。蒋

介石为保存有生力量，以便持久抗战，遂下令中国军队全线撤退。

上海战事平息后，日本政府并无扩大战争的计划，并决定庆祝完胜利后，撤兵回国。但是，日军中历来存有的“下克上”现象再次出现。他们不满于仅仅占领了上海，还想着继续北进，直捣中国的首都南京。于是，在“爱国无罪”的旗帜下，日军第10军擅自向南京进发。

1937年12月12日，南京陷落。

为了配合南线占领军的行动，日本华北驻屯军也急急忙忙派出矶谷师团沿津浦线南下。为了配合该线部队的行动，日军再次采取了在“青岛登陆，直插内地”的战术（1928年济南事变，日军就是采取的这一战术）。日本最精锐的坂垣第五师团，于1938年1月12日在青岛登陆。随后，沿胶济线西进至潍县后转南，直扑临沂。意与已经南下至滕县、济宁一线的矶谷师团会师。

而这时，我第五战区的部队也在徐州、台儿庄一带集结完毕。台儿庄大战爆发！

…………

对于我姥姥这样的草民百姓来说，重要的不是什么战役重要不重要，也不是什么战术得当不得当，而是战争带给他们日常生活的影响。因为战争是要死人的，子弹穿进肉体那就是个血窟窿，大刀一挥脑袋就可搬家，一把火可以烧掉一座百年老宅。老人、妇女、儿童更易受到伤害。兵荒马乱之时，人的生命还不如一棵小草。

“日本人忒狠了！当官的扇当兵的耳刮，一扇十几下，扇得满嘴淌血。当兵的连动都不动。”

“日本人从台儿庄撤退的时候，所有能动的伤兵都是自杀而死。他们那个自杀不像电影里演的，拿着刀往后戳，那是熊胡扯。真实的自杀是把刀头扎到肚子里一半多，然后再使刀往下划，把肚皮豁开个口子，让肠子、肚（dǔ，枣庄土语，即五脏六肺的意思）子，哗哗啦啦淌出来，那地方不是人的要害，划开后人疼得在地上打滚，老半天还死不了，真瘆人……”

姥姥当年上过台儿庄战场，是作为当地的国民政府组织的后援会上去的，主要任务是上去运子弹，下来抬伤员。

现在我就告诉你，中日双方的战史研究中都没写到的日军自杀细节。每每说到这事时，姥姥总是种感叹不已的口气：

“日本人忒毒了。那些伤得不能动的重伤员要由别的兵来帮他自杀。”

“用枪打！”我马上说道。我和她老人家“讨论”这些事时，正是20世纪80年代后期我上大学的时候。那时，台儿庄大战，以至《台儿庄大战》的电影已被人们所知。在此以前人们都知道国民党从不抗日，是下山摘桃子的无赖。

“不，不是。”姥姥当即摇摇头。

“用刀砍。”我想起了松井的指挥刀。

“不，也不是。”姥姥立马变了脸，声音也压低了，“知道吧，他们专门用枪托子砸蛋子子。”

注意，“蛋子子”在枣庄的方言里就是“睾丸”。大概是为了强调这玩意的重要性，他们在“蛋子”的后边又加上了个“子”字。

“什么？”我头发全竖起来了。

“俺亲眼看见的，俺运输队的人都见了。那些被砸死的伤兵一个个眼睛都睁得老圆。嘴巴也张着。裤裆里血乎乎一片，吓死人了，”姥姥最后又有些不解，“日本人也有意思，那些被他们砸死的兵，都被割去了小拇指，说是要把它们带回国内供到庙里去。”

这事我就有发言权了，我对姥姥解释说：“日本人都信神，认为只要人的尸体的一部分带回去了，这个人的魂也就带回去了。他们把这些人放在各地的神社里，供后人祭奠。而且在敬神方面，日本人不分男女老少、穷富贱贵、政治信仰，哪怕是个刚出生几天的婴儿，也有自己的灵位。”

我接着问：“国民党的军队打鬼子勇敢吧？”

“那怎么不勇敢呀，都是中国人嘛。要说跟鬼子硬拼的，还数国民党的部队。八路军不行，八路军滑头，光打游击，打得过就打，打不过就溜，跑得跟山兔子似的，一眨眼不见了。”姥姥又说，铁道游击队更滑头，尽干些“偷鸡摸狗拔蒜苗”的事。不过，闹得鬼子挺心烦。姥姥说到最后，开心地笑了。因为铁道游击队上上下下都喊她“大脚嫂了”。她跟老英雄王强的友谊一直保持到王强去世。“文革”中自不必说……

“国民党最后上来的都是蛮子兵，原来的都打光了，那些个死人呀，满地都是，穿黄军装的是鬼子，穿灰军装的是中国兵，中国兵死得多，咱的枪不行。手榴弹一炸才两瓣。”

我对她说，你说的那些蛮子兵实际是国民革命军第60军，是云南兵，个头都不高，但打仗既勇敢又灵活。日本兵都称他们为“猴子兵”，最怕他们。而且因为他们的云南方言不好懂，最后就让他们当了电话兵传达作战命令，以防鬼子（主要是以“满洲国军”出现的东北人）窃听。

“对对，是第60军。云南人真行，他们还带来了12名妇女，当战场慰问团，那些妇女真厉害，都是大脚，跟我们的男爷们一起抬伤员，送子弹。”姥姥的这支后援队全是男劳力，一人一驴，就我姥姥一个人是女的。至于原因我就不啰嗦了。

我告诉姥姥，台儿庄大会战不光有云南的猴子兵，还有川军的第22集团军邓锡侯部（辖第41军及第45军），汤恩伯的第20军团（辖第52军及第81军），庞炳勋的第3军团，张自忠的第59军。在台儿庄据守的是孙连仲的第2集团军（实际只有三个师的兵力，即第27师、第30师、第31师）。

我这么一说，引来了姥姥的回忆：“对了，是守滕县的那伙人。咱在那儿还牺牲了一个师长呢，好像姓王。”

我告诉她，死守滕县的是川军的122师，师长叫王铭章，是个大英雄。

我悄悄地告诉她，就连蒋介石也到台儿庄前线视察了。

她马上一瞪眼："净胡扯，毛主席教导我们说，蒋介石是个大秃头，得过花柳病，怕死鬼，人民公敌……他敢到前线来？"

我告诉她，这是真事，台儿庄大战后的最后一个晚上（1938年4月7日晚），蒋介石在他的上校侍从副官居亦侨（黄埔六期），上校副官组长项传远、李同堂（两人均为黄埔一期）等10余人的陪同下，由徐州抵达台儿庄前线。蒋介石微服潜行，着布军装，配军人魂短剑，精神甚好。蒋先行到达第2集团军孙连仲的指挥所，而后步行过运河，到达庄垣前的31师池峰城的师指挥所，蒋向池师表示慰问。视察阵地后，方返回第五战区总指挥部。

姥姥听了，哑口无言，沉思良久……慢慢地她嘴唇一动，想要说点什么，却又说不出，只剩下满头的白发在微微颤动。突然，老人神情变得庄重起来。

"俺会唱《中华民国颂》，就是跟前方的将士们学的，可好听了……"说着便激昂地唱了起来：

青青的草原，一眼看不完。
喜马拉雅山，峰峰相连到天边。
古圣和先贤，在这里建家园。
风吹雨打，笋立五千年。
中华民国，中华民国。
经得起考验，只要黄河长江水不断，
中华民国，中华民国，
千秋万世到永远。
…………

"日本鬼子到底长什么样？是不是杀人又放火？"我强调说，电影上都是这么演的。

"和咱中国人长得一模一样，就是又矮又壮，好吃牛肉好吃鸡，没脖子，肩膀上边就是头。哈哈……"姥姥顾自笑了起来。她说，日本人也承认自己祖上是中国人。她帮着看小孩子的那位鬼子矿长中植根就说自己是刘邦的后代。

一开始他们不杀人放火，姥姥强调说，从台儿庄撤回来，他们就关了峄县的大门，咱们中国军围了两天也撤了，因为咱们没大炮，连小炮也没有。撤的时候说是要去守徐州（实际没有，而是在最高统帅部的统一指挥下，有组织地撤往武汉方向）。接下来他们到处贴告示，让老百姓安居乐业，酒馆、饭铺、商号、学校照开。

"听说，峄县乡师的校长还曾找过鬼子的司令官，说，你们的士兵常到学校里滋事，望你严加管束。那鬼子司令官一个劲地给校长道歉，并专门集合队伍训了话，鬼子兵就再也不去闹了。"

不过，姥姥也说了一个新情况，是史书中没有记载的，即日军杀了我们一批手无寸铁的壮丁："据说是从河南召来的，清一色的壮劳力。结果他们开来时，咱们的队伍已经从台儿庄撤退了。这伙人就被鬼子堵在了韩庄运河闸上，用机枪突突了。说是死了有200多口子。这小鬼子可真坏，杀壮丁干什么？壮丁手里又没有枪。"

这一点，我姥姥是不懂的。壮丁实际就是"预备役"，仍是战争的一部分。而且据资料记载，日军还在山东的济阳杀过我们刚刚征集的壮丁。时间是1937年11月13日，日军共杀我壮丁1800人，酿成骇人听闻的"济阳惨案"。

"鬼子的狼狗厉害吧？"电影里最好演这些事。

"那个时候的鬼子没有带狼狗的，都是带的大炮、坦克车，后期的鬼子带狼狗就多了，叫什么治安军……"

鬼子的"治安军"？这倒是个新名词，以后，我专门查了这方面的资料，才知日军确实是分战斗部队和治安部队的。在敌后占领区驻扎的，多为这类治安军，名曰"混成旅团"，多以老弱病残和新兵蛋子为主。但就是这些人也够让我们的敌后武装（包括国民党的军队和游击队）头疼的。以我的老家吴村镇为例，鬼子最少的时候就三个人，加一条狼狗和一个中队的汪系和平建国军。但国共两党的武装硬是不敢进。

姥姥进一步说，这些治安军是专门对付张县长的游击队和铁道游击队的。

我知道她说的张县长就是国民党的峄县县长张远涉，但是他也有支游击队，那就新奇了。因为党史上没记载。

"怎么没有？张县长的游击队叫'苏鲁战区第一游击支队第三大队'。但老百姓都叫它峄县保安团，他们最大的官是于学忠。这游击队也厉害。扒铁路一扒好几里，气得鬼子嗷嗷叫。只是没人写他们就是。你们的那位刘老师（指《铁道游击队》作者刘知侠）太偏心眼。"姥姥有点打抱不平，说，你等着，有空我给你说说张县长的事，你也写一写。

我痛快地答应下来，并顺着话题问："台儿庄大战时奖你的那100斤小米，不就是张县长亲自发的吗？"

这事使姥姥自豪起来："那可不，就在咱家门口发的。咱不能吃独食不是？我一个人哪里能做那么多鞋，还不是姐妹们一块做的。我和你姥爷就把小米都分啦。"

"你这叫支前……"

"不对，叫后援会，是国民党组织的。咱八路军才叫支前。"她很认真地纠正我。

"都一样。"我说。

"不一样，不一样。国民政府发大洋、发小米，八路军什么都没有，叫尽义务。"

我差点让笑死："姥姥，您太实在了。"

姥姥还可惜台儿庄的城墙，说那原是明清两代修的，用特制的大青砖加和石灰糯米浆砌成，可惜全炸毁了。现在的，全是假的。专门当什么"景点"来骗钱。

姥姥最后说，自打完台儿庄大战后，鬼子就结结实实地把咱这块占领了，一直到1945年投降。

“咱吴村镇没大受罪吧？”我自然关心本乡人的命运。

姥姥没马上发话，缄默许久，叹了口气，说，基本上没大受罪。唉，多亏了吴四爷呀，要不是他里里外外同鬼子周旋，老百姓不定要遭大殃……

第23章　你为谁守扬州

台儿庄大捷以1938年4月6日晚日军全线撤退至峄县、枣庄一带而告结束。

但是凭着现代化军队的后勤补给系统，10天后的4月17日，日军在迅速完成了兵员、武器的全面补给后，又开始向台儿庄、徐州一带反扑。中国军队在此又进行了激烈的抵抗（以第60军为主，即我姥姥他们所说的“猴子兵”）。约5月中旬，台儿庄一带失守，台儿庄的失守意味着峄县、枣庄一带沦陷。姥姥的老家成了敌战区，覆巢之下，岂有完卵？吴村镇自不必说。

告诉你，并不像你想象的那样，日军突然包围了吴村镇，先开炮，后冲锋，进村后杀人放火，“三光”政策还有花姑娘的大大的。

吴村镇倒是戒备森严，作了充分的战斗准备。民团全部上了围子，四个炮楼全架上了土炮，吴四爷亲自巡防，不敢有半点马虎。但是，枣庄的日军没半点动静。有人说，这是因为鬼子光顾着整理煤窑急着出煤，顾不上别的了。也有的说，中国的地方政府及正规军已南撤，鬼子压根就没把周围的村镇看在眼里。

…………

到了第三天上午，终于来事了。

两架日军的“铁老鸦”（飞机）飞来了。飞机是两个翅膀的，飞得很慢，也很低。几乎是贴着树梢飞。连飞机里边戴皮帽子的飞行员都看得见。因为听说过鬼子的“铁老鸦”扔炸弹的事，所以人们的第一反应是鬼哭狼嚎，四下里乱窜。但是，飞机并没有扔炸弹，而是撒了一地的花花绿绿的传单和糖果。

传单多是以下一些口号：“日华亲善，相互提携”、“勤劳奉仕，王道乐土”、“日华同文同种，日本是回娘家”、“黄种人的皮肤黄色的脸，亚洲人种亚洲田”、“共产邪恶是日华两国共同的敌人”、“大日本皇军是王者之师，来中国帮着建立新秩序”、“英美西方势力从亚洲滚出去”等等。

这些口号，在当时的一些文化人中，很受欢迎。因为这是当年的事实，那时的整个亚洲都成了英美西方各国的殖民地，如美国占着菲律宾，荷兰占着马来西亚，英国占着印度，法国占着越南……

战争初期，日军兵源充足，日军中的士兵多为现役军人，军纪普遍严格，一般极少祸害当地的老百姓，也很少骚扰当地的老百姓。如果听我姥姥介绍了一些当地的妇女同日军士兵的关系，你会感到瞠目结舌。

“鬼子刚来的时候，到处贴标语，贴图画，有的图画还配上字。鬼子的毛笔字写得好着呢，连吴四爷都夸那字有功夫。”姥姥的记忆力不愧是最好的，她还记得其中的一些内容。

如，其中的一幅画是：一个全副武装的日本兵，脚踏大地……背后是一面大大的日本国旗。文字则写着：日本皇军足迹踏过的地方，马上就会变成无忧的乐土。

还有一幅则是，一个日本兵背着一个中国小孩，身后还跟着两个中国老百姓。日本兵奋脚踢飞前边的两条狗。一条狗身上写着：“国民政府”；另一条身上写着：“国共合作”。旁边的文字写着：日军的奋战是为着救中国的民众。日军背后的中国人都是从国民政府的毒牙中救出来的中国良民，看看他们的笑脸呵……

鬼子的这些宣传品，使吴村镇陷入了迷茫。人们搞不清鬼子葫芦里卖的什么药。

吴四爷适时地召开了个碰头会。镇上的几位乡绅都参加了。会上出现了两种意见。一种认为：鬼子说的是实话，他们安抚人心是真的。因为从枣庄回来的人也看到了，鬼子也是满城贴告示。让老百姓安居乐业，煤窑差不多快出煤了。日本人来是干什么的，不就是看上了咱中国的财富吗？它要是整天杀人放火，谁还啰啰他呢？

但也有人认为，鬼子就是鬼子，从甲午年间往这就尽欺负咱中国，杀人放火是他们的本性，狼就是狼，什么时候也变不成羊，没见北边的“刘坡惨案”吗？

大伙说到刘坡惨案，均不寒而栗：

一天，两个鬼子到村头的井口上洗澡，两个小鬼子扒得精光，只穿着个布条条（大概就像相扑运动员的那条白布，相当于中国的裤头）。他们把打上来的井水从头往下浇，高兴得咿哩哇啦。看到洗澡水又流到了井里，村里的老百姓不高兴了，上去跟他们说理。但比比划划的谁也听不懂，最后就打起来了。结果两个小鬼子一死一伤，村里也伤了两个壮劳力（即男青年）。伤了的鬼子回去一汇报，小鬼子开来了一队人，一进村见人就开枪。打死了咱们两个，打伤了五个。

这么一说，大家心情更忧郁了。众人你看我，我看你，谁都不想说什么。

突然有人小声问了句：“张……张县长也跑了吗？”

人们之所以用“也跑了”，显然是有所指的，那就是指省政府主席韩复榘的“不战而退”。这事着实让吴四爷等人大为愤怒。吴四爷甚至愤愤地说：身为地方领袖，不是身先士卒，领导全民抗战，而是不战而退，弃众苍生于不顾，何以再让每个草民百姓为国牺牲？

吴四爷不相信张县长也跑了：“远涉恐不至于。这次台儿庄大战，咱们峄县的民众后援工作是做得最好的。只是……只是……”

“四爷，有话请直言。”有人在旁边说了句。

吴四爷想想说：“其实也没什么。大战尾声，张县长曾让人捎口信给我，说他要随五战区部队南撤，去南岳参加由共产党人叶剑英主办的游击训练班。还说，他一定会回来的。”

“张县长和韩主席不是一码事。”

“不过，张县长是远水解不了咱的近渴。大伙还是看看如何办好吧。”

“听说韩主席令他撤退被他拒绝了，还写了首诗复电于他。”

吴四爷知道得更详细：“不是赋诗一首，而是引用的一段古话……”说完，叹了口气，没再说下去。

议论了半天，几个“土财主”（几位乡绅的自谑）也没说出个一二三来。

一看陷入僵局，吴四爷禁不住大发感慨，说了段历史往事：

南宋末年（1276年元月），蒙元大军攻陷了南宋的首都临安（现杭州）。南宋皇帝宣告投降，后偕同太后被一并押解北上。此时，镇守扬州的南宋将领李庭芝、姜才等人还誓死不降。皇上派人带信劝其投降，李庭芝怒斥：“我奉诏守城，从未闻有诏谕投降的。”信使只好灰溜溜折回。

不久，太后和皇帝一行人路过瓜洲，再次诏令李庭芝投降。诏令曰：“现我与太子都已臣服于元，你为谁守扬州？”是呀，连皇上都降了，你还守个屁呢？

李是个死心眼，仍不听从，令弓弩手发箭，射死来使一人，以示抵抗到底的决心。其结果，李、姜二人战败被俘，后被杀。最可怜的是扬州的老百姓。蒙元大军破城后，屠城三天，尸堆如山……

是呀，你为谁守扬州……

吴四爷一个典故，把大伙的情绪打到了一个低潮。大伙面面相觑，谁也不再说话。大概是觉着太冷清了，其中一个小声唠叨了一句：

“都说国家兴亡，匹夫有责，匹夫该有多大的责？上边是干什么吃的！”

“这话只能在这里讲。”有人提醒道。

吴四爷则说：“怕啥，这是实话。”

第24章　人加言为信

平静了几天以后，果然来情况了。

这天上午，一声枪响后，西门的岗哨急急忙忙跑来了，向吴四爷禀报：打枣庄的大马路上来了三个人，一人一匹日本大洋马。其中有一个只戴了顶日本的战斗帽，身上却是便衣，后边跟着的是两个鬼子，其中一个还挎了把东洋刀。

“他们是打着白旗来的。”哨兵讲。

“人家那是来谈判的。”吴四爷说，那就快请进来。

哨兵变得支吾起来：“咱……不懂，没见过打白旗的，总觉着……着不吉利，一位弟兄开了一枪。”

吴四爷训斥道：“我就知道你们这些土包子狗屁不懂。伤人了吗？”

哨兵马上说：“没有，没有，那弟兄的准头太差。”

吴四爷这才如释重负：快快请客。

战斗帽中等个，白白净净，戴一副金丝眼镜，跟我们电影里的翻译官（实为“通译官”。但为了叙述上的方便，本人入乡随俗）差不多，中国话特溜。这人倒很实在，一落座就说，自己是满洲国人，实际是中国人，并说自己老辈上是鲁西南金乡一带，清光绪十三年（1887年）闯的关东。他说这些话时，声音不大。好在其他的两个鬼子听不大懂中国话，又加上惊喜于桌上的大核桃，也没在意他说了些什么。

这是吴四爷第一次见到日本人。后来他对乡亲们说，和咱中国人一模一样，难怪有“徐福东渡”的传说。

“大、大，日本的，没有。”其中的那个挎东洋刀的鬼子不舍得吃那些大核桃。

另一个鬼子像通信兵，只顾往口袋里装，也不避讳，只是傻笑。

吴四爷觉得好笑，就说：“你喜欢，就送给你。中国，大大的多。”

战斗帽一翻译，两个鬼子高兴了：“朋友大大的，亲善大大的。”接着，那个当官的一挥手，站在身边的那个鬼子兵打开了随身携带的皮包，哇，全是花花绿绿的日本钱，有一元的、五元的、十元的，上面还有个人（以后才知道那是日本天皇）的头像。

翻译说，孤本小队长说可以买你们的。

吴四爷断然一挥手：送就是送，分文不取。

翻译一翻译，那位叫孤本的小队长更高兴了，想了想，摘下了自己脖子上挂的一个小铜佛，执意要送给吴四爷。

翻译说，这小铜佛是孤本的护身佛，是最宝贵的礼物，送给你做个纪念。

孤本又站起来，鞠了个躬：“来……来而不旺（往），非离（礼）也，你我，中日亲善的有。”

这时，吴四爷才知道，孤本小队长将是日军驻吴村镇的最高指挥官，同时兼任宣抚班班长（日军每一个小队设一个宣抚班，用作对中国人的宣抚工作）。几天后，他们就将进驻。

“为了怕引起误会，特让我们来打前站……”翻译说，本来他的本职工作是矿上的总工程师，但因翻译大都上了河南前线，他只好被抽出来临时做翻译。日军吸取了“刘坡惨案”的教训，没有翻译，寸步不行。

注意，这个人就是范德昭，以后就成了我的二姨夫！他马上就要见到我二姨……

我的这位未来的二姨夫说：日军将是“和平进驻”，不损害老百姓的任何财产，老百姓可照常安居乐业。

“但是，有两条：一、不得对日军有所侵犯；二、假如有日本商人来做生意，也不得伤害，他们也会照章纳税，公平买卖，他们若有违法行为，可找孤本小队长。”

吴四爷还是有点不相信：“和以前一样？”

以前，吴村镇及枣庄街上常有日本人从周村或济南、徐州来做生意，来时，带些花布、香皂、啤酒等货物（这些日本货又便宜又好，老百姓特喜欢买）；回去则捎上些桑蚕、烟叶、煤炭等东西。日本人对货物质量要求甚严，但出的价格也高。很多中国人愿同日本人打交道。

吴四爷说，人加言为信，日本人可说话算数？范德昭说，算数。这位“满洲国”的人又压低了声音说，小日本很清楚，自己国力太小，不可同中国弄僵，上策是采取“怀柔政策”。在给中国好处的同时，自己也捞到好处，名曰“以华制华”、“共存共荣”。

…………

气氛不错，吴四爷留他们用午膳，并请来了几位乡绅作陪。

宴会一开始，还有几分局促、紧张，但随着孤本小队长狼吞虎咽地大口嚼刘拐子狗肉，气氛变得随和起来：

“好欺（吃）好欺（吃）……大大的好欺（吃）。”

“那你就多欺（吃）……”众人纷纷劝酒。

孤本拍拍肚子，眉头一皱：“刚才，核桃大大的……欺（吃）不下去了。我……我可以带酒（走）一点吗？”

“可以，可以，当然可以。”大伙为鬼子的诚实而哈哈大笑。

孤本马上站起来，向着大伙鞠了躬。腚后的大洋刀被甩得一晃当。但同样是这个彬彬有礼的孤本，却在扫荡山里的八路军根据地时，一口气劈死了三个八路军的伤员！

在两个鬼子品尝我姥姥烙的菜煎饼，并赞不绝口也要带走一点的时候，负责翻译的范德昭借着酒意打开了话匣子。

他说，日本在明治维新前，是个封建幕府制的国家，各方面还远远不如咱们中国，但经过明治维新后，发生了很大的飞跃，已基本走上了工业化的行列。其后，通过两次大战，奠定了其在亚洲的霸主地位。第一次是甲午战争，一战而胜有着四万万人口的大清，签了《马关条约》，获得了大量的赔款和割地；第二次是日俄战争，又一举打败了另一个大国沙皇俄国，而这个俄国还是白种人的国家。从而威震世界。

“世界是讲丛林法则的，谁的拳头大谁是老大。”范德昭吃下一口菜煎饼，连连说好吃。

一位商号的老板接了句："就是说弱肉强食……"

这时，有位饭店的掌柜小声说了句：不管怎么说，东北成了满洲国，让人觉得太没面子。

"满洲国人"范德昭不同意了："什么满洲国不满洲国，那不过是个幌子，其实老百姓都知道咱是中国人，小日本……"

吴四爷听范德昭这么讲话，吓得赶快看了两个鬼子一眼，范德昭哈哈一笑："没事，咱说快了这两个家伙根本听不懂……哈哈。"

接下来，范德昭还是大大的嗓门："不过，实事求是地说，日本人为了笼络咱中国人，还是干了不少好事的。首先，他们主张五族共和，废除了张作霖时代的贵族、军阀特权以及几百年不变的蒙古王公的收地租特权，主张人人平等，男女平等，普及义务教育，重视公民道德，调整了税赋。另外，在各项建设上，小日本也下了血本的，他们帮助东北三省建起了现代工业化的基础，如修铁路（至今东北铁路密度仍为全国之最）、开煤矿、修炼铁厂、建水利、盖医院、办教育、兴农林等等，还是办了不少好事的。"

"他们是不是也欺负咱们老百姓？"

范德昭说："平心而论，还可以。倒是高丽棒子挺混蛋，他们总是跟在日本人后面干坏事，日本人说根针，他就握成了大棒子。在郊区跟咱的农民争地争水源，在城里跟咱们中国人争地面争铺子……"顺便骂了几句韩国人，开始说正题。

"其实普通的日本人很好相处，他们人实在，讲信用。他们在中国开矿办店，也是照章纳税。以我的老家长春为例，现有人口50万，日本人大约有八万。平时大家处得都很好。做买卖是公平交易，中国警察照样可以管理日本人，日本兵上街只要三个以上，一律排队。平时，不许他们喝酒，更不许逛咱中国人的窑子。中日甚至可以通婚，我的同学中有不少是找了日本老婆的。我就睡过两个日本娘们，其中一个才18岁……"

"啊，两个日本娘们，你有两个老婆……"

"我还没成家呢。睡了不等于就结婚，日本人不这么看。"范德昭一个劲地称赞日本女人会伺候人，说每晚的洗脚水不凉也不热。

真有点说到曹操，曹操就到的意思，恰在这时，我二姨上来送菜煎饼，范德昭的眼一下直了：

"哟，这么漂亮的闺女……还是个大脚！真是深山出俊鸟呀。"这一声惊叹，奠定了他与我二姨恩爱相伴、同甘共苦的美好姻缘。

当年我二姨十五六岁，正是二八好年华。听到客人这么称赞她，面颊飞来一片霞光，这使得她更加妩媚动人。

吴四爷说话了："范先生好眼力，这是我们镇上的莲花仙子，每年正月……"

"呀，咱们满洲，不……咱东三省也是这样的风俗哩。"

这就是命！那天，本该还是由我大姨去当我姥姥下手的，可齐村的她婆家催她去商量成亲的事，大姨阴着脸去齐村谈事去了（大姨并不满意这门亲事），只好由我二姨来顶。我二姨这么一顶，顶出来段浪漫婚姻（但也充满了苦难）。

…………

我二姨很快下去了，人们的话题自然又回到了“日本人”上。有人悄悄地问了声：

“现在反满抗日的那些……”

“唉，基本消亡了。可怜啊……”范德昭说，“原先东北军的余部，基本已被收编，也就是说，国民党的有组织的抵抗已基本消亡，现在只剩下有红色苏俄撑腰的共产党的几支小部队在抵抗。平时呢，苏俄供给他们武器、钱粮，来这边打游击。形势一不好，就溜那边去了。不过……”范德昭一口咬去块菜煎饼，连连说香，“不过，到了去年（指1937年）7月，整个抗联也基本垮了，当官的全部被砍了头，当兵的都散了。惨啊……知道杨靖宇吗？那可真是条汉子，咱真正的中国人，硬是死不投降，最后壮烈殉国。连日本人都冲他竖大拇指。”

四爷接口转了话题：“对了，老毛子为人怎么样？”

另一个也小声问了句：“听说俄国人身上的毛特别长，跟猴子似的……”

范德昭哈哈笑了：“所以叫他们老毛子嘛，这些龟孙野蛮得很呀，人高马大，汗毛老长，男人鸡鸡大，女人奶子大，所以总有种优越感，瞧不起咱亚洲人，所以就随便打人，糟蹋妇女。咱东北人最恨老毛子。日本人再不济也是咱中国人的子孙呀，和咱同文同种呀。当年为什么有了场日俄战争——就是日本为咱中国打抱不平。当时，八国联军都遵照协议撤回国了，只有老毛子赖在东北不走，还说长城以北都是他们的领土。小日本烦了，去你娘的，你走不走？你不走，老子揍你，这不，一下子把它打回西伯利亚了。”

“噢，原来是这么回事呀……”

“我们真是些不知有汉，无论魏晋的土鳖呀……”

吴村镇的乡绅们大眼瞪小眼，不禁议论纷纷，无人再看一眼满桌的酒菜。

…………

酒毕喝茶的时候，双方已基本达成协议：

一、双方友好，共同提携。

二、以诚相见，平安互惠。日军绝不滋扰百姓，保护一切私有财产。所有商贾铺号，照常营业，照章纳税。逢三、六、九仍为集市。百姓不得反对、抵抗日军驻守，尤其是不得与共产党来往。“不得偷大日本皇军的物资”（日本人让偷怕了！最后专门加了这一条）。

关于村里的民团，仍然保留，以配合日军维持秩序。日军可补充三八式步枪4支，子弹80发。

三、小学即日开学。增设一个班，6—10岁尚未入学儿童一律入学。经费日方负责一半（从宣抚费里出）。贫苦家庭的孩子，学杂费免除。增设日语课，一周四节。其余课程不变，只是国语课不再提“三民主义”（日本人尤其敏感三民主义中的“民族”一项，认为有煽动大汉族主义之嫌）。

顺便说一下，我小舅就是这时上的学，因此也会几句日语，但都是简单的单词和会话，无政治内容。他在朝鲜战场被吓成精神病后，日语就吓光了。

四、提倡尊孔，恢复对孔子的祭祀。主要有“春秋上丁两祭”和“圣诞祭祀”。即每年农历二月、八月的第一个丁日祭祀孔子。而“圣诞祭祀”指农历十二月二十孔子诞辰日，举办祭祀活动。恢复孔子所提倡的“礼”的秩序，如人人相见要鞠躬致礼，要讲卫生，不随地大小便，镇上主要街道要有公厕，要增加公共浴池等等。这些事项由宣抚办具体实施。

条件并不苛刻，大家便接受了。

维持会长自然是吴四爷，但在孤本小队长示意那位通信兵，再次打开皮包要支付薪水时，被吴四爷坚决拒绝：

“这钱我不能收，我收了你日本钱就说不清了。如今我干这会长完全是为了老百姓，我不干，也得有人干，而别人干未必有我干好。所以，我只干不拿钱……”

但范德昭对孤本翻译时，却是这样讲的：吴先生家是镇上的第一大户，钱多得花不了，就给皇军省点吧。

此后，此事被传为“吴四爷不食周粟”，自然也为他省去很多麻烦。

第25章　从道不从君，从义不从父

与吴四爷这帮乡绅命运完全不同的是，作为地方父母官的张远涉却随第五战区主力撤退了。吴四爷他们得到的消息十分可靠。

鉴于他同韩复榘的特殊关系，其间还发生了些戏剧性的故事。当韩复榘由鲁西南再撤至陇海以南的河南柘城及京汉路以西的舞阳时，曾第三次电令其撤退，但被他复电拒绝。电文曰（大意如下）：

……若无韩主席的知遇之恩，亦无我远涉之今日。眼下日寇入侵，山河破碎，余（那时代“我”的自称，一如现在的网语“偶”）作为一地方父母官，当守土有责；断不可一走了之，弃国土与百姓于不顾……汉贼不两立，古有明训；华夷须严辨，春秋存义……

自抗战以来，已有为国捐躯的武将，尚无为国尽忠的文官，任重愿作这文官中的第一人……

据说，韩复榘收到电报后感慨万端，仰天长叹：从道不从君，从义不从父，人之大行也！吾不如任重也……

张远涉坚持不撤，深得老百姓的拥护。他很快组织起全县的战地后援会，支援台儿庄大战。就连县城里的天主教堂也受到了鼓舞，捐了500斤小米、十捆大蜡烛和三桶洋油（汽油）。

战至5月中旬，我军作战略撤退。张远涉与我断后的60军一并撤出台儿庄地区。至徐州后，在新四军代表的建议下，李宗仁选派出其中的20位地方政府领导，赴南岳参加国民政府军令部组织的“游击战训练班”。训练班的教官多为共产党人。

…………

不是冤家不聚首。在训练班上，张远涉居然见到了他当年要抓的“共党要犯”李仲文！两位一见面，不由万分惊诧。

“你也来了？”

“你也来了？”

“哈哈………”两双大手紧紧握在一起。真是相逢一笑泯恩仇。

说起当年事，张远涉还是百思不得其解：“情报明明说你正好在学校，怎么一顿饭的工夫，就没影了呢？”

“我有内线呀。”李仲文一副自豪的样子说，“你还记得你当年领导放足会时的那位大脚嫂子吗？”

张远涉说，记得啊，当然记得，这次组织台儿庄大战后援会她表现也不错。

“就是她娘俩救的我……”李仲文一说，一切释然。两人又是一阵开怀大笑。

在训练班上，两人都学到了不少东西。叶剑英的广东话难懂，但讲授的内容却让人耳目一新。

叶教官说，“游击战”一词是从苏联翻译过来的，翻译人就是有着“战神”之称的原川军名将刘伯承将军。“游击战”在俄文里是“猩猩式战争”，意指像丛林里的猩猩一样神出鬼没，机动灵活。而我们面对强敌日本，也应像猩猩一样灵活地打击敌人。

游击战的总原则是：一、避重就轻，专拣敌人的弱处。二、集中优势兵力，各个歼灭敌人。三、打得赢就打，打不赢就跑。四、以袭击敌人的后方补给线为主，以围攻敌后的孤立据点为主。五、充分发动群众，实行“蚂蚁战术”（即人民战争）。

训练班一结束，张远涉及李仲文即结伴同返家乡。由于徐州已被日军占领，两人绕道鲁西南返回峄县、枣庄一带，住在枣庄大兴旅社。等待联络的第三天早上，李仲文突然来了个不辞而别。张远涉一觉醒来，李仲文人不见了，只有床头上留下了一张便条。用的是暗语，但意思还是明了的：

远涉弟，请海涵愚兄的不辞而别。家父来信，对生意另有想法，想差我另起炉灶，资金、门头均已备齐……

你我兄弟一场，定后会有期……

…………

张远涉一看就明白了，知道李仲文去了他们共产党领导的“八路军山东抗日游击第四支队南下大队”（那时的八路军已统一了在山东的番号）。只是不知道这实际是李仲文的上级组织早就计划好的，更不知道李仲文一去就担任了南下大队的副大队长。而此前，李仲文信誓旦旦地告诉他，回到老家去，两人将并肩战斗一块拉队伍。因为那个时候，上上下下都在提倡“一个领袖”、“一个政党，一个政府”、“一支军队”。国共两党的学员一起唱《五月的鲜花》，一块学习《抗日救国十大纲领》，一起高呼“不分派不分党，不分工农兵学商，一起来救亡，坚决消灭小东洋”的口号……而现在却要另起炉灶，共产党真是孙悟空七十二变。

张远涉随即在峄县南部农村潜伏下来，并召集人员，联络队伍。很快，以原先的保安大队为基础，一支较为成型的游击队建立起来了。其中一位班长还扛来了前些日子在战场上捡到的一挺日本歪把子轻机枪。

更让他惊喜的是，国民省政府也派人来联络他们了。特派员不是别人，正是吴四爷的大少爷吴玉臣。

…………

两人一见面就谈得非常投机。吴玉臣长张远涉几岁，为兄，两人以兄弟相称。

张远涉十分真诚地说：

“早就听吴老先生说起过你，说你少小离家，远涉重洋……你是你们家乡人的骄傲啊……”

吴玉臣谦虚地说：“谈不上谈不上，都是为振兴中华，为党国效力。如今国事临危，理应如此。你看我，本是学海军的，如今也成了陆战队……”

“这是沈主席高看你……对了，沈主席不会对我有什么看法吧？”张远涉的意思很明白：以前咱是韩主席的人。

久经官场，张远涉的担心吴玉臣自然明白，便说：“任重老弟多虑了。沈主席早年留学日本学海军，学识丰富，见多识广，为人更是胸怀坦荡，光明磊落。这次就任省府主席，既是蒋委员长的信任，亦是众望所归，岂能是那种鸡肠小肚之人？我正要告诉你，此次前来，沈主席是送了重礼的，以示对你本人的信任，以及对峄、枣地区的看重。”

“什么重礼？”张远涉甚感惊讶！

“给你带来2000块大洋的经费！”

“什么？2000块？啊呀，这可是一笔巨款呀。”张远涉顿时感动得不知说什么才好。

吴玉臣说，本来是想带批武器弹药的，考虑到从鲁西南过来，要过三道封锁线，实在不方便，干脆给你部分钱吧。这还是放在地瓜干里，分三头毛驴驮来的。

吴玉臣半开玩笑半认真地说：“老弟，你知道沈主席现在每月开多少钱吗？知道老兄我这样的少校开多少钱吗？”

张远涉摇摇头说，不知道，谁知道现在打仗是开多少呀？反正战前省里的厅级官员是开450块左右的大洋，可以肥得浑身淌油：“因为汇报工作的关系，我常去民政厅李树椿厅长那里，见过他签字领薪。”

“此一时彼一时呀，如今叫国难薪，无论官职大小，一人30元。”

“沈主席也30元？”

“他更不敢搞特殊。有一次招待六战区的范筑先将军，他硬是借了一个马夫的钱去买了只鸡。”

吴玉臣向张远涉介绍说，现在省政府是“人多钱少”，十分困难。自沈主席来鲁西北履新后，原先从青岛撤出的大批党政干部及警察和海军陆战队达3000人（散驻日照、诸城、临沂等地），纷纷前来接洽，重新取得了联系。有了联系，就要供应军饷粮食。而且严禁私自征收，以防加重百姓负担。所以到处都需要钱。

吴玉臣十分敬佩地说，徐州会战结束后，山东“孤悬敌后”。当时曾有种论调：省政府可迁往邻省，作流亡政府。但沈主席坚决不同意，仍表示一定坚持山东的敌后抗战。此举得到了蒋委员长的嘉许。蒋在开封亲自召见了沈，勉曰：

公忠体国，勉力以赴。勿负重托！

需要特别指出的是，在这同时，沈鸿烈对山东的八路军亦一视同仁供薪供饷。在乐陵县，沈曾亲自会晤了肖华和黎玉，并称肖华为“娃娃将军”。

省政府如此困难，仍拨出2000块大洋来支援峄县的工作，这令张远涉十分激动：

“请国栋兄转告沈主席，张某我绝不辜负党国重望，一定尽快打开峄、枣地区的局面。”

接着，两人又分析了敌我形势，认为峄、枣地区西至津浦线，南临陇海线，又有着丰富的煤炭资源，实为战略要地。我们一定要在这一地区站稳脚跟。再，省政府现在鲁西北亦是暂时计划。因为鲁西北为平原，便于敌人机械化部队行动，对我们十分不利，现省政府已有意东迁沂蒙山区（是年冬，沈率国民山东省政府迁入沂水县东里店，建立了稳固的抗日根据地）。

而省政府一旦南迁，峄县便是根据地的南大门，北跨运河一步即苏北。其战略意义自不待言。

此后，国民党峄县保安团在张远涉的率领下，在苏鲁战区（总司令于学忠，副总司令沈鸿烈，下辖第51军、第52军两个军）的统一指挥下，很快在鲁南打开了局面。他们主要是活动在枣台铁路沿线，即枣庄至台儿庄的铁路。他们以游击队的方式，捣火车，炸桥梁，扒铁路，掐电线，以阻止煤炭的外运，沉重打击了日军的统治。按我姥姥这些老百姓的说法，他们才是最早的铁道游击队。

（枣庄至台儿庄铁路，全长42公里，客货两用。1947年内战甫起，为阻击国民党军北上，华东野战军带领民众将其拆毁，到今未复。）

第26章　鬼子想家时也是哭

“夜半人静月更明，寒光斜射照进窗。期待在渺茫异国的丈夫啊，妻子和孩子非常寂寞和悲凉……”

从我刚记事，姥姥没事的时候就爱哼哼这首歌，那曲调一听就是日本民歌。我大点以后，姥姥就告诉我，这是当年驻吴村镇的小鬼子们唱的。姥姥说，小鬼子也是人，想家的时候也是哇哇大哭。

小鬼子也是过年（春节），过樱花节、中秋节还有个什么盂兰节，一过节他们就想家，一想家就唱，一唱就哭……

就在日本人同吴四爷订下城下之盟后的不几天，小鬼子就开进了吴村镇。一共二三十个人，带队的是那位差点让核桃撑破了肚子的孤本，镇上的老百姓图省事就喊他“孤太君”，他总是傻哈哈地应着。

抗战八年，鬼子与张远涉的保安团，与共产党的八路军，在吴村镇是几进几出。先是张远涉（并国民党李仙洲部第28集团军第142师一个团）攻克该镇。不久，八路军又赶跑了张远涉，占领了吴村镇。在这次攻坚战中，张远涉被八路军老三团、铁道游击队一部及李仲文率领的峄县县大队包围，张远涉战死（20世纪80年代中期，张的后人从台湾发函至枣庄有关部门，要求为张恢复抗日英雄的名誉，张墓随即被迁入烈士陵园）……

…………

鬼子进镇那天，老百姓像看西洋景似的站在西门两边看热闹。

孤本走在最头里，骑着匹一人多高的日本大洋马。吴村镇的老百姓从没见过这么高壮的马，说吴四爷家的三头骡子未必能顶人家这一马。

鬼子一进城门，先下来两个兵，把民团的岗哨给顶了。两个鬼子先向民团的哨兵敬了个礼，接着就把民团哨兵站岗坐的石礅子给推到了一边，从此结束了民团哨兵都是“坐岗”的历史。

此后，站岗的鬼子兵要求每个路过的中国人向他们鞠躬致礼，他们也鞠躬回敬。不敬礼的要遭到喝斥，但从没打过人，最多是一声“八格”。

鬼子驻下后，大部分住进了最高最大的东门炮楼，炮楼住不下，他们就把炮楼两侧的民房租了下来，三五成群地分住在老百姓家。

注意，的确是给租金的。我姥姥说得很肯定。正是因为他们分住在老百姓家，并且关系并不紧张，所以才有了一位李姓的房东大娘偷了两颗日式甜瓜手榴弹，交给张远涉的保安团的故事。

鬼子来的第二天就发生了一件事：几个上街闲逛的鬼子把杀狗的刘拐子给揍了。鬼子上街时并非荷枪实弹，而是只在腰间挎了把刺刀，有的连刺刀也没挎。他们刚来到一个地方，也是觉得新鲜，他们先是吃了我姥姥的几个菜煎饼，连说好吃。接着，他们又尝了镇东张家的胡辣汤，王家的豆腐脑，李家的大油条。但走到刘拐子的狗肉铺时，来事了。

几个鬼子突然冲到刘拐子的狗笼子前，咿哩哇啦地冲他大声喝斥，接着一下打开了刘拐子的狗笼，放了所有的狗。一只母狗显然怀了小狗，肚子老大，行动迟缓些，一个小鬼子便拿出没吃完的油条喂它，一边喂，一边是要哭的样子。但受了惊吓的母狗根本顾不上，逃之夭夭。

正在杀狗的刘拐子一看狗让日本兵给放了，急了，赶过来理论，人刚走过来，就被一个日本兵啪啪两个“扇劈”（耳光）。这时，其中一个日本兵的中国话讲得比较好（事后镇上的人才得知他原是台湾人），他上来说：

“太君嫌你这样杀狗太残忍，不要当街杀，要……”

其意思同吴家大少爷说的差不多。但吴家大少爷劝说不顶用的，却让鬼子的耳光给扇改了……（刘拐子的狗肉一直卖到1958年，直到被人民公社化，归了供销社。但从此味道就差远了。改革开放，才由他的一个孙子重新张罗起来）

姥姥还告诉我，日本人平时上街买东西是给钱的，而且是中国钱，要么是现大洋，要么是法币。因此交易时从没发生冲突，以至于出现了鬼子的司务长跟一位菜农的女儿搞上了的风流事。

那位菜农姓秦，就住在东门附近。鬼子常去他家买菜，时间长了，鬼子的司务长同他的闺女认识了，一开始，见了她总是笑，后来就采了朵野花送给了那闺女，再时间一长，两人就睡在一起了。但鬼子不白睡，总是给他们家一些钱或粮食、压缩饼干等。

“最后呢？”这件事让我感到十分新奇。

姥姥说，那小鬼子挺仁义，以后他调到了泰安，就把那秦家闺女带到了泰安，又从泰安带到了河北沧州，还说，那鬼子同那闺女生了孩子。再往后就不知道了。

“肯定被抛弃了。”当姥姥再次讲起这事时，已是我们矿务局中学请她“大讲革命传统”的时候，时间大约在1964年的“社教”（社会主义教育运动，实为“文革”的前奏）。

“要不就是被杀害了……”当时，我的大表哥毛大发正在上高二，他愤怒地站起来说，并带头高呼口号，打倒日本鬼子。

我姥姥就如实地说：“不知道，不知道后来怎样了。”

1972年中日建交一年多以后，枣庄突然来了两个日本客人，一男一女，男的西装革履，女的一身和服。两人还带了一大帮小鬼子，最小的才五六岁。这行日本人惊动了当时的枣庄政府官员，他们像当年迎接八路军一样迎接了这帮鬼子。这些人不是别人，正是当年的那个鬼子司务长和那位秦家闺女。他们此行是来“走娘家”，的。吴村镇为此好一番忙活，可惜秦家没人了，一家三代只是到村外的坟头上哭了一场。

…………

“鬼子就不糟蹋妇女吗？”

“说实话，鬼子兵是有那个贼心无那个贼胆……”姥姥实事求是地说，因为当时鬼子的纪律很严，谁要犯事，只要老百姓有告的，一律押到枣庄的宪兵队去，进去就“扇膀”。鬼子官大一级压死人，揍了白揍。

“再说了，鬼子也有自己的窑姐，咱镇上的鬼子隔半个月去趟枣庄，坐着汽车去，去的时候一路唱歌。”

“那是小鬼子的军妓，日本人不认为性是丢人的事……”我会进一步解释说。

抗战初期，日军在枣庄西的（老火车站）一条街上设有“第307慰安所”，又称“樱楼”。上边大大方方地写着一行日文字：突出一番，下边还画了个避孕套。枣庄人就骂日本人不要脸。

操卖肉生涯的中国人也有，那就是枣庄街上的一些妓院，多为苏杭一带的年轻女人。有一家叫“苏杭淑寓”，有一家叫“秦淮风月”。但日军严禁自己的士兵去中国妓院，怕得性病。“一战”中，日军出兵西伯利亚，士兵因去俄国人的妓院而大患性病，遂使三分之一的士兵失去战斗力。自此，日军开始设立慰安妇制度。

…………

“鬼子最烦的是小偷。”不光我姥姥这么说，几乎所有上了年纪的老人都这么说。

吴村镇的小偷曾让孤本小队长头痛不已。几乎抓一回训斥几声，放了；再偷，再抓……因为小偷不是政治犯，够不上送宪兵队的。

在这里，有必要交代下吴村镇的几个小偷（或曰无赖、街痞）了。正是这些人，不光偷小鬼子还偷国民党，也偷八路军。以后闹土改，又是他们充当急先锋。

吴村镇最大的一个街痞姓刘，是卖狗肉的刘拐子的一个远房本家，当年已三十多了，还是光棍一个。他家原来也是个富户，但他老爹抽大烟，把家底抽光了，等轮到他时，已只剩下三间瓦房，他就接着抽，不到一年，也抽光了。抽大烟的必定是懒汉，不愿出大力又无一技之长的他就只好整日里游手好闲，偷鸡摸狗，人送外号“万人嫌”。

另一个小偷的外号叫“煮不烂”，比“万人嫌”小点，这人不是富户出身，而且老辈里就是二混子。当爹的一辈子混，当儿子的又跟着混。他倒不抽，但是赌，有点钱就赌。赌赢了就下枣庄，海吃海喝完了，再回镇上混。他的绝技是会学狗叫猫叫，晚上出去行动，常以这个为掩护。两人各有几个小兄弟。

平日里，吴四爷最头疼这几个人。吴四爷忠厚传家，以善为本，但有个原则，救贫不扶懒。懒汉是吴四爷最烦的。因为这些人不老不残不病，凭力气完全能讨上媳妇吃上饭，可他们偏偏不争气。往日里，只要这几个人一犯事，吴四爷便让民团的弟兄把他们关上两天，饿饿他们才放出来。

再说鬼子来了以后，便在吴村镇上设了个军用仓库。这下子，小偷们有了新目标。先是偷了部分压缩饼干。鬼子的压缩饼干质量很好，一小袋就是100块。这帮小子不懂，吃了不少，一喝水，差点把个肚皮胀裂了。有一个连着三天没吃饭。

有一回，这帮人让鬼子逮住了。孤本就问吴四爷：

“你们支那人抓住小投（偷）怎么办？”

吴四爷觉着这个问题是白问，便说：

“揍呗，偷谁家，谁家揍。”又说，有时逢集，还可游街。

不料鬼子不同意，说，不能随便打人。那就按鬼子的办法办吧：搞什么“社区惩教”，罚他们打扫街上的茅房和扫大街。还得劳神跟着个鬼子端枪看着。吴村镇的老百姓就说鬼子是脱了裤子放屁。

在丢了一批军靴后，鬼子就不那么简单了，鬼子的翻毛大皮靴就是今天看来都是高质量的，在山地作战，又结实又跟脚。据我父亲（新四军特务团的）讲，他在1946年第一次打枣庄时缴获过一双，一直穿到1966年还没坏。

鬼子发现丢了军靴后，就把这几个小子关了起来，问他们把军靴鼓捣到什么地方去了。当然也少不了揍。因为前些天孤本的队伍在西边的汤庄、渴口一带，同张远涉的国民党县保安团作战时，发现这帮中国兵里有穿军靴的。所以，鬼子怀疑这帮小偷和“抵抗分子”有联系。如果查实，这就是杀头之罪。

但这帮小偷坚持说，他们卖到枣庄的集上了，卖给谁了，不知道。任鬼子怎么审，还是这么几句话。孤本没办法了，让吴四爷帮着问，并说，只要说出实话，马上放人。

吴四爷见到几个小偷后，一边打他们的耳光，一边悄悄地说：

“绝不能改口！别听小鬼子的，说了实话，马上砍头！”

几个小偷自然明白，“冤枉”声喊得就更响了。

…………

原来，这里边故事套着故事。首先是张远涉的保安团跟吴四爷取得了联系。张远涉本人利用一个逢集的日子，化装成一个草药商人进了吴四爷的大院。并不像人们猜想的那样，张县长怒斥吴四爷的“汉奸行为”，他甚至没给吴四爷解释的时间，便说：“四爷你这样做就对了，至少符合好汉不吃眼前亏的古话。重要的是，中央考虑到敌后的现实情况，允许个别地区、个别人员暂作妥协，名曰‘曲线救国’，这是蒋委员长亲自提倡的……”

“哎呀，委员长英明呀，这正是我心里想的呀……”吴四爷激动万分，是那种被人理解了的激动。

两人很快商定，吴四爷以后就做“两面会长”（以后又成了三面会长，八路军又搅了进来），做县保安团的内线。

两人商定的第一件事就是要搞一部分鬼子的军靴，价格当然不低。“万人嫌”

和“煮不烂”都是些认钱不认人的主，何况毕竟是中国人，就接了这批“生意”。

由于事先有约定，几个小偷也深知“通敌”必杀头，故一直咬定卖到了枣庄……

孤本没法，只好把他们放了。

最后，鬼子只好出此下策：将军靴单独放，左脚的放一个地方，右脚又放了一个地方。吴村镇的人就当笑话说这件事，还是说鬼子傻。

鬼子还办过一件傻事：镇子上的一户人家死了老父亲，一家人在那里跪着哭，几个鬼子好奇，也跟着跪下哭，弄得那家人家不知所措。直到那个台湾兵作了解释，几个鬼子才不哭了。

鬼子还干过一件好事：有一年，棉花收成好，一个个长得像拳头那么大，鬼子从来没见过这么大的棉花，就高兴得大呼小叫，帮着摘棉花。干完，还在地边上“跳大神”（实为日本的一种乡间舞蹈，专为庆祝丰年而跳），上身光着，跳得浑身大汗。镇上的老百姓就围着看，又骂小鬼子傻……

第27章　罗政委嫌“酱豆子”不辣

要提山东的抗战，就不能不提山东的共产党、八路军。共产党、八路军的抗战伟绩如泰山耸立、功德巍巍、日月可鉴。

而共产党、八路军在山东的代表人物，就是我115师政委，后为我山东党政军最高领导的罗荣桓元帅。

但我姥姥却一直称他为“罗政委”，哪怕是1960年春天要带着自己的菜煎饼去北京看他的时候（想去告状，告诉他下边饿死人啦）。而罗荣桓也入乡随俗，称她为“大脚嫂子”，尽管她比罗荣桓大了三岁（罗荣桓，1902—1963年），而我金贵姥爷则比罗荣桓小了两岁。

大约是在1956年春节期间，罗荣桓办公室的工作人员还曾给我姥姥写过一封信，称她为“中国革命立了大功”，信中附有罗荣桓同志长子罗东进的一张近照。那时，罗东进已长成了个大小伙子。

说到这儿，你可能猜到了几分……不错，东进小时候曾受到过我姥姥的照看。那时他还不到一岁，小东进（罗东进，原二炮副政委，中将）为1939年农历腊月二十六生人。

而且，就在这期间，我姥姥认识了罗荣桓手下的一位老红军出身的八路军毛炳昆（外号毛胡子，性格和经历很有点像《亮剑》里的李云龙，但命运却迥然不同），这人后来就成了我的大姨夫。介绍人应是两人：罗政委及李仲文。李当时已任中共峄县县委书记。

…………

罗荣桓（并115师代师长陈光）是1939年9月率部由鲁西越津浦线，进入抱犊崮山区的。这里为临（沂）、郯（城）、费（县）、峄（县）四县边联地区。刚来的时候，环境甚是艰苦。

“吃的是地瓜面、高粱面和糁子面做的煎饼。为了便于下咽，就在里边掺点柿子皮或黄梨，有时这些东西也吃不上，就吃豆饼、地瓜叶子。”姥姥每每说起这些，那是一脸的忆苦思甜。

“他们刚来，差不多天就冷了。八路军还没棉衣，那时穷，棉花也少，想买也买不到，怎么办？只好找来些羊毛，把羊屎杂草洗掉，用羊毛当棉衣，往衣服里塞。”姥姥叹口气继续说下去，“这种穷日子有一两年，1940年6月，八路军在费县臼子峪召开鲁南抗日人民代表大会时，吃得还很差。那样的大会只有一点肉，主食还是高粱面煎饼。这点肉还是吴四爷偷偷地让人给送来的，罗政委要付钱，吴四爷硬是没要……”

姥姥说，当时她并不认识罗政委。后来有一天，吴四爷把我姥姥叫去，说是让她去苍山县的一个小刘庄，代他去看一个远房亲戚。到了以后自然有人跟她联系。说完，还把家里最壮实的一头小毛驴借给了我姥姥，说是驮东西用。驮的东西也不多，是10斤花生米和一口袋小米。当时我姥姥还纳闷，没听说吴四爷家有什么亲戚在苍山呀！

我姥姥到了小刘庄的当天晚上，住进了事先约定好的药店。当晚就有两个人静悄悄地来了。这两个人不是别人，都是我姥姥的老熟人，一个是国民政府的县长张远涉，另一个是学堂的先生李仲文。两人都别了盒子炮（即德国20响，老百姓称盒子炮）。当时，姥姥就明白了几分。

果然，两人共同给姥姥交代了件重要任务：八路军115师政委罗荣桓的儿子，刚不到一岁。现战斗环境十分恶劣，父母不能带，只能委托老乡代养。这是项光荣的任务……

这还有什么可说的，政府能够找咱，说明咱行，这是咱的荣光，也是给咱面子，没二话。

姥姥只是对于张、李二人居然能在一起感到惊诧。她小声地向张远涉问了句：

“你当年不是带着人抓他吗？”

这时，李仲文哈哈笑了，说：“如今讲国共合作了，我们是同志了……”

说完，两人开怀大笑。我姥姥却丈二和尚摸不着头脑，觉得两人兴许是刚喝完酒。

在姥姥的记忆中，那个时期是国共合作最好的时期，同在鲁南一带活动的，不仅有共产党的115师，还有国民党的111师和112师（均隶属东北军于学忠部），其中111师与我党关系最好。1942年8月，该师333旅在旅长万毅（地下党员）策应下，正式归顺共产党领导。

…………

姥姥还记得，罗政委特别能吃辣，比咱们枣庄人还能吃辣。说到枣庄人的吃辣，不能不谈枣庄的特产“酱豆子”。这玩意枣庄的老百姓几乎人人爱吃，户户会做。每年秋里选上好的黄豆（油越多越好），去杂物，煮得烂熟。捞出锅后放入缸中捂出毛（发酵）。来年春天，摊在席上晾晒，直到把绿毛晒没，然后回锅，放入适量的水、八角、茴香、花椒、姜片、食盐，煮开，多煮会更好。凉后放入容器（瓷器最佳）内，开始放上辣椒面搅匀，辣椒面多多益善。搅匀后再拿出来晾晒，晾晒到七八成干，“酱豆子”就腌制成了。吃的时候滴几滴香油，加点醋，香辣可口，味美无比（像我这种解放后出生的人，也是酷爱这种食品）。

但就是这种以辣为主的“酱豆子”，罗政委居然还嫌不辣，每次吃时，还要放些用火烤过的干辣椒（揉碎了放）。直吃得满头大汗。尤其是用姥姥烙的菜煎饼一卷，那更是上等佳肴。

因为吃辣的问题，还引出个小花絮：

罗政委患有比较厉害的痔疮，常常便血。我姥姥知道后，当下就找到了罗政委的夫人林月琴，悄悄地告诉她，鲁南山区的沙河边上都有一种带细沙粒的土坷垃，用这种土坷垃擦屁股，又干净，又可止血。

林月琴一把抓住了我姥姥的手，说：“哎呀，大脚嫂子呀，你可真是个有心人，老罗的这毛病可闹心了……”

我姥姥说：“保证管用，俺孩子他爹也有痔疮，一直就这么做的……”

噢，原来我姥爷也有这毛病。

姥姥说，罗政委骑的是匹“花斑豹”，是一匹缴获的日本人的大洋马，很通人性。在著名的留田突围中，这马是立了大功的。罗政委还特别喜欢小八路，最喜欢和那些小警卫员、小通信员在一起开玩笑、扳手腕、下象棋。一次，有位小通信员送来一封情报，他收到后竟叫那孩子把手张开，然后，在他手心里写下两个字：

“收到”。

“嘿嘿。”那小通信员高兴地一蹦，回去交差了。

有一次，几个小战士在一起发牢骚，编了个顺口溜：“八路军游击队，不打鬼子光开会。”罗政委听了没有批评他们，只是说：

“你们几个小鬼过来……”

几个小战士你推我，我推你，都不敢上前。

罗政委笑着说：

“我给你们改几个字，叫做‘八路军游击队，为打鬼子才开会’……怎么样？”

“嗷——好好……”几个小战士欢呼着跑掉了。

姥姥还为八路军的女兵们解决了“陈妈妈”的问题，“陈妈妈”就是指来例假了。那时环境太差，八路军的女战士一旦来了“陈妈妈”，布巾总是不够。有的女战士洗了布巾也不好意思拿出来晒，只能是放在屋里阴干，这样也不卫生。我姥姥看到这样的情景，挺着急，就找到了林月琴同志：

“大妹子，我给你说个土法，保证又不花钱又卫生……”

姥姥便将鲁南一带妇女的土法告诉了林月琴同志：将干净的牛粪烧成灰和上柴木灰，缝在布袋里，既吸湿，又干净。

“好，这可是真正的高温消毒……”林月琴高兴极了，很快，这一土法便在八路军的女兵们中间传开，人们再也不怕“陈妈妈”了……

…………

姥姥接手罗东进的时候，是最艰苦的冬天、春天，新的庄稼没下来，驮来的那些花生米和小米就成了孩子的救命粮。

这时，姥姥才明白了吴四爷的一片苦心：那原是鬼子以办良民证为条件下发的种子粮。即老百姓中答应办良民证的，每家发给一定的种子粮，让你开春种庄稼。但是，办良民证是有条件的，即遵守日军的一切法令法规，不得反抗日军占领，不能与中国的武装分子联系，更不能私通共产党、八路军！否则，死了死了的……

罗荣桓听说这事后，万分感动，给吴四爷写了16个字：开明绅士，无畏义举；权当借粮，胜利必还。这张纸条吴四爷一直保存着，土改的时候还拿出来亮给大伙看。不过这个时候，这份借据已被他的鲜血染红了，而且最后竟然被……

姥姥如何用花生米和小米喂养罗东进的呢？这里就有学问了。

姥姥将花生米稍微一炒，这样油就出来了。然后磨成面，小米也磨成面，两种面混在一起，熬成糊糊。东进就是吃这个长大的（好的时候还可以从老乡家挤点羊奶）。所以罗荣桓的夫人林月琴（1914—2003年）说“沂蒙山的人民用小米养育了革命”，这话的确是发自内心的。

平时住在老乡家里还好说，生活比较稳定，但一遇到鬼子扫荡，就要东奔西跑，爬山越岭，我姥姥就忙不过来了，尤其是夜里爬山，要两人分班牵驴。没办法，我姥姥只好又叫来了我大姨。我大姨也正因不满齐村那家的亲事而整天生闷气，也正想出来散散心。于是，娘俩就一起走在了革命的大路上。

第28章　大姨夫是个老红军

大姨一来，崇高的爱情也随之而来。

这人就是那位老红军出身的毛炳昆，他是江西兴国人，打小参加红军，参加过长征，受过两次伤。当时不知是115师机关的一个什么协理员，还是管理员。要说长相嘛，反正是南方人，除了个子矮点，秀气点，还说得过去。我姨见他第一面的时候，他正在村头的柿子树林里给战士们讲课，只听他声音很大，还挥动着手臂，战士们全被他吸引住了，还不时地爆发出笑声、掌声。以后我二姨才知道，他这是在给战士们描绘共产主义的美好前景，后被调皮的战士戏称为“天天能吃猪头肉”。

但当罗政委向我姥姥介绍他的情况时，还是吓了我姥姥一跳：

“小毛嘛，是个好同志……”罗荣桓的湖南衡山口音很重，常常把“太平洋”说成“大平洋”。说，毛同志阶级觉悟高着呢，他“闹红（军）”时是提着他叔叔、婶子及三个堂兄弟的人头来的！

“闹红”即参加红军的意思，当年南方都这么叫。

我姥姥差点让吓断了气：“什么？杀自己家的人，这叫什么事……”

罗政委推推眼镜说：“他叔叔一家是财主，有钱人……”

“有钱人就该杀？”我姥姥还是不解。

罗政委笑笑说：“闹革命就要流血嘛，革命不是请客吃饭……”

这时，李仲文在一旁又插话了：“桂花娘呀，毛同志可是个好同志呀，单是他姓毛就很吉利，跟咱们毛主席一个姓呀，说不定啊500年前他们还是一家哩。”

这么一说，那当然更圆满了。

罗政委对这事更支持，就说：“桂花同志的情况，李书记都向我介绍了，说她从小爱学习，肯动脑，泼辣爽快，社会活动能力很强，而且还救过他的命，说来也算老革命了。按古话讲，这叫英雄爱美人，但咱们共产党人不讲什么美不美，咱讲阶级立场，讲革命，我看这就叫英雄爱英雄！”

罗政委说这番话，不算给我姨戴高帽，因为那时她已参加了朱德青年队（类似今天的共青团）。

就这样，在军地两级领导的热心撮合下，大姨与毛胡子恋爱了。

…………

朱德青年队实际就是八路军的青年组织。只要一有空，我大姨便会参加队里的活动。八路军的宣传鼓动工作堪称天下第一，国民党给它提鞋都不行。

八路军到了驻地的第一件事就是往院墙上刷标语，他们用水泡开红土（这种红土在鲁南一带山区特别多）加点胶，用炊帚蘸着写。内容大都是“团结起来，抗战到底”、“军民团结紧，共御小日本”、“有钱出钱，有力出力，有粮出粮”、“军事第一，军人第一，抗战必胜，建国必成”、“全民总动员，抗日杀汉奸”。

标语中还有一些是反对日本军国主义的。如“日本人民是我们的朋友”、“军部暴力派是中日两国人民共同的敌人”、“日军朋友们，欢迎你们参加反战同盟”。

标语的后边便是部队的番号：“八路军××A战宣”、“八路军××D战宣”。

宣传队不但刷标语，还唱歌。这些歌曲有《义勇军进行曲》、《救国军歌》、《游击队之歌》、《大刀进行曲》、《黄河谣》、《救亡三部曲》、《从军好》、

《保卫马德里》、《黄河大合唱》等。说到唱了70年的《黄河大合唱》，我再说个鲜为人知的小故事：

这是我姥姥亲口给我说的。那就是，一开始的唱词并不是“风在吼，马在叫，黄河在咆哮……”，而是“风在吼，驴在叫，黄河在咆哮……”，为什么是“驴在叫”呢？因为陕北那个地方多以驴为运输工具。驴在陕北人的生活中起到了非常大的作用。但据说后来觉得毛驴不雅观，难以彰显战马嘶鸣、烽烟滚滚的壮烈场面，所以后来才改成了“马在吼”（我查了有关资料，原来是鲁艺的贺敬之、冼星海等人共同商议修改的）。

还有，就是八路军最能演戏，最常见的是文明戏（话剧）。比如讲，演《放下你的鞭子》。我姨就演那卖艺的姑娘，她伶牙俐齿，声音嘎蹦脆：“高粱叶子青又青，九月十八来了鬼子兵……”他们还演过《恶邻》，剧情大致是一个穿着和服的日本人，穿着瓜达板子（木屐），口口声声说是中国的老邻居。但有一天，他突然跑过来，抢走了邻居的大姑娘。于是，观众中就跳上一个中国青年，痛揍这个日本人，并救下这个姑娘。我大姨就扮这个姑娘，由于她扮相实在俊美，往往起到十分强烈的效果。那个演日本人的男演员常常真挨打，打他的是忍不住冲上台的老百姓。这时宣传队的人就会高呼口号“积极参军，专打日本”、“打倒日本帝国主义”、“共产党万岁，八路军最好”、“一人参军，全家光荣”。台下的人就会积极报名。

我大姨演戏要比带孩子好。上级为了表扬她，奖给了她一个搪瓷缸子。直到1945年7月她英勇牺牲，那缸子都一直跟着她。那时，我大表哥毛大发才一岁左右，我姥姥就用这搪瓷缸子喂他饭，常常是一边喂一边掉眼泪。

还有一阵子，大姨的行踪变得神秘起来，常常半夜里爬起来就走，天亮才回来。有时，来上几个八路军战士朝她一挤眼，几个人就往村外的树林里去了，好半天才回来。我姥姥备感纳闷，常常问她去干什么，她则板着脸不让问。有时我姥姥也往坏处想，可是毛胡子有时也跟着，所以，这事又不像一般人猜的那样……

“桂花，你们一天到晚瞎叽叽啥？”有一次，我姥姥让憋急了，便问了句。

“娘，别问。这是革命，该问的问，不该问的别问。”

这么一说，我姥姥更气了：“什么？革命？革命就不认爹娘了。俺是你亲娘……”

我大姨不好意思了，只好服软：“娘，不是这意思。有些事你不懂。这是组织纪律，上不告父母，下不告兄妹……”

“哎哟哟，这叫什么事，还这么邪乎……”姥姥还是不懂。

等她明白这事的时候，已是八路军准备派她进枣庄当“卧底”的时候啦。

第29章　天赐良缘于斯人也

当我大姨参加了朱德青年队，并跟八路军中的老红军毛胡子谈恋爱的时候，我二姨则在枣庄被矿上的“二鬼子”工程师范德昭追求着。

大家还记得我二姨手工不错吧，她同几个情投意合的小姐妹不是在枣庄洋街上（鸽子楼附近）开了个小店吗？按现在的说法应叫“工艺美术品商店”。问题就出在这小店上。

这天，两个鬼子喝醉了酒，来到了她们的小店。一开始是说虎头娃娃鞋大大的好，慢慢地就开始说花姑娘大大的好了。小店的老板无论怎么递烟让茶也没用，两个鬼子开始动手动脚。几个姑娘吓得就想跑。还是那句老话，别忘了，那个时候的妇女都是小脚，跑得慢，所以，鬼子于她们而言就像饿虎扑食。

但是，也别忘了，我二姨却是大脚。所以，她跑出来了。刚一上街，迎面撞上了一个大高个。此人头戴日本战斗帽，一副金丝眼镜，走在街面上完全是鹤立鸡群的感觉。此人就是矿上的总工程师，人称“二鬼子”的范德昭。当时，枣庄矿的工人还给他编了个顺口溜：“战斗帽戴在脑袋上，金丝眼镜架鼻梁，一口好牙也要把金牙镶，手里拐着小拐杖，手指夹着朝日烟，用日本的火机来点上，闷声闷语话语少，心里想啥难猜想……”（在这里顺便给我这个多灾多难的二姨夫求个小公道：他的牙并非是好牙，是没办法才镶的金牙）。

“哟，小姐，跑什么？”范德昭一开始挺不高兴，但马上惊圆了嘴巴，“咦，你不是吴村镇的那个俊妮吗？”

我二姨更加惊惶了：“你……你是……谁？俺不认……认识你。”

范德昭不慌不忙地说：“你忘了，我是那个通译官，去过你们吴村镇，吃过你妈烙的菜煎饼……”

这一说，我二姨好像想起来了，但这并没有减轻她的惊慌，她挣脱着还想跑。范德昭当然不会让她走。事后，我的这位二姨夫曾说：在他看来，这是天赐良缘。

“怎么回事，你撞上鬼了？”

“是日本人……”那时，老百姓习惯称日本人（后期才骂“鬼子”），就连骂人也爱说“你日本人揍的呀”。

范德昭终于听明白了，当下骂了句“狗日的”，拉着我二姨就往店里走：“走，你领我去，我看是哪两个混蛋……”

两人赶得正是时候，两个鬼子一人堵住了一个姑娘，一个鬼子正在扒姑娘的衣服，一个鬼子正在用鼻子嗅一个姑娘的小脚，大概是感到新奇，嘴里咿哩哇啦地说着什么。

“八格！”范德昭断喝一声。两个小鬼子收住了手脚，定睛一看是通译官，很是扫兴，同时又有点害怕。

范德昭接着用日语咿哩哇啦一番。两个鬼子耸耸肩，悻悻然地溜了。

就这样，不费吹灰之力，我未来的二姨夫救了我二姨和她的几个小姐妹。小店的老板更是感激不尽，非要请范德昭吃饭，以示谢意。

范德昭大方地说：“你别请我了，我还是请你们吧，让她们都去……”我二姨夫怕单请我二姨她不去。

小店老板根本不知怎么回事：“哪能让你破费，还是……”

范德昭说：“你以为我是请你吗？我是请她，请她们。我和你们吃顿饭，日本人以后就不敢来欺负你们了。哎……你叫什么名字？”范德昭压低了声音，戳了我二姨一下。

我二姨一个愣怔，脸一下子红了：“俺叫槐……槐花……”

“好，好好，人如其名，人如其名……”

小店老板听说两人早说“认识”，马上奉承说：“哎呀呀，范先生好眼力，槐花姑娘是咱这最俊的姑娘，外号‘镇洋街’。哎呀呀，这顿饭说什么也得我来请，这叫借花献佛呀。”他当然希望有个靠山。最后，到底还是小店老板掏的钱。

…………

一开始，几乎所有的人，包括二姨的几个小姐妹、小店老板甚至我二姨本人，都认为范德昭不过是逢场作戏，就像出入于烟花柳巷寻欢作乐一样。但是，随着时间的推移，我二姨发现这个二鬼子是来真的，他真的是想娶自己。

首先，我二姨发现，这个二鬼子从不仗势欺人，相反，对中国人还特别好。他很少喝酒，更不喝醉。每次来店里，就在店里跟她拉，只要她不愿意，两人就不上街。认识好长时间了，只是握了握她的手。

“槐花，你就嫁给我吧……我会对你好，让你吃香的喝辣的，不受一点罪。”那时的人们都爱这么说。

“吃香的喝辣的倒……不必，只要两人好。”说实在的，二姨也喜欢上了范德昭。说不喜欢是假的，一米八的大个，长得又白净，又有文化又有钱（月薪合300块大洋，鬼子可看重他哩）。

“我当然会对你好，我从见你第一眼时……”

二姨拽拽衣襟，说：“你……你以后要是去窑子，千万别……别染上脏病……”那时的男人，尤其是有钱的男人，几乎没有不去窑子的。

“我保证从此不去窑子。”

“俺不信，你说你连日本娘们都……都睡过。”这就有几分吃醋了，“还不给人家钱，你坏……”

范德昭开怀大笑：“哈哈哈，那是过去，以后再也不睡了，她无论哪国的娘们，任谁也比不上你。”

“俺不信……”

“天打五雷轰，任你处置。”范德昭一副慷慨就罚的样子。

“那俺用脚踢你。”末了，还没忘了来上一句：俺爹就喜欢俺娘踢。

范德昭高兴得像个孩子似的一蹦：“那你也天天踢。”

“踢就踢……”一脚出去，踢出了他们人生中的第一脚。

“还有，你要是娶小的话，也行，要等俺有了孩子以后。”那时的有钱人，很少有不娶小的。

范德昭一个立正：“我保证不娶小的，一辈子就爱你一个。”

“真的？”我二姨既惊喜又有些不相信。

这次范德昭没有开玩笑：“君子一言，驷马难追。”

在以后的岁月里，俩人真的做到了相互关爱，相敬如宾，相濡以沫。俩人甚至从来没有红过脸。当然，我二姨也从来没有踢过他。俩人共生育了一男一女。我的这两个苦命的表兄妹，我还会在后面有重点的介绍。

第30章　嫁汉嫁汉，穿衣吃饭

范德昭很着急的样子，恨不能马上结婚（那时叫“成亲”）。除了年龄上他大了我二姨10多岁外，主要是他太爱我二姨了。

过了没几天，范德昭就急着要去吴村镇拜见自己未来的岳父、岳母。我二姨一听笑了：

“不能那么急，咱还得找个媒人说亲呐。”

范德昭糊涂了：“咱俩都定下的事了，还要找媒人干吗？”

我二姨说：“这是俺这里的风俗。按说，年轻的不该自己私定终身。婚事都是老的和媒人来定。就是自己私定的，也得找个人来说说……”

范德昭连说明白了：“这不是脱了裤头放屁吗？”

“是脱了裤子放屁……”我二姨知道这是个形容词。

“不对，是脱了裤子再脱裤头，是说纯是没事找事。”

我二姨马上踢了他一脚：“坏蛋，脱了裤头不就成光腚了……”

我二姨夫就一惊一乍起来：“哎哟哟，哎哟哟……”玩笑归玩笑，这风俗还得照办。两人只好等。

又到了吴村镇逢集的日子，我二姨和其中一个轮休的小姐妹回家来了。正巧，那阵子115师指挥机关比较稳定（隐蔽在抱犊崮脚下的一个小山村里），罗东进暂时由他妈带着。我姥姥和我大姨就从“亲戚家”回来了。当然，我大姨回来还是有任务的。

我二姨趁着晚上“喝汤”的空，就把事说了一遍。二姨的性格可不像大姨，说的时候吞吞吐吐，好像干了件亏心事。

全家听了，没有马上说话。只有大姨立马反对：

“不行，这可是个二鬼子，是汉奸……”

二姨一听这字眼，急了：“不是，他不是汉奸，他人可好了，从来不欺负中国人，还帮着咱们……”

“桂花你咋呼啥？出去了没几天，疯劲见长是吧……”我姥爷金贵发话了。他很不满意大姨的话。他轻易不开口，开口了就管事。

我姥姥这时说：“那个通译官我见过，大高个，人挺斯文的，只要没人命，也不是不行……”所谓的“没人命”是指没干过坏事。鲁南这一带都好这么说。

姥爷又说话了：“嫁汉嫁汉，穿衣吃饭，到了啥朝代都是这么个理。人家一月300多块大洋，顶咱在地里干几年的。”瞧吧，这才是我姥爷的根本理由。

“哎，挣这么多钱呀？”我小舅说话了，“那咱全家上枣庄住不就是了。枣庄戏院子大，热闹，俺要上枣庄。”

姥爷朝他的宝贝儿子一巴掌:“没你小孩说话的份，一边去。都去枣庄谁来种地？要去你们去，我待在家里种地。”土地就是姥爷的命，没了地就等于要姥爷的命。

看来全家人都很乐意，唯独我大姨坚持“原则”：“那也得问问我表叔，看他愿意不愿意……”

“表叔”就是指李仲文书记。这事除了我小舅年龄小不知情外，全家都知道是个啥意思。

“文革”中，大演样板戏《红灯记》，里边李铁梅的表叔数不清，且个个都是地下党。我姥姥看了《红灯记》以后还开玩笑说：“敢情天下的表叔都干了共产党……”

一说到表叔，我姥姥不说话了。她当然知道队伍上的一些规定。但我姥爷整天在家种地，想必革命知识就少些，就顶了我大姨一句：

“你表叔管着打鬼子，还管着人家嫁闺女了？”

“该管就得管！”大姨大声忤气地说。

以后才知道，她那几天正因为工作开展得不顺利而窝火呢。因为吴村镇是鬼子的治安区，老百姓都办了良民证，也拿了鬼子的好处。所以，对一些“反日活动”很是不情愿，怕连累家人，也怕连累邻里。其实，大姨在吴村镇并没有什么重大任务，只是想发动青年妇女为“山里的八路军做鞋垫”。

当然，更重要的是，这时的大姨已经光荣地加入了共产党，成了无产阶级先锋队里的一分子。她的革命原则当然要强，要不怎么半夜里开会也不告诉家里人呢？

我二姨噜嘟着个小脸回了枣庄（范德昭则说，你生气的样子也好看）。

我大姨则马上去抱犊崮山区找她表叔去了。走得很急，就好像这婚事就是她自己的。

…………

大姨一到队伍上，队伍正忙着准备转移。上上下下一派忙乱。不等她开口，“表叔”李仲文书记先交代任务了：

“桂花呀，你来得正好。队伍接到紧急命令，要急行军去沂水援助沈主席，省政府遭到了日寇的突然进攻……正好东进没人看了，你来得正是时候，你们的任务是随大部队前进……”

之所以说是“你们”是指还有其他几个地方同志帮着带其他领导同志的子女。比如讲，115师代师长陈光的儿子等。

我大姨一听要跑这么远的路，便说：“要不我再去叫俺娘来？”

李仲文说：“来不及了。你就多辛苦辛苦吧。”

我大姨还是一边作准备，一边抽空把我二姨的事前前后后说了一遍。李仲文听了后，首先表扬了我大姨：

“好，桂花同志，你这事做得很对，此事事关重大，就是应向组织汇报。这样吧，这么重大的事，要集体研究才行。抽机会开次县委会。”

正说着，罗政委的夫人林月琴抱着东进走了进来。林月琴的身后则跟着一个穿了一身国民党黄军装的人（八路军为灰军装）。

小东进一见我大姨，马上张开双手咿咿呀呀地乱叫，一副十分高兴的样子。我大姨一把把东进抱了过来，朝着他的小脸蛋亲了一口。

就在这时，那位穿黄军装的人说话了：“嗨，这不是小桂花吗？”

我大姨一愣，定睛一看，差点把怀里的东进给掉了：“呀，吴大爷……”

不错，这正是吴家大少爷吴玉臣！

“吴大爷，你怎么在这儿？”我大姨高兴极了。她还没忘了俺姥姥坚持让他们几个晚辈喊大爷，而不是喊舅舅的事。

“我来通风报信呀，来请八路军支援呢。”吴玉臣一副眉飞色舞的样子，“哎，不是说你娘也在这儿当保育员的吗？”

我大姨说，这阵子不忙，俺娘就回去了。我这也是巧了，因事才过来的……

一听说我姥姥不在，吴玉臣深表遗憾，连连叹气。事后，我大姨才得知，此次吴玉臣是身兼两职，公是通风求援，私是来看看我姥姥，没想到竟是失之交臂。

“怎么样，你娘挺好吧？”吴玉臣像是有很多话要问，问了我姥姥的身体，问了家里的收成，问了我二姨及我小舅舅的情况，最后，当然也问了我姥爷。俩人就像有说不完的话。

就在这时，作战参谋来请吴玉臣，说罗政委找他。吴玉臣这才和林月琴一块走了。

第31章　史志上没有记载的一次反扫荡

我二姨没有想到这次行动是一次很大的行动，前后花了好几个月的时间。当然，这是有原因的……

原来，自沈鸿烈将国民山东省政府迁到沂水县东里店后，除了继续重建政权，整编游击部队外，还积极进行了筹建抗日根据地的工作。他利用正统的国民政府的权威，征集民工、木料，平整修建房基、操场，修建开会用的大礼堂、部队营房等，整个工作一片欣欣向荣。

重要的是，他成立了山东省干部学校。他邀请远在重庆的蒋介石委员长出任校长（蒋欣然应诺），自己任副校长，雷法章任教育长。学校设总务、教务、军训、政训四处，各处负责人由蒋派来的国民党山东省党部委员（陈惕庐、牟尚斋等）担任。学校设党务班、民政班、财会班、科长班、军事班、无线电通讯班等，各班班主任及授课人员，由各主管厅处派人负责。除电讯班外，其他各班授课时间为两个月。学校三分之一的时间学习政治时事，三分之二的时间学习业务。学员来源，一是从各地游击部队抽调，二是招收流亡、失学青年。结业后，派赴各专区、县工作。该学校为山东的抗日事业培养了大批人才，功不可没。

沈还开办各种工厂，供应急需。如办印刷厂，出版《山东公报》，印刷军用地图及民生银行钞票；设皮纸厂、毛线厂、被服厂；发动商人组织消费合作社，生产、采购、销售各种日用物品，以满足日常生活及支援抗战。

为了进一步发展抗战的大好局面，1939年春，沈鸿烈在鲁南召开了一次全省范围的军事会议。出席的有各专员、各保安旅、团长、少数县长。八路军代表张经武也出席了会议。会后，沈令国民党军各部向胶济、津浦两线铁路发起进攻，破坏了许多车站、桥梁、涵洞，给日军以沉重打击。日军开始注意到山东省境内的国民党抵抗力量。

紧接着，苏鲁战区成立。蒋介石任命于学忠为总司令，率“五十一、五十七两军（共四个师）开进鲁南”。蒋任命沈鸿烈为副总司令，这引起了驻山东日军的高度重视，他们遂纠集8万兵力，想趁于学忠部立足未稳之际，采取拉网战术将其彻底消灭。山东抗战史上最大的一次扫荡开始了！

农历的五月初一，15架日机两次轰炸国民省政府东里店，随后步骑、炮兵从四面八方涌来。沈率领省政府机关及少量警卫部队（吴化文的手枪旅，后吴部投降日军，被改编为汪系的和平建国军）奋勇作战。他们转战鲁中、鲁南山区，耗时半个多月，终于突出重围。

（需要特别指出的是，由于众所周知的原因，解放后我党所撰写的山东抗战史上，并没有此次反扫荡的记录。改革开放后，随着政治上的不断开明，有关资料才逐一披露出来）。

在这次反扫荡中，国共两党积极配合，鬼子没有捞到什么便宜。

…………

由于战事紧急，我大姨就带着罗东进在沂蒙山里转起了圈子，我二姨的事她也就顾不上了。

这天，我大姨带着东进刚在一条山沟里隐蔽下来，趁着空闲，我大姨又跟李仲文书记说起了我二姨的事：

“李老师，我总觉着我妹妹的婚事有点……”她还是习惯于称李老师。

李仲文说：“也不见得，搞统一战线嘛，县委的意见是……”连日作战行军已使得这位文弱书生疲惫不堪。

大姨没想到领导的话有些变软：“反正……正俺觉着不妥，顶个二鬼子的臭名……”

话音未落，枪声响了起来，人们一下慌了，开始向山沟深处转移。这时，侦察员跑来报告说，是100多个伪军追过来了。

“有鬼子吗？”李仲文急忙问，那时人们不怕伪军怕鬼子。

“有。”

“多少人？”

“就三个。”

听说只有三个鬼子，李仲文多少放下心来，急忙招呼警卫排靠前，掩护大伙转移。

不错，就三个鬼子，冲在最前头，一个抱着机枪横扫，一个抱着刺刀上的太阳旗吆喝，还有一个挥着指挥刀指挥伪军。这是当年常见的冲锋阵形。

警卫排都是轻武器，而且每人只有五发子弹，打了几枪便不舍得打了，只好后撤。撤着撤着，我大姨跑过来说：李老师，坏了，撤不动了，到了前边让沟崖堵住了。蹲在驴驮筐里的小东进吓得哇哇大哭。

李仲文扶扶下滑的眼镜：“奶奶的，今天跟小鬼子拼了……你一定看好小东进。”

警卫排在李仲文的强令下，重新作了布置，没子弹的捡起了石头，没刺刀的把枪托朝了前。就在这危急时刻，沟沿上响起了激烈的机枪声。不错，是机枪声，是国民党部队里独有的捷克式轻机枪的枪声。枪声响过，冲在前面的那个抱机枪的鬼子应声倒地。

我大姨眼尖，跳起来高呼道：“是张县长的队伍，是张县长的保安团……”

这正是张远涉带的队伍。原来，他听说八路军李仲文被围，就带了一个中队来增援了。再一阵机枪响过，剩下的两个鬼子也玩完了，鬼子一完蛋，伪军立刻作鸟兽散。不一会，就全做了俘虏。

一阵寒暄过后，张远涉当场决定：枪给八路军留下，俘虏全部带走。

李仲文笑嘻嘻地说：“你这家伙真会分……”

张远涉捶了李仲文一拳：“谁不知道八路军是穷光蛋，你们是缺枪，我们是缺人！人都让你们给忽悠走了……”

第32章 我家的表叔数得清

二姨的婚事我大姨顾不上了，但还有人惦记着。

这天，又逢吴村镇大集。三三两两的人纷纷拥进镇子。快晌午的时候，打西边走来一个身穿灰色长衫，头戴黑呢礼帽，鼻梁上架了副茶色墨镜的人。此人什么也没带，只是手里提着一个大红的点心盒子，一看就是个走亲访友的商人。

这人没有像其他的赶集人一样进了镇子，而是去围子外的农户区，并径直走进了我姥姥家的小院。当时，我姥姥正在家用“对窝子”（一种用石头做成的舂米工具）捣谷子，我姥爷正好也没下地，正在整理牛缰绳。那人闪进门的时候，先是吓得两人一惊。直到那人摘下墨镜，我姥姥才松了一口气：

“哟，是李书……，不不，李先生……”

李先生则说：“先生也不是，我是孩子的表叔……”

“对对，是表叔。”姥姥急忙让姥爷闩了门，将“表叔”让到了屋里，并给他泡了壶当地的榴叶茶（用石榴叶炒制而成，现在也成了挣大钱的品牌了）。

李仲文首先说，桂花在“亲戚”家挺好的，请放心。接着加重了语气：“我是无事不登三宝殿，此次来是为了二妮槐花的婚事……”

“这事是好事。”姥爷一听，实话直说，“矿上的人有钱。”

“你懂得个屁，赶快去门口看着去……”我姥姥当下把我姥爷堵了回去。

姥爷吊了吊嘴角，哼了声，但人还是提起牛缰绳到门口去了。

李仲文说出的意见，居然和我姥爷一致。他说，经过组织上的了解，范德昭为人还算正直，不欺压中国人，没有人告，没有人命，对日本人也不是完全的趋炎附势。这样的话，可以成亲。成了亲以后，还可以帮着咱们干点事……

听了这话，姥姥当然也高兴。这并不是说姥姥也是见钱眼开的人，而只是觉得二妮是个有眼光、有主见的人，既然她看上了，那就是不错：“那就麻烦你来当这个媒人吧，有空去趟枣庄。”

李仲文说：“那正是，咱们算想到一块去了。”最后，还说了句玩笑，我还想挣这个猪头和三斤粉条呢。这是我们这带的风俗，不管成不成，先送媒人一个猪头和三斤粉条。

姥姥接着问："那你看何时去谈？"

李仲文想了想，说："得选个良辰吉日，那就下月初九吧……"

…………

事情定下来了，双方都挺高兴。我姥姥急忙喊我姥爷进屋陪李先生喝茶，自己好上街去买点酒菜。

但李仲文不愿在这吃饭，说，还想正好去趟吴四爷那里，看看他最近怎样，有什么情况没有。

"别，别，你最好别去了。"我姥姥马上阻止说，"小鬼子这两天跟他摽上了，门口放了岗……"

"出什么事了吗？"

李仲文这么一问，我姥姥上来先骂开了：鬼子不是人熊揍的，忒瞎了，忒坏了……

姥姥愤愤地说，最近孤本小队配合峄（县）、薛（城）、滕（县）的鬼子前往山里扫荡。不但打了八路军的根据地，也打了东北军的根据地。他们抓回来20多人的俘虏，有13个是国民党部队的，有7个是八路军的。另外，还抓了山里的两个小媳妇和一个大闺女，关在东门的碉堡里，就听见三个女的成夜地哭喊，哭喊得没人腔。

李仲文听了很是愤怒："没听说他们要把俘虏怎么着吗？"

我姥姥说："他们对国民党的俘虏挺好的，不上绑，也不大揍，只是吃不饱。听说，这些俘虏要押到枣庄煤窑上去下井。"

"对咱八路军呢？"

姥姥说，对咱八路可就差劲了。已经活活打死一个了，说那人是个排长，就给绑在吴家祠堂的大树前，活活地揍，还让咱镇上的老百姓围着看大戏，不看还不行。还有一个让活活给煮死了，放在汽油桶里煮的，用慢火。里边的八路没人腔地喊，死了以后，上边的人油漂得老厚……

李仲文两眼怒火直烧："奶奶的小日本……这个孤本在咱们山里根据地就有人命，早晚让我逮住了，非活烤了他不可。"两年后，日军小队长孤本真的被活活烧死了！

其实，对于八路军的俘虏来讲，最惨的是被送往鬼子的宪兵队。这次活下来的五人，同样遭此下场。那时，无论是区委书记李仲文，还是身为老百姓的我姥姥，都没有意识到这一点。

关于鬼子宪兵队的设置、组成以及性质和任务，我会在以后的章节里有所描述——因为这牵扯到营救我大姨夫的事！

李仲文又愤愤地问："怎么样，咱镇上的老百姓都很愤怒吧？"

我姥姥远没那么慷慨激昂，反而叹了口气：“愤怒有什么用？咱中国人，就那么回事……小时你不是教过俺们吗？敢怒不敢言……”

让吴四爷跟鬼子弄别扭的是因那三个妇女的事。三个妇女备受凌辱，其家人自然万分着急，就凑了一大笔钱来赎人。中间人不用说是吴四爷。吴四爷原想鬼子也会见钱眼开，给他个面子放人。不料，孤本小队长偏偏不同意，咧着嘴说：

“皇军不缺间（钱）……”

吴四爷说：“那你们就积积德。要知道，这事在中国是最丑的事，媳妇回去了，丈夫家会不要她，闺女回去了，会难以嫁人的。”

旁边的那个台湾兵一翻译完，孤本小队长就笑了：“支那人封建大大的，性是最美好的事情，性与婚姻无关。在日本……呵呵……告诉你，我的妹妹就在前线医院里，经常为士兵服务的……”

吴四爷立马咬牙切齿，大骂小日本不是人。当然，这只是在心里骂，脸上还要堆满笑容：

“俗话说，入乡随俗，咱中国不开化是不假，但要开化也得有个时间。反正镇上的百姓……对这事挺什么的……皇军不是要建立王道乐土吗？是不是……”

据说，当时，孤本小队长还是不同意，甩甩手，走了，为了不让吴四爷多管闲事，就在他门口上了两个岗。

所以在这个节骨眼上，我姥姥当然不会让李仲文去会吴四爷。

第33章　先结婚的是二姨

当李仲文书记以表叔的身份出现在我二姨的小店里时，我二姨先是惊诧，这不是当年教俺的李老师吗，怎么又成了俺表叔了？……但很快，她也就稀里糊涂默认了。因为她多多少少知道这跟山里的八路有关。

早先说过，范德昭祖上是咱山东人，一些礼俗还是懂得的。他十分郑重地把李仲文请到了鬼子开的三星酒楼。枣庄人都知道，这里实际上是鬼子的一个特务点。李仲文这次赴宴也正好摸清了驻枣庄的日本宪兵队的情况。

范德昭出于敬重，想要四冷四热，但被李表叔制止了：

“别那么讲究，要那么多瞎了（即很浪费的意思）心疼，咱就是说说话……”

“满洲，不不……东北人叫唠嗑。”范德昭说。

“先要上四个菜，一个汤，不够再说，表叔不是外人。”二姨发话了。

二姨的话在范德昭眼里就是圣旨，果然要了四个菜。其中就有枣庄名吃辣子鸡和炒羊杂。这两份菜至今仍然有名。只要我回枣庄，定要品尝这两份菜，而且就在路边的小店里。

范德昭不是很能喝酒，但还是三杯为敬。接下来，他打开了话匣子。他说的家史，还是让见多识广的李老师吃了一惊。范德昭说，他爷爷到了关东以后，发誓要让自己的儿子上学。当年的穷人没有别的路，只有上山当胡子和苦读书，读了书才能求点功名。于是老人家就靠在深山老林里扛圆木供自己的大儿子上完了高中。儿子很争气，考了个第三名。当时的张大帅奖了他一笔钱，准备送他去日本官费留学。这时，钱不够，当时的北洋政府教育部就动用了庚子赔款中日本退回的那部分钱，促成了自民国成立后的第一批官费赴日留学生！

"你等等，怎么庚子赔偿的钱小日本又还给咱们了？"李仲文以为我二姨夫喝多了。

"是的，还了，全还了。"范德昭说。

"不过，日本并没有把它还给中国政府，因为它怕中国政府腐败把这笔钱糟蹋了，就学习美国的做法，帮中国搞建设，比如在上海岳阳路320号建了上海自然科学研究院等，其余大部分就留在了国内，专供中国的留学生使用。"

说得像真事一样，李仲文更犯疑了："咦？那咱们老百姓怎么不知道？"

范德昭诡秘一笑："政府是为了宣传外国人坏呗，所以不吭声……不过，日本人并不是第一个还的，而且一开始它不想还，最后其他七国都还了，日本才还的。所以，小日本是鬼灵精。"

"八国都还了？那谁先还的？"

"美国。"范德昭倒成了老师，而且是历史老师，"美国第一个阻止了当年瓜分中国的阴谋，并提出了'门户开放，利益均沾，平等贸易'的原则。接着它第一个提出退还赔款，1908年5月25日，美国国会通过这项法案，并用这笔钱建起了协和医院和清华学堂（清华大学）以及山西基金会（1949年后改成了山西农学院、山西工学院）……"

"你怎么知道这些的？"李仲文已经顾不上吃喝了。

范德昭压低了声音说："满洲国的中学教科书里都有，人家不避讳……"接着，他又给自己的表叔倒上一杯酒，很自然地从自己的父亲说到了自己：

"家父在日本留学期间，目睹了日本的先进文明和发达，感到孙中山先生预言是对的，即日本是中国最好的老师。就连当年的光绪皇帝都认识到了这一点，他甚至准备聘当年的日本首相伊藤博文来中国当总理……"

"这事我就知道了。"李仲文说，"据说，光绪问伊藤博文有什么条件，伊藤博文就说了：首先要把中国周围的人当人，而不是北侉、南蛮、东倭、西夷，好像只有大清人的脸最大……"

范德昭怕冷落了我二姨，就一个劲地为她夹菜："所以，受我父亲的影响，我去日本留了学而没有去美国。当时，少帅刚易帜不久，依他的意思，我们这批人都该去美国，你要知道，少帅可是个亲美派。但是，我们中的三个人，坚持去了日本。”

说到这儿，范德昭有些激动了，一扬脖子干下一杯酒：“不过表叔你放心，学日本归学日本，学日本并不等于就是二日本，咱根上是什么人，我姓范的还是……”

“哎呀，烦死了，尽说些俺不懂的。”不料二姨急了，她面前堆积如山的鸡鱼肉蛋几乎没动几筷子，“还不赶快说点过了门子以后的事……”

二姨一使性子，两位大男子也感到不好意思了，李仲文急忙说，对不住了二妮，对不住了二妮，这不是酒喝多了吗？好好好，说点具体的。

…………

具体的事就是：

一、要善待媳妇、公婆和小姑子，不能欺负人家，有了错，可以告知娘家人，娘家人自会管教。尤其是小孩的舅舅，权力最大。

范德昭急忙说，这个根本不存在，我们家人都在新京（长春），离这儿远着呢，咱单过。嘿嘿。

二、每年年初二，要和丈夫一块回娘家，娘家会盛情款待。

范德昭说，不用年初二，年三十咱回家跟老的一块过年都行。俺就是那整个一倒插门（我二姨这时已喜得合不拢嘴了）。

三、每年中秋节（枣庄人好叫八月十五），要给娘家送节礼。

范德昭就说，干吗只有八月十五？端午、重阳、冬至我都愿送。我二姨扑哧一声笑了，嗔怪着踢了他一脚，你傻呀，钱多呀？

李表叔看在眼里，在一边喜得呵呵笑。

四、比较重要，李仲文一五一十地交代，要允许女方老的来家里住几天，老的来了，还可以帮着忙忙家务，看看小孩。

范德昭说，这有什么重要的，来就是，我还想把两位老的全部接来呢……

二姨就说了，全部接来你种地呀？家里的鸡鸭狗猫怎么办？光俺娘来住几天就行。

“对对，对对。”范德昭急忙改了口，“让咱娘来住几天就是……”

“羞不羞呀，”不料，范德昭又被二姨堵上了，“还没成亲就咱娘咱娘的，谁给你咱娘咱娘啦……”

“那……”范德昭急得满头大汗。

“好了，好了。”李表叔出面打圆场，“我这侄女是刀子嘴，豆腐心，打小心细，会疼人着哩。

“表叔，你看你嘛……”二姨脸一片绯红，红得像抱犊崮上的红山楂。

就在这时，楼下传来了一阵嘈杂声。是有人要上楼来了……

…………

抗战时期的三星酒楼应该是枣庄街上最大的饭馆。连中兴公司有事都在这里办。饭馆分上下三层，二层为雅座，共有大小十二个包间，凡贵客一般都安排在二楼。

嘈杂声过后，一群人上来了，为首的是位佩日本陆军中尉军衔的日本宪兵中尉，其后是位日本宪兵少尉，再往后则是些中尉、少尉的日本军官，这里边官最大的是位日本少佐。当然，还有位穿了便衣的日本瘦老头，鼻子下的仁丹胡修饰得整整齐齐。

这帮人上楼的时候正冲着范德昭和二姨他们的包间。范德昭一看，马上压低了声音：

“表叔，你看，这是枣庄地区的日本宪兵换防哩，由过去的少尉换成中尉，级别提了一级。你瞧，连那位少佐也点头哈腰的。”

“鬼子的事咱不管。”李仲文佯装不关心。

范德昭说，这说明鬼子对枣庄地区的重视，加强了宪兵管理，一来监督日本军队自身的纪律，二来对付山里的共产党、八路军。

“昭哥，鬼子兵好像都怕宪兵队哩。”我二姨说了句。

范德昭说：“那可不，宪兵可厉害哩。上次欺负你们的那两个鬼子兵为什么乖乖地跑了，就是因为我吓唬他们要告宪兵队。”

这帮小鬼子嗯嗯啦啦进了最大的包间。望着走在最后的那个仁丹胡，李仲文问了句：

“那个仁丹胡是干什么的，他怎么不穿军装？”

“他是日方的矿长，不是军人。这家伙酷爱中国文化，喜欢书法和绘画，汉语说得很溜。他名叫中植根，对了，他自称是汉刘邦的后代，并有一部翔实的家谱……”

“哟，还有这事？”李仲文一下来了兴趣，“那汉刘邦的家乡离咱这儿不远哪，就是现在的苏北沛县，骑马的话差不多一天能跑到。老峄县的古驿站的南站就是沛县。”

范德昭又介绍说：“中植根这人对窑工还可以，他对里工（技术工）最客气，对外工（临时工）也行。但最恨战俘矿工……这家伙把家也搬到枣庄了。前些天他小儿子过生日，一高兴多发给窑工一人一块钱，结果掘进队的钱让两工头扣了，这家伙知道了，当众扇了两个工头十几个耳光，亲眼看着他俩一一把钱分了。”

在这里，我要对这个日本矿长的故事留个伏笔：因为他宝贝儿子的缘故，他有幸认识了我姥姥，还向我姥姥学习包水饺，结果出了大洋相……再后来，组织上还试图通过这个关系营救我那被捕的大姨夫毛炳昆……

第34章　大姨想结（婚）没结成

二姨跟二姨夫很快就结婚了，不过那时不叫结婚，叫成亲，但有结婚证。

我曾对此表示过怀疑："那时就有结婚证？"那时的中国一穷二白，吃糠咽菜，政府腐败无能，头顶三座大山，怎会有结婚证这等闲撇子事？

我二姨坚定地说："有，蒋介石的国民政府从20世纪30年代初就有领结婚证一说，也要到当地政府办理。上海那样的大城市还举行过集体婚礼哩，主张婚事新办。"

我二姨夫说，那时虽是日本人统治时期，但是他们对原国民政府的各项制度基本尊重。对没有随政府撤离的原政府人员一般也是留用。当然，前提是自愿。

二姨夫说，有一阵枣庄被从山东划出来了，划到了汪系南京国民政府的"淮海省"，省会在徐州。他依稀记得他们的结婚证好像就是盖着淮海省的大印。

二姨成家后过得"跟棉裤腰似的"（这是土话形容词，棉裤腰是最暖和的地方。读者可顾名思义），两人恩恩爱爱，从没红过脸。只要不下井，二姨夫每晚的必修课是为我二姨洗脚。二姨夫说，我越洗越想洗，越洗脚越白，越洗脚越香。

他还让我二姨从小店里辞了职，让她在家当专职太太，但我二姨闲不住，答应回家是回家，但还得让她绣虎头娃娃鞋。我二姨说，这不是挣钱不挣钱的事，俺就是喜欢……我想，这就像我搞创作。一个人一生有种爱好是种幸福！

隔三差五，二姨夫跟二姨还按当地的风俗走娘家。按说，二姨夫完全可以雇个黄包车，甚至公司的小轿车也行，但是二姨不愿张扬，怕吴村镇的人骂，就坚持骑驴回家。二姨夫居然乐此不疲。因为他说，牵着小毛驴走在乡间的小道上的感觉，那实在是太妙啦。

这一阵子，李表叔也来我姥姥家瞧过热闹，他还托我二姨夫鼓捣了两次矿上不用的废钢铁，都是些井下淘汰的废钢轨、烂水泵、破鼓风机、抽水机等。他说他要往济宁贩运，赚个差价。其实，这些废钢铁最后都进到了山里的八路军军械厂。

…………

二姨过得"乌滋狼烟"（又是枣庄原话），大姨心里很不是个滋味，何况她又是个不服输的脾气。只要在家，她总要摔东西给姥姥看：

"俺娘，你偏心眼，凭什么俺妹走俺头里了？"

我姥姥就说：

"你这是怎么说的？你不是情况不一样吗？只要上级同意，你们成家就是。"

那时，好像部队有规定：必须是抗战前参加工作的，团级以上，年龄40岁以上。当时，好像我大姨夫毛炳昆只是个副团级。

后来又据说，罗政委为了照顾他们俩，当然也是为了开展工作，很快就把毛炳昆提成了正团。正当他们两人要成家的时候，鲁南地区的抗战形势发生了变化，即国共两党的摩擦已趋公开。局势变得异常复杂、恶劣。当然，这种局面在全国都是一样的，以致不久就爆发了震惊全国的“皖南事变”。

客观地说，国共两党由于意识形态上严重对立，它们是很难走到一起的。

1937年2月21日，国民党五届三中全会通过了《根绝赤祸案》，在历数中国共产党摧残人民的“种种罪恶”之后，提出了一个解决共匪问题的一揽子计划：

第一，一国之军队，必须统一编制，统一号令，方能收指臂之效，断无一国家无允许主义绝不相容之军队同时并存者，故须彻底取消其所谓“红军”以及其他假借名目之武力。第二，政权统一，为国家统一之必要条件，世界在任何国家，断无许一国之内，有两种政权之存在者，故须彻底取消所谓“苏维埃政府”，及其他一切破坏统一之组织。第三，赤化宣传，与以救国救民为职志之三民主义绝对不能相容，即吾国人民生命与社会生活，亦极端相背，故须根本停止其赤化宣传。第四，阶级斗争，以一阶级之利益为本位，其方法将整个社会分成种种对立之阶级，而使之相杀相仇，故必出于夺取民众与武装暴动之手段，而社会因以不宁居民为之荡析，故须根本停止其阶级斗争。

这时，刚刚到达延安喘息未定、人困马乏、缺衣少枪的共产党审时度势，即于半年后1937年9月22日，作出了国共合作的四项保证：

一、孙中山先生的革命的三民主义为中国今日之必需，本党愿为其彻底的实现而奋斗。

二、与现在中国占领导地位的国民党推诚相与，共同为对外抗战、对内民主与民生幸福而努力，取消一切推翻国民党政权的暴动政策及赤化运动，停止以暴力没收地主土地的政策。

三、取消现有的苏维埃政府，实行民主政治，以期全国政权统一。

四、取消红军及番号，改编为国民革命军，受中央军事委员会之统辖，并待命同动，担任抗战前线之职责〔引自《中国共产党中央发表“共赴国难”宣言》，1937年9月22日，见《中华民国重要史料初编》第五辑（一）第286—287页〕。

共产党的条件如此让步，国共两党摒弃前嫌、以诚相待、同心抗日也就是了。但是，由于历史上的恩怨、相互间的芥蒂以及难以叙说的原因，情况并不亦然。

在国民党眼里，共产党压根就是些心口不一，只说不干的家伙。卢沟桥事变的第八天，黄埔系出身，身为驻防西安的中央第36师师长宋希濂就曾密电蒋介石称：“自剿匪军事停止以来，穷蹙陕北边隅之共匪得以苟延残喘利用时机整理训练发展组织，扩大宣传，设立抗日军政大学，以训练干部诱惑青年。”“其行为殊无悔悟诚意，若不计谋根本解决之计，抗日前途必多窒碍也。”（《宋希濂致蒋委员长电》，1937年7月15日）具有讽刺意味的是，在10年后的内战中，宋大将军成了共产党的降将。

时任国民政府西安行营主任的蒋鼎文，这时也向蒋介石告状称：

“伪党日来利用国内抗战情绪，反动宣传日见扩大。职以深恐抗日不能避免对该党一切处置。本拟俟周（指周恩来）来后整个解决，故以姑事容忍，乃该伪党宣传活动益肆披猖，深恐其妨害整个国策，除饬属严密防范制止外，并曾召集西安党军学主官会商在匪军未经中央核定编容以前，不得从事任何活动之……”（《蒋鼎文致蒋委员长电》，1937年7月20日）

接下来，在一个具体的重大原则问题上，两党又发生了激烈的对抗：国民党试图向八路军各师派驻高级参谋，以“加强双方协调”。但此举遭共产党严词拒绝，认为这是对我党的不信任。故将派往第十八集团军的政治部副主任的李秉中坚决拒之门外，李秉中怒不可遏，大骂：纵观中共拒绝中央派员，扩张地盘，巧妙宣传以争取民众，“可断言（其）此次投诚毫无诚意，现正大规模作夺取政权之准备”。他甚至强烈要求蒋介石及国民党中央除以“暂缓发饷”以压中共务必接受中央派员外，还应实行严格的新闻检查制度，严禁为中共张目……而共产党则干脆一不做二不休，立即公开恢复了政委制度（原先是隐蔽性的，为军中副职）。

…………

鲁南地区的两党关系自然也脱离不了整个局势的影响，渐渐地，两党两军的关系也变得微妙起来。

有一次，我大姨见到了峄县国民政府的县长张远涉，说：

“张县长，看在俺跟俺娘早年跟你一块放足的分上，到俺成亲时，你得批我50斤小麦，怎么着也得让大伙吃顿白馍馍不是……”我大姨还是像当年那样畅快。

不料，张远涉却阴阳怪气地说：“算了吧，你还是找你们的李县长要吧，他不也是一县之长吗？”这个县长就是指李仲文，即峄县人民抗日民主政府，多了个“民主”二字。史料记载，峄县、滕县、费县、邹县等县几乎是同时成立的抗日民主政府。

“俺共产党穷，你不知道吗？”

张远涉冷冷地说：“你们不是专门会偷别人的吗？再偷呗……”

这话可是话中有话了。这是指共产党刚成立的铁道队，专门偷他们县保安团的事……本人前边已经介绍过了，张远涉指挥下的国民党峄县保安团是专门活动在峄县周围的一支武装，在上次得到了吴玉臣带来的2000块大洋的资金后，通过伪军，他们专门购买了一批“二十响”，随后成立了“铁道机动队”，活动在枣庄至台儿庄的铁路线上（因为队员几乎全是峄县子弟兵，地熟人熟），扒火车、炸桥梁、偷军火、盗煤炭，有一次还搞了三车厢的军马。搞得日本人十分头疼。所以要说最早的铁道游击队，应是张远涉指挥下的这支队伍。

大概是受了张远涉的影响，八路军山里指挥部随即也成立了一支铁道队。但刚成立时经验不足，搞了两次没得手，还伤了三个人。于是，他们想了个办法，跟在国民党县保安团的铁道队后边“喝二油”。凡保安团铁道队一有活动，他们便悄悄跟在后边，人家刚刚把货从火车上卸下来，他们便抢在对方之前，先行运走了。时间一长，对方发现了这一秘密，自然不答应。于是，刀枪相见，双方打了好几次，均有伤亡。

有一回更是令人哭笑不得，双方已架起了机枪准备血拼。正好鬼子的铁甲车开了过来，双方才罢手收兵。

后来，铁道机动队再有行动，就拉上整个保安团“护路”，八路军的铁道队方才罢手。但这些人不服气，就自己干上了，干了几次，历练出来了，就成了日后令日寇闻风丧胆的铁道游击队（知道铁道游击队为什么大多活跃在枣庄至薛城支线，而不是枣庄至台儿庄支线吗？现在我来告诉你，那是国共两支铁道队协商的结果，即各有各的“地盘”）。

…………

李仲文同张远涉彻底闹翻，还是在攻打吴村镇的问题上。双方相互指责，最后不欢而散。

一开始，双方协商是张远涉的县保安团及东北军的一个加强团主攻由鬼子把守的东门和南门，李仲文的八路军县大队外加铁道游击队一部，攻打由鬼子领班而由伪军及民团防守的西门和北门。这是考虑到了八路军人数虽多，但火力较弱的特殊情况。实际是对他们的照顾。

但不料过后不几天，李仲文他们又变卦了，他们要求攻打东门和南门，为达目的，还从抱犊崮山里带来了正规部队的一个加强营，并携有两门小钢炮。带队的就是我未来的大姨夫毛炳昆。他一来到就批评李仲文没眼光，尽管俩人是同级：

“你们地方同志就是没眼光，东门有鬼子仓库，油水大大的，放着肥肉不吃……”

李仲文当然不服气：“我又不傻？怎说不想吃肥肉，但得要有这牙口。”

我大姨就埋怨我大姨夫说话冲：“咋这么跟李书记说话哩？耍什么蛮劲……”

大姨夫在性格上和大姨是一样的，不然他当年也就不会杀了亲叔一家闹红军了：“地方上的同志就是目光短浅，怎么的，这回多亏了罗政委及时派了我们来。”

可是，当李仲文和我大姨夫找到张远涉商量时，张远涉同东北军的团长却不干了。尤其是那个东北军的团长，一口一个妈拉个巴子的：

“怎么的，嫌我们东北军没炮呀，老子明天就调四门来。你们知道我们东北军兄弟的心情吗？我们的老家让小日本占了，我们恨不能喝他们的血，吃他们的肉。这帮小鬼子，我们吃定了。”

双方互不相让，吴村镇没打，自己倒顶起牛来。

趁着这个空，小鬼子趁机向吴村镇增兵，又派了两个班的鬼子进了镇子，这样，所有围子四门都由鬼子把守，这样一来，进攻的难度就更大了。

李仲文和我大姨夫一看形势不妙，经请示上级，决定撤出战斗。

八路军的“不打无把握之仗”的战术，使得他们的部队知难而退，张远涉的县保安团及东北军却决心要打。见硬拼不行，决定偷袭，他们很快与吴四爷取得了联系，吴四爷自然心中有数，他立刻找来了镇上的那几个小痞子，如此这般交代一番……几个小痞子听了很高兴，便在发起进攻的那天夜里，在防守最薄弱的西围子墙上放下了几个筐，保安团的几个弟兄带着机枪上了墙（事成之后，他们每人领到了10块大洋和部分烟土）。

战斗进行得还算顺利，李仲文部先从西墙突进城后，很快解决了西、北、南三个门的战斗，最后只剩下孤本小队长亲自镇守的东门，五个鬼子龟缩在炮楼里至死不降。部队攻了两天一夜打不下来。最后，还是吴四爷出了个主意，火攻！并拿出了平时不舍得用的两桶美孚汽油和一大堆木材，十三个战士披着浇了水的棉被从不同的方向往上冲，最后只冲上去四个。这四个战士点了火。最后，除了那个台湾籍的日本兵跑出来投降外，其余的鬼子全部被烧死，孤本小队长烧得只剩下了两条大腿骨。

此役张远涉及东北军伤亡300多人，与鬼子的死伤比例几乎是10∶1，实为惨胜。

…………

张远涉他们占了吴村镇。当地的局面亦为之改变。李仲文及八路军彻底地失去了这一地盘，他们被迫转移进了抱犊崮山区，局面当然也就更加困难。有时，也曾试图派小部队出山筹筹款子或搞点粮食，但是都被张远涉及东北军毫不留情地挡回，奶奶的，你们早干什么了？

“顽固派”占了吴村镇，这娘家是回不去了，娘家回不去，还结什么婚，成了家至少要有个房子住吧？就这样，大姨结婚的计划就成了泡影。不但婚没结成，待在老山里还常常吃不饱，穿不暖。不仅如此，鬼子和汪系的和平建国军（这时，国民党吴化文部已投靠汪系南京政府）还三天两头地扫荡，撵得个部队到处跑。当时的《大众日报》发表文章称，这是黎明前的黑暗，要求全体共产党员和八路军指战员咬紧牙关坚持下去……

那个时候，大姨的心情特别不好，动不动就朝大姨夫发火：

“傻屌，当初非跟人家国民党赌气不可，这下好了……”

大姨夫就拖着浓浓的江西腔反驳：“这事怨我吗？那叫机动灵活的战驴（略）战术，打不赢就跑……”

大姨不服：“跑，跑跑，跑到这穷山里舒服了，成亲？成个狗屁……”

大姨夫更英雄：“那好，等抗战胜利再成家，以后谁要再提成亲的事，谁是王不（八）蛋。”

“好，胜利就胜利，谁怕谁。”大姨大脚板一跺，气哼哼地走了。

说归说，人毕竟是人。在那艰苦的岁月里，男女之情总还是有的，小猫还知道叫春呢。终于有一天，两人发生了“一夜情”……

真的，就那一夜，结果却给我闹出了个大表哥毛大发（“文革”时是学校里有名的造反派，并喊出了一句震惊全枣庄、全中国的革命口号）……

第35章 小鬼子不会煮包子（水饺）

当我大姨及我未来的大姨夫，为了打败万恶的日本侵略者而南跑北颠、浴血奋战时，我二姨与我二姨夫的小日子却过得和和美美。而且不久还有喜了。

有喜了就是怀孕的意思。

不知是因我二姨过于幸福，还是被我二姨夫哆啦坏了，反正是反应很大，什么东西都不能吃，吃了就想吐，什么活也不想干，就是想睡觉。我二姨夫望着这一切手忙脚乱，只是一口一个“槐花”地喊，却又不知从何下手，加上矿上的工作也比较忙，于是，只好把我姥姥请了来。

一个逢集的日子，我的表叔李仲文牵着头毛驴把我姥姥送来了。

对于我的表叔李仲文，我的二姨夫似有察觉，隐隐约约感到他好像是“抵抗力量”的人，但是他却不知道李仲文是共产党还是国民党，因为我姥姥、我二姨常常给他讲张县长当年的故事，什么放足了、打台儿庄了、奖小米了等等。当时，完全是出于对我二姨的爱，才对李表叔的一些请求尽量去办。有一回还借了一笔款子给了我李表叔。我二姨夫的这些无意之举，却为后来的保命起到了相当重要的作用。

…………

“酸男辣女……这回肯定是个千金。”我姥姥总是十分肯定地说。

同时，变着花样地给我二姨做吃的，她用辣辣的酱豆子“糊鱼”（即炖鱼的意思，只是炖的时间长些），一直把鱼汤糊得像奶一样白。因为放了过多的辣味，我二姨还偏偏爱吃，吃了也不吐了。

“女孩好啊，女孩老实、文静。男孩太调皮。”我二姨夫就在一旁帮腔，“长得一定要像槐花一样漂亮，哈哈。”

还真让我二姨夫说对了，他们的这个女儿长得真像我二姨，又漂亮又可爱。可惜在1948年冬“恢复生产”时出了意外……

我姥姥又把菜煎饼作了改进，上边抹上了一层用蒜泥和辣椒酱混成的调料。姥姥还会熬一种红枣、麦仁、小米粥，熬得非常香，奥妙在于放上一点盐，但放多少，什么时候放，却是门科学。姥姥腌的咸鸭蛋也很好，都是正宗的微山湖的鸭蛋，枣庄人称“青皮”，姥姥不光是用煮开的盐水，而是在盐水里放上些大料，据说是八香大料。一个月成蛋，个个蛋黄淌油（在以后我在济南上大学的岁月里，整天带这些咸鸭蛋，同学们都称它为“天下第一蛋”）。

“不能光吃不活动，那样把孩子也养懒了。”姥姥就让我二姨夫在下班没事的时候，带着我二姨出去溜达，洋话叫散步。

我二姨夫就满心喜欢地挎着我二姨的胳膊去散步。他们会沿着矿区的围墙走上一圈。那时矿上的围墙近似于座围子，能巡逻、能放枪，四角是炮楼。国民党的保安团、八路军的游击队在围墙外闹腾，围墙里还是很安全的。

二姨夫挎着二姨散步是当时的一景，矿上的工人远远看见了，都会向他俩鞠躬，因为他们敬重我二姨夫，就连矿上的警察，甚至在炮楼上站岗的鬼子兵，也会向我二姨夫敬礼。

矿上的另一景就是鬼子矿长中植根的散步了。注意，这个新人物就要正式出场了。

中植根那时50多岁，传说其父亲是当年大败满清北洋水师的日本海军的一位舰长。矿上的工人们当面叫他“老太君”，背后叫他“老鬼子”。他听了哈哈大笑：

“我的，不是，不是老鬼子，我才50多岁，你们可以叫我小鬼子。”

中植根不像我们的一些小说里描写的那样横眉竖眼，一脸横肉，手持皮鞭，随便打人。相反，他是个十分和蔼可亲的日本瘦老头。他平时就穿件工作服，有事没事就乱溜达，他见了下井的工人总要微微地点点头，见了一般的技术人员则是鞠躬，对我二姨夫那更不必说。

有一次他发现井口挂钩（往矿车上摘挂钩）的工人为了取暖，把上好的木材劈了烧火，马上让人把工头叫了去，二话没说，抬手就是两个耳光：“八格，这么好的木材不可细（惜）吗？为什么不多费点心力气捡些碎木料，你的良心大大的……”

还有一次是在井下，一个中国工人为修水泵泡在冰冷的水里两个多小时。他是无意中发现这件事的。他看到后一声不吭，蹲在一边看，直到那工人修好为止。他当场奖了那位工人10块大洋，但是，却把负责这一段的因喝酒而误事的日本工段长送进了宪兵队。

这个日本老头一没事就爱跟中国矿工讲一个在日本家喻户晓的故事：一个名叫正藏的小锻刀匠奉命给将军打造宝刀，但此人技艺一般，刁钻的老婆又把将军给付的经费骗跑了。左右为难的正藏想到了自杀。这时，村长出面了，说，你连死都不怕了，还怕什么呢？不如豁出去一试，为了鼓励正藏，村长还资助了他一些银两。正藏为了不辜负将军和村长的期望，横下心3年足不出户，终于打造出了一把绝世宝刀。宝刀送交将军后，将军却有些半信半疑……见将军心有疑虑，正藏二话没说，一把夺过宝刀，大喊一声：将军看刀！是否锋利，以此为凭。随即，一刀将自己的腹部切开，含笑死去……将军手捧宝刀，泪如雨下……

这个故事在枣庄矿区无人不知，无人不晓。直到我们上初中还听老工人说过。

…………

远远的，中植根看见了我二姨夫和二姨，每每见面，他总是鞠躬，然后就夸我二姨漂亮。

“范太太稀（实）在是漂浪（亮），真正的漂浪（亮）……”说完还要摇头晃脑欣赏一番。一开始我二姨还有些不习惯，后边就无所谓了。我二姨夫事后小声对她说：小日本就这样，别在意。

“谢谢中植根君夸奖。”我二姨也公式化了。

“你家老太太的菜煎拧（饼）稀（实）在是好欺（吃），我还想欺（吃）……”他实际上比我姥姥还大，但他说要入乡随徐（俗）。

“菜煎饼的大大的……”我二姨夫就对他比划着。

“包子的大大的……”我二姨也跟着帮腔。上次去我家，我姥姥正好包水饺（枣庄人叫包子），让他尝尝，他也不客气，端起碗就吃，一气吃了一大碗，连说好欺（吃）好欺（吃）。

“请您带着中植根三郎来，我母亲很喜欢他。”中植根三郎是他的那个小儿子，才三四岁，很是调皮可爱。同许多日本的非武装人员一样，中植根将半个家带到了中国。

“他的拉稀了，跑肚子……”中植根指指小肚子，作痛苦状。

三人一边说着一边向前溜达。这时中植根说出了一个重要情况：日本华北采炭株式会社有个计划，要在最近扩大枣庄矿的生产，准备在北边再建个北大井，计划征收附近一公里以内的土地与树木，均给予赔偿。

“具体是什么标准？”我二姨夫问。

“很快就会拿出意见。总机（之），要让支那的老百姓满意，这会符合帝国的根本（利）益……”

中植根还说到一个情况，让我二姨夫注意：在最近的招工中，发现工头有吃空饷的现象，明明招了10个，他偏偏报12个，那两个的工钱就……嘿嘿……

“这是对大日本帝国的欺判（骗），要死了死了的。你的，虽是满洲国人，但是，你习（实）际还是个支那人，同他们好说话的。所以你要多注意。”

我二姨夫说：“我也恨这些小工头，良心大大的坏了。”

…………

大约是几天后的下午，正在吃晚饭的时候，中植根穿着一身和服，呱达着一双木屐跑来了。这次他没有顾得上说“范太太稀（实）在是漂浪（亮）”，而是满头冒汗：

“老太太，请多多地帮忙，我的包机（子）下糊涂了，一锅糊涂，馅机（子）也出来了。”

我姥姥赶忙放下饭碗：“你是不是包得不结实呀？”

“结实的，结实的，你忘了我出细（师）了……嘿嘿。”

不错，上次来，我姥姥专门教他们两口子包水饺，包得挺好的呀。

我姥姥又问："你们的火是不是不旺呀？"

"旺的，旺的，旺旺的。"中植根急得满头大汗，说枣庄的煤大大的好，全日本的都没有，怎么会不旺。

我姥姥很快就意识到了什么："你是怎么煮的？"

"放上水就煮呀。"

"放上冷水，接着放包子？"

"难道不对吗？"

至此，一切都明白了，我姥姥、我二姨夫、我二姨笑得前仰后合，把个老鬼子笑傻了眼：

"怎么了，怎么了，有问题吗？"

我姥姥好半天才止住笑："不能放凉水里煮，应该是水开了再放包子，火要旺，包子漂上来洒点凉水打下去，再漂上来就熟了。"

中植根恍然大悟，扇了自己一个嘴巴："要开水煮，要开水煮，我的刘邦后代的不是，我的昏（混）蛋……"一溜烟又回去煮他的包子了。

以后，我姥姥就常给人讲鬼子煮包子的故事，一边讲一边讲鬼子傻，百讲不厌。听众则百听不烦。

第36章　"我的，汉献帝刘协的后代大大的"

中植根这个老鬼子很有意思，坚持认为自己是汉刘邦的后代，自己是中国人的子孙，现在他是回老家来了。

因为他家和我二姨家都住在中兴公司办公大楼东边的老"八大家"，离得很近，一有空他就爱往我二姨家跑，跑来聊天。有时碰到吃饭，只要你一让他，他就毫不客气地坐下就吃，俨然是这个家中的一员。尤其是喝了点"十里泉香"以后，他就会手舞足蹈，咿哩哇啦地没完。

他说中国史书有十分明确的记载，日本人的祖先是中国人。如《史记·秦始皇本纪》中称：

公元前219年（始皇帝二十八年），"齐人徐福等上书，言海中有三神山，名曰蓬莱、方丈、瀛洲，仙人居之。请得斋戒，与童男女求之。于是遣徐福发童男女数千人，入海求仙人”。

《日本通鉴》也称：

“孝灵七十二年（始皇帝二十八年，公元前219年）秦人徐福来”。为“司农神”、“司药神”，甚至认为是他建立了日本王朝，尊他为“神武天皇”。在日语中，秦与羽田的发音相同。在日本佐贺县佐贺郡富町的寺井津浮的地方有一根写着“徐福上陆地”字样的标柱。日本人常常把徐福当成先圣崇拜、尊重。

“我的祖上是日本的原田家族，而原田家族的祖上则是中国的汉献帝刘协。你们砍（看）……”中植根说到这儿就会像变魔术似的拿出一本已经发黄的旧家谱，这本旧家谱全由汉字写成。上边还有个帝王头像，想必就是他们的祖先刘协了。该刘协被画得慈眉善目，十分富态，更像是某座庙里的弥勒佛。

“你们翘翘（瞧瞧），我像不像我的祖上？”说着，很认真地摆出一副照相的架势让人评论。

我二姨夫他们就一个劲地说像像，像极了。其实中植根是个干瘦的老头。

一说他像，他更高兴，急忙翻开家谱说：

……我们日本原田家族谱《大藏朝臣原田家历传》里称，阿知王是汉献帝的玄孙。当年曹氏灭汉建魏，汉献帝刘协被曹丕贬为山阳公，建都山阳郡下的浊鹿城（一名青阳城，在今河南省修武县东北）。阿知王在这时也随东汉皇室遗民，从洛阳徙居浊鹿。后来司马氏灭魏建立西晋，刘氏皇族地位表面上没有改变，但实际情况开始恶化。太康十年（289年），刘阿知见当时天下混乱之象已生，便于五月初一召集旧臣商议对策。刘阿知说：“我久在此地，恐有覆灭之祸，闻东国于日本，有圣天子。”遂决定率其家族东渡，前往日本避难。这样，刘阿知便率领他的儿子刘都贺、舅舅赵舆德和族人刘国鼎、刘涛子、刘鹤明、刘信子等男女2040人，离开中国本土，漂洋过海，几经艰难，于日本应神天皇二十九年九月五日来到日本。阿知王到达日本后，被日本天皇赐号东汉使主，奉命定居于大和国高市郡桧前村。在今天日本的奈良县桧前村和冈山县仓敷市妙见山顶，现在都有“阿知宫”，是后人祭祀阿知王的场所。

中植根越说越高兴，一把拉过自己的儿子让大家看，说他儿子也像。其实他儿子更离谱，既不像他，也不像刘皇上，是个瓜子脸，倒是更像他年轻漂亮的太太小樱子。小樱子比他小了20多岁，浑身上下透出日本少妇独有的魅力（1945年8月日本投降后，在国民党接收中兴公司的日子里，为了大批日本战俘和归侨受到较好的待遇，她毅然献身于国民党的接收大员）。

大伙就会接着说像，像极了。

只有他的夫人在一旁抿着嘴巴笑。即使是在中国的家庭里做客，日本女人也只有坐在一边的习惯。

中植根接着就说：

“这几天更像了，因为他胖多了……他的拉肚机（子）好多了。老太太，谢谢您的偏放（方）。中国的偏放（方）大大的神秘……”

我姥姥就会爱抚地摸着那个小日本崽子的头顶说：“俺的偏方不神秘，俺这块的老百姓都这么给孩子治拉肚子，他就是受凉了。”

我姥姥给中植根三郎治拉肚子的偏方其实很简单：用红泥把鸡蛋包起来，慢慢地烧，直到烧熟，然后空腹就着红糖、姜水一块吃，连吃三天，保证不再闹肚子。那几天，经过我姥姥这么整治，这位汉献帝刘协的无数代孙居然没再拉。而且，这个小贼羔子特别喜欢我姥姥，总是爱跟她玩，一口一个“捞捞（姥姥）”叫得那个亲。我姥姥就喊他“大头孙”，因为这孩子头特别大，也聪明。可惜这孩子在日本投降后，等待归国的日子里，因在洋街上乞讨，被一个小工头打伤了右耳。

第37章　走日本宪兵队的“后门”

我姥姥断断续续地在我二姨家待过不少日子。只要地里活不忙或“山里”没有事，我姥姥也爱在我二姨家过。这个期间，她明白不明白地为我们八路军做过不少事，甚至连国民党方面的人她也掩护过。

有一回，张远涉带了保安团的两个弟兄进枣庄联络情报，不小心走漏了消息，鬼子兵及汉奸队进行全城大搜捕，一律查看良民证。鬼子对良民证很重视，要求所有占领区的老百姓（16岁以上）全都办理，鬼子查证时是认证又认人，稍有不对，马上抓起来。

鬼子大搜捕时，正赶上我姥姥上街买菜。她一眼看见张远涉跟一个弟兄慌慌张张走了过来，便急忙搭了话：

“哟，这不是他表叔吗？来干什么了？”

张远涉一听就明白了：“嘿，这不来买点焦胡子（即焦炭）吗？正好，俺那良民证又忘了带……”

张远涉的保安团活动的峄县南部是国民党游击区，根本就没办什么良民证。我姥姥多少有些明白，就压低了声音说：

“待会你别说话，你那西县（即西边）的腔一听就有事，反正你是个老板……你让你这小伙计说话。”

那个小年青的确很机敏：“大娘放心，我家泥沟的……”

那时鬼子查人，其中一条就是听你话说的是不是本地话，是的，没事；不是，那就麻烦了。

正说着，两个鬼子和四五个汉奸黑狗子，来到了他们面前，其中有个汉奸认识我姥姥，马上堆满了笑：

“老太太这是……”

我姥姥说：“噢，上街逛逛。这不，老家他表叔来了，陪他们溜达。”

汉奸用眼光扫了扫张远涉及他的伙计。张远涉很大方地从腰里掏出一包老炮台，给这帮家伙发烟，汉奸们都要了，但两个鬼子坚决不接。

汉奸吸了口烟，但还是问了句：

“带良民证了吗？”

不等那个伙计说话，我姥姥开口了：

“他们的良民证都让八路给烧了。好好的，才办了几个月，真可惜……”

小伙计接口道：“是的，八路忒多了，遍地都是，还有大炮……”

这时，那个汉奸小头目小声对两个鬼子嘀咕了几句，两个鬼子一听，马上向我姥姥鞠了个躬：

“老太太的……”

接着，就“开路一马斯”了……

我姥姥当下把张远涉及他的伙计带到了家里。我二姨一看，当然明白是怎么回事，立马烫酒、做菜。张远涉直夸我二姨长得好看，说小时候督导放足时，他就看得出二姨有出息。还说，他不喜欢我大姨那脾气，风风火火，像个假小子，难怪她干共产党。

我二姨夫下班回来了，我姥姥说这是老家你表叔。

我二姨夫一笑：“噢，又是个表叔，坐坐坐……”

我二姨嗔了他一句：“表叔多不好吗？好好地陪着喝，要不俺娘家人一人给你一脚。”

二姨夫就说：“谁不好好陪了？就你那一脚就行了……”

好吃好喝后，二姨夫还亲自陪着张表叔出了城，还当真买了一车好焦胡子。

…………

大伙还记得前边提到过的鬼子为北大井要征地给予补偿的事吧，告诉你，这情报也是我姥姥送出去的。姥姥小时候练就的记性，真是没说的。

当时确定下补偿标准时，就是在我二姨夫家的饭桌上定的。因为那天中植根的宝贝儿子闹着非要找“他的支那捞捞（姥姥）”不可，要吃他中国姥姥的菜煎饼。中植根让闹得没咒念了，只好带了一桌酒菜来了我二姨家，是全家来的。把个专门提礼物的小樱子累得够呛。

这是我姥姥第一次吃日本的鱼罐头，姥姥说，味不对咱中国人的味，但还是挺好吃，不比她的菜煎饼差。她的那个大头孙还就喜欢用菜煎饼卷鱼罐头吃。

就在这饭桌上，中植根将华北采炭株式会社最后批复的赔偿标准说了一遍。说者无心，听者留意。我姥姥一边逗她的日本大头孙，一边默默记下了。这个情报让八路军把日本人结结实实地操了一回。

其中，树木还分经济类和非经济类。如桃树、杏树、枣树、核桃树等称为经济类，杨树、柳树、槐树等称为非经济类。经济类的赔偿高，非经济类的赔偿低。就是刚刚栽上的小树苗，也要赔。最低标准为一棵一块银元。总之，中植根手中的表格填了满满两大张。别看我姥姥不认字，却全都记住了。

第二天，她就说要回老家拿点干辣椒和干蘑菇，便撒开大脚丫回到吴村镇。吴村镇虽然被张远涉的保安团占着，但八路军的情报点却照设不误。当天夜里，情报就到了俺李表叔那里。

很快，峄县抗日民主政府便对征地地区的老百姓来了个总动员：一夜之间，村前村后、院里院外全都栽满了小树苗！哇，一棵就是一块大洋啊，操死小日本。

这次斗争圆满结束，傻不拉叽的日本人全部照赔了老百姓的全部树苗，大家伙都抿着嘴笑。

…………

刚给八路办过事，国民党又找上门来。

这天，张（远涉）表叔来了。他穿了商人常穿的蓝色亚麻长衫，手里提了两瓶“十里泉香”白干。

张表叔坐下，二话没说，从手里掏出了只金镯子，我姥姥看了，差点又没昏过去：

“这……这不是吴家大……大少爷的吗？”

张表叔说：“正是……怎么样，这回知道是怎么回事了吧？”

原来，吴玉臣是想让我姥姥通过我二姨夫的关系打通鬼子的宪兵队。因为宪兵队里关押着国民党方面的十几个重要的俘虏。这些俘虏是国民党鲁南游击总队的连级干部。不久前他们在峄、苍边界的刘庄村办了个秘密的集训班进行集训。不料在一次遭遇战中全被俘虏了。万幸的是鬼子不知道这些人的真实身份，还以为是些普通大兵。

日军对待国民党的俘虏和对待共产党八路军的俘虏完全不同。对待共产党是极尽折磨，甚至残酷杀害；对待国民党人员则极尽拉拢、利诱。少将级以上的一律递押济南新华院，住单间，生活从优。少将以下，待遇也各有不同。只要投往汪系政府的，一律官升三级。对待士兵，则递押东北或日本本土做苦力（近几年大陆的文艺作品已有类似题材）。枣庄情况特殊，因有煤矿，故战俘一般就地消化，下井当矿工。当时，日本组织了“增产报国队”，多以战俘为主，由有技术的“里工”（即技术工人，待遇较高）带队。

对此，国民党方面万分着急，筹措了4000块大洋准备营救。有了钱还不行啊，还得找得着庙门啊。就这样，经吴四爷指点，国民党方面找到了我姥姥……

这事非同小可，我姥姥想了想，说：

“按说这是大少爷交代的事，我该全力去办。但是，宪兵队你们是知道的，六亲不认，中植根这个老鬼子同宪兵队队长那么好，两人常在一起喝酒。也只是闲扯……”

张远涉将金镯子仔细包好放到腰里：“咱使钱不行吗？有钱能使鬼推磨嘛。”

我姥姥说：“光使钱不行，还得想想别的法……”

“让那个老鬼子中植根出面，也给他点好处。”张远涉的意思很明白，入乡随俗，鬼子也是人，在咱国待久了，良心也就大大的……

我姥姥想了想说：“这样吧，张县长，这事先别急，心急吃不了热豆腐，让俺再想想，把个主意想全它……”

张远涉想了想说，也好，咱就从长计议吧。接着，两人又拉了几句家常。

我姥姥像是鼓足了勇气问：“吴家大少爷还好吧？他怎……怎么不来？”说着说着就要落泪。

“吴秘书长身担重任，现在离不开，他说了，这事办成后，他一定会亲自来看你。他说，自打那年偷偷离开枣庄直接去了北平，距今已30多年了，他也很想念枣庄。”

这一说，我姥姥的泪就止不住掉下来了：“是啊，一晃30多年过去了，那个下午正下着雨……唉，人生有几个30年啊，不说这些了，哎……可是，他该成家了吧？”

张远涉也跟着叹了口气：“没有啊，他常说战事紧张，无暇顾及，我怎么看他好像有什么心事……”

姥姥说：“你们常见面，就不能帮忙给他找个吗？”

张远涉说：“说实话，如今抗战正酣，整日里南征北战，也顾不上。再说，他也确实忙，你是不知道，他是沈主席最信得过的人。而沈主席现在的日子并不好过，因为有人欺负他没有兵，老给他捣蛋，他的命令有时不管用……”

“中国人，就会窝里斗，奶奶的没出息。”我姥姥愤愤地骂了一句。

果不其然，沈鸿烈不久即被排挤出鲁，到重庆任了个闲职。而吴玉臣呢，则……唉，说起来就伤心。

第38章　和电影里演的大不一样

现在，该说说鬼子的宪兵队了。

说到鬼子的宪兵队，人们马上就会联想到如下画面：一个个凶神恶煞，牵着狼狗，随便抓人，老虎凳，辣椒水，大洋刀一挥，人头滚出老远。当然，折磨的都是地下党、八路军和老百姓。别的，就无事可做了。

年龄稍大点了，就觉看这又是胡编，就像《地道战》、《地雷战》里胡编的鬼子一样，一个个胆小如鼠，战术低下，不堪一击，我八路军战士以一当十，神勇无比。如果真是这样，何来八年艰苦抗战……

到了20世纪80年代，好像又看过一部电影，是说江南新四军同鬼子作斗争的故事，里边居然有宪兵队“特高科”。当时我已上了大学（“文革”后恢复高考的第一年），开始学会了独立思考，更加觉得是艺术家们的“胡诌”。

加上我姥姥和我二姨夫介绍的一些情况，更加不相信我们的电影，当然也包含小说。客观地说，我跟我二姨夫谈得最多，因为他毕竟有文化，在我上了初中，多少有了些独立思考的能力后，我问了他不少“旧社会”，当然也包括鬼子宪兵队的事。

1998年下半年，社里的工作不太忙，而我又超额完成了全年的广告任务，老总很高兴，破例准我可以“机动上班”。这时，我开始履行对姥姥作出的承诺，准备这部长篇的素材。于是，我了解到了不少这方面的资料……

日本宪兵在日本军队，尤其是陆军中拥有至高无上的权力，它的主要职责是忠于神武天皇，严格监督日本军人的日常行为和战场纪律。《日本宪兵条例》于1881年3月21日公布，5月9日正式成立宪兵部队。

日军在国内的宪兵被称为“勒令宪兵”，在国外各战区的宪兵被称为“军令宪兵”。军令宪兵直属于派遣军总司令官。（当时，枣庄地区的日军宪兵就直属日本华北派遣军。）日本当地驻军的司令官与当地宪兵队的指挥军阶相差很大，仍以枣庄为例，当时日本驻枣庄军队的最高司令官多为少佐、中佐，但宪兵司令仅为一位小小的少尉，但可以佩指挥刀（即东洋刀），并配有专门的手枪。那些少佐、中佐的大官见了他照样点头哈腰。

日本宪兵着装的标志主要是披风和宪兵袖章。披风是模仿法国的Gendrmdrie，而宪兵队袖章是1923年被陆军省正式规定的，宽十二厘米，上面写有红色“宪兵”，字是从右向左写，袖章为白棉质地的白布。《日本宪兵条例》第一条就是：“宪兵作为陆军军纪的代表，担任军内军纪的巡查和检察的任务，监督军人的日常品行。兼任行政警察和司法警察，并且同时隶属于内务、司法、海军三个部门。”

大正时期末，昭和时期初，即1920年左右，随着俄国共产革命的兴起，马克思主义传入日本。为了“遏制共产邪恶的蔓延”，宪兵队里设置了专门的反共特务机关——特高科。它的责任不仅在于控制军队、军人，也包括了平民百姓。看到这里我才知道中国电影里关于日军宪兵队特高科的描述是有事实依据的。而且特高科很是尽职责，在1932年左右，便将日本共产党全力镇压下去。日本共产党在日本境内全部消亡（直到1945年日本投降后，日共才恢复了活动）。

日本宪兵收入极高，每月收入100日元左右，而日军普通军人中的上等兵每月收入才为6日元30钱，相差10多倍。即便是国内的小学校长也没这么高的收入。更重要的是，宪兵是一种荣誉，日军士兵多以能够当上宪兵而自豪。

但是，就是如此森严的宪兵队，我姥姥居然把它摆平了。

…………

她当然先找的中植根。她对他说：

“……那些人可全是俺的乡亲，有的还是远亲，有一个是七姑夫，还有一个六表舅和五姨夫……

“你的亲戚？吴村镇的……”中植根很感意外。

“亲戚就是亲戚，还能有假？”

“肯定不是共产党？”中植根突然问道。

“不是。”我姥姥肯定地说。她这倒没说谎。因为那时日本人正开展“新国民运动”，让所有的老百姓宣读“反共誓约”，共六条：一、皇军及中国军警到达村落时，村民决不逃避；二、皇军和中国军警问话时决无虚伪之陈述；三、今后绝对拒绝八路军及其军政机关所要求的一切破坏行为；四、绝对迅速提供所得的确实情报；五、严守回心条例（原文如此）及布告等，决不违犯；六、以上各条如有违犯，任何处罚情愿受其苦。

“是将（蒋）先生的人？”

“是的，是的，他们当兵就是为了混口饭吃，跟参加皇协军的弟兄们没两样。”我姥姥做了个扒饭的动作。

“吴村镇的吴希（四）爷很有名望的，可惜吴村镇被重庆政府军占了。”日本人把蒋介石方面一律称为“重庆方面”。

“吴四爷，可是个好人。他同以前的孤本小队长还是朋友哩。对了，里边也有他的亲戚，有三表侄和五外甥。”我姥姥急忙说，“这次他们凑了四千块大洋，想着意思意思……”

中植根听说也有吴四爷的亲戚，更加重视，但有点不明白的是：“意喜（思）意喜（思）是什么意喜？（思）……”

我姥姥差点笑出来：“意思意思就是这钱……嘿嘿。”说着做了个点钱的动作。

“啊，我的明白了……”中植根一拍后脑勺，“可宪兵队不一样，不好说话的，他们无限忠于天皇陛下，这……”

我姥姥说，中国有句俗话，有钱能使鬼推磨。为了让中植根听明白，我姥姥解释了半天。

“啊啊，明白了，明白了。在中国高（搞）关系真是一门大学问。”中植根到最后大发感慨。

我姥姥又亮出一张牌：“再说了，我家女婿也是你们的工程师，每日辛辛苦苦……这点面子也得给不是？”

“不看佛……面看僧面……”

“不对，是不看僧面看佛面。”我姥姥耐心地纠正。

中植根哈哈大笑：“对对对，是不看僧面看佛面。怎么样，老太太，我没白在你们支那待吧？哈哈……”

三四天后，中植根带着全家兴冲冲地又来了，一进门就要我姥姥包包机（子）慰劳他：

“哈哈，我的，办成了，宪兵队答应放人了。”

“真的吗？”我姥姥高兴极了。尽管在这以前，我二姨夫已经给她透了风声。

“我的，喝酒大大的……”中植根手舞足蹈，开始谈他如何摆平了宪兵队。原来，这老家伙真在三星酒楼要了一桌，请了宪兵队的军曹长。席间，如此这般一说，并强调，放了这些俘虏可以和当地搞好关系，体现日中亲善。何况，吴村镇现如今已被重庆方面占了，如果搞僵了，局面会更糟，共产党、八路军会趁机……为了帝国在鲁南的最高利益，是不是……

出于对各方面复杂因素的考虑，宪兵队最终同意放人。

通过这件事后，中植根这个日本小老头开始学喝酒，不是那种度数很低的日本清酒，而是度数很高的“十里泉香”白干。还跟我二姨夫学会猜拳。但他无奈酒量有限，喝不到三两就吐，一吐就是一塌糊涂，他那个任劳任怨的小媳妇就跑前跑后伺候他。

没想到的是，以后日本投降，他的这一手也被用在了招待国民党的接收大员上，整个的被中国人灌得不轻，还搭上了自己的小媳妇……

第39章　窝里斗

说起中国人的窝里斗，我姥姥就气不打一处来。姥姥说，那时，不光共产党跟国民党干；共产党内部也互相干（指“湖西肃反”，幸被罗荣桓及时制止）；国民党自己内部呢？也互相干！

自我姥姥“走后门”把国民党鲁南游击总队的那些连级干部成功营救后，吴玉臣就不止一次地说，一定践诺来枣庄一趟，代表政府向我姥姥致谢，还说，要买两头犍牛送给我家，因为他还记得我姥爷不敢使驴。

就这样，我姥姥左等右等，就是等不到这两头牛。我姥姥还纳闷，这大少爷打小就是讲信用的人，这怎么光打雷不下雨呢，想必是有事……

一点不错，这真的有事，而且不是一天两天了。

众所周知，沈鸿烈并非国民党的实力派，他接替韩复榘任山东省主席时，仅是个光杆司令，最多是他从青岛带出来的几百人的海军陆战队，这支队伍虽然能打，但人数太少，故成不了气候。当时留在山东大后方的国民党主力是于学忠的东北军，东北军与共产党关系历来很好，而沈鸿烈又是坚决反共的，所以在这一点上，沈、于两人分歧甚大。即便以后成立了苏鲁战区，沈鸿烈担任副总司令，但他仍然调不动东北军的一兵一卒。

万般无奈下，经蒋介石批准，将吴化文的手枪旅拨给沈鸿烈指挥，算是他的警卫部队。但别忘了，吴化文是老西北军出身，原是韩复榘的得力干将，对于韩复榘被正法，沈来接替，吴化文本来就有一种抵触情绪。所以，他表面表示服从，实际上则是“行动迟缓”。

迨至1941年9月，皖南事变大半年后，国共两党的矛盾趋于公开化。沈鸿烈积极按照国民党中央的指示，在各级党政军会议上布置反共，并提出了以下口号：“宁亡于日，不亡于共”、“亡于日尚有恢复之望，亡于共必无葬身之地”、“宁可伪化，不可赤化”、“日可以不抗，共不可不反”、“庆父不除，鲁难未已”、“灭此朝食，救民水火”。随即他们与八路军多次发生摩擦，在鲁西北同陈光、杨勇，在鲁北同肖华，在鲁南同罗荣桓，在鲁东南同廖容彪。但是，每每关键时刻，于学忠总是按兵不动。久而久之，沈鸿烈总是吃亏。

没办法，沈鸿烈电请重庆，请求辞职。1941年9月，经蒋介石批准，沈鸿烈正式离职，后由教导团护送，从山东进入河南，再达重庆。此为后话。

…………

临行前，沈鸿烈又同吴玉臣做了一次推心置腹的长谈：

“玉臣呀，你跟随我多年，对党国忠心耿耿，此苍天可鉴。且你我情同手足，乃真兄弟也。此次我即将赴渝履新（其实蒋介石并没有明确地告诉沈鸿烈以后干什么），你是愿随我去重庆呢，还是留在这山东坚持敌后抗战？”

吴玉臣稍加思索便答：“按说，热血男儿当以抗战为己任，留在山东艰苦抗战，何况这里还是我的老家，人脉极熟。但是，我仍愿跟随沈主席前往重庆，其原因有二：一为沈主席人格所折服，在下十分敬佩沈主席上对党国事业的忠诚，下对部属手下的体恤，用土话讲，是舍不得离开您；二是，我与沈主席有言在先，抗战胜利后，您要保举我去海军的，此次赴渝，正是机会……”

“玉臣呀，我的好兄弟！”不等吴玉臣说完，沈鸿烈已一把抱起了他，“哎呀呀，我也正是这样想的呀，只是……”

只是他不好意思说出来。因为他早就听说，于学忠也十分欣赏吴玉臣的人品和才干，已许诺其担任司令部的副官长，少将衔。

“我不能忘了我的老本行，我要为发展国家的海军而奋斗。”吴玉臣长喟一叹，“唉，于总司令的好意，我已当面谢过了。”

一切释然。沈鸿烈放下心来：“老弟放心，我沈鸿烈决不食言。一到重庆，我即向陈总司令推荐，若是无效，我当力陈蒋委员长……”

就这样，吴玉臣随沈鸿烈毅然离开了自己的家乡。万万没想到，这一别又是40多年。直到20世纪80年代后期才与家乡取得了联系……

…………

我姥姥却不知道这些国家大事，还在枣庄傻等呢，等他的玉臣哥来看她。这个时候，我二姨正好生了，生了个俊妮子，模样像我二姨，胳膊腿像我二姨夫，因为是又细又长。我姥姥高兴，就给孩子起了个名叫“盼盼”。为这事，我姥爷还很不高兴，说小妮子家应该叫个什么花、什么英的，怎么叫“盼盼”呢，你盼什么呢？

姥姥抢白道，盼什么？盼快赶跑鬼子，盼地里的庄稼长得好，盼家里的驴不得病，盼好日子，盼甜日子，想盼什么盼什么，你管不着。

姥爷让呛得一头雾水，哼了一声，跑一边去了。

就这样盼呀盼，盼来的又是张表叔。张表叔一脸的歉意：

“对不住了，大脚嫂子，吴秘书长他来不了，而且还出了远门……”

姥姥一听，气一短，脸一白，差点又犯了头晕病，把怀里的盼盼都吓哭了。张表叔急忙作了解释，前前后后，详细说了一遍。半晌，我姥姥都没回过神来：

“是啊，是啊，国家的事重要啊，国家的事重要啊……”

“不过，吴秘书长没有忘了你的功劳，他说政府要买两头小牛犊奖给你们家……”

姥姥一听更激动了：“呵呵，亏大少爷想得周到……牛驴都一样的。”末了，又嘱咐了一句：

“你还能见到大少爷吗？给他捎个话。”

“见不到了，只能差信了。”

“那好，你代我差封信，谢谢政府，也谢谢他，给他说，赶……赶快成个家，一人漂泊在外不容易的，回到家里也好有人做个热饭打个热水，不……不能再……这么干熬着了。呜呜……”说着说着，不由得哭了起来。

这一哭，把个张表叔哭得莫名其妙，不知说什么好。

最后，还是我二姨打了圆场。因为二姨她们大了以后，隐隐约约也知道了姥姥与大少爷之间的事，光是我姥爷时不时地嘟哝，就够我二姨她们听的。

几天后，张远涉便以国民政府峄县县长的身份，在吴村镇的集上买了两头小牛犊，直接送到了我姥姥家。我姥爷喜得一夜没睡着。

第40章　给“伙夫”（胡服）同志当伙夫

1964年春，在全国四届人大会上，刘少奇再次以最高票当选国家主席。他的标准像同毛泽东的一起并列刊登在《人民日报》上。这个时候，我刚好上初中，已经多少“懂事”了。

我很自豪地对同学们说："刘少奇同志早年吃过我姥姥烙的菜煎饼。"我姥姥的菜煎饼同学们都说好吃。

同学大都不信："张大林，你不会在吹牛吧？说你姥姥是芳林嫂也就罢了……"那时，铁道游击队的英雄王强常到我们的学校作报告。我们百听不厌，越听越鼓掌。

我只好连连解释："真的，我不是吹牛。现在大伙知道的仅仅是铁道游击队护送刘少奇过津浦线，可你们并不知道当年刘少奇还在山东待了三四个月，以解决八路军的统一指挥问题，我姥姥就是那个时候给少奇同志烙煎饼的。当时，我姥姥把胡服听成了伙夫，还以为自己为一个伙夫做饭，后来才……"

我这么说，大伙还是不信。因为这一事件我们的史料中介绍得不多，也难怪我的同学们。

…………

抗战初期，山东的共产党武装力量共有两支，一支是1938年春入鲁的八路军山东纵队，创建人是黎玉、张经武等人。后来徐向前和朱瑞率领的八路军第一纵队又加入进来，统一改为八路军第一纵队。

1939年3月，由罗荣桓和陈光率领的第115师的一个主力团及师部亦陆续入鲁。第115师入鲁后，很快打开了局面。自己的力量强大了本来是好事，但由于政令、军令没有统一，故在步调上显得不太一致。八路军总部原先规定的"山东纵队统辖山东及苏北中共武装的命令"被无形取消。原由朱瑞担任政委的八路军第一纵队，在1940年被撤销番号，改由山东纵队指挥所属部队。1940年6月，徐向前奉调返回延安。朱瑞的政委职务亦随着部队番号的撤销而被撤销，但他还是中共山东分局的书记。

这时的第115师同山东纵队分别在不同的战区作战，有时便很难执行中共山东分局的决定。第115师的独立性极大。久而久之，势必产生一定的矛盾（电视剧《罗荣桓》曾有过一定的表现，但可能是限于篇幅或其他原因，没有讲透）。

对此，中央很是着急，极想尽早解决山东的军政合一、指挥统一的问题，迨至1942年初，恰逢刘少奇欲从苏北的新四军总部赴延安召开七大，毛泽东便电谕刘少奇，让他顺道拐向山东，解决问题。当时，刘少奇是政治局候补委员、华中局书记、新四军政委，正受到毛泽东的倚重。这样，就有了刘少奇的山东之行。

刘少奇是1942年4月入鲁的，共待了三个来月。其间，召开了由山东党政军各方领导参加的数次会议。结果是支持了罗荣桓的工作（罗旋即成为山东的最高领导），朱瑞同志奉调返回延安（限于篇幅，本人对此问题不详加阐述，见谅）。

无巧不成书，我姥姥就是在这个时候得以照顾刘少奇的。

…………

八路军那边是这样捎信来的，说罗东进想他的"大脚亲娘"（小东进对我姥姥的独特称呼）了。就这样，我姥姥跟着李仲文派来的交通员进了抱犊崮。进了山才知道，上级派来了个“伙夫”（胡服）同志，带着罗政委等一干人员已经到了东边的临沭开会去了。为了保证领导们的伙食，让我姥姥空闲里帮帮厨。

我姥姥当时还纳闷：

“怎么这个伙夫还这么厉害，连罗政委也听他的？”

交通员是个大老粗，也不知道怎么回事：

“谁知道，都管他叫‘伙夫同志’，挺安静的，瘦高个，一口的蛮话，不像个伙夫，倒像个教书的先生。”

当时，被大家称为伙夫（胡服）的少奇同志正在临沭县的一个叫朱樊村的小山村召开中共山东分局的座谈会，与会者有朱瑞、罗荣桓、陈光、黎玉、肖华、陈士榘等。总之，山东的党政大员都在这儿了。

这个时候的东进已经三四岁了，已经用不着老是抱着了，你抱也抱不住，只好由他满院子满街地乱跑，也亏了我姥姥一双大脚能撵上他。

“亲娘亲娘你追不上……”

“亲娘亲娘我追得上……”

娘俩就撒了欢地玩。正玩着，迎面碰上了会间休息散步的“伙夫”、罗荣桓一伙。罗政委先打了声招呼：

“来来来，大脚嫂子，这就是我们的胡服‘伙夫’同志，他也爱吃你的菜煎饼。”

我姥姥打眼一看，也看出来这个“伙夫同志”不寻常，因为一群人都簇拥着他：

“噢噢，伙夫同志好……”她本来想问一句你会做什么菜的，又急忙打住了。

“好好，你的菜煎饼确实好吃，又当饭吃又当菜，最适合咱八路军行军打仗。”咦，这人说话怎么和罗政委一个腔？

罗政委简单介绍了下我姥姥的一些故事，就说：“我们大伙都尊称她‘大脚嫂子’。”

少奇同志说：“那好，我也叫个嫂子吧。”

我姥姥一听乐了：“那你可得叫嫂子，俺看你没罗政委大，细皮嫩肉的……”

少奇同志笑了：“什么？我没罗政委大？搞不好我比你都大，我是光绪二十四年生人哪。”（刘少奇，1898—1967年）

“哟，那你还真大俺一岁哩。你可真是个老伙夫了……”

姥姥这一说，大伙全笑了。

“不过呢，你们蛮子细皮嫩肉的，都显年轻。”姥姥又说。

“什么？蛮子？这是……”少奇同志犯迷糊了，便看了罗荣桓同志一眼。

罗政委马上解释说：“这是这一带老百姓对咱们南方人的称呼，南边的一律是蛮子。”

这一说，大伙笑得更开心了。

据我姥姥回忆，刘少奇等领导同志在朱樊村住了大概半个多月，为了安全起见，又转移到了别的地方。刘少奇离开山东时，让我姥姥烙了不少的菜煎饼带走了，还笑着说，要带给一个比他的官还要大的大官吃……我姥姥觉得这个老伙夫慈眉善目挺和气的，就格外多放了不少香油。

再以后，鲁中军分区开会，在主席台上挂有这位老伙夫的画像，和毛泽东的排一起。我姥姥才知道这人就是刘少奇，是共产党里第二大的官。以后，她还专门跟我姥爷说起这事。我姥爷说你吹牛吧，你能见过刘少奇？我姥姥就踢了他一脚：

“死金贵，我吹牛干什么？我就见过他，像个教书先生，天庭饱满、鼻尖高挺，就……就是鼻梁窄，灾……灾气重。”

我姥爷低声说道：“别瞎说……”

“俺哪瞎说了，俺这不是光跟你说吗？”

果不其然，20多年后的1967年，刘少奇主席被打倒，并被折磨至死……

第41章　八路军打下了吴村镇

刘少奇的山东之行重点解决了山东的统一指挥问题。山东的抗战进入了一个新的阶段。

很快，中共山东分局又于1942年5月作出了在所有抗日根据地内“减租减息”的指示，山东掀起了“双减”运动的高潮。为此，尚未离鲁的刘少奇亲自下到临沭县夏庄镇东盘村指导工作。

鲁中、鲁南两个区委由黎玉同志亲自领导，工作也开展得轰轰烈烈。

“双减”运动使广大穷苦农民得到了实惠，人们纷纷心向共产党，广大青壮年奋勇当八路。很快，八路军的队伍日渐壮大。

但这项工作在吴村镇的开展还发生一个小插曲。以我姥爷金贵为首的几个老佃户老是想不通：佃种纳租，天经地义，代代如此，哪能说减就减呢，何况吴四爷平日对大家不薄呀。于是，某一天的夜里，我姥爷等几个老佃户又偷偷地把租粮送回了吴四爷家。但吴四爷坚决不收，并且吓黄了脸：大伙的心意我领了，但租粮绝不能退。大伙要是真为我好呢，就赶快把租粮再拿回去，谢了，谢了……大伙见吴四爷如此坚决，只好又拿了回来。

…………

那时，各级领导都下去蹲点。我大姨夫也下去了。他的大嗓门很受战士和老乡们的欢迎，他不但讲减租减息，还跟大家讲打败鬼子后，建设美好的共产主义。他舞动着双手说：

“什么是共产主义呢？共产主义就是没有剥削，没有压迫，没有差别，对了，就是没有当官的与不当官的差别……”

“那领导吃小灶呢？”一个战士小声问了一句。

“当然没有了，都吃一样的。还没有钱呢！取消了货币，按需分配，商店里的东西随便拿。”

“啊，现大洋也不要了……”有群众在台下议论起来。

“当然不要了，那玩意一律回炉做成炒菜的锅。到时候大伙一律住洋房、开洋车、用洋电灯，一拉就亮，现在的苏联已经快共产主义了，我们也要紧紧跟上去。”

“共产主义吃什么呢？”一个小猪倌问了句，“能一天吃一顿猪头肉吗？我喂了好几年的猪了，只有过年的时候才能吃顿猪头肉。”

我大姨夫把大手往下一劈：“我保证你一天吃一顿猪头肉。”

“啊啊，太好了，太好了……”

“一天可以吃一顿？哈哈，太好了。”战士们高兴起来。

这时，老红军出身的炊事班长站了起来：“报告，那咱们最近发的那些黑豆豆，到底是咱中国的黑豆，还是苏联老大哥的大米？”

“还用说，当然是黑豆，俺们老家……”一个老家是北山里的战士说道。

“不对吧，就是苏联的大米。”一个南方兵喊道，南方没有黑豆。

“不对，黑豆。”北方兵喊道。

“不对，苏联老大哥的大米。”南方兵坚持。

“让首长说……”有人提议。

我大姨夫却来了个和稀泥：“别管什么黑豆大米，能吃就行……”我大姨夫为什么这么说呢，因为他吃过我姥姥给他做的黑豆豆腐，但他又不便明说……

突然，一个胡子拉碴的老兵站了起来：“报告首长，共产主义的时候能娶到老婆吗，那时候娶老婆还讲级别吗？”

“对对对，这是个问题……”

“想老婆的味难受啊……”

“比打仗负伤还难受。”

战士们一起起哄起来。那时的战士及团以下干部是不允许结婚的，战士们捣蛋，就把《三大纪律八项注意》改了歌词唱：“革命军人个个缺老婆，请求上级一人发一个，第一白天有人给做饭，第二晚上有人暖被窝……”

不料，大姨夫的回答却让大伙吃惊不小：“你们都错了。到了共产主义就没有家庭了。我们的老祖宗马克思（实际是恩格斯）说了，家庭是私有制最顽固的堡垒，要实现共产主义就必须消灭私有制，消灭私有制就必然要消灭家庭，连家都没有，还要老婆干什么？”

“啊，不要老婆怎么睡觉啊？”

“怎么生小孩啊？”

我大姨夫紧皱眉头：“我学习得还不得，这……这问题不好问答，让我们大家继续探讨吧……”

那个老战士像是悟出了什么：“知道了，就是说大家随便，看上谁了就跟谁睡，哈哈……”

“真要这样倒不孬，挺好。”

“哈哈，那可过大瘾了……”

“还是共产主义好啊！”

会场上的情绪顿时高涨起来。但是，也有人提出了个问题：

“注意，注意，乱睡倒挺恣，问题是生了孩子怎么办？谁来养？”

“这倒是个麻烦事……”人们的情绪又低落下来。

这时我大姨夫又说了，他的笑容里充满了自信：“这个我倒知道了，苏联老大哥已在尝试着这么做了，叫做‘妇女公有化’，一旦生了孩子，一律由国家来养。”

好，这个问题解决了，大伙的情绪又高涨起来，恨不能今晚就迈进共产主义。

这时，有个战士开起了玩笑：

“首长，你什么时候结婚呀？看俺刘大脚主任那个俊劲，你不急呀？”

“是呀，快点结吧，你再不结，一旦实现了共产主义，你想结也结不成了……”

“到那时就不定是谁的了……哈哈。”

这时，站在最前排的我大姨刷地站了起来，那时，她已是妇救会主任了：

“别扯远了，共产主义好是好，但要等打跑了鬼子再说……行了，大伙回去后要好好讨论，如何为实现共产主义而英勇奋斗，直至献出生命。眼下最重要的事就是解放我们的家乡吴村镇，要把他们从顽军的手中解放出来。”

噢，原来是为打仗做动员。

（以后大了，我曾多次问过我姥姥，那时候对共产主义的解释是这样的吗？我姥姥说，就是就是，上上下下都这么讲，连刚入伍的战士都知道共产主义多么美好。但姥姥又压低了声音告诉我：所以，国民政府的张县长就骂共产党共产共妻……）

…………

八路军很快完成了对吴村镇的包围，光主力就调来了两个营，外加铁道游击队、滕峄沛支队等。吴村镇的国民党守军也不甘示弱，也从国民党51军军长兼国民山东省政府主席牟中衍那里调来了一个主力营。这个在以后的济南战役中被共产党俘虏的国民党中将，发誓与共产主义势不两立。

在八路军总攻前，还有段小插曲。李仲文以峄县抗日民主政府县长的身份找到我姥姥说：

“咱八路军是仁义之师，想尽量劝降他们，你不是同张远涉很熟吗？你进到镇子里说说，让他们放下武器。”

我姥姥说：“这个主意忒好喽，都是中国人，怎么自己打自己呢？听桂花说，上次反扫荡人家还救过咱们哪。”她倒没忘了。

我姥姥就十分自信地进了围子。在工事坚固的东城门，我姥姥见到了国民政府的县长张远涉，他正在带领县保安团的弟兄们加固原来鬼子据守的炮楼，累得满头大汗：

“大脚嫂子，谢谢你的好意。不过哩，我们与共产党本来就是两条道上跑的车，迟早要公开分手的。你也看到了，这是他们来打我们，不是我们去打他们。”

这一说，姥姥无话可讲了。仔细想想，觉得张县长说得有道理，就说，那我现在就回去，去说说李县长，让他们撤兵。

就这么着，姥姥又回来了，还没等她去找李县长，我大姨把她截了回来：

“你糊涂了是吧？你怎么替国民党说话？我们同他们不是一个阶级，他们是我们的阶级敌人，必须要消灭！”

“人家还救过你哪……”

“那是老皇历了，干革命是不讲情面的。”

我姥姥还是不明白，嘟哝道：“咱这样自己捣自己的眼窝，小鬼子可高兴了。真是的……”

最后，姥姥甚至想去找吴四爷，觉得他威望高，说不定能让两边罢兵。但不等她把这说法说出来，八路军已经开始攻城了。

战斗打得异常激烈。双方部队杀红了眼，几进几出，难分胜负。就在这时，又有人想起“万人嫌”和“煮不烂”等几个小痞子，便马上派人进去联络，让他们半夜里在防守最薄弱的西北角……

事成之后，一人20块大洋。20块大洋？比上次的多了一倍，哈哈，几个小痞子当即答应下来。半夜他们果然放下了一个大筐，将我们的五个战士和三筐手榴弹提上了围子。八路军一顿猛砸，围子打开了！八路军终于胜利了。张远涉县长和那位东北军的营长均战死。他们的弟兄们不是战死就是做了俘虏。

八路军还是很有人情味的，委托吴四爷将张远涉的尸首交给了国民党方面。抗战一胜利，国民峄县政府就为张远涉立了一块碑，上题八个大字：抗日英雄，反共义士。1948年一解放，碑当然就被砸了……

从此，吴村镇这一带就成了八路军的解放区。其后，尽管还有鬼子的扫荡及国民党军的反击，但这一局面大致没有改变。

第42章　大姨婚期再次推迟

打下了吴村镇，也就算有了家。大姨总该结婚了。大姨夫毛胡子是江西人，那就当倒插门女婿呗，反正革命军人也不讲这一套。

但是，问题又来了，政审时上级没有批。领导只是在报告上画了个圈，也没说同意，也没说不同意。

我大姨急了，马上找到我未来的大姨夫："这个大鸭蛋是他娘的什么意思？"

毛炳昆冷笑一声："还用问，就是不同意呗。"

"不同意就直说，画他娘的大鸭蛋给谁看？"我大姨那脾气真是没说的。

毛炳昆更窝火："你问我，我问谁？"

那么，到底因为什么呢？问题就出在我母亲身上。

还记得我在第14章中提到的我母亲在煤矿医院当护士的事吧。对，就是这件事。

这时，我母亲刚刚上完高小。因为是在枣庄上的，便就近参加了煤矿医院的护士招聘，因我母亲本身条件不错，再加上我大姨夫的关系，便被录用了。我母亲有一定的文化，那时女孩上完高小的如凤毛麟角，又心灵手巧，不久就成了一名合格的护士，而且还得了个美誉外号叫"一针见血"，即打静脉点滴时，针头可一下就扎进病人的血管。

医院里女多男少，也就是护士多，医生少。医生里长得最英俊且没有结婚的只有日本人酒井孝直，据说他很有背景，是日本一位高官的远亲（实际比这还厉害），曾留学美国。反正是连日本籍的院长也敬他三分。

最要命的是这位年轻的大夫一眼就看上了我母亲，一天到晚地穷追。工作中，有什么事，他都是点我母亲为助手（那时的医院有这规定）。下了班，则好请我母亲下馆子。老实说，那时的小枣庄没有歌厅舞厅之类的娱乐场所，但是三星酒楼的服务很周到，有专为情侣准备的小包房。

酒井孝直最拿手的是拿着一枝随便是什么花的花朵，向我母亲求爱：

"美丽的爱玲小姐，请接受我的爱……"

到了我母亲，起的名就不是什么花或什么草了，而是她自己起了个"爱玲"的名字：

"对不起，酒井医生，这……这是不可能的……"

酒井是个聪明人，而且是有话直说："你是说我是日本人，所以……可你别忘了，现在讲究'日华满亲善'，日华通婚的很多，北平、上海都有。"

我母亲还是连连摇头：“那……那也不行，要是要是……家里的乡亲们会……”

酒井昂起脖子大笑起来：“骂你是汉奸？对吗？那我可以马上带你回日本。我只需跟上边打声招呼就是……”

听他这口气，他的确有道道。

等我长大了以后，尤其是看到老新四军出身的父亲与母亲感情不好时，我曾跟母亲谈起过酒井孝直对她的爱。母亲说，日本投降后，同日军中的一些技术人员，如炮兵、驾驶员、译电员等都主动或被动地参加了八路军一样，酒井孝直也积极要求参加了八路军。当然，他这样做并不是为了远大的共产主义理想，而纯粹是为了对我母亲的爱。本来两人应有个好的结局的。但是不久，因他不同凡响的背景，延安突然发来急电……

假如酒井孝直不回国的话，粗粗鲁鲁，没有文化，晚上睡觉不洗脚的我父亲就没戏了。我母亲的人生经历就得重写。

我妈妈每每说起酒井孝直，从没有反感和厌恶。她说，酒井总爱穿一身灰色派力斯毛料西服，打着领带。他总是准时赶到医院，然后站在门口，督促那些常常迟到的中国医生和护士。

“哈牙古（快），哈牙古（快）……”

平日里，中国医生和护士做错了什么事，他很少训斥，总是耐心地示范教导。一到月底发薪，还常常请大家的客。最重要的是，他非常谦虚地向每一个中国人学习中文，以至于到最后，他连当地土话都熟悉了。有时见到中国小孩，他会喊上一句“贼羔子……”，然后给小孩几块糖块。

…………

这事在当时影响很大，大脚姥姥更加出名了。几乎人人都知道大脚家的闺女真行，一个嫁给了二鬼子，一个要嫁给大鬼子。

这事当然也影响了我大姨，两人的结婚报告到鲁南区党委被卡下来了。那时的政审虽没有像“文革”时那样查八辈，但也够严的，画上一个圈，你就等着吧。

有一回我母亲休班回了吴村镇，正碰上我大姨领着妇救会的人在督促广大群众进行“革命誓约”活动。她马上毫不客气地说：

“哟，三妮子回来了，正好，你也来发誓。”

我母亲知道她有气，就想躲着她：

“俺发什么誓？俺已经离开家了……”

这次“革命誓约”活动，是鲁南区委、鲁南行署发起的，誓约共10条：一、不做汉奸的顺民；二、不当敌伪官兵；三、不参加维持会；四、不替日伪做事；五、不买敌人货物；六、不给敌人、汉奸粮食；七、不用汉奸票子；八、爱护抗日军队；九、保护军事资财秘密；十、遵守民主政府法令。

我大姨当然不让，就吼道：“你进城了有什么了不起，也不能搞特殊。”

“俺姐，你别找碴嘛。”我母亲一副要哭的样子。在她们姐妹三个中，大姨最泼辣，二姨最绵软，我母亲适中（所以我爸爸有时也怕她）。

“这是找碴吗？谁不知道你干的好事？二妮子就够烦的了，你又跟着掺和，而且比她还上劲……”

“俺没跟他啦，是他撵俺……”

“你说他撵你？谁见……”

这时，我姥姥出来说话了：“小桂花，死妮子，误了你的好事了，是吧？那也不能拿你三妹妹出气。你二妹妹的事，你是知道的，李书记是有安排的，至于你三妹妹的事，你放心，家里保准不同意，大事咱不糊涂，那是个真鬼子。”

“实在不行俺辞职不干了，俺回家。”我母亲愤愤地说。

大姨就说：“回来就回来，咱队伍正好缺医生……”

“俺不是医生，是护士……”

“反正都一样，都穿白大褂……”

“不一样就是不一样……”姐妹俩又回到了小时候。

不过，这一想法最终没有实现。原因则牵扯到了铁道游击队，牵扯到了王强……

…………

这个时候的铁道游击队已远不是当年跟在张远涉的保安团后边“喝二油”的那支队伍了。他们已经变得十分强大。他们四处出击，打得小日本寝食难安。

他们的活动范围也变得十分广泛，西边最远可至微山湖。而且夏天多半在微山湖度过。因为夏天的微山湖是一眼望不到边的芦苇，几百人藏在里边如同一根针落进了大海。不过，这也带来了新的问题，即微山湖的蚊子大如飞机，每过一个夏天，总要有几个人得疟疾的。

这回轮到副大队长王强了。王强打仗虽然很勇敢，但架不住疟疾的折磨。而当时，治疗疟疾没什么特效药，当地郎中提供的中药方子，只不过解一时之痛，却除不了根。要想根除这种病只有大剂量地服用洋药“奎宁”，而当时的枣庄有这种洋药的只有矿医院。

再就是，当时的八路军还有严密的规定：连以上干部有了伤、病，要不惜代价进行救治；级别越高，该原则越执行。因为干部实在是太宝贵了，战士拼光了还可以再招，但干部的培养可就难了。

故铁道游击队领导决定，让王强入住这家医院以根治顽疾。毫无疑问，这事还得我们家办。于是，我们家又多了一个“王表叔”。

王强是由我姥姥送来医院的，那天，她牵着家里的那头毛驴，将病得东倒西歪的王强送进了医院。

听说我们老家的“表叔”要来治病，酒井孝直十分高兴，专门腾出了一间向阳的病房，并亲自提来了两壶开水：“我们日本人也称表叔，很亲的，血缘，血缘……哈哈……”

“爱玲刚参加了工作，你要多照应着点……”我姥姥后来说，这个日本医生根本不像日本人。

酒井马上鞠了个躬：“我会多多关照的……老太太，你也应叫她多多关照我……嘿嘿。”

我姥姥自然明白酒井的意思，只好说：“是呀，是呀，只要她能关照的，一定会关照……”

酒井更高兴了，仿佛看到了希望：“您的放心，表叔的病，我大大的治，会好的……”

王强原在枣庄的日本国际银行干过，会几句日语，马上用日语说了几句客气话。酒井见王强会日语，更是十分惊喜，说，亲戚大大的，一家人，你的不用客气。自此，两人还成了好朋友。

抗战胜利后，酒井坚决要求参加八路军，就是王强表叔当的介绍人。王强从此也与我们家建立了深厚的友谊。“文革”中，他被整得无处可藏，就是我姥姥偷偷地将他接到了吴村镇，躲过了一劫。

这样的话，我母亲就不能辞职了，不但不能辞，还得好好干。

…………

以后，铁道游击队以此为据点，搞过很多急需的药品。自然也经常以亲戚的名义，将得了病的队员送来救治（伤员是万万不行的，枪伤一看就能看出来）。

重要的是，我方还通过酒井的关系公开地订阅了不少当时的敌伪报纸，如《北京新民报》、《晨报》、《新北京报》、天津的《庸报》。

同时，还将一名有文化的队员打入了敌“新民学会枣庄分会”（酒井是该学会医疗组的志愿者），司职“扫盲教员”。当时的“新民学会枣庄分会”搞得很红火，下分总务、组织、宣传三科，并有青年团、少年队、少女队、妇女会等组织，并制定了如下新纲领：（1）发扬新民精神，显示王道；（2）实行反共，复兴文化，确定和平；（3）振兴产业，改善人民生活；（4）睦邻结盟，以建立东亚新秩序。该分会为了宣传粉饰日本帝国主义的侵略，逐步从思想上麻痹中国人民的意志，消除中国人民的抗日情绪。该组织还利用电影、讲演、免费看病等小恩小惠增加市民对新民会的认识了解。而我们的同志打入这一重要组织，对于随时了解敌情、掌握民意具有重大意义。

第43章　一夜情有了大表哥

按说，既然我母亲是李表叔、王表叔安排的眼线，应该不影响我大姨的婚事才对。但事实却并不这么简单。因为那时的地下工作为了保密，全是单线联系，个人是这样，组织对个人，组织对组织也是这样。比如讲吧，铁道游击队的，就是铁道游击队的；运河支队的就是运河支队的。他们极少发生横的关系。

再者，由于山东的党组织和军队曾发生过残酷的“湖西肃反”运动，很多人仍被笼罩在恐怖之中，凡事都尽量往左，以示自己革命。所以，在我大姨的婚事问题上，区委领导谁都不肯表态。结果就拖了下来。

但人是有血有肉有感情的，时间长了，这血气方刚的男女是熬不过的，大约是在一个春天的夜晚，我大姨配合部队一块行动，碰巧和我大姨夫宿营在了一块大石头下，两人自行“结婚”了。

也就是这一晚上，两人居然有了革命事业的接班人——我的大表哥毛大发。

我曾对我大姨和大姨夫的行为表示过怀疑，我姥姥解释说，那时战斗环境极差，晚上很少睡个安稳觉，也很少睡在屋子里，从5月至10月这几个月几乎全是睡野外。冬天实在太冷了，才勉强找房子睡。所以大姨和大姨夫在石头后边那个也就……

…………

活该我大姨夫命不济，就在我大姨刚刚为他生下了我大表哥，他已经当了父亲时，他居然在一次战斗中，因负伤而被俘了。因为他是团一级八路军干部，所以一被俘，便直接关进了枣庄的鬼子宪兵队。

大姨夫一被俘，大姨着急，急火攻心犯肝，奶水居然停了。没办法，只好叫来了我姥姥。我姥姥说，你不叫我我也得来呀，谁让孩子是我外甥呢（就是指外孙，在枣庄一带，老百姓统称外甥）呢。这时，我姥姥当年带小东进时的经验，又被派上了用场。用花生米面、小米面熬粥……再就是带着孩子到处找刚生了孩子的产妇，给人家说几句好话，或送上几个鸡蛋，求人家给几口奶吃。每每这时，姥姥总是潸然泪下，她大概是想起了自己的小时候……

就在这节骨眼上，上级也批准了我大姨和大姨夫结婚的报告，原因大概有二：一是两人已经生米做成了熟饭；二是听说我大姨夫被俘后坚贞不屈，誓死不从，经受住了革命考验。

这不批准还没事，一批准我大姨急了，批了有什么用，人都被敌人抓起来了，我结得个狗鸡巴婚？奶奶的，一不做二不休，救人要紧。她决定亲自进城侦察。

李仲文就劝她说："桂花同志，你先别急，组织上会组织营救的。"

"俺能不急吗？俺先探探路子还不行吗？"

李仲文想想也是，只好点头同意，对于自己的这个学生，他是太了解了。

临走时，我大姨又想带上李书记的王八盒子。李仲文则不同意她带枪：

"不带枪好说话，万一被敌人发现了，你就说是农村妇女，进城看妹妹，你要带上枪，可就……"

"带枪有带枪的好处，如果碰上敌人，还可以拼。"这实在是我大姨的性格。

李仲文知道拗不过她，只好把手枪给了她。我大姨揣上枪就直奔枣庄。凭着一双大脚，凭着多年在山里奔波的底子，她很快来到了北大门。

这时，北大门共三个人站岗，一个鬼子，两个矿警。北大门通往北边抱犊崮山里，鬼子历来防范很严。大姨许是太急了，她的大脚板引起了两个矿警的注意。那个时候，男人说蛮话，女人挺大脚，就会被怀疑是八路。因为八路多是南方人，南方女人放足的多。

"站住，检查。"

"俺是进城来看妹妹的，俺妹妹是……"

"不管干什么的，检查。"一个矿警已经走了过来。

"大哥，俺……"

不等我大姨再说下去，那个矿警已开始检查了，这小子先察看了我大姨挎的几个地瓜干煎饼，看看没什么，开始用手摸腰部。这一摸肯定是要露馅的。俺大姨那脾气是沉不住气的，她一不做二不休，顺手掏了手枪，直接抵在那个矿警的脑袋瓜子上给了一枪。这日本的王八盒子的冲力真大，因距离太近，把那家伙掀了四肢朝天，连个屁没放就挺了。

另一个矿警和鬼子一见开了枪，反应还算快，急忙拉枪栓。鬼子的动作稍快，已经上了膛，但还没等端平枪，我大姨的枪响了，一颗子弹正好击中了那鬼子的肚子，小鬼子当时一抱肚子就倒下了。事后证实是负了重伤。

那个矿警是饭桶。居然连枪栓也拉不动了，一着急，把枪当烧火棍抡了过来，我大姨抬起大脚，将那破枪踢飞了，顺手一枪，真准，正打在那家伙的脖子上。按照子弹的惯性，这颗在近距离发出的子弹是应击穿脖子，但是它却拐了弯，上拐至下巴处，把这个伪军的下巴给冲掉了。为什么它又拐了弯呢？

那我就顺便说说八路军的子弹吧。当时八路军的子弹很大一部分是靠山里的兵工厂制造，这种子弹质量很差，冲力太小，射入人体后往往就没劲了。我们的战士称之为"盲惯"。这种盲惯的子弹有时造成的伤害更大，因为它在人体里乱拐弯，比起正常的子弹一穿一个眼还糟糕。眼下这个汉奸即是，子弹在上拐途中，扯断了他的气管，他张了张没下巴的嘴，就玩完了。

我大姨见三个敌人全部放倒，心里那个高兴啊，拔腿就往里边跑，想着趁乱钻入街上。但是，没想到大门旁的"电光楼"上还架了挺歪把子。她一跑，角度出来了，上边的机枪开了火，我大姨身上中了九颗子弹，当场牺牲。

说到北大门旁边的“电光楼”，老枣庄的人没有不知道的，它实际就是一座炮楼，因为安装上了探照灯，一照很远，老百姓就叫它“电光楼”。那时，枣庄矿上用自己产的煤发电，电是不缺的（同样是这座“电光楼”，1946年9月的时候，因我二姨夫的一次举动，被新四军给……）。

我大姨是我姥姥的四个儿女中，第一个离开人世的。乃堂堂正正的女中豪杰，革命烈士。

鬼子残忍地将我大姨的头割下来，连同她使用过的手枪一起，吊在了北大门上，上写九个大字：“女共党，土八路，大活该”。

最先看到这幅惨景的是二姨夫范德昭，他是例行在矿里转悠时看到的。因为人死了以后，脸是变形的，加上血污和头发掩盖，我二姨夫没敢肯定是我大姨，便回家给我二姨说了，我二姨放下盼盼就急忙跟来了，来到一看，顿时就快站不住了，好在有我二姨夫劝着、扶着，才勉强回到家里。

接着，在矿医院值班的我母亲也知道了。

姐妹俩在我二姨家里哭成了个泪人。哭是没用的。我母亲急忙通过铁道游击队的情报网通知山里。两转三转，等到李书记知道时，已经过了三天了。

李表叔急忙骑了头驴进城，跟我二姨、我母亲商量的结果是：先保密，一定不要让我姥姥、姥爷知道。

…………

我大姨牺牲的时候，我大姨夫毛胡子在鬼子的宪兵队里正经受着严刑拷打。这一点倒和我们的电影里演的一样，可以说十八般刑具，样样俱全。

最基本的是用皮鞭抽。鬼子往往将对方的双手吊起来打。皮鞭是特制的，里边裹了一根井下用来拉矿车的钢缆丝。外边是纯棉布包着。抽的时候沾上水，那样分量就更沉了。一鞭下去，皮开肉绽。一般的人，挨不了十几鞭。

再就是灌辣椒水。枣庄地区盛产辣椒，这种原料遍地都是，又很便宜。鬼子搞来弄碎放到水里一掺和，就捏住鼻子往肚子里灌，灌满后，把人反过来朝上，鼓鼓的肚子放上一根大扁担，一头上去一个人，猛地往下一压，那辣椒水就从人的嘴里、鼻子里、肛门里往外喷，红红的，分不清是辣椒面还是人血。后来，有个汉奸又提议，把辣椒面先炒一炒，过过火的辣椒面会更辣。鬼子就如此做了，果然喷出的血水更红。

我大姨夫不亏是老红军，他皮鞭挨住了，辣椒水也撑住了，这帮小鬼子忘了南方人是不怕辣的。

鬼子接着上的是老虎凳。老虎凳不像过去宣传的那样，脚底可以塞进五块砖。那是胡扯，只要把腿绑紧了，塞进两块砖人就够呛。绑得松，那就不好说了。我大姨夫是被塞进了一块砖但垫了他大半天。被放下来时，人几乎就站不住了。

后来才知道，小日本是留了一手的。因为八路军的团级干部属高级俘虏，抓住了要绝对保证不能整死。这是宪兵队特高科的严格规定。为的是掏情报。一般的是在下面审，实在审不了的，再集中到济南的新华院。这时的鬼子已连连失利，败象已定。宪兵队更加看重情报工作。

鬼子一看硬的不行，又开始用软的，开始一日三餐大鱼大肉。晚上还请我大姨夫看电影、听大戏。电影多为“株式会社满洲映画协会”拍摄的故事片，有什么《蜜月快车》、《富贵春梦》，反映的是“满洲国人民的爱情和幸福生活的”。比如讲，描写日本的男青年爱上了满洲的女青年，要不就是满洲的女青年爱上了日本的帅小伙。后来都结为秦晋之好……有的则是纪录片，有揭露苏联在乌克兰强迫老百姓兴办集体农庄，以至于大量强购粮食导致老百姓大量饿死的；有反映斯大林搞清洗，一次枪毙56位红军军级干部的；有反映老北京风土人情的，也有宣扬中日亲善，五族共和的；也有反映日本的劳工处通过劳务所介绍中国人去满洲和日本本土去打工的。

但是，对这些软化宣传，我大姨夫是一概一言不发。一句话，软硬不吃。

最后，鬼子才使出了最厉害的一手，叫来了两个慰安妇一起上……

第44章　宪兵队使了美人计

纸是包不住火的，大姨牺牲的事最终还是被姥姥知道了。姥姥、姥爷哭成了一团，他们是抱着我大表哥哭的，他们觉得这孩子太可怜。

后来，还是我姥爷先停下了哭，他觉得自己是个爷们，不能像个娘们似的光哭。哭是没用的。他开始劝我姥姥：

“行了，别哭了，还是想法赶快救人吧。”

“俺……俺这是什么命啊，快……快胜利了，又死的死，捕……捕的捕。可怜了这孩子……呜呜……”

那个时候，连老百姓都知道鬼子快完蛋了，都知道美军在太平洋战场上节节胜利，苏军也开始了大反攻。山东的八路军可以攻下县城，王强表叔他们可以别着盒子炮公开进出敌占区了。是呀，抗战一胜利，共产主义就不远啦！

组织上对这事也很着急，也忙着策划营救。商量来商量去觉得：军事进攻根本没门，只有通过关系营救。而最有关系的，还是我们家，我们家还是我姥姥。当然有关费用还是组织上出，当时的鲁南区委筹措了1000块大洋。

但我姥姥进城时，手头却是2000块大洋，后边的1000块大洋是怎么回事呢？告诉你吧，是吴四爷偷偷派人送来的。为什么呢？因为吴四爷一直没忘上次我姥爷带头“退租”的事。通过这事吴四爷看到我姥爷、姥姥是最淳朴、最诚实、最可交的人。所以，如今我们家有难，他伸手相助了！1000块大洋呀！

我姥爷觉着这礼太重，想少收点。但吴四爷挡住了我姥爷的手：

“怎么的，金贵，瞧不起四爷我？”

我姥爷二话没说，扑通一声给吴四爷磕了头：“老天保佑四爷长寿……”

…………

我姥姥当然还是找的我二姨夫和中植根。

这个时候的我二姨夫更得日本人的信任，因为他想出了一个直接发工资的好办法。矿工这个井口下，那个井口上，当天发，一不欠薪，二不再转工头那道关。矿工们那个恣（“文革”时，造反派在我大表哥毛大发的带领下要狠斗我二姨夫的时候，很多当年的老矿工挺身而出，把我二姨夫藏了起来）。

我二姨夫虽然不赞同共产主义，甚至有几分反共，但他毕竟是我二姨夫，同我大姨夫是连襟，而且也是做了父亲的人，所以他还是硬着头皮找了鬼子矿长中植根。中植根再次地问道：

“是共产党？”

“是共产党，而且还是个大干部。”

“不好办的……不好办的。”

“可是，他是盼盼的亲姨夫呀，而且，也是个孩子的父亲，孩子的母亲又死去了。”我二姨夫疼孩子那是没说的。

就在这时，中植根的那个宝贝儿子突然喊了起来：

“我爱支那捞捞（姥姥），我要支那捞捞（姥姥），支那捞捞（姥姥）好……”

那会，我姥姥的这位日本“大头孙”已经五六岁了，脑袋依然那么大，很是可爱。不久前，中植根利用节假日，带着老婆孩子真的去沛县“寻根祭祖”了两次，一次坐马车走到台儿庄南边的利国（已是江苏地界），让共产党的运河支队给打了回来；一次坐火车走到了沙沟，让国民党的一个别动队掀了铁轨。就在这次行动中，他的宝贝儿子受了惊吓，不吃不喝，老是坐在榻榻米上发呆，就连睡觉也睁着眼，这可把中植根夫妇吓坏了，找谁看也看不好，最后又找到了我姥姥。我姥姥拿眼一瞄，说：

“孩子是让吓着了，我给他喊喊魂……”

“喊魂”是鲁南一带农村的一种半迷信、半心理暗示的做法。多是在孩子受到惊吓后，大人的一种补救措施，再辅以一定的镇静类的中药，就可把孩子治好。

中植根夫妇对我姥姥是绝对地信任，最主要的是他们的那个儿子，只要一见了我姥姥那病就好了一大半。

因为沙沟在枣庄南边，我姥姥就在院子的空地上让小中植根朝南跪下，开始喊了起来，一边喊一边摸他的那个大脑袋：

“大头孙来，快回家，大头孙来，快回家……”

就这么喊了三次，又喝了点中药，那个小鬼子居然完全好了。第一顿饭就吃了3个菜煎饼。中植根夫妇自是感激不尽。

中植根摇晃着那颗干瘦的脑袋，斟酌了半天，终于点了点头：“那我就试一试……”

我二姨夫趁机加油：“矿长先生，您的应明白，在中国，走关系是门大大的学问，一是权力，二是金钱……”

中植根频频点头，表示赞同。

我二姨夫压低了声音说：“这次，是准备了2000块大洋，事成之后，你的，可拿一部分，嘿嘿……”

中植根一愣，一本正经地说：“我的，不要，不要……”稍顷，眼神又露出几分狐疑：“你的？什么意希（思）……”

“我的，没什么意思。”我二姨夫仍是一副不卑不亢的语气，“就是不要白不要的意思。”

“噢……”中植根立马像是醍醐灌顶，“我的明白了，有钱……钱能使……使什么推麻（磨）来？”

“能使神仙推磨……嘿嘿。”我二姨夫是个日本通，知道翻译成“鬼”不好，就翻译成了“神仙”。

但就是这样，中植根仍是很不悦：“不好，不好，这个神咸（仙）不好。在我们日本这个神咸（仙）是要受到天照大神的惩罚的。”说完，做了个砍头的动作，嘴里还咔嚓一声。

尽管中植根明确表示自己对回扣不感兴趣，但他还是揣着老脸进了宪兵队。

…………

第二天，他满脸笑容地来找我二姨夫了。不过，他并不是来的他家，而是去的他的办公室，原中兴公司的那座飞机形状的办公楼的二楼（该楼兴建于1923年，现为山东省省级保护文物）。一进门，他便抢着去握我二姨夫的手：

“恭喜恭喜，范君，你的2000块大洋可以节省了。”

我二姨夫一怔：“怎么，答应放人了？”

“不细（是）的，不细（是）的……”

“那是？”当时我二姨夫是猜测人被打死了。

“那个大八路，你的亲戚，输诚的干活？输诚，向皇军输诚啦。哈哈。”这个日本小老头笑着像个孩子。

“输诚？”我二姨夫简直不相信自己的耳朵，输诚就是投降、叛变。共产党可最忌讳这一点。

“对对对，是输诚。这次宪兵的没用辣椒水，而是用了两个女子挺身队，两个一起上，哈哈，这个大八路就完全地趴下了……哈哈。”

“啊……”我二姨夫好半天没回过神来，他不知道是喜还是悲。

他甚至还有点不相信，后来，他还亲自去了趟宪兵队，凭着他在矿上的位置，宪兵队对他也是敬了三分。那个军曹长详细地谈了事情的经过，而且说得绘声绘色……

两个最年轻的慰安妇，一个16岁，一个17岁。两个女人提前赤条条地躺在矿上的小澡堂（是专门为矿上头头修盖的，一直到“文革”才被拆除。沾我爸爸的光，我小时候就曾在那里洗过澡）里。然后，日本兵把我大姨夫架了进去，我大姨夫进去一看，是两个光腚女人在那里，吓得大叫一声就往外跑，但立刻被日本兵用刺刀顶了回去。我大姨夫脑子里一片空白的时候，身上的衣服已经被剥光了。他吓得只是大喊干什么干什么。

还能干什么？清洗、抚摸、亲吻、吮舔，拥着你上床呗。就这样，两个日本慰安妇手、口、身并用，轮着上阵。我大姨夫放牛娃出身，戎马半生，甚至没泡过澡堂子，同我大姨的一夜情也是稀里糊涂，哪里经过这番玉体横卧、香风温柔、嗲声阵阵……不到半夜，人便软了。天不亮，就答应悔过。因为两个日本女人告诉他，只要他悔过，天天晚上会有日本女人陪他睡觉。

他这么一叛变，才有了他的儿子在20多年后的“文革”中，喊出了“打倒××”这句惊世骇俗的口号。

日本人如获至宝，立刻将他与两个慰安妇依偎在一起的照片发在了当时的《山东新民报》上。

这一天，是1945年8月8日，距8月15日日本投降还有7天！

你说冤不冤？

第45章　1945年8月10日：日本投降

没错，1945年8月10日，“日本投降了”。

注意！我是说在这一天，我姥姥最先知道了日本投降的消息。她享受了八路军山东最高领导人的“待遇”——那几天，东进西瓜吃多了，正在闹肚子。我姥姥就来照顾他了。

那天，115师部驻莒南县的大店村，半夜的时候，机要科送来一份加急电报。罗荣桓匆匆一看，高兴地大叫起来：“好消息，日本政府发出照会，要求投降了……”

当时，我姥姥和林月琴同志正在隔壁的屋里给东进擦屁股，听到这一声喊，就说了声：

“罗兄弟打鬼子打上瘾了，鬼子能投降？”

林月琴就说：“反正小鬼子就像立秋的蚂蚱了。”

正说着，通信员一步跨了过来：“月琴姐，政委让你过来下，鬼子投降了……”

“真的？”林月琴似乎还是不相信。但人却随通信员去了隔壁。

看来是真的了，鬼子投降了，鬼子投降了。从当年台儿庄大战开始到今天，八年啊，整整八年啊……八年来，鬼子杀了咱多少中国人啊。刚刚要收庄稼了，他小鬼子来扫荡了。刚刚做好饭，又要跑反了。这八年里就没过过一天好日子。这下好了，小鬼子投降了，老百姓该过两天安稳日子了。对了，共产主义也快实现了吧？一天就能吃顿猪头肉了……姥姥说，那些天里，就别提有多高兴了。

但是，同其他人光是高兴不一样的是，姥姥还有心事，那就是挂念在矿上的我二姨夫，还有那个刚刚投降了敌人的大姨夫。她挂念二姨夫被当汉奸抓起来砍头，担心大姨夫让日本人给带回日本去。

正好，接下来的几天里，部队忙于大反攻，东进的肚子也完全好了（姥姥用红泥包上鸡蛋，放火里慢慢地烧，烧熟了趁热吃，连吃3天）。我姥姥就回了枣庄。

…………

枣庄也是一片普天同庆的架势。人们都在尽情地吃，尽情地喝，尽情地吆喝。酒喝光了，鞭炮放没了，锣鼓敲破了，有的人几夜不睡觉，有好几个人因高兴过度而猝死了。

枣庄因是“煤矿重地”，国民党正规军的一个团专程从徐州急急开来，接收了矿上的一切。当时，矿上一共有以中植根为首的9个日本技术人员。其中有两个面跪东方，口喊“天皇陛下万岁”而剖腹自杀。分管财务的那个才41岁，不但自杀，还在自杀前杀死了自己的妻子和三个孩子。

据说，中植根也想自杀的。但他哆嗦着双手愣是半天没把刀握紧了。这时，他娇小的妻子和宝贝儿子在一旁大哭，哭着哭着也就把他给哭软了。当晚，全家就被国民党士兵押进了战俘营。

在此，顺便介绍下日本人的交接工作。一接到投降的命令，枣庄矿的各项交接工作便有条不紊地进行了。日本人将井下所有的机械设备擦拭一新，然后贴上封条：昭和二十年八月十五日封（昭和元年是1926年）。一一点给前来接收的国民党人员。

与日本人非常认真的态度相反，中国方面的态度却马马虎虎。日方人员往往强调亲自交接：

“就在四号井，还是下去看看的耗（好）……”

中国方面的人就嫌麻烦：

“不用了，怪累人的。”

“你的不看，耗（好）吗？”

“啰唆你妈个×，是你接收我，还是我接收你？老子签字不就是了吗？”

日本人立刻变得瞠目结舌：

“是是是，我妈的×，我妈的×……”

这个时候的日本人连癞皮狗也不如，无论是日本军人还是一般日本侨民。只要在街上看见了日本人，谁想骂谁骂，谁想揍谁揍。那时，战俘营里的生活极差，很多日本俘虏都吃不饱，许多俘虏为了填饱肚子，就把家里值钱的家传宝物、家具、首饰等拿出来贱卖。很多中国人趁机狠狠坑了一次日本人，丢下几斤烂高粱米，拿起东西就走，跟白拿没什么两样。

这天，中植根的宝贝儿子实在饿得不行了，就偷偷地跑到大街上捡垃圾吃。正好，以前被中植根罚过的一个工头喝完了酒路过这儿，一见那孩子上去一巴掌：

“去你妈妈的×，你爹以前侵略我，今天老子也侵略你一回。”

这一巴掌，正好打在那个孩子的右脑门上，当时就把这孩子打趴下了，事后才知道孩子右耳失聪。当时，围了一圈的中国人，一个个全都拍手叫好。

那工头越发来了劲，还想上来就揍。不料，这时我姥姥像是从天而降（那天她正好上街去买菜），一把抓住了那工头的手：

“欺负一个小孩算什么本事？”

“他……他是一个小鬼子……”

我姥姥怒斥道：“你早先干什么了，你早先怎么不去揍宪兵队？现在又充人雄（枣庄土话骂人的）了，你还算人吗？……”

“你……你是谁？”那家伙说着要打我姥姥。

“俺是你的大脚姥姥……”我姥姥一闪，一脚飞出，正中那工头的“蛋子子”，那家伙一声惨叫，倒在了地上。

“哈哈，支那捞捞（姥姥）好，我爱支那捞捞（姥姥）……”首先大笑的是中植根的儿子，这小子傻哈哈地一蹦老高。

接着，周围看热闹的人也跟着起哄大笑。开始是起哄打小鬼子，这会是起哄打人者挨打。看热闹瞎起哄，是枣庄人的一大爱好，至今亦然。

…………

战俘营的生活越来越糟，已经有人因饥饿和生病而死去。中植根腆着老脸去求那个国民党团长。那个国民党团长说：“你得喝酒，连你老婆也叫来陪酒。你喝一杯，我多批50斤大米。”

中植根哭丧着脸说：“我的，不会喝酒，中国酒，大大的辣……”

那个团长不愿意了：“不能喝也得喝，你不能喝，让你老婆喝，哈哈哈……”

当下，在原先的三星酒楼摆了宴席。中植根只好带着自己的老婆小樱子前来作陪。一连三杯下肚，中植根已经连舌头都直了：

“我的……的实在不行了，我学狗叫吧……狗叫大大的……好听……”

“去你妈×的什么狗叫驴叫，老子就让你喝酒。”那团长一副英雄气概，“怪不得你们日本战败了，你们男人连酒也不能喝。你们那清酒，一点度数都没有，连马尿也不如，哈哈……”

于是，中植根又喝了两杯，终于为他的同胞们挣得了250斤大米。想挣第300斤的时候，人已经彻底醉得趴下了。

那个团长酒兴正酣，又让小樱子喝，小樱子几乎哭了起来：

“大太君，我的真不会喝……”日本人称官大的为大太君。

“那你会干什么呢？你们日本女人，哈哈。”那团长的一双手就摸向了小樱子的一对丰满的乳房。不像我们小说电影写的那样，女方又反抗又怒骂，恰恰相反，小樱子趁势解开了和服：

“大太君，你的说话算数，大米……”

“大米大大的，白乳房的大大的……哈哈……这里，我的说了算。”

就这样，中植根献出了自己年轻漂亮的妻子，才换来了战俘营生活的改善。

几乎同时，人们也在战俘营后边的臭水沟里发现了一具男尸，因为天热，尸体已开始腐烂。一开始国民党接收当局以为是日本人，看实吓了一跳，因为战俘意外死亡是要负责的。但后来一看，那死尸却穿着八路军的军装，胸前别着日军宪兵队的囚犯牌（编号0084），再查档案，才知此人名叫毛炳昆，为“共党分子”。

唉，可怜我这大姨夫……

迨至9月，枣庄的日军战俘及日侨才奉命向徐州集结。行至薛城以南的唐胡地段时，被铁道游击队包围，这才有了鬼子向铁道游击队缴械投降的那段故事——这一点，刘知侠先生已在他的长篇小说《铁道游击队》里作了描写，遗憾的是，并不全面、客观。想知道全部故事的，请慢慢往下看。

第46章　阶下囚突变座上宾

接下来就是抓汉奸。

一开始划定的范围很大：“给鬼子干过事的就是汉奸。”按这个标准去抓，那汉奸可就多了去了。像我二姨夫那样的自不必说，往下数就是些大小警察、公务员、铁路工人，甚至是学校的教员。这样，抓着抓着就没有不是汉奸的了。有一阵子，连给鬼子当厨子和拉大粪的也成了汉奸。有的人就说了，这么个抓法，连普通老百姓都是汉奸了，因为老百姓都是为鬼子纳过粮的。

到了后来，还是当时的国民政府来了新指示，才把汉奸的范围大大地缩小了。

不过，范围再缩小，也缩不到我二姨夫的头上，他是汉奸无疑，因为除了老鬼子中植根外，技术上就属他了。

他被国民党兵抓起来后，就关到了一间黑屋子里。那黑屋子原来是鬼子宪兵喂狼狗的地方，屋里一股子狗尿味，这使我二姨夫在以后的岁月里十分讨厌狗。

国民党兵一不揍他，二不骂他，但就是吃不饱。一天三块黑窝窝头，外加两根臭咸萝卜条。我二姨要给送饭，站岗的还不允许，说什么就是要饿饿狗汉奸。

这种不死不活的日子过了没多久，终于等到有人提审了。我二姨夫想，这回不死也得脱层皮。严刑拷打倒也不怕，无非是皮肉之苦，咬咬牙也就挺过来了。怕就怕杀头，一旦脑袋搬家，一切都晚了，一切也都空了……为了槐花，为了盼盼……唉，说一千道一万，还是活着好。

为了能活下来，他甚至想出了一个绝地反击、绝处逢生的好主意。他无数次地构想、预演着审讯他时的情景——

提审官怒吼道："范德昭狗汉奸，从实招来。"

他不慌不忙地说："回长官，俺不是汉奸，因为俺不是汉族人，俺是满族人。正黄旗，俺祖上是德克沁草原的王爷……"去他娘的，我就不信他们还大老远地跑东北去搞调查。

提审官一惊，但很快稳住了："不管怎么说，你是中国人，中国人跟着日本人……"

"报告长官，俺不是中国人，俺是满洲国人。那时的满洲国跟日本是平等的合作关系……"

提审官大怒，一拍桌子："满洲国已经散伙了。"

他仍是不慌不忙："现在是完蛋了，可俺是以前入关的，那时候可没有前后眼。不错，俺是帮鬼子挖了不少煤，但俺没有欺负过老百姓，更没人命。求长官保俺一命，其余的都好说……"

总之一句话，俺得活下来。谁要说人不怕死，那可真是放狗屁。

…………

提审他的人就是那个国民党的团长。团长亲自提审，这可是从没有过的事。他刚听说时，差点没尿了裤子。

万万没想到，那个团长大人一见面，先来了一个拱手礼："范先生受惊了……"

他一下慌了手脚："哪里哪里，鄙人有罪。"又来了，又是那一套。先软后硬再砍头，猫抓鼠也。

团长仍是彬彬有礼："范先生多虑了。过去是过去，现在是现在，如今局势有变，恐怕政府要有用得着范先生的地方……"

"什么？"我二姨夫仍是一头雾水。

"这样吧，范先生不妨随我去三星酒楼一坐。本人已代表政府略备酒席，咱边吃边谈……”

“赴宴？吃酒席？”该不是鸿门宴吧？

“是啊，喝酒啊……”

稀里糊涂，我二姨夫跟着那个国民党团长去了三星酒楼。人坐下了，开始上茶了，他还恍如梦中。

酒过三巡，那个团长才一一道来。原来，那时的国共两党互不服气，已经悄悄地为内战作准备。为了尽快恢复生产，复苏经济，南京政府急电枣庄矿即刻恢复生产。当时的设备虽然被和平移交，但生产却停了下来。且那时正逢夏季，两天不抽水，水就能淹了工作面。因此，排除井下的大量的地下水成了当务之急。问来问去，方知只有二鬼子范德昭才能胜任。而且矿上多达几十个技工和几百名矿工联名具保他出山。情急之下，我二姨夫由阶下囚突然变成了座上宾。

我二姨夫不愧是赴日留学生，可谓知书达礼，深明大义。当即表态说：

“谢谢政府的信任……想我范某以前帮着日本人挖煤，至少应算帮着偷抢，实在有愧。如今能为国家效力，能为剿共效力，自然备感荣光。我当以命相抵，万死不辞。”

“范先生爽快，真乃是我国民政府之大幸。”那个团长显然是让小樱子掏空了身子，已是虚汗淋漓，但仍是余兴未消，“要不我们在大兴旅社给范先生安排个最好的单间，再叫两个日本小妮陪伺一番？都才十四五岁，含苞欲放。嫩得很呢，抗日嘛，哈哈……”

“谢了谢了，谢谢政府一番好意。”我二姨夫连连摆手，“我还是先回家看看吧……”

…………

我二姨夫亲自领着工人在井下苦干，两天两夜，矿上如期恢复了生产。我二姨夫那个恣啊（提前交代一下，我二姨夫由于经常身先士卒，患上了煤矿工人常见的矽肺病，他最终就毁在这职业病上）。

工余闲暇，他又恢复了散步的好习惯，没事就在矿上溜达。与以前不同的是，他的身后跟着他的宝贝女儿盼盼。盼盼走累了，就要骑他的马脖，他就老老实实地蹲下，让女儿跨到脖子上，他扛着女儿走。

但很快，这种平静、悠闲的日子被打破了。原因是当时国共双方在重庆签署了“双十协定”，全国暂时出现了一段和平期。这样，这批紧急生产的煤“政府没有调拨”。这样一来，矿上的工人就守着煤挨饿了。矿工们急了，老婆孩子的一起跑到国民党的团长那里哭闹，但那个团长理都不理，说蒋委员长不要，我也没办法，要不你们直接找他去……矿工们还不走，国民党一个连的兵就开过来了，连打加骂，人群马上散了。

这么沤着不是办法啊，毕竟不吃饭是不行的。这时，我二姨夫出面了。他说，咱活人不能让尿憋死，这政府不要，咱自己卖！这煤只有卖了才能换成钱，有了钱才能买粮食，有了粮食才能不挨饿。工人们一听是这个理，就筹集了一些大车小车的准备卖煤。可这时，一些胆小的工人说话了，咱自己卖，矿上要是不愿意怎么办，我二姨夫一拍胸脯，没事，出了事我担着。

“是不是先……打个招呼？”有人提议。

我二姨夫说：“一打招呼肯定不行，从来就是撑死大胆的，饿死小胆的，这事就这么办了。”

中国人总是这样，只要有人挑头，其余的就敢跟着干。既然我二姨夫愿顶着，那大伙就干呗。于是大家分成好几伙，开始往外销煤。枣庄的煤好，周遭的人都愿烧，煤好销得很。东到日照，西到济宁，北到泰安，南到徐州，都愿烧枣庄的煤。

黑糊糊的煤换来了白花花的“袁大头”，矿工们的生活立马有了保障。老百姓就是老实，只要有块煎饼吃，他就不会闹事。就这样，矿上接连平静了一阵子。

有一天，我二姨夫接到那个国军团长的电话，让他到他那里去一趟。我二姨夫多少有点害怕，工友们还让他喝了口酒壮胆。当我二姨夫忐忑不安地走进团长的办公室时，发现只有团长一人，并没有想象中的护兵列队。团长也很客气：

“你又用了什么高招，怎么这段日子这么安静了？”

我二姨夫有点摸不着头脑，就直着脖子说：“长官，您别饶俺，该打该杀您痛快点……”

团长还是不愠不火：“我说你什么了，我什么也没说嘛。”

我二姨夫这才有点转过弯来，急忙点头应是，对对对，长官您什么也没说……

“我还什么也不知道……”团长一下加重了口气。

“啊啊，是的是的，您什么也不知道。”您要不知道，那大伙更不知道，我二姨夫心里话。

“可我知道这么一点，”那团长突然来到我二姨夫跟前，压低嗓门说，“过些天，军调处执行部驻徐州小组（美方代表为黑里斯，中共代表为王世英，国民党代表为李树正）的调查大员要来咱这里视察，你只准说生产正常，生活安定，没人闹事，没人……”

“没人上街，没人游行。”我二姨夫已经接了过来，“没人不高兴，没人不和谐。长官是为官一任，致富一方，英明……”

“行了行了。”团长反而不耐烦了，“要不就说你是总工程师呢，这脑瓜……”临走，又塞给我二姨夫一瓶美国洋酒，“比小日本的酒劲大，人家老美就是强大……”

我二姨夫说，我不喝酒。

那团长急了：“瞧不起我是不是？……”

那还说什么呢？我二姨夫只好提了回来。

我二姨夫虚惊一场，矿工们自然更是高兴，那晚大伙都喝醉了，本来不该醉的，让那美国洋酒一掺和，完了……

不过，大伙人醉心不醉。都说，这样多好啊，共产党不打了，国民党也不打了，停战了，和平了，大伙都好好地挖煤过日子吧。

借着这股高兴劲，我二姨夫心血来潮，非要揣上挣来的钱带着我二姨和盼盼回老家东北看看。

但我姥姥不同意盼盼跟着，说，那不行，虽说这会里不打了，什么和平协议也签了，但那玩意不过是一张擦腚纸。嗯，擦腚纸都不如，擦腚还嫌硬呢……你等着吧，国共两党肯定开战。没见你王强表叔整天开会吗？没见铁道游击队整天招兵买马吗？没见山里的兵工厂整天叮叮当当吗？往东北去可不是走娘家，也不是上老峄县赶大集。这千里遥远的，肯定顺当不了，盼盼太小，不能跟着。

尽管我二姨夫舍不得盼盼留家，但考虑到我姥姥说得很有道理，便也没再坚持。

果不其然，我姥姥猜对了。两人坐的火车刚过济南，便被一队北上的国军给截住了。国军说，要赴沧州一带打八路，列车要临时征用，老百姓统统下车。没办法，两人只好又灰溜溜地回来了。

第47章　真实版的铁道游击队受降

我姥姥说对了，鬼子一投降，国共两党就自己干了起来。

没办法，两党是水火不容。

就拿接受鬼子投降来说吧。蒋介石严令禁止各地的鬼子向共产党的武装力量投降。而日本人本来就坚决反共，于是双方一拍即合。

而共产党呢，肯定不愿意。老子在敌后浴血奋战了八年，好不容易打出了地盘，拉起了队伍，你不让我分享胜利的果实，算是哪门子的事呢？去你娘的，不理你娘的什么命令不命令，老子也会发布命令。于是，八路军总部也发出命令："令我军向附近各城镇及交通要道之日伪军发出通牒、公告，限期交出全部武装，如遇日伪拒绝投降缴械，即应予以坚决消灭。"

鲁南地区的我党武装忠实地执行了这一命令。于是，就有了铁道游击队在薛城以南的唐湖地段围困并接受了日军铁甲巡逻队投降的故事。以后，著名作家刘知侠将这一故事写进了小说《铁道游击队》里，只是，写得不是十分全面。

再以后，我姥姥见到刘知侠时，就半开玩笑半认真地说：

"刘胖子，你偏心眼写得忒……"她跟刘知侠很熟，总是喊他的外号。

"嫂子呵，你不懂，这是革命文学，是艺术……"

“狗屁，欺负我不识字（即没文化的意思）。”

“我狗屁，我狗屁。”刘知侠一边承认自己是狗屁，一边问她要东西，“我走得带一摞菜煎饼……”

…………

当年被铁道游击队包围的是日军的一支铁路巡逻队，配有装备精良的铁甲车。一开始日军根本没把铁道游击队放在眼里。但铁道游击队发挥自己的特长，将两头的铁路都扒了。这些鬼子才傻了眼。

更倒霉的是这支日军是军民混装，也就是说，他们不但有战斗部队，还有一大批侨民，分坐在几列客车车厢里。他们是奉命赴徐州投降的。被围后，老婆孩子哭成了一团。

一开始，日军提出，交出全部金银财宝和细软。但是铁道游击队不同意，说：老子不光要钱，更要枪炮弹药。

这样，双方就僵住了。接着，开始谈判。日军提出要见八路军的大太君。

日军的代表共两人，一是铁甲队的队长，一位日军少佐，另一位巧了，是侨民的最高代表中植根（日本也有军政一家的传统）。

我方的代表是当时的鲁南军分区的司令员张司令，另一位代表就是铁道游击队的副大队长王强，因为王强会日语。

富有戏剧性的是：当日军少佐和中植根跨进屋子时，张司令、王强副大队长和我姥姥正在桌子上吃饭。那个时候的领导并无明显的等级观念，尤其是生活中，更是随便。那天，正碰巧我姥姥坐在上首，而且正对门口。这就带来了一个小误会。事后，中植根对我姥姥炫耀说，他在中国待了几年，学到了中国的很多东西，比如讲请客中的“右方为上，对门为上，中间为上”。当然也包括拿回扣、煮水饺、走后门。

当中植根看到我姥姥时，先是诧愕，后是惊喜：

“啊！老太太的，你的……大……大太君？”

随即是个大大的鞠躬。那日军少佐也跟着一个大鞠躬。

张司令、王强早就知道我姥姥同中植根的故事，而且饭后茶余常常作笑话谈。见此情景，张司令朝王强使了个眼色：

“是的，她是我们的大太君。”

王强跟着说：“对，大太君的大大的，大脚嫂子的有……”

中植根喁喁道：“大决（脚）哨（嫂）子，嗯，我的明白了……”

接下来，中植根对着日军少佐嘀咕了几句，接着竖了竖大拇指：“好人的大大的……信任的大大的。”

日军少佐连连点头。当即，两人表示，愿意投降。但是，但是……

“但细（是），请大太君给点免（面）子，中国人是讲免（面）子的。这免（面）子的嘛就是……交出所有重武器，但只留少许手枪、步枪，以便到了徐州好向国军交差……”中植根又是一个鞠躬。

“行，没心烦（没问题的意思），这事就这么办！”也不知从哪里上来的一股劲，我姥姥竟当场拍板。

事后证明，这居然是一个最好的办法。为各地的八路军围降日军所效仿。

当罗政委为此事通令嘉奖铁道游击队时，张司令和王强开玩笑说：“这得归功于我们的大太君大脚嫂子，罗政委你不能玩空的，怎么的也得100斤小麦吧。”

据说，罗政委骂张司令和王强没出息，当场批了200斤小麦给了我们家，又批给铁道游击队两门小钢炮。

…………

受降的故事还没有完。

当中植根的宝贝儿子见到了我姥姥时，不顾一切地扑了上来，抱住我姥姥的腿便号啕大哭：“支那捞捞（姥姥），支那捞捞（姥姥）……我饿了，我想吃菜煎饼……”

我姥姥一看她的大头孙的头瘦了一圈，当时就掉了泪：“贼羔子，菜煎饼的有，菜煎饼的有……”

我姥姥马上让战士们把所有的菜煎饼拿了出来，分给了所有的日本小孩。这些小鬼子一个个狼吞虎咽起来。见此情景，所有的日本母亲纷纷泪如雨下，并跪下，向着我姥姥低头合掌：

“老太太福寿，老太太福寿……”

“菜煎饼效应”直接影响了日军的战俘队伍。先是那位日军少佐扑腾一声跪下，接着抽出战刀，双手捧上。再接着，他身后的日军战俘也齐刷刷地跪了下来……

趁着这人人为之垂泪的机会，王强跳上了铁甲车大声讲起话来。他先是讲了国际形势，接着又讲了国内形势，而后又强调中国人民对日本人民是友好的，而日本军国主义才是中日两国人民的共同敌人。中日两国人民应团结起来，继续战斗，直到把一切反动势力消灭干净，实现共产主义。共产主义你们知道吗？那可是太美好了，不光是一天一顿猪头肉，还有全球山河一片红……

当然，最主要的话题在下边：

“所以，我们热烈地欢迎一切有技术特长的日军兄弟参加咱们八路。我们八路对你们将像对亲兄弟一样，待遇要比我们营长的还高，可以领两倍的津贴，三人配一只羊，以保证你们喝到新鲜的羊奶，一天可以吃到一只鸡……”日本人爱吃鸡，这真是有传统的。

接下来，现身说法，铁道游击队中原来俘虏的两位日军士兵——田林伸树和小山口分别讲话，动员自己的同胞参加八路。这两位日本朋友1949年后转业在沈阳工作。1958年，小山口回日，1962年，田林回日。

接下来，意想不到的但又在情理之中的事情发生了，第一个站出来的竟是那位疯狂地追求我母亲的日本医生酒井孝直：

“报告王太君，我的，要参加八路……”

王强住院治疟疾期间，两人就成了好朋友。王强见他带头，马上表示欢迎，还紧紧握住了他的双手。

“我有个要求……”酒井孝直说，“我想仍然回矿医院服务……”

王强一怔，说：“你的要求可以考虑，但要服从组织分配。”

“什么是组织分配？”酒井孝直很认真地问。

王强想了想，说：“这么说吧，就像要求你们日本人服从天皇……”

“噢，我的明白了……”

大家也看出来了，酒井孝直的参军与其说是为了共产主义，不如说为了心目中纯洁的爱情。但遗憾的是，结局却很悲惨……

在酒井孝直的影响下，几名日军中的汽车驾驶员、炮手、译电员、狼狗训练员等，都要求参加八路（注意，只要技术类士兵）。

这些日军技术类士兵对于提高八路军的战斗力，起到了不可估量的作用，在以后的国共内战中，为最终打败国民党立下了汗马功劳。这些日军士兵除了极少数在日后的岁月中加入了中国籍（须加入中国共产党）外，绝大多数都在20世纪50年代返回了日本。

90年代初，此类资料公开，林彪的四野招募的日军为最多，有数万至10万之众！

第48章　南京：蒋总统台鉴……

日本投降的腚刚擦完，内战就打起来了。

这时，国共双方签订的“双十协定”墨迹未干。说是内战，其实也是外战。因为国共双方都有自己的背后撑腰人。苏联老大哥帮着共产党把东北占据了，美帝国主义就帮着国民党在关内占了上风。但洋人只是提供枪炮，死来死去的还是中国人。大背景下的鲁南、枣庄同样不是一块避风港。

八路军第一次攻占枣庄是1946年9月。主攻部队实际是从南方撤过来的新四军，以及铁道游击队及李仲文表叔的峄县县大队、运河支队等。这时，我未来的父亲正在新四军里当营长。

我父亲以后告诉我说，当时的新四军极不愿意离开生他们养他们的苏皖一带。但是没办法，国民党当时压得新四军喘不过气来，因为他们当时的势力太强大了。

“若不是国民党，老子早进了上海滩了。”我父亲说，鬼子刚投降，新四军就在上海近郊集结完毕，准备攻打上海。当时部队的口号是“攻下上海滩，尽吃大闸蟹”。结果大闸蟹不但没吃上，还被国民党给赶到山东啃煎饼了。

当时占据枣庄的是原汪精卫系的和平建国军王继美部。鬼子投降后，他们摇身一变又变成了治安军，在中央的统一领导下“负责地方治安”，实际就是共同对付共产党。

王继美部是土匪出身，战斗力甚强。他们在围子周围扯了一圈电网，使得我攻城部队攻了几天，也难以奏效。尤其是北大门“电光楼”上的那架探照灯，对我们的威胁最大。

但有一天夜里，那探照灯突然自己灭了，电网上的电也停了。我攻城部队趁机攻入城内。

接着，八路军开始查是谁在关键时刻停了电，准备给予奖励。最后查来查去，竟是我的那位对共产党素无好感的二姨夫。

王强表叔知道是他以后，亲自登门拜访：“大侄子，你立了大功了，奖你200斤小麦也不算多……”

我二姨夫说：“我可不是为了小麦来的，我是凭良心，这些国民党太坏了，好好的电缆他们竟要……”

他骂的就是那些国民党的接收大员。在1945年九十月份，美国救济署在南京政府的要求下，为了尽快恢复枣庄煤矿的生产，向该矿紧急援助了一批井下用的设备。设备由美军运输舰运至日照港卸货，而后经陆路送至枣庄。矿上的接收大员接到这批货后，不但不尽快安排生产，反而将部分电缆拆散当废铜卖，以中饱私囊！为此事，我二姨夫气得跟那个大员拍了桌子：

“这叫伤天害理，要直接影响井下生产的恢复。”

那个大员却不冷不热地说：“你操的哪门子心？没看见共产党马上就要打过来了吗？”

“那是另一码事。我相信，不管什么党，它都要烧煤做饭、发电。我是矿上的总工程师，就要对生产负责。”

“没我的领导，你负责个屁……”说完转身走了。

一气之下，我二姨夫几乎同时做了两件事，一是拉了电把子，二是给当时的中华民国总统蒋介石写了封检举信。二姨夫到底是赴日留学生，很有法律观念，他附上了被拆散的电缆的照片以及那个大员亲自签名的“废品报告单”。据说，蒋介石收到信后，连骂五声娘希匹，严令当时的矿业部及最高法院严查。结果那个大员被判了十三年徒刑。

（万万没想到的是，给蒋写信的事到了“文革”时，居然成了我二姨夫的一大罪状……）

…………

八路军占领枣庄没几天，国民党的主力从徐州压过来了。没办法，八路军只好又撤出了枣庄，向北边的抱犊崮山区撤退。

当时的真实情况就是这样，八路军虽有能力攻下县城级的城市，却无能力守住县城，往往是打下后“打打土豪”，然后立马闪人。

八路军后撤，给我们家带来了新的问题，即我母亲所在的医院被动员一起撤。说是动员，实为命令。因为，八路军普遍缺医少药，好不容易逮到一个小规模的医院，当然不会轻易放手。据说，陈毅曾发话说，就是用八抬大轿抬，也得抬走……

但我母亲不愿跟着走，她一是不愿离家，嫌行军打仗苦；二是要照顾已在枣庄上学的我小舅舅。那时的人们没有什么思想觉悟，也不知道共产党将来要坐天下，都是只顾眼前凑合着过，过一天是一天。

就连王强表叔来动员，我母亲也是不点头：“不行，俺辞职不干还不行吗，俺真得照顾俺兄弟……”

这理由让王强无法反驳，因为他太熟悉我家的情况了。他知道我们家就我小舅舅一个男孩子，是家里的宝贝疙瘩，供他上学是家里的第一大事。而且，当时的中华民国刚刚颁布了抗战胜利后的第一部宪法，对教育是相当重视的。我小舅由于学习成绩好，居然还拿到了奖学金。

这部宪法中的教育内容如下：

第五节　教育文化

第一百五十八条　教育文化应发展国民之民族精神、自治精神、国民道德、健全体格、科学及生活智能。

第一百五十九条　国民受教育之机会一律平等。

第一百六十条　六岁至十二岁之学龄儿童，一律受基本教育，免纳学费，其贫苦者，由政府供给书籍。已逾学龄未受基本教育之国民，一律受补习教育，免纳学费，其书籍由政府供给。

第一百六十一条　各级政府应广设奖学金名额，以扶助学行俱优无力升学之学生。

第一百六十二条　全国公私立之教育文化机关，依法律受国家之监督。

第一百六十三条　国家应注重各地区教育之均衡发展，并推行社会教育，以提高一般国民之文化水平，边远及贫瘠地区之教育文化经费，由国库补助之。其重要之教育文化事业，得由中央办理或补助之。

第一百六十四条　教育、科学、文化之经费，在中央不得少于其预算总额百分之十五，在省不得少于其预算总额百分之二十五，在市、县不得少于其预算总额百分之三十五，其依法设置之教育文化基金及产业，应予保障。

遗憾的是，由于内战突起，这些宪法中规定的条款没有得到全面落实。否则，中华民族的精神面貌、民族素质以及民族的整个命运都将重写！

我小舅对此自然怨恨终生。晚年的小舅尽管在朝鲜战场上被吓成了“神经病”

（当地的叫法，正确的应称精神分裂症），但唯有提到当年的上学，头脑便会变得异常清晰，两眼喷射出耀眼灼人的光亮：

“俺的理想是上南京的中央大学，那时南京是首都……”

小舅不是瞎吹，他当时的成绩是学校里的前三名，几门主要课程如国语、算术、修身（类似于今天的品德）、英语、博物门门优秀。

那时的小舅没有什么远大理想，就是想当个“武训”式的乡村教师。当时的《武训先生》一文是1946年光复后的第一批小学课文。武训千辛万苦办义学的精神影响了当时的一代人。可惜到了1951年，他就被毛泽东点名批判了。

…………

事情并没有结束，李仲文表叔又来动员我母亲。李仲文的官比王强大，想必管用。而且，他还带来了我姥姥：

“爱玲同志，你知道吗？”这次没喊我母亲三妮，“这也是组织上的安排，因为日本友人酒井孝直也要回到医院工作，他不是对你……”

“俺不愿意，他是日本人……”我母亲终于明白了。

“可是他很革命，很积极，现正要求入党。入了党就是共产主义战士了。我们的最终目标不就是在全世界实现共产主义吗？”

我母亲拿眼斜觑了下我姥姥，我姥姥没有马上作声，过了会才说：

“既是组织上安排，那咱就先按安排来吧。叫我说这日本人还算不孬，有些地方比咱中国人还实诚……”

说到这种“组织安排”，现在的年轻人肯定不信，怎么婚姻还要由组织安排。告诉你，这是历史事实，尤其是解放战争胜利以后和抗美援朝归来，很多老干部及战斗英雄的婚姻都是组织安排的。只要男的看中了，剩下的就由组织出面做工作了。至于以后幸福不幸福那是另一码事。

似乎一切都顺理成章了，不料我母亲又提出了小舅上学的问题。看得出，她对日本籍的共产主义战士搞统战并不感兴趣。

但接下来，我姥姥的话让她彻底放了心：

“三妮，你放心，面瓜上学的事包在我身上……”我小舅小名面瓜，是我姥爷给起的，“我一只羊也是撵，两只羊也是赶，我连大发加你兄弟一块管。”这些年，大发哥一直由我姥姥带，长得虎头虎脑，甚是可爱。

李仲文表叔走了以后，我姥姥又对我母亲说了以下一番话：

“这样分开也不错，你跟着八路进山……我和你二姐、二姐夫、你兄弟留在城里；你爹呢，在家看家……兔子还有三个窝哩……”

怎么样，老太太不简单吧？

第49章　新四军PK“眼镜鬼子”

矿医院北撤时，为了保证安全，新四军专门派了一个营做他们的警卫。其待遇与师部同级，那时，师级机关才配备一个警卫营。

我未来的父亲就是这个营的营长。他名叫张义和，是安徽巢湖人，放牛（水牛）娃出身，1942年参加新四军，打仗不要命，是个有名的战斗英雄。但文化不高，脾气特暴，同这类人物所共同的特点一样，还喜欢抗上，所以老提不起来，当时，只有他们团长能镇住他。

前边说过，当时的新四军没有一个愿北撤的。因为他们也是子弟兵，都不愿离开他们的家乡。那一带多是水田，主食是大米，到了山东啃煎饼，走山路，他们当然不愿意。电影《南征北战》里反映的战士的情绪绝对是真实情况，只是真实得还不够——比如讲，有很多战士开了小差。

我们的张义和同志更是牢骚满腹，何况他历来口无遮拦：“陈老总是不是草鸡了？把我们领到这破地方，把老子逼急了，老子回去打游击……”他发牢骚，战士也跟着发，但战士们一发，他还凶人家：“奶奶的，发什么牢骚？”当时，部队里补充了不少山东兵，他也学会了奶奶的。

但自从见到和认识我母亲以后，他的情绪立刻变得敞亮起来：“哎呀，这穷山东还有这么水灵的姑娘，奶奶的……”没再骂下去，自此以后，只要在我妈面前，他从不敢乱骂人。

他俩认识的起因还得归功于姥姥的菜煎饼，我爸手下的一个战士偶尔吃了块我姥姥做的菜煎饼，大叫好吃，声音太大，让我爸听到了，拿过来尝了下，确实好吃，于是直接去找“小刘医生”。

“小刘医生，井开恩，给块你的菜……”当他一跨进门，看到我妈妈时，人就惊得说不出话来了。怎么了？人太俊了呗，山东还有这么水灵的，奶奶的……

“都给你吧，大英雄……”我母亲听说过他的二三事。

“那谢了……”接过来就啃了一口，这一口有一小半个煎饼。

“哎，听说你给人打针专打腚帮子？”

“臀部比胳膊好打，血管还少。”

“等哪天我病上一场，让你也摸下俺的腚。哈哈……”

我母亲一下羞了个满脸通红：“怎么说话呢，你……”

“有话直说呗。”敬了个礼，走人。

说实在的，我母亲当时对他印象还可以，觉得这人很实诚，有点憨，不过憨得可爱。

不料，过了几天，他又来了。来干吗？来“决斗”……

这时，部队已进入沂蒙山区（即我的另一长篇《百年匪王》的故事发生地）。国民党的部队在后边死命地追，形势十分危急。

这天一放亮，部队正要隐蔽休息，我未来的父亲一头闯了进来：

“小刘医生，我问你个事，你是在跟那个‘眼镜鬼子’拉对象吗？”战士们为酒井孝直起了外号。

我母亲又让羞个大红脸：“这……”这事还真不好说，尽管酒井孝直已经写了入党申请书，而且工作十分卖力。

“这……这是组织上安排的。”我母亲最后真的没话说了。

“奶奶的……”接着把军帽一撸，“安排个小鬼子，还不如安排我呢。”

“哎呀，你说什么呢……”我妈恨不能躲出去。

接下来，这位大英雄居然直接找到了酒井孝直：“喂，你，小日本，你听着……”大意是说，你小子别癞蛤蟆想吃天鹅肉。

酒井孝直倒不急不躁：“你的，喜欢她？”

“嗯，怎么的？”

“我的，也喜欢她，哈哈……”

新四军的英雄急了，上来就抓住了日本人的白大褂：“你奶奶的小日本，我……”

“我也是位共产主义战士，请你松手。”

“老子今天……”

这时，很多战士和医院的医护人员已经围了过来，大伙有吆喝的，有鼓掌的，都准备看热闹。

酒井孝直推了推眼镜说：“那好吧，营长同技（志），今天我俩决斗，谁英（赢）了，刘小姐就归谁。”

“什么叫决斗？”战斗英雄的理解是打架。

“决斗就是……”酒井孝直说着说着改了口，“当然，那希（是）不可能的，我们就摔跤吧，用摔跤代替。”

“好，”我未来的父亲当场答应下来，“谁怕谁？”从个头看，大英雄比小日本还高了半头。

在我们很多的电影或小说里，只要是外国人跟中国人比武，最后总是中国赢。这几乎成了一个套路。但我要告诉你的是，在这场比赛中，我父亲却输得很惨很惨，他被看上去像个文弱书生的酒井孝直摔了三个四肢朝天。因为酒井孝直祖上是武士出身，武功的大大的有哇……

我父亲当然不服：“不行，再来……”

“奉陪到低（底）。”酒井每一个回合完后，就两腿叉开，上身微微往下，稳稳地放在那里，这既像中国武功中的马步，又像日本相扑开赛前的亮相。

我父亲再次冲了上来。这时，有战士悄悄地说道：“营长，摔傻蛋了吗？他的眼镜……”

我父亲一皱眉心，似乎这才想起这窍门，于是，冷不防戳掉了酒井孝直的眼镜，这下大日本武士就成了个睁眼瞎：“哎呀呀，我的眼睛（镜），你的……规则的破坏，友好的不是……”

酒井孝直马上将进攻改为防守，就立在原地，像根木桩，任你如何出击、进攻，他自岿然不动。摇来晃去，我父亲慢慢地没了力气，也没了精神头：

“奶奶的，今天的不算，以后再比……”

“不算就不算。”酒井孝直倒也痛快，“可我的眼睛（镜）呢，你要赔偿……”

我父亲耸耸肩膀：“这不关我的事……”

就在两人较劲的时候，我母亲一声不响地拾起那副断了一条腿的眼镜，后来，她又找了根细铁条，用胶布和铁丝重新缠好，算是勉强能戴了。高兴得酒井孝直一个劲地鞠躬：“谢谢，谢谢。”后来，这副眼镜被他一直带回了国内。

…………

我父亲与日本人“决斗”的事被上级知道了，在全团来讲，唯一能镇住他的团长火了，骑了匹马，连警卫员也没带就直奔我父亲的防地。人马未稳，先骂开了：

“张义和，你奶奶的真没出息，你为了个女人跟日本人摔跤？”团长手中的马鞭指指戳戳。

我父亲一听马蹄声，就知道谁来了，立马跑出来站在门外挨骂，连里的战士都围着看笑话。

团长连马也不下：

“你看看你那个没出息的熊鸡巴样？你奶奶的值吗？告诉你，打倒了蒋介石，全国的俊娘们都归咱，尽你挑！”

“哈哈……”战士们哄堂大笑起来。

我父亲却认真地嘟哝道：“打倒了蒋介石，我就要小刘医生，请团长批准。”

“好，我批准。”团长说。

“那……那个日本眼镜呢？”

“哟，我还把这事忘了。”团长挠了挠后脑勺说，“他我可管不了，你去找粟司令吧。”

“粟司令要是不管哩？”

“好办，你俩干脆拼刺刀！”说完，策马而去。

哈哈，大伙又大笑起来。

以后我老爸常用最敬佩的语气谈起他当年的这位团长，说那是真正的好人，打仗既勇敢，又会动脑子，是粟裕最喜欢的战将之一。平时他还最爱兵，其著名的口号是“爱兵如兄”，而不是惯常的“爱兵如子”，他把战士们当兄弟看，讲平等，而不是当儿子。可惜，就是这样一位好人，却在朝鲜战场上被炸死了，一个加强团，2800多人，在汉江边上，被27架美国飞机轮着炸，不到八分钟，就完全丧失了战斗力。

…………

这个影响不小的三角恋，最后是不了了之。成也罢，散也罢，均不像艺术家们想象的那样浪漫、热烈。那时的生活就是这样简单、平实。

突然有一天，上边来了电报，命酒井孝直“着即直赴延安”。赴延安干什么？什么任务？均无交代。那就走呗。在那时的岁月里，赴延安是件光荣的事，不是去开会，就是去学习。反正回来后都大大地提拔。而这时支部已在考虑他的入党问题。人们对酒井孝直的猜想，也不过如此。

酒井孝直也很高兴，觉得此行去延安定有重任即将赋予自己，一旦回来，哈哈……于是，他对我母亲说：“等我回来……”因为坚信自己一定会回来，他连件信物也没留下，而唯一能联系到两人关系的就是那副被我妈修好的眼镜。

直到很长一段时间以后，上级才通知医院：酒井孝直已遣送回国。因为他是日本天皇裕仁的远亲，回国是为了顾及两国的关系，而且走的时候不让跟中国国内的一切组织、个人联系。他被美军调停部的飞机直接送到青岛，就差没有被蒙上双眼了。而后由青岛坐船回国。可以想象，他当时连跳海的心都有，只是做事历来精细、周到的日本政府，是不会给他任何机会的，因为前前后后光伺候他起居的人就有四个……

第50章　淮海战役的大英雄

接下来的日子里，在家里人平淡无奇的同时，一贯忠厚、本分、老实的姥爷却一下成了个“名角”（按现在的说法，即名人的意思）。

留在矿上的二姨夫一家平安无事，国共双方拉锯战，矿上无法生产。矿工们就公推我二姨夫当头，成立了护矿队。矿工们的想法很简单，不管什么党，它坐了天下也得要出煤烧炭，现在护好了矿就等于护住了自己的饭碗。上回的“卖煤自救”就是个例子。

跟着新四军北撤的我母亲，经一番“南征北战”（电影里《南征北战》反映的基本属实）也安全返回矿上，并因此被定为“1946年12月参加革命……”。1982年后则享受“离休”待遇，比我那不识时务，又自行成了“放牛爹”的父亲强了一百帽头子（矿工好称下井用的安全帽为“帽头子”）。

我姥姥则在矿上与吴村镇之间来回走动。这时节她的主要任务是看孩子，她要看我大姨撇下的孩子大发，以及二姨家的盼盼。尤其是大发，最让我姥姥揪心，刚生下来就没了爹娘，爹娘吧也是，一个是烈士，一个是叛徒，这日后的档案该怎么填？那时，已经开始建立起较严格的档案制度。大姨生前遗留下的大瓷缸就有了用场，用来给大发熬花生、小米粥。有了照看小东进的经验，大发让喂得又白又胖。

那么，姥爷又是如何出名的呢？请看伟大的淮海战役。

还记得陈毅说过的那句话吗？淮海战役的胜利是山东老乡用小车推出来的。我姥爷就有幸成了这推小车中的一员。

当时，吴村镇奉命出车10辆，出10人。人好说，男劳力多的是，可就是小推车不好办，凑了四辆后，还差六辆，那时的小推车（也叫独轮车）实在落后，全是用铁钉铆起来的木轮子，车把下挂着个油葫芦，走起来吱吱扭扭，走不多远就要上点油，否则就推不动。但就是这样的车，一般庄稼人也没有，因为它的价值差不多能抵半匹牲口。

这时，吴四爷发话了，那六辆我包了，不够还有。

吴四爷大事不糊涂，他看准了国民党保江山在走下坡路，共产党打江山正朝气蓬勃。“又是一个李自成吃掉大明的朝代……”吴四爷逢人便说。

此举使吴四爷受到了县里的表扬。李仲文书记到处说，吴先生是开明乡绅。

但吴四爷是哑巴吃饺子心里有数。他儿子吴玉臣最近的来信，他就谁也没告诉。儿子在信里告诫他说，不要对共产党抱有幻想，他们一旦坐稳了江山，会首先共产有钱人，并劝他尽快将家产变卖，随国军撤至青岛。

儿子还说，自己实在没时间，不然会亲自回去将家里人接出。这时的吴玉臣正为中华民国的30年海防计划做预案。他的雄心壮志终于得以实现，抗战一胜利，沈鸿烈践诺立即将其推荐给海军光杆司令陈绍宽，爱才如命的陈司令大喜，亲自拉上铨叙厅（主管人事）厅长钱卓伦，迅速为其办理了正式调入海军部的手续。很快，吴玉臣等就为中华民国的海军发展描绘了一份雄伟的蓝图：

在30年内，建造12艘世界一流的航空母舰，前10年先造2艘，各1万吨和8000吨。每艘造价约18亿元（当时的币值）。这个规划令包括蒋介石在内的许多高层瞠目结舌。陈绍宽苦口婆心，四处游说：“这笔钱是省不得的……中国，再也不能没有航空母舰了。”据闻，蒋介石斟酌再三，终于还是咬牙批准了这一方案（遗憾的是，由于三年内战，钱财耗尽，元气大伤。此计划终于搁浅。如今，海峡两岸的中国人，都没有航空母舰）。

这样，吴玉臣本该再次可以衣锦还乡的，也没有实现。

…………

我姥爷亲自去吴四爷家推的车。他到得最早，理应挑辆最好使、最轻快的，可是，他却挑了那辆最笨重、最不好使的破车。

“哎呀，这车外号叫老牛车，得多费劲呀。”吴四爷有点不解。

我姥爷狡黠地挤了挤眼睛说：“四爷放心，我不糊涂，这可不是上山运粪，这是往枪口上闯，还是悠着点好啊。”

吴四爷顿悟：“木讷而有心计也，到底是金贵啊。哈哈……”

由于车子破旧，我姥爷一路上尽是落在后边。他总是说，放心，我慢慢撵就是。队伍到了江苏峒山县境内，遇到敌机轰炸了，三个大炸弹下来。前边的九辆车，连同满车的煎饼被炸了个满天飞，跟在后边撵的我姥爷当时就吓得屙了一裤裆。

就这样，最后将一车煎饼送上前线的只有我姥爷。立马，我姥爷成了“支前英雄”，奖小麦80斤！挂大红花，满镇子游街。还被请去到处作报告。骑的驴有专人牵着（大伙没忘了他有恐驴症吧）。

以后又有了这样的版本：当敌机袭来时，我姥爷临危不惧，拾起敌人丢下的一挺机枪就开火，把敌机打跑了，而后，勇敢地继续前进，终于将老蒋打败……

作报告还不够，解放区的报纸还登了一大版……

…………

上了报纸还不够，还有事呢？要你进农协，搞土改，搞得好了，分给你好地。

说到中国的土改，那可是一场波澜壮阔的大革命，历时之久，波及人数之多，都是前所未有（刷新它各项纪录的则是20多年后的“文革”大劫难）。它最早始于东北，时间是1946年底，进而是关内的晋察冀根据地及山东老解放区。

依次后延，解放军打到哪里哪里就搞土改。到土改搞得最晚的两湖、两广及四川完全搞完，已是1951年底了。

说到山东，又分了三批，第一批胶东，第二批沂蒙山根据地，第三批鲁南、鲁西南的新解放区。

枣庄就是第三批。

这时淮海战役已结束。我百万大军指日南下，国民党的统治已接近尾声。

现实中的土改至少不像小说和电影《暴风骤雨》里所描写的那样。起码各地的地主并不像“韩老六”那么坏，没那么大民愤。就像镇上的吴四爷，你让老百姓上台砸他闷棍，斗他骂他，这可能吗？

就是为了防止“抹不开面子”，上级从外地调来了工作队，而当地的干部除了随军南下的外，如李仲文就南下了，其余的都不在当地搞土改。搞的，也是东西互调。

工作队长是胶南人，也就是30多岁，小学教员出身，抗战时入的党，他原来姓牛。据说，因为崇拜马克思就改成了姓马，大伙都称他“马队长”。他拖着浓浓的胶南腔动员我姥爷：

“你是支前英雄，这次运动要积极带头。”

“这不管。”我姥爷态度很坚决，“这忒丧良心，凭什么分人家四爷的地？别说分地，就是减租俺都不愿意，租地纳粮，天经地义……”

这是剥削，这是压迫，这是不合理的，马克思说，列宁说，斯大林说，等等，总之，今天我们要造反，要把地主的地分了：“因为他们的土地是靠欺负、剥削穷人得来的。”

“这又是胡扯，”我姥爷说，“人家四爷的地是祖上一点一点积攒的，一没偷，二没抢。你知道我祖上是干什么的吗？”我姥爷突然指了指自己的鼻子尖，“告你吧，我祖上也是大户，只不过是让我曾爷爷抽大烟抽光了，那年又正好闹捻匪，所以就败了。嘿嘿，这就叫风水轮流转……”

最后，马队长也有点急了，就吼道：刘同志，你怎么这么糊涂呢？明白给你说吧，谁积极带头，谁分好地、好牲口，落后分子，一点油水没有。

“能分好地？真的……”我姥爷好一阵没缓过神来，“那我现在种的这块贡米地……”

“当然是你的，共产党说话算数。”

我姥爷没再说什么，情绪由激动转为冷静，脸色由通红转为青灰。想了想，走出了工作队。那时，工作队就设在街中心的吴家祠堂，吴四爷还供工作队吃喝。

“哎哎，刘同志，你回来……”马队长高声地喊了一句，“不光你自己干，还有其他人配合呢……”

这几个被招来作配合的，就是那几个小痞子。

第51章　分地啦，分人啦……

对那几个小痞子的动员工作是这样说的：

“好好干，革命的目的就是分得革命果实，工作队是不会亏待大家的。”动员会在吴家祠堂举行，工作队专门设了宴席，买了刘拐子的半匹狗肉，几个家伙喝得东倒西歪。

“万人嫌”伸出三个手指头：“这回得30块大洋……”

“不长钱不干。”“煮不烂”也上劲了。

“解放了嘛，就要有解放了的样子，哈哈……”

马队长朝他们撇了撇嘴，又给他们每人倒满了酒：“瞧不起土改了吧？告诉你们，这回不是30块大洋的问题，而是300块，甚至更多！”

“万人嫌”血红的眼珠一下瞪圆了：“队长同志，你……你不是……是蒙人的吧？”这个字眼在枣庄话里就是“忽悠”的意思。

“这叫什么话？”马队长一副很义气的样子，“按阶级分析来论，你们是连贫雇农都不如的无产分子，也称流氓无产者……”

“队长，流氓不好听……”其中的一个噜嘟着脸说，前几天，他听墙根，让人家男人把鼻梁给揍断了。

工作队长耐心地说：“我说的流氓无产者是好人，不是指流氓……”

“是好流氓，嘻嘻……”一个大烟鬼马上喊道。

马队长不再理他们：“流氓无产者革命起来往往最坚决，所以这次土改你们一定要冲在前头，要和贫雇农一起战斗，防止他们有顾虑……”

“我一人吃饱全家不饿，俺没顾虑。”“万人嫌”连连打着饱嗝。

“光你没有了，俺也没有……”“煮不烂”唯恐落后。

马队长又如此这般交代一番，最后说：

“总之，只要大家下狠心，革地主的命，胜利后，将享受胜利果实，你们可分得土地、牲口、家具以及他们的女人……”

“女人也分？”

“当然要分，凭什么吴仁德有好几个老婆，而你们却打光棍。谁最积极，就把吴仁德的老婆和丫环分给谁！”

“论功得赏，太好了……”有人吼道。

马队长马上制止：“不能这么说，我们是在闹无产阶级革命，不是水浒梁山，我们叫‘按需分配’……”

“煮不烂”一听是新名词，马上扳着手指学起来：“按——需——分配——”

…………

那些天里，这些流氓无产者就住在吴家祠堂里，商量着如何革命的事。他们集体开伙，名曰“共产饭”。天天酒肉伺候，自然是吴四爷埋单。卖狗肉的刘拐子乐着直蹦，差点没把腿乐直了。说话历来刻薄的“煮不烂”说：“咱这叫吃孙喝孙，还要斗孙杀孙，翻身真好呀……”

上级分配的指标下来了。吴村镇要至少杀掉5个地主或富农，以打开工作局面。一开始，这指标是保密的，只有工作队长知道，但当时各级贫协的权限却是公开的，村级贫协就有权力敲定谁是地主和富农，区贫协就可以决定杀谁不杀谁。当时的口号是：户户斗争，村村流血……

批斗会定在初九（正好逢集）下午。上午的时候，我姥爷等几个贫雇农被请进了工作队队部，进门一看，哇，大酒大肉摆了两大桌。

马队长首先举起大瓷碗：“来，革命马上就要开始了，我先给咱们的先锋队和主力军敬一杯，不，敬一碗，革命嘛，连喝酒也不能娘娘们们不是……”

我姥爷等几个贫雇农似乎才明白过来，就说：俺不会喝酒。这是实话，我姥爷的酒量还不如我姥姥，也不如我两个姨及我母亲，和我小舅的水平差不多。

“怎么的，姓刘的你瞧不起咱们工作队？”“万人嫌”管自先喝下一碗，“别敬酒不吃吃罚酒……”

马队长倒还是和颜悦色：“老刘同志，你是支前模范，是大英雄，在这革命的关键时刻，你可不能……”接着重申“多出力多分地”的分配原则。

酒过三巡，几个主力军已是不胜酒力。这时，“万人嫌”开始布置：你们一人举一根大棒，立于台上，我喊打倒地主吴仁德，你们举棒就打。这可是检验你们是真革命还是假革命的最好机会。

“真……砸吗？”我姥爷只觉着酒力上攻，有几分晕晕然。

“真假就看你们的了。革命不是请客吃饭，不是做文章，不是绘画绣花，不能那样雅致……革命是一种暴力行为。”工作队长进一步强调。

“革命，我们一定……革命，分地呀……”一个姓王的贫农已经醉得差不多了。

“对，我也要革命……”另一个已经抓过了木棒。

我姥爷稍一愣怔，马上抓起了一根最大的：“我也要革命，我……我就要……要那块贡米地……”

“好，我批准了！”工作队长大声宣布。

几个无产者趁机喊起口号：革命，革命，革革命命……

几个贫雇农也跟着喊了起来：革命，革命，革革命命！

…………

一行革命者满身酒气地直奔会场。

会场上已人山人海，吴四爷等几个财主已经被押上了台子，一个个头戴大帽子，上写如下字样：“土豪劣绅”、“恶霸财主”等。而且每个帽子上都被批了红叉。

曾有消息说，批斗会前，吴四爷曾找到过马队长，称自己愿献出所有的土地、财产，只求不上台挨斗。但马队长拒绝了他的要求。

这些天里吴四爷更加惴惴不安。不久前的一件小事，使他看出了变天的端倪：镇小学改名为“解放小学”，重新开学那天居然没有邀请他！而他则早早地打扮一新，专等人来请呢……不仅如此，开学典礼上，新任学校领导还将他当年题写的“明德新民，止于至善”的八字校训匾当众摘下摔烂，换上了马队长题写的“新社会好，旧社会坏”八个大字。事后他哀叹：这可是自光绪、宣统到袁总统，再到孙大炮，再到蒋总统以来，都从没有过的事啊。天，真的要变了……

大会开始了，马队长首先宣布批斗大会开始。台下接着就是一片掌声，“万人嫌”专门站在台子的一边示意，大伙就使劲鼓掌。接着，马队长又吼道：

“让地主分子低头认罪……”

顷刻间：“万人嫌”、“煮不烂”等小痞子们一拥而上，替下了原来押人的几个民兵，他们两人一个，死命地将几个地主的头往下按。

这些人大都上了年纪，哪里经得起这番折腾，马上就有人喊憋死了。

“万人嫌”上去就是一脚：“死了还能说话，滑头……”

那个老财主再也不吭气了。另外的两个已经小声地哭了起来。只有吴四爷尽可能地不动声色，他尽力地按要求去做，腰几乎弯成了90度，大滴大滴的汗水从脖子上流了下来。

“下边，批斗会开始，由我们的贫雇农代表、支前模范、大英雄老刘同志发言……”

只见我姥爷满脸酒气，双眼血红，手举大棒冲上台来。立刻，全场的人都屏住了呼吸，在等着倾听他的发言。比如，地主老财是坏蛋啦，从不下地干活，但吃香的喝辣的啦，我们穷人阶级吃的是猪狗食，出的是牛马力啦。他们的土地都是剥削穷人得来的，比偷还偷，比抢还抢啦，今天，我们穷人要翻身，要分地、分粮，还要分老婆，我们要坐江山，我们要过好日子啦，等等。

但是很遗憾，这些事先给他说了无数遍的名词他全忘了，只见他冲上台来，朝着吴四爷高高地举起了手中的大棒：

“不就是分人家的地吗？这样多省事……”

话说着，大棒朝吴四爷砸来。顿时，台下刷地鸦雀无声，人们被我姥爷的举动完全惊呆了。就连见过大世面的马队长也不由得站了起来。他的位置在台子正中央，台下的人都看到了。

“哇……”一声啼哭传来。这是台下的一个小孩子被吓哭了。

是呀，吴村镇多年来民风淳朴，邻里和睦，长幼有序，相互尊重，平日里连吵红脸的都没有，如今要大棒砸人，岂不是开天辟地的大事？于是，这无尽的惊诧、愕然、惶恐就由一个孩子的啼哭给传出来了……

“嘘……”孩子的哭声，使得我姥爷浑身一个冷战。也就在哭声中，我姥爷似乎清醒了些，手中大棒的力量也就不由得，减了下来。

“扑……”当大棒落在吴四爷身上时，力量已不是很大了。

但吴四爷仍然忍不住啊了声，尽管他咬紧了牙关。这无疑是他平生里挨的第一次打。

这时我姥爷像是疯了似的一下丢掉了大棒：“我打人了，我打人了……”转了一圈，就直扑台子中央的马队长：“我的地呢，我的地呢，快给俺地，快给俺地……”

台下的全都傻了，并没有人笑！

马队长的脸变得铁青，急忙命令民兵把他拖下去：“我们的模范刚从前线回来，累糊涂了……”

我姥爷被拖下去了。“我的地呢，我的地呢……”喊声也渐渐远去。

但戏还没有完。这时，有人拾起了地上的大棒，这人正是“万人嫌”。

…………

只见“万人嫌”拾起大棒，照着吴四爷的头就是一棒，吴四爷痛得大叫一声，一股鲜血从后脑勺流向后耳根，又从耳根流到脖子里。吴四爷猛一使劲，几乎挣脱两个按押他的人：

“士可杀不可辱！”

“嚯，你还来劲了。”“万人嫌”上去就是一脚，“当年就是你，让我们说自己是小偷，让小鬼子狠揍了我们一顿。”

吴四爷一听，更加恼怒了：“‘万人嫌’，你还讲理吗？若是不说是小偷，鬼……鬼子就要把你们当……当八路办！那是要砍头的……”

“万人嫌”一副嬉皮笑脸的样子：“砍头，谁说的？我这头不在这里吗？就小鬼子那样的，我一人砍他10个。哈哈……”

台下有人嘻嘻地笑了起来，但也有人在骂“万人嫌”，更多的是沉默。

吴四爷急了，他再次扭动着身子：“乡亲们，老少爷们，还有马队长马同志。”他眼巴巴地往后边的马队长看了一眼：“我对共产党是有恩的，我支持减租减息，我给八路报过信，我借给过罗政委粮食……我……”

“万人嫌”马上对着台下喊：“大家别听他瞎吹，罗政委是大干部，连我都不认识，能啰唆他，嘻嘻……”

“我有借条在，白纸黑字！”吴四爷吼道。

“借条？在哪了？”

“在我前胸的口袋里……”不等“万人嫌”动手，“煮不烂”已抢先一步，掏出了借条。

“万人嫌”很讨厌“煮不烂”抢了自己的功，很不高兴地一把夺了过来。他根本不识字，却人五人六地瞧了起来。

“你看反了，倒……倒过来。”吴四爷提醒他说。

“反了，谁说的？”“万人嫌”觉得没了面了，“老子非这么看不可……”

吴四爷再次愤怒了：“‘万人嫌’，你真给咱吴村镇丢人……”

“好啊，你敢骂我？叫你骂，叫你骂……”嚓、嚓、嚓，竟把那纸条撕了，“你说有借条，谁见着？嗯，谁见着？……”

台下一片嘘声。

吴四爷一看，大叫一声，吐了一口鲜血，一头栽倒在了地上。

“好啊，大地主装死了，揍啊……”“万人嫌”带头上去就是一脚，几个小痞子一拥而上，将吴四爷打昏了过去。

当晚，马队长亲自写就的土改工作报告就递了上去。上写：吴村镇的群众已发动起来了，只要让农民兄弟得到实惠，群众就会义无反顾地跟着我们干革命。地主分子的鲜血只能进一步擦亮农民兄弟的眼睛。革命，是没有不流血的。一个吴村镇有几万人，死上三四个阶级敌人又算得了什么。

第52章 谶语既出难收回

什么事情都是赶巧了，家里闹土改那阵，我姥姥正好不在家，要不然，她是不会让我姥爷打人的。

那阵子，我姥姥正在矿上帮着我二姨照看盼盼，说是照看盼盼，其实是照看三个孩子，另两个就是没爹娘的大发和我小舅，小舅再大，也是个孩子，而且这几天里又在跟学校闹别扭……

那时，矿上的工作也够忙的。矿上也解放了，正实行军管，军代表提了以下口号：半月定出煤，支援大前线，有煤就有电，打倒蒋光蛋……

标语就挂在井口上边，字很大，站在洋街的三星酒楼上都能看得见。军令如山倒，这下就忙坏了我二姨夫。“戴罪立功”的他有时在井下两天两夜都不上来。最后，吐的痰都是浓黑浓黑的，里面全是细煤末。时间一长，没有不得矽肺病的。

矿上的家属也被动员了起来，为井下矿工烧火做饭，我二姨分在了“煎饼组”，专门负责烙煎饼。这样，实际照看家的工作就落在了我姥姥一人的身上。

至于我小舅的事，说起来真的不怪他。但是却让我姥姥担心。事情的起因是奖学金的事。原来，上学期我小舅又得了个全校第七名，按规定理应拿到奖学金15块大洋。当时的国民政府规定，学生或家长可凭优秀证书在下学期开学后，到县府教育股领取这笔钱。这样做的目的是为了防止教育部门及学校的官员腐败贪污。

待到新学期开始时，国民党完蛋了。但新政权的教育部门又不认账。这笔钱就没了着落。当时，我小舅才十三四岁，还是个孩子，就抹着一脸的眼泪，跟学校军管组组长要。那军管组长是个文盲，原来是部队的一个小排长，打西集时负了伤，就留在了学校。组长也会说话，竟说：“你去南京找蒋介石要吧……”

我小舅也认真，说：

“那你给我盘缠（路费）……”

其结果可想而知，盘缠没有，奖学金也没有。我小舅一生气，就闹着不想上了，要回家种地。

…………

如果不是为大发熬粥的花生米没了，我姥姥兴许还回不了老家，在洋街上买，她嫌不新鲜，于是就带着大发回来拿新花生。结果一回家，就听说了我姥爷棒打吴四爷的事。

我姥姥当场就给了我姥爷一脚，这大概是有生以来最重的一脚：

“你脑子让驴踢了？吴四爷是咱们的再生父母呀。”

我姥爷吭也没敢吭："你是……是不知道，那会人就像中了邪，满耳朵里是革命革命，满脑子里分地分地，不光我，都那样，台上台下都疯了……"

"告你说，要遭……遭报应的！"我姥姥不知说什么好了。

不料一语中谶，我们家真的遭了报应：我那漂亮可爱的盼盼表姐很快就死了……这是后话。

我姥姥左思右想，觉得实在对不住吴四爷，当下便决定，给吴四爷烙几个菜煎饼送去。礼轻仁义重，算是给他老人家道歉了。

我姥爷知道劝不住我姥姥，只好劝她小心："别让'万人嫌'一伙看见，这几个狗日的整天带着民兵乱溜达。"

"俺不傻……"我姥姥平日里最看不上那几个小痞子。

借着夜色的掩护，我姥姥出门便拐进了小巷。她不愿走大街，大街人多。被人看见事小，看不成吴四爷事大。一路悄然无声地走着，倒也没碰到什么人。不一会，便来到了吴家大门口。往日里很是气派的吴家大门，黑乎乎、死寂寂的没有一点光亮，没有一点声响，甚至连声狗叫也没有。往日里的那盏一亮一夜的大红灯笼也不知被扔到哪里去了。

我姥姥快步一闪，贴近了大门口。"嘭——嘭——"我姥姥开始拍门。富人家的门的确气派，厚厚的，又沉又重，用手拍，里边根本听不到。惯常的做法是拍击用铜做的、瓦亮瓦亮的门环。拍了几下后，里边有人应了："谁……谁啊？"是个女人的声音，声音里充满着恐惧和不安。

"是俺，西头的大脚……"我姥姥压低了声音。

"谁……"

"是俺，西头的……"又重复了一遍。

里边的人终于听出来了，传来了一声："噢，大脚嫂子啊……"一副如释重负的口气。这时，我姥姥也听出来了，知道答话的就是吴四爷的小老婆芥菜（小名，而且很不好听）。

门开了，果然是芥菜。芥菜长得并不好看，只是年轻，给吴家生下小儿子吴玉良后，更是明日黄花。按辈分，我姥姥应称她"小婶"，但她坚决不让叫，说私下里咱是姊妹。所以，她就称我姥姥为"大脚嫂子"。

她的身世及故事，我会在写"文革"的章节时给予详细交代。一句话，绝对不像《白毛女》里描写的那样……

"俺来看看四爷……"我姥姥急忙说。

芥菜显然很激动："哎呀呀，这么黑的天……"

"四爷他没睡吧？"我姥姥想着当面赔罪。

芥菜回头看了看，说："咦？刚才屋里还亮着灯，怎么这会……唉，让打得浑身是血……"

我姥姥当时想，那就是睡了。这么大年纪的人了，经不起呀……这时，我姥姥又怕被别人看见，就将菜煎饼留下匆匆回来了。

万万没想到的是，姥姥深夜探望竟造成了一个天大的误会，这个误会直接送了吴四爷的命！

…………

第二天，我姥姥就抱上大发，带了些新鲜花生米回了枣庄，因为她还挂念盼盼呢。我二姨夫及二姨都在为恢复生产积极拼命，盼盼没人照顾也不行呢。还有则是挂念我小舅，挂念他真的不去上学了。

我姥姥紧赶慢赶，刚走近那片老宿舍，就见很多人围在一家门口哭，哭得惊天动地。再一看，咦？这不是俺盼盼家吗？哭什么呢？出事了。

这时，人群中的一个大娘首先看到了我姥姥，急急忙忙踮着小脚赶了过来：

“快点吧，大妹子，你槐花家出事啦！”

“啊，出什么事了？”我姥姥只感到浑身一阵发凉。

“你……”那大娘欲言又止，“你还是自己……己去看看吧。”

我姥姥更急了，有点埋怨地说：“瞧你老嫂子，还有什么不可说的？真是……”

“是……是你家盼盼……死……死啦。”

“什么？”我姥姥一惊，那个晕病又犯了，眼看就要跌倒，这时，大伙纷纷上前扶住了她，并顺便将她怀中的大发抱了过来。大发让吓得哇哇大哭。

一步两踉跄，众人扶着我姥姥来到了我二姨家的门口，小院里人更多，我二姨正抱着死去的盼盼蹲在门口哭，我二姨夫两眼是泪，一声不吭，在那里吸闷烟。周围的人，除了哭，就是劝。

见我姥姥来了，我二姨嚎了一声便扑了过来：“俺娘来……”便昏了过去。

我姥姥顺势往前，接过了二姨怀中的小盼盼，我的那个可怜的小表姐正安详地躺在一个新褥子里，仍然扎着个小独辫，额前的刘海整齐又好看，乌黑的头发油亮油亮，双目微闭，长长的睫毛正好掩映着双眼，尤其是圆圆的脸蛋，呈一种鲜亮的红晕。有经验的人都知道，这是煤气中毒死亡的明显特征。

不错，我的小表姐正是死于煤气中毒。那时，矿上的取暖多是用煤烧炉子，不小心，烟道一堵就容易煤气中毒。那天，正好轮到我二姨夫在井下“打歼灭战”，我二姨也奉命“加班生产”，到了下半夜，大风把烟囱刮掉了，一倒风，出事了。幸运的是，我小舅住外间，没事，可他一大早爬起来就上学去了（还好，毕竟没再闹下去）。等我二姨加完班回来，一看盼盼还睡着呢，心想不好，伸手一摸，人都快凉了……

“报应啊，报应……”那几天里，家里就像塌了天。我姥姥呢，还不能老是哭，她还得充当劝慰的角色，劝慰我二姨和我二姨夫。要不然，全家都哭，那何时是个完？

“槐花呀，别再哭了……哭也没用，你俩还年轻，再要就是，生个女的哩，说明盼盼又回来了；生个男的哩，算是老天的补偿……”那时，劝人都这么劝。

不久，正好是1949年10月1日新中国成立那天，我二姨又为我生下了一个小表哥，取名“国庆”。我们几乎是一块长大的，感情很好。国庆哥打小爱读书，爱动脑子，喜欢思考问题。但在“文化大革命”中，却给我姥姥添了不少麻烦……

…………

祸不单行。

这边小盼盼的事还没完，我姥爷又急匆匆地赶来了。这次他是单身来的，为的是走得快些，往常他“走二闺女家”，总是推上一车山货，好在洋街上卖个好价钱，但这回，他顾不上了：

“你快回去吧，吴四爷死了，上吊死了……”

“啊，怎么回事？”

“唉，造业（孽）呀。”枣庄人好把“造孽”说成“造业”，至今如此。

“你不是去送菜煎饼吗？吴四爷就以为是贫农团的去抓他，老人家就……”

那晚，吴四爷正一人躺在后屋里治伤，给他贴膏药的是跟随吴家多年的一个马夫，平时会治点跌打碰撞。刚贴完背上的，传来了敲门声。吴四爷就说，肯定是“万人嫌”那帮刀砍的，不行，我不能让他们糟蹋，那样有辱吴家脸面，与其让他们揍死，不如我自己上吊！

马夫就安慰他，不会的，这么晚了，他们不会来。但是，正常人是无法理解受了极度惊吓的人的心理的！否则，就没有“杯弓蛇影”这类的典故了。吴四爷反而更加认真了，说，不对，这么晚了，不是他们又是谁，你快去看看……

马夫一出门，吴四爷就把门闩上了，自己上了吊，那上吊绳是早就准备好的，而且打的是死结。

等马夫哼着小曲拿着我姥姥的菜煎饼回来，却怎么也推不开门了，知道大事不好，赶忙喊来人踹门，因为当时的环境不允许你大声喊，等家里人七手八脚踹开门，人已经不行了……

我姥爷专程来请我姥姥不为别的，就是为的请我姥姥回去，给吴四爷做双寿鞋。这一点我在前边已经交代了。

为了弥补自己的愧疚，这双寿鞋我姥姥做得特别好。自那以后，姥姥总唠叨：是我害死了吴四爷，是我害死了吴四爷……别人总是劝说：这不怪你，怎么怪你呢？真的不怪你……

第53章 小舅当了志愿军“书记”

天下没有免费的午餐。吃了的，总要有所表示。

1950年6月，朝鲜战争爆发。当然，现在我们已经知道了战争的起因。苏联解体后，很多资料就公开了。但在当年，可不是这么说的。

那时的宣传是这样讲的：万恶的美帝国主义吃饱了没事干，悍然发动了对朝鲜的侵略战争，他们侵略朝鲜不是目的，朝鲜只是他们的跳板，他们的罪恶目的是要侵略刚刚成立的新中国，然后杀人放火、抢夺财物、强奸妇女，还要吃小孩的心和肝。当然，还要把你的地夺回去。我们同朝鲜是亲密邻邦，是肝胆相照，唇亡齿寒，怎么办？打过去，支援朝鲜，赶走美帝……

“刘老模范，你家得出一个丁，你得带头，因为你家的地最好。”动员参军的会上，大伙七嘴八舌地鼓动我姥爷。

“俺……俺家……”我姥爷支支吾吾，没有明确表态。

“怎么了？当缩头乌龟？分地的时候你可是最积极。”

“你是老模范了，这回也得带头。”

“可俺……”我姥爷眼也不看大伙，“可俺明怀是……是个独子呀。”

有人说：“没说独子不能当兵呀。”

“是呀，老模范不能耍滑头呀。”

显然，大伙都在将我姥爷的军。这时带兵的一个团长讲话了。说，广大农民兄弟一定要认清当前的国际形势，万恶的美帝一旦打了过来，我们眼前的好日子就……所以参军就是保家卫国，参军就会无上光荣。一人参军，全家光荣！光荣！光荣！

“这位老同志，听说你儿子有文化，这很好，部队里就缺有文化的人。我保他一旦参军就在团里当书记。”团长笑眯眯地对我姥爷说，也是对大伙说。

“嘘——当团书记，厉害。”

“书记官大呀！县委书记就比县长大。”

大伙一阵嘁嘁喳喳。话语里流露出羡慕的口气。

这时，会已经开到夜里了，人们大都被熬得不行了。当时的情况就是这样，刚刚过上了几天好日子的广大农民，一个个全都沉浸在“三十亩地一头牛，老婆孩子热炕头”的美梦里，小农思想严重着哩，你让他去前线打仗流血，几乎个个都憷头。但上级下达的参军指标又得完成，怎么办？就采取这种“熬夜动员会”的办法，一直把你熬得撑不住了为止。

还有的村更邪乎，拼命地烧炕，一直把人烧得坐不住了，只要你一站起来想挪挪腚，村干部马上就写下你的名字：“好，×××光荣参军……”

还有的则是许诺可以娶全村最漂亮的姑娘，只要你同意参军，村里的大姑娘尽你挑，挑谁是谁，马上拜天地入洞房，第二天挂着大红花到县里集合！

“团长同志，你……你说话算数？”我姥爷十分认真地盯着那个团长。

“当然算数，这点小事……”

“那得当……当多长时间呀？”

“半年一年的吧，美帝是纸老虎，打倒他们，很轻松的事，没看蒋介石都让我们打到台湾去了吗？哈哈。”

“打倒了美帝就能回来？”我姥爷还是不放心。要知道，他为我小舅娶媳妇的房子都盖了一半了。这几年人心安定，风调雨顺，小日子才要有点起色。

“肯定回来，这叫复员。回来还有复员费哩。”

“还有复员费?”

“可不呗，至少3石小麦。”

“啊，这么多啊。”既然这样，还有什么可说的，我姥爷打了几个哈欠首先表态，“那好吧，我送我家明怀去打美帝。哎，对了，是叫美帝吧？”

团长说：“是的，是叫美帝，万恶的美帝国主义！”然后咬咬牙。

我姥爷一表态，又有几个人表了态。总算完成了任务的一半。这时，头遍鸡叫声已经传来，村干部只好宣布散会。

后来的几个名额就更有趣了：村里把几个年轻的小痞子送去当了兵。当地人称为“吃粮”。为什么让他们去呢？主要是丢包袱，因为这些人留在家里始终是个祸害，一天到晚不是偷鸡摸狗就是趴寡妇的墙头，搞得四邻八舍鸡犬不宁。不错，土改是分给了他们地，但是没几天就让他们卖了。就像“万人嫌”和“煮不烂”这些玩意，不但卖了地，还卖了分给他们的女人（吴四爷家的丫环）。狗，真的是改不了吃屎。

…………

当年我小舅入伍时的“成分”是这样的，感兴趣的朋友可以记一下：贫农，地十一亩（指那片贡米地），驴一头，牛三分之一头，三分之一头？对，因为和另外两家合用一头。

志愿军军服很快发下来了，是土黄色的棉布，放现在是真正的纯棉布，据说是上海的工人阶级为打倒美帝加班加点搞出来的。

发军装的时候说：几天后就统一到峄县城里集合。

这样，我姥爷就带着我小舅到矿上跟我二姨他们告别。这时的我爸和我妈已经结婚了。这位新四军营长在打完淮海战役后就坚决要求转业。他的老团长就跟他急，说，你放着江山不要要美人。因有消息说，他当副团长的命令马上就下来。但我爸坚决不干，说，你不是要支援地方建设吗？我来支援还不行吗？这叫做既要江山也要美人。团长无奈，只好同意他转业。

刚转业，他就同我母亲结了婚。那时，我母亲仍在矿医院工作，我爸则在矿通风二区任区长。当然就资格而言，他是比较老的。矿上资格最老的，是铁道游击队转下来的几个干部。

我母亲常常回忆说，同我爸爸的结合谈不上爱，也说不上不爱。反正是我爸追得紧，再加上人也确实不错，也就那么回事了。同时，她也常常感叹，酒井孝直一走，才感到了他的真诚和可爱，但是，一切晚矣。这就叫命中无缘吧。至于我爸对我妈，那真是没说的，爱得不知如何爱才好。

我姥爷领着我小舅先来到我们家。我爸一听说小舅是什么团里的“书记”，尤其是老百姓所理解的书记，差点没把肠子笑出来：

“那不是什么官，只是个耍笔杆的小兵，全名叫书记员……”

“啊？”我姥爷当时脸就长了。

我小舅倒没什么：“我就喜欢写文章，挺好……”

看我姥爷一脸的铁青，我爸就开始开导他：“不过，书记员是个不错的兵，不用上前线，离着子弹远。”

“死不了吧？”我姥爷又问。

“一般在团部问题不大，只要团长、政委在，就能囫囵着下来。”事实证明我爸的经验是错误的，在朝鲜战场上，由于美帝牢牢掌握了制空权，别说团部，就是师部、军部甚至总司令部，照炸不误，毛泽东的大儿子毛岸英怎么光荣的？不就是飞机炸的？

最后，我姥爷总算多少放了心：“也好，比起那些直接上前线的来，强多了……”不错，同小舅一同参军的九个同志，其中七人牺牲，一人去了台湾（外号狗烦，是“煮不烂”的本家侄子），我小舅侥幸未死，作为战俘回来了，同时，也开始了苦难、屈辱的一生。

在我家吃了一顿饭，住了一晚上，第二天就去了我二姨家。那时，我爸和我妈就住在铁道北的老宿舍，矿上称“铁道北”。到我二姨家很近，过了铁道，穿过“电光楼”和北大门就到了。路过北大门的时候，我姥爷唉声叹气地说句话：

“这是你大姐走的地方，小鬼……鬼子……”

“俺想哭……”我小舅说着，泪就下来了。

爷俩好一阵难过……

这时，我姥姥正好住在我二姨家，在给他们看孩子。不错，他们又有孩子了，就是那个名叫国庆的男孩。

姥爷爷俩进家的时候，我姥姥、我二姨正在吃饭。大发已经五六岁了，正一人抢着一碗面条喝，他的模样像我牺牲的大姨，脾气更像，所以“文革”时才十分活跃。一岁左右的小国庆正安详地睡着。

姥姥、二姨急忙招呼他俩吃饭。我小舅眼尖：

“怎么没见俺姐夫，又加班？”

二姨哭丧着脸说：“加班倒好了，让矿上关起来审查了，说是为了配合抗美援朝运动，审查什么日伪时期的表现……”

“这肯定是矿上出煤了，生产正常了，又该整人了。”我姥爷一点也不憨。

我姥姥堵了他一句：“行了，少说两句吧，说了有什么用？”

这时，我二姨的眼泪都出来了。大伙见状，便不再言语了，各自闷头吃饭。我二姨给我姥爷和我小舅拿出了一瓶“十里泉香”，爷俩管自喝了起来。平时，我姥爷和我小舅是不大喝酒的。

说到二姨夫再次被审查的事，全家人都有气，放谁身上都会有气。自矿上解放后，二姨夫曾经被抓了几天，但不久就放出来了，据说是陈老总发了话才放的。陈老总话的大意是，这样的技术人员要留住脑袋，让他为我们服务。所以，一出来就抓起了恢复生产，以至于把盼盼的命都搭上了……

一口酒下肚，小舅的话气壮了起来：“不是说一人当兵，全家光荣吗？俺如今要出国打美帝了，还不该把俺二姐夫放出来！明天我去找他们……”

当然，第二天酒一醒，他也没敢上矿上去找。

不过，二姨夫很快又被放了出来，一是因为实在查不出什么；二是三号井的一个老峒子透了，发了大水，别人都没咒念，只好又请我二姨夫出马。

第54章　被杀的老黄牛用力一顶

照理说，分了地，老百姓的日子该好过些了。其实不然。老百姓过得咋样，从我姥爷身上就可看出来。

老头子学会喝酒了。

记得我以前说过吧，我姥爷不喝酒。但近几年不行了，喝上了。喝点酒就发牢骚，就骂大街。

在我姥姥的记忆中，从分了地以后，就没让老百姓踏踏实实地伺弄过，总是一会一个运动，1950年7月，开始镇压反革命，这回吴村镇死得更多，一气被镇压了23人。大家还记得那批在抗战时被我姥姥“走后门”救出的国民党鲁南游击总部的连级干部吧，这帮人就是在这次运动中被敲了脑壳的，尽管他们打鬼子时都立过战功。接着，10月里，掀起抗美援朝；1952年2月，开始整党整风；当年12月，是“三反五反”，1953年1月，大概是觉得“三反五反”不彻底，又搞了新三反；1953年10月，粮食统购统销；1954年2月，共产党上层高官高岗、饶漱石想造反，被立马拿下；1955年10月，审干肃反；1955年10月，农业合作化掀起高潮；1955年11月，对资本主义工商业，也就是对私营业主改造；1956年1月，又开始整党整风；1957年4月，整风反右，一气打下50万“右派分子”；1958年5月，开始搞三面红旗，即总路线、大跃进、人民公社化；1958年8月，开始大炼钢铁……有点越扯越远了。那好吧，拣点与我们家有关的，包括要了我姥爷老命的运动说一说。

最让我姥爷心烦的是以马书记为首的一帮小镇政府官员。马书记就是原来的土改工作队长，因吴村镇的土改死的人多，搞得彻底，他就留在镇上当了书记。他一上任就干了件缺德事，他“分了”吴四爷家最年轻、最漂亮的丫环小红当通信员，几乎日夜不离。不久，小红的肚子就大了。偶尔，喝多了，他也说要娶小红。但不久，人们才知道，他在老家胶南有个老婆，都两个孩子啦。小红得知后，跳了龙泉河死了。

而小红一死，马书记就来了个一推六五二，说不是他干的，我信马克思主义，怎能干那流氓事？谁说是我的事？拿出证据来，没有证据就是污蔑领导干部，就是反党反新政权，说不定小红是被阶级敌人强奸了……就这样，这事后来不了了之。

“缺德，丧良心，连吴四爷都不如……”我姥爷借着酒劲，常常骂街。他说的不如吴四爷是指吴四爷只要上了丫环，都是要纳为妾的，而且明媒正娶，请镇上的人喝酒。

“没良心，没良心啊……”当然，更让他烦的是镇政府及一些部门、干部的行为，干吗？刮老百姓的油水。那时的银行、贸易、合作社、邮政所、新华书店等涉农系统，都以“发展业务”为幌子，强迫农民“认购”和“乐捐”。老百姓对此意见很大，说乡村干部成了“卖画的、卖邮票的、卖茶叶的、卖粉条的、卖税票的”。还有，则是各种各样的税赋太多太杂太重。比如讲，“国家公粮”（即农业税。谢天谢地，公元2007年终于全部取消了）、地方附加、抗美援朝捐献和乡村摊派四项税费全计，就已占到农民常年粮食产量的21.53%！

注意，这可不是我姥爷骂大街骂出来的，他可没这水平。这是同时代的一位负责农业的干部廖鲁言，在向党中央毛主席报告的《关于乡村财政、农民负担、乡村小学教育及乡政工作的情况和意见》中反映的！中央为此还表扬了他，说他敢于说真话。由此可见当年老百姓的真实生活水平！

“没良心，没良心啊……”越是逢集，我姥爷越发牢骚，“还不如吴四爷哩，以前我……我每年交租，四爷……都要请我喝酒……”

“老模范，要注意影响……您还是军属哩。”马书记常常来劝，别人不敢。

“我……是模范我怕谁？我又没把人家大闺女肚子搞大！”

一听这话，马书记抹抹油亮的头发走了。

有时，马书记急了就派民兵连长“万人嫌”带人抓他。我姥爷就会把上衣一扒，露出光膀子：

“哼……谁敢来，我掐淌他的蛋黄子。老子打淮海的时候一人扛门炮……”

话音未落，他就可以把“万人嫌”手中的那杆没有子弹的三八大盖抓过来，一下扔出去好远。

于是，围观的老百姓就大声叫好。

其实，我姥爷顶多是发发牢骚，比起外地的一些乡村的农民兄弟集体上访，甚至冲击乡、县政府来，要文明得多了。

说起我姥爷的变化，我姥姥常常是愧疚自己经常不在家的缘故。但这又有什么办法呢？二姨及二姨夫忙，大发和国庆都需要照顾，她只有两头跑。

但成年以后的我，不这么认为。我认为导致我姥爷喝闷酒发牢骚的，还是当年特定的政治形势。

…………

这一特定的政治形势，就是波澜壮阔的农业合作化运动。

全国性的农业合作社运动是1955年搞起来的。但这以前就搞过一些前奏，如查地定产、公粮征购、互助组、合作社、初级社、高级社。鲁南也算老解放区，所有的这些运动几乎都走在前列，名曰：“充当社会主义的试验品”。合作化运动说白了，就是把土地再收回去！

“什么？再收回去？这不是胡稀汤（即胡闹的意思）吧……”在镇政府门口，我姥爷截住了马书记。

“这是上级的政策，怎么是开玩笑？”马书记刚刚从二楼的办公室下来。如今的镇政府已经盖了一座二层的小楼，老百姓称为“小洋楼”，据说这笔钱原本是盖小学的。

“这上级是怎么想的啦……”我姥爷几乎哭了起来，“怎么说分就分，说收就收呢？”

马书记耐心地说，收地是为了走合作化道路，奔社会主义的康庄大道，单干是资本主义行为，要坚决取消。马书记越说越来劲：

“社会主义好啊，那是康庄大道，没有剥削，没有压迫，没有不平等。干部群众一个样，上上下下很和谐。一块吃，一块睡，就跟一家人一样。”

我姥爷摇摇头道：“别给我说这些，这套大道理我不懂，我只知道，这地是咱庄户人家的命根子。我打心眼里不想给，俺有地契（土地证）。”

马书记笑眯眯地说：“吴仁德不是也有地契吗，不是照样一把火烧了……”

“这……俺想不通。”

“别人想不通可以，你不能想不通。”马书记有点不高兴了，“上级还想让你担任合作化积极分子小组组长呢……”

我姥爷马上说：“俺不想当，你让别人干吧。”说完就走了。

“打仗你能当，合作化你就不想当了，那不行。”马书记当然不愿意，冲着他的脊梁骨吼道。

上级要收地的事很快传开了。老百姓们纷纷惊慌起来。他们开始砍伐刚刚栽下的小树，开始宰杀家里的牲口。有的甚至连家里的鸡也杀了吃了。就连往地里上粪的工作也停了，有的人家的茅房里粪便堆积如山。更有甚者，以极低的价格把地变相地卖给了别人，自己跑进城干了小买卖。或许是中国农民的思想觉悟太低，或许是上级奔向共产主义的步子太快，反正合作化运动是对中国农村生产力的又一次大破坏。

“想不通……”

“想不通……”

那些天里，我姥爷像疯了似的，在那块贡米地里嘤嘤直哭，他一会亲亲地上的土，一会亲亲地里的苗（那时的工农差别已经显现，以老围子为界线，围子外的种地户成了农民，称吴村；围子里的小商小贩成了“村镇户口”，称吴村镇，1958年正式分为户口二元制，取消二元制则是2006年的事情啦）。

“老模范疯了。”

“老模范心疼死了。”

“唉，老实人认死理啊……”

村里的人议论纷纷，表现出少有的同情。

必须承认，这与我姥爷经常一人在家生活有一定关系，假如家里有姥姥，再假如我小舅不去参军打美帝，我姥爷或许不至如此。但是，我姥姥常年在矿上照顾我二姨，照顾两个孩子却是不得已的事。也许有人会说，何不也把你姥爷接到矿上算了？告诉你，不是没接，是他不愿来。他早就说过，他离不开故土，离不开家里的几亩地。他愿留在家里种地喂猪养鸡，他觉得这样活着自在。你若接他来住两天，他不几天就烦了，一会嫌空气里有矸石山烧过的“臭鸡蛋”味（硫磺味），一会嫌水管里的水不如井水好喝，一会嫌二姨家的床太软睡不着。总之，要找借口回去。

工作队开始强行收地了，从西往东收，将过去的地界桩拔掉，插上红旗，这就意味着合作化了，共产主义也将来临……

姥爷到底还是当上了小组长，是马书记在大会上亲自宣布的。胳膊总是拧不过大腿的。这小组长的任务就是拿着根绳子量地，跟在马书记后边插红旗。

这天正忙着，突然村头一阵忙乱。几个孩子跑来说，西头老李家要杀那头老黄牛。我姥爷一听急了，吼道：

“那头老牛不能杀。”说完拔腿就向村里冲去。

我姥爷说的这头老黄牛是吴四爷家的宝贝，是头身个健硕、皮毛油亮的犍牛，人见人爱。吴四爷经常把它放到大门口，由大伙无偿使用。村里人都对它有感情。我姥爷平日里最疼它，经常是喂完草料后再塞把黄豆粒给它。老黄牛通人性，也最听我姥爷的话。土改那年，因老李家最穷，就分给了他们家。

等我姥爷赶到时已经晚了，老李家已经下了刀。老李家也是心疼这牛，手一抖，刀偏了。那头绝望中的牛一下挣开了捆绑它的绳子狂奔起来。别人吓得四处逃散，我姥爷却迎头而上：“哎呀呀，我的宝贝啊……”动物毕竟是动物，它是不懂人的感情的，何况又挨了一刀。那牛大吼一声朝着我姥爷顶来，一下把我姥爷顶了个仰八叉。最要命的是它顶了我姥爷的肝脏部位，那血像发了水的龙泉河一样流了出来。一会儿的工夫，我姥爷就开始翻白眼了：

“俺快不行了，快快……把俺抬到……俺的贡米地里……去，俺……俺死也要死在那块地里，快快……”

这次马书记倒很通情达理，马上让人把我姥爷往那块地里抬。抬过去不大一会，我姥爷就不行了，他努力地翻过身，颤抖着手抓起一把土塞到了嘴里：

“俺的地，俺的地，俺家的地……”说了没几句，人就走了。

第55章　比人高的大炸弹没爆炸

在我姥爷过世的日子里，我小舅正在朝鲜战场上同万恶的美帝浴血奋战，以防止他们打过来收地。

“浴血”这词太棒了。志愿军真的就是浴血，因为双方的武器装备十分悬殊。志愿军的伤亡实在太大。

“……美国鬼子的飞机真厉害啊，黑压压一片，你分不清有多少架。没白没黑地炸，炸完以后，漫山遍野都是尸体……那个惨啊。”

小舅的大脑虽然受过刺激，但在清醒的时候，他的思维还是很正常的。

如果说，我长大后与二姨夫的交谈是因他博学多识，很有思想，那么与小舅的闲聊则是出于怜悯和同情了。这个可怜的战俘一辈子受尽了屈辱和苦难，四十多了还打光棍。

“我是真命大呀……”小舅开始他讲了无数遍的故事，而我则每每表现得像第一次听那样新鲜，“一颗大炸弹正好落在我身后两米的地方，那炸弹一人多高，一楼多粗。当时，我就吓坏了，心想，这回是彻底完了，我就是块大碾盘也得碎成几块……不知过了多长时间，我就觉得地表面那么烫，比家里的土炕热多了，迷迷糊糊中，我听到我们新上任的团长在喊我的名字，睁眼一看，俺的个娘啊，我身后的那颗炸弹没炸，带翅翅的铁屁股露出一大截，它落地后撞击地面产生的热能把我给烫醒了！”

“怎么样，我大难不死必有后福吧？”小舅指的后福是他回乡后，村里为了照顾他，让他干了饲养员，专门喂猪，怎么着还有我姥姥的面子吧。

小舅说，一开始我们打得还行，仗着人多，傻美帝又不摸情况，嘁哩喀嚓，打了它几家伙，但后来他们摸清我们的老底了，知道了我们是李逵上阵三板斧，便有意地后撤，耗过七八天，对了，他们称之为“七天攻势”。等我们的弹药、粮食一消耗完，他们马上就是一个大反攻，我们吃亏吃大了。

“我们团被彻底打残是1951年12月的那次，我们用5万人对付他们4000人，结果……唉……我们的主攻部队可是有名的旋风部队，司令员是韩先楚，1955年授了个上将，你知道吧？”

我说：“我不知道……”其实，我最感兴趣的就是中国现代史。我当然知道林彪的虎将之一韩先楚，但是我只能说不知道，你说不知道他才讲得更上劲。

“还是中学生？连这个也不知道……”接着他就会再讲下去：那场仗具体指挥的是第119师师长徐国夫。我们硬是攻了13、14、15三天两夜，结果还是败下阵来。敌人的武器太好了，全是轻重机枪，有的甚至是高射机枪打平射。这种子弹太血虎，一颗就可以把大腿齐刷刷地切断！这场仗下来，参加攻击的八个团伤亡5000余人。仅第40军参加攻击的三个团就伤亡1830人，359团3营的官兵几乎全部阵亡。营长牛振厚在撤退时怎么也不肯离开遍布他的士兵尸体的阵地，最后硬被拖了下来。357团团长孟灼华在向上级汇报士兵伤亡时，因痛苦万分而泣不成声。

战斗的结果是，志愿军4个主力师全被打残，伤亡超过15000人，而美军伤亡才200人。战斗后期，我们已无力再战，只好匆忙后撤，连战友的尸体也顾不上掩埋了。据美军统计，志愿军没来得及带走或掩埋的战场遗尸就有4000多具。

“告诉你，我可不是吹牛啊！别忘了，我是团里的书记，所有的机密战报都要经过我的手。”每当这时，是小舅最骄傲的时刻，“我们团长政委看不到的我都能看得到哩。因为我常去师部军部开会，那些机要员全是些有点文化的人，我们到了一块就瞎扯，相互传看些机密文件……”

老实说，在当时，听到这些真实的情况如同在听天方夜谭，除了震惊就是不相信：我们的历史会是这样的吗？

多年后，很多“韩战档案”解冻，我才知道，我小舅当年说的完全属实。出于对小舅的尊重，我专门查了有关这次战役的敌方资料：此次战役被联合国军司令李奇微乐颠颠地称为“屠夫行动”。而他手下的一个士兵写的回忆录更是让人不寒而栗：

“当夜幕降临，四周响起了凄厉的军号声，他们（指志愿军）从地平线满山满谷地涌出，他们一排排地像麦捆子似的被机枪火力搁倒，后面又一排排地往上冲，又被搁倒。我们的机枪狂吐着火焰，枪管打红，臂膀打酸，看着满坑满谷的尸体，我对自己说，My god!这不是战斗，这简直就是屠杀。”

为这次失败埋单的我方最高指挥员是兵团副司令员邓华。归国后被下放到四川省副省长的位置上，坐了很长时间的冷板凳。

这些资料表明：志愿军的人海战术彻底破产，让志愿军战场指挥员们明白了以往的军号一响，大部队一冲就解决战斗的战术，不再显灵。尽管志愿军高层还在不顾死活地筹划大战役，但前线的军长师长们已信心不足，不敢再像第1、第2次战役那样猛冲猛打大胆穿插，而是左顾右盼，动作迟疑，不敢与美军大部队正面强攻，结果第4、第5次战役均告失败，伤亡惨重，被美军打回了三八线以北。真正的战斗从1951年10月就结束了，后来志愿军总算找到了对付美军的办法，那就是利用朝鲜北部的山地形势，撅屁股挖坑道死守，让美军来耗力仰攻，反正我不怕人员伤亡，有的是人，你美军就耗不起。但志愿军再也无力进攻。“把美帝赶下海，三千里江山一片红”也就成了一句空话，直到耗到停战。

…………

“咱的后勤供应不行，火车开始还行，以后就炸得没影了。汽车也不管用。根本运不上去，反正是配属给我们团的汽车兵换了好几茬，一茬一茬的全炸光了。我们缴获的一份南朝鲜军的资料说，美方是十三个后勤兵供应一个前线士兵，我们是一个后勤兵供应8个前线士兵，你说这差距吧。那些日子里，打的、用的、吃的、喝的，全靠人往上扛。说志愿军吃炒面一点不假，我倒是想吃罐头哩，可吃不上啊。最后，战士们大都得了雪盲症，朝鲜雪大啊，下起来没完，漫山遍野全是雪。没办法，为了治雪盲症，只好熬松叶汤喝，那个苦啊，比黄连还苦……”

“其实，盲症还好说，最主要的是下完雪后那个冷啊，能把活人冻成冰棍。有的时候，一个整连的人就活活冻死了，就趴在阵地上一动不动，敌人冲上来了，也没动静，一看，全冻完了。那时候，汽缸被冻裂，电台被冻哑，枪栓被冻住是常有的事。我现在的冻脚就是那时落下的。”小舅的一双脚一到冬天就冻，任怎么治也治不好，就连我姥姥也干瞪眼。

小舅说的全是课文里没有的东西，让我们听来十分新鲜。我们就会缠着小舅讲个没完。

“美国军的伙食好哇，全是罐头、压缩饼干，吃都吃不完，知道我们攻下对方的阵地先干什么吗？先找吃的，再就是找美国女明星的半光腚照片，美国女人的大妈妈（指乳房）真大呀，像半个皮球，差不多每个美国大兵都揣着好多。嘻嘻……”真像某位大作家所说，光棍拉起女人来更带劲。

“美国兵傻啊。”一说到这个话题，小舅就特别得意，说，他们为了抢回一具战友的尸体，有时要搭上好几个同伴的性命。咱们志愿军摸透了他们这一套，就专门把他们的伤员或尸体放在显眼的地方，然后专等着打冷枪，你说那个过瘾呀……哈哈……小舅开心的时候最难看，也最可怜。因为他满嘴的牙在40多岁时就几乎掉光了，吃点饭都特别困难。

“咱们志愿军个个都很勇敢吧？”我给他讲课文上的《黄继光》。

“用胸膛堵枪眼？”小舅诡秘地一笑，“胡扯吧，美国的机枪全是大口径的，别说用胸膛，你就是用大石板恐怕也……”

“那么，那些战斗英雄……”我们崇拜英雄啊。

他压低了声音说：“其实，最勇敢的是那些犯了事的战士！”

“什么事？”

“这还不懂？”小舅朝我们哼了一声，“男女关系呗。”那个时代，男女关系错误可是最丢人的事。

一说男女的事，小舅又来了情绪：“朝鲜可怜啊，男的都打光了。女的成灾，你看吧，只要进了村，满眼都是‘识字班’（意指妇女，鲁南解放区对妇女的统称）那些大姑娘小媳妇的，整天围着你叽叽喳喳，不是帮助做饭，就是帮着洗衣服。有事没事往你身上凑，时间长了，你是架不住的。没有男人架得住啊……只要一沾边，没二话，叭钩！……”小舅瞄了瞄自己的头。

“啊。”我们同时抱住了脑袋。

“不过后来好了，不再那个了……而是改成上前线戴罪杀敌。据说，还是金日成求的情，中朝一家嘛。”

（这一点印证了原志愿军第42军军长吴瑞林的回忆。吴于1955年被授予中将军衔。）

…………

晚年的小舅常常沾沾自喜，说自己多亏上了几年学，留在了团部，要不然10条命也完了。他这样阿Q似的安慰自己时，多半都是又遭遇了不幸时，比如讲，屡屡相亲不成。

“你在团部搞宣传吗？”小舅的毛笔字还是挺好的，敦厚、扎实，一如他的性格。

“那当然，一些宣传标语口号都是我写，什么抗美援朝，保家卫国，打倒万恶的美帝，保卫我们的土地，中苏友好万万年，中朝更是一家亲。毛主席万岁，斯大林万万岁，列宁万万万岁……”

小舅说，正因为自己在团部，才有幸当了俘虏留下了一条命……

第56章　人看其小，马看爪蹄

按现代人的说法，孩子是爸爸妈妈爱情的结晶。但也不定，有的父母并没有什么爱情，但照样生孩子，而且一个接一个。我父母就是这样的。爸爸妈妈生了我和我弟弟，但他们之间似乎就没有什么爱情。至少在我妈妈眼里，他们俩并没有什么浪漫可言。

“不过，我比你陈阿姨强多了，更比赵阿姨强，她们那才叫倒霉，倒一辈子霉，唉，那个年代呀……”一说到她们这代人的爱情婚姻，妈妈就感慨万千。

那个年代的爱情很简单，叫“组织分配”，你只有同意的份，不能表示反对，那个阵势叫乱点鸳鸯谱是一点也不过分。

一排排的女兵会突然被叫出来集合，站在那里等着什么。不一会儿，一些老头子首长或战斗英雄走了过来，他们一个个几乎年过花甲，战争给他们留下了永远也抹不去的创伤，有的瞎了眼，有的瘸着腿，有的没了胳膊，有的干脆坐着轮椅。

然后，这些人开始挑选了：

“哎，那个高个，就是你了……”

“哎，那个长得白净的……”

“哎，那个扎小羊角辫的……”

年轻的女兵们被挑了出来，一个个就成了老首长、老英雄的媳妇。三天之内必须成亲，否则开除党籍或军籍……

一说到这些往事，我妈妈就流泪：“唉，好在你爸还年轻，身体也健康，当然，他下手下得早，再晚一步，你的爸爸该又是别人了。”我妈妈20世纪80年代末死于胃癌，在济南住院期间，她常常和我谈往事。

“这么说，你还是挺爱爸爸的……”作为长子，我只好这么说。

“不能说挺爱，只能说有一点。他脾气太瞎，办事太认死理。光他那个晚上睡觉不洗脚我都受不了。”

我爸从小没有睡前洗脚的习惯。为什么？因为他那老家全是水田，白天泡上一天，晚上当然不用洗。

我只好劝她：“都是过去的事了，算了，再说我爸也是好人……”

我妈妈就说：“正因为他太好，所以不会有好下场。”话语里流露出几分痛惜。我的老爸死于老家的一次“飞来横祸”。真真正正的飞来横祸！

是的，正当他仕途得意的时候，他回去了老家。1959年大跃进的时候回去的。属“自动辞职”……那个时候，我已经记事了。

…………

当然，在我的记忆中，给我印象最深的还是我的两个表哥：大发和国庆。因为我们基本属于同代人。

在我的印象中，大发哥一天到晚能得要命，一天到晚就是我是烈士子弟，我要为牺牲的母亲争光。注意，“文革”以前，没人提他父亲当叛徒的事。中国人嘛，谁也不愿哪壶不开提哪壶……只是到了“文革”，才因造反派要揪王强而带出了我大姨夫的事……

肯定是因为他没了爹妈的缘故，我姥姥、我二姨、二姨夫以及我妈、我爸都格外疼他，有什么好吃的都是先让着他。穿衣更是如此，我们小时候的穿衣顺序是：大发哥穿剩的，修修补补，留给国庆，国庆哥穿剩下的，再修修补补留给我。

我们表兄弟三人从小就是同学。我上小学一年级时，大发上六年级，国庆上三年级。本来大发那年该上初中了，就因为没考好，留了一级。学校倒是想照顾烈士子弟，想让他升初中，但我姥姥坚决不同意，怕累坏了她的外甥，这样大发就留了一级。

大发在学校里就很风光，是学校少先队的大队长，胳膊上配着个三道杠。很多同学见了他都给他敬礼。学校什么活动都是他出头。比如，请铁道游击队的老英雄王强来学校讲革命故事，都是他带头呼口号，他呼的口号特别响亮，而且是标准的普通话。所以，到了“文革”时，他的这一特长发挥到了极致。

他的红领巾总是戴得十分挺拔。他有个土法来熨红领巾。把开水倒在一个缸子里，用缸底来当熨斗。所以他的红领巾“总像资本家戴的领带”。当然，这话我不敢说，是国庆说的，国庆行事和他完全不一样。

他常常在同学们面前说：“红领巾是革命烈士的鲜血染红的，所以我们一定要爱惜红领巾。因为我妈妈也是烈士……”

当然，这些大道理我都不懂，但有一件事却让我很烦他。一年级的下半学期，我想入少先队，但班级中队里没有同意，理由是我不爱劳动，因为“张大林还穿着开裆裤！”

为这事，我哭了一晚上，并立马逼着姥姥马上给我改了裤裆。

第二天，我兴冲冲闯进了大队部：

“大发哥，大发哥……”

“出去，这里没有什么大发哥，只有毛大队长。”

乖乖，给我耍官腔，好，好，算你狠。我只好跑出去大吼一声：

“报告大队长，我是一年级五班的张大林，我现在爱劳动了，也会自己系裤腰带了，我想加入少年先锋队，当一名光荣的共产主义接班人！”

“你就是张大林同学吗？”乖乖，还没完。我是你表弟。

“你听着，”毛大队长继续训话，“你要牢记少先队宗旨，好好改造思想，入队的事，不是你要考虑的，你只管认真学习和表现……”

当晚回到家里，我就夺了他的饭碗：“你算什么大哥，不帮忙不说，还训我……”

大发从小跟着我姥姥，我姥姥到哪他到哪，我姥姥来了我家，他也就跟屁虫似的来了。

我妈当然向着他，把碗给了他，还把我的碗夺了下来，说我不尊重我哥哥。但我姥姥最后和了稀泥，又把我的碗给了我。

这件事情后，他仍然没有照顾我。我到底还是到了二年级才入的队，晚当了一年的小共产主义接班人，这时，他已经上了初中了。

讨厌的是矿务局子弟中学和矿务局子弟小学紧挨着。我还是经常看到他。不过，这时，他已经不是少年队的大队长了，而是共青团的副书记，离着共产主义接班人又近了一步。

…………

我姥姥常好说：“人看其小，马看爪蹄。各人秉性，自幼表现。”国庆哥就和毛大发同志完全不一样。不一样的地方很多，尤其是在性格和行事上。

国庆哥长得高大、俊朗，按现在时髦的说法应是个典型的帅哥。他模样随了我二姨，身个随了我二姨夫。我姥姥不止一次地说他会随。以后我上了大学，还专门查过这方面的资料，知道这叫“交叉遗传”。枣庄一带的老百姓形容这种现象是“男孩随娘吃饱饭，闺女随爹有衣穿”。

国庆哥始终是笑眯眯的，就好像周围的一切都像他一样诚实、善良、友好。我小时印象最深的是他劝说矿上的马夫不要鞭打拉车的老马。那时，矿上拉煤的车还很少用汽车，从煤场往食堂和澡堂拉煤仍用马车，共两匹马，驾车的是个河南籍的老矿工。往食堂去的路上要上个坡，一到了这个坡，马车就十分吃力。老矿工就好鞭打两匹马。一天，国庆和我们几个孩子在附近玩看到了，国庆一下冲了上去：

“大爷，马够累的了，你别再打它了……”说完，就招呼我们推车。

那赶车的大爷一愣，两眼马上湿了。说：

“娃，打这大爷不再打马了，再打，让雷劈死我……”

自那以后，那位大爷再也不打马了，只打响鞭，而且死活往矿上要钱买马。不配齐三匹马，他就坚决不干。那时，矿上的福利科长正好是我爸爸。一听这事，马上批钱买了一匹马。回家后，他常常夸我国庆哥是个好孩子，说好人的第一大要素就是善良。

国庆哥小时候还干过一件令大人唏嘘的事。有一次，有位要饭的老奶奶到家里要饭，家里什么吃的也没有了。他居然拿了5元钱给了那个老奶奶。那种5元钱因此而使我印象特深：浅绿蓝色的，上边有斯大林的头像……国庆哥给完人家后，要求我们几个严格保密，不允许告诉大人。不料，大发却将这事告诉了我二姨。我二姨到底有几分心疼，就想说说国庆。但到了晚上吃饭时，事情起了戏剧性的变化。我姥姥从抽屉里拿出了一张5元钱，说，谁说国庆拿钱送人了，这钱不是在这里吗？当时，我们几个全都傻了，包括国庆在内。我姥姥还拿眼剜了一下大发哥：“大发以后少胡啰啰，看准了再说。”

最让我们骄傲的是国庆哥当年的女朋友，那叫一个漂亮，放现在绝对一个电影明星（她是当时的一位市委副书记的女儿，从小在北京长大。傲得很，但就喜欢我国庆哥）。遗憾的是红颜薄命……

…………

对于我们这几个小外孙，我姥姥通常好称我们为“贼羔子”，还说是她的“小狗小猫”。

“要是你的孙子呢？是你的什么？”国庆有一次很认真地问。

姥姥面色一沉说：“姥姥命苦，不是没有孙子吗？”那时候，全家上下为了小舅的媳妇问题愁白了头。

姥姥又说：“看来姥姥这辈子是当不上奶奶了。”

“奶奶、姥姥都一样，我们都一样疼您。”我们齐声说，像是在少先队队旗前宣誓。

“好好好，都是我的小狗小猫。”这个时候的姥姥是最开心的，会咧着嘴地笑，笑得前仰后合。

矿上的老人恐怕都不会忘了以下这样的场景：大脚的姥姥带领着他的几个宝贝外孙在矿上到处捡“煤渣”！

我之所以说是捡“煤渣”，是个通用的名词，煤渣实际是烧过的焦糊，还可再烧，再烧时就不再冒煤烟了，实际更好烧，火头还旺。但是，在我们矿上，捡煤渣的机会不多，更多的是直接捡那些火车、汽车漏下的好炭。枣庄人叫“炭拱子”，反正都是晶亮晶亮的好炭块，大的有鸡蛋那么大。一天捡上三五斤是不成问题的。老实说，我们两家基本上不用买煤炭。姥姥说：“这不是几个钱的问题，是丢了心疼，那么好的炭从井下挖上来多么不容易……”受姥姥的影响，这种勤俭的美德我一直保持到在济南参加了工作。我凡是发现有邻居丢了没有烧尽的蜂窝，就会毫不犹豫地捡回家再烧！搞得邻居直夸4号楼的“张记者真会过”。

姥姥还带领我们在二姨家的空地上种了一棵香椿芽树。每年春天清明前后，香椿树就会长出一些又嫩又香的香椿。这时，姥姥就让我们爬上去摘下来，然后，十分欣喜地分发给大伙邻居，还一再交代人家直接用盐腌，不要洗，洗了再腌会长毛等等。香椿就着菜煎饼，那可是一绝。

姥姥带领我们几个在院里每年必种的是黄瓜，因为黄瓜好伺弄，结了瓜以后还可生吃。反正院里的黄瓜从来没有到长大时摘，长得差不多的时候就已经被我们摘了消灭了。

“种这玩意就是哄你们玩的……”姥姥最后说了实话。

自己种的自己吃，味道就是不一样。有一次，摘得实在太早了，结果那比拇指大不了多少的黄瓜发苦，但是我们几个人仍觉得好吃。

“姥姥，黄瓜是绿的，为什么叫黄瓜呢？”爱动脑子的国庆又提问题了，“我看应该叫绿瓜。”

姥姥说：“你说的是那么回事，可老辈里都这么叫，也就这么叫了。”

大发就数落国庆：“你就爱钻牛角尖……”

国庆当然不服：“我说的是实际情况嘛。”

当时，谁也没有想到，这种小院落里的种瓜种豆倒为在不久后的大饥饿时代里垦荒种地打下了基础，正是我们自种自产的三千斤地瓜和胡萝卜，才使我们两家渡过了饥饿的难关。那时，矿上的人大多得了水肿病，下井的矿工有活活饿死在井下的……

慢慢地，我们渐渐长大，姥姥开始变老……

第57章　操美帝国主义（FUCK U.S.）

无论夏天多么热，我小舅一辈子几乎都是穿长袖褂，因为他身上有刺青，胸前和胳膊上都有，而且还是刺了两遍。

第一遍是进战俘营不久，让万恶的“美帝和蒋匪”刺的，都刺，你不刺就显得那个了。胸前刺的是“操共产主义”（FUCK COMMUNISM），胳膊上则是“杀猪拔毛，反共抗俄”。

第二遍是回国后刺的。回来后的第一件事就是洗澡，泡了整整一天，人几乎让洗白了。接着就是将原有的刺青刮掉，然后再刺一遍，这次刺的就是一直伴随了小舅一生的刺青，如本章题目“操美帝国主义”（FUCK U.S.），胳膊上则改刺为“中苏很友好，斯毛万万岁”。

“奶奶的，遭老鼻子罪了，死的心都有……”小舅子一说起这事就愤怒得想杀人。

小舅稀里糊涂地回国后，就被遣散回了原籍，结论是“监督改造”。我姥姥找到了王强，凭着他的面子，村里安排小舅当了喂猪的饲养员。这在当时的以工分吃饭的农村里算是个不错的工作，一是工分是整劳力的工分，一天八分，合当时的人民币一毛钱，买完一盒滕县（今滕州市）出的普滕牌香烟后，还剩2分钱；二是活比较清闲。

还有一个好处是：受管制的小舅可以利用进城买酒糟的机会来我们两家坐坐，小舅无论到谁家，我们一准地会凑到一起，喝个小酒，叙叙家常。这个时期，大发、国庆、我都已逐渐长大成人，开始学会了思考问题。

大家可能猜出来了，在我二姨夫家与我家之间，小舅最爱去的是我二姨夫家，因为道理很简单，新四军英雄出身的我父亲看问题太正统，对当过俘虏的人总是……为此我妈没少和他生气。小舅也自觉，咱战俘不碰你大英雄，俺去俺二姐夫家喝。我二姨夫对我小舅的态度就可想而知了。

只要小舅来了，国庆哥就会跑到我家使个眼色，我就会对我妈说一声，我去二姨家吃饭，然后就撒了丫子。这顿饭我们就会吃到很晚，受过刺激的小舅以后爱喝点小酒，喝了酒就话多……

…………

小舅告诉我们，进了战俘营的第一件事，就是向他们宣讲《日内瓦战俘公约》。关于战俘还有公约，并且要求不准歧视、虐待战俘，不但不能歧视虐待，还要好吃好喝当爷供着，最后再互换回去！这对于志愿军战俘来说简直是天方夜谭。

此前的志愿军从来没讲过这个。所讲的就是宁死不当俘虏，当俘虏可耻；一人当俘，全家可耻，全国也跟着丢脸……

汉语翻译（多是台湾派去的人）在台上宣讲着公约，台下的大米饭、牛肉罐头就送上来。战俘们也不听了，一哄而起，将食物抢了个精光。使他们没有想到的是伙食顿顿都很好，饭后还有香烟或水果。最好抽的香烟是美国的自由牌，南朝鲜的画廊牌次之，最好吃的水果是台湾的香蕉。

小舅同村去的那几个兵，几乎全部光荣了，除了我小舅外，还剩下了那个叫狗烦的。这个小子是个滑头，临冲锋前，朝着自己的右腿开了一枪，结果就留了下来，而他的那个主攻营打完两个冲锋后仅剩下了47个人！

狗烦见了牛肉罐头不要命，连吃了三天，结果上火眼珠血红。最后还是美帝的军医给他点了眼药水。给他点眼药水的正好又是个女军医，他回来就有了话题："美国女人有味啊，奶子那么大，半个皮球啊……"

30多年后，狗烦以台商的身份回到故里，当地政府宴请他，他特别提出：千万别给我上牛肉，那玩意我在韩战时吃够了……

战俘们接受的第二次"洗脑"就是宣布联合国1951年2月通过的关于中国是"侵略者"的决议。该决议以44票赞成、7票反对而获得通过（反对的有苏联及其附属国罗马尼亚、波兰、匈牙利、捷克斯洛伐克，另外的两个就是印度和缅甸）。

"什么？骂中国是侵略者？这绝不可能，我们表示强烈抗议。"

战俘们在地下党支部的领导下进行抗议。他们刷标语，喊口号，毫不示弱！有的战士以绝食抗议，说"这是美帝和蒋匪的谣言"。

美方人员只是不屑地耸耸肩，开始分发各种文字、图片、地图等资料，这些玩意全部翻译成了汉字，翻看起来十分方便。

一份资料说，金日成赖以"南侵"的十四万精锐部队是以林彪四野的三个师为基础拉起来的。发动入侵的地图也标着当时的进攻路线和进攻时间。

"啊，原来是这么回事？"个别战俘私下里说，"难怪我们师长见了人民军的一个师长喊兄弟，那人民军的师长一口的东北腔。"

另一个战俘就小声说："我听说彭总扇过一个人民军团长的耳光，骂他你当年打海南岛的劲头哪去了。"

看到个别战士有点动摇，地下党支部立即召开紧急会议，决定全体绝食，抗议美帝的诬蔑造谣。

"那一阵子饿得不轻，头昏眼花，浑身上下一点劲没有，连觉都睡不好。"小舅吧嗒了下嘴巴，像是还在挨饿，"最后，咱们中国战俘取得了胜利，美帝再也不进行反动宣传，并且允许我们看咱中国的革命报纸《人民日报》……"

国庆喊了起来："小舅你说什么？看……看《人民日报》，你记错了吧你？……"

小舅很不高兴："我经历的事我能记错？就是《人民日报》嘛。"

国庆还是有点不相信："小舅你别忘了？你那是在朝鲜，还是在战俘营里。"

"对，就是在朝鲜，还是在战俘营。"小舅很有几分自豪地说，"知道吗？敌人彻底服气了，专门通过香港买回大陆的革命报纸，供俺们看。要不，俺们还绝食……"

我们面面相觑，不再说什么。

只是那当年的绝食，让小舅从此害怕饿肚子……当年大饥饿时，小舅让饿得在老家待不住了，跑到了矿上和我们一起开荒种胡萝卜、种地瓜。算是躲过又一劫。

"算了，算了，不拉了，越拉越伤心……"终于不拉了。但过不了几天又会和我们哥几个拉这些事，一遍一遍地，一点也不烦。

每每这时，我二姨夫就会认真地交代一番：行了，你们知道就行了，出去别乱讲，闹不好打你们的反革命！"这是历史的经验。"最后，再强调一句。

他尤其多交代一句自己的儿子："国庆，你听清了吗？"

国庆就说："听清了，爸，我知道，不过……"

"没有不过！"

但是，到了"文革"时，喜欢独立思考的国庆还是"不过……"了，并给全家带来了巨大的灾难。

最让人放心的是我大发哥，他是从来不信："胡扯，这都是万恶的美帝和蒋光头的造谣，反正美帝是侵略者！反反正正美帝是侵略者！"

这个时候小舅简直暴跳如雷："就你个贼羔子能，难怪你姥姥说你是羊屎蛋子钻天——能豆子一个。"

…………

小舅说，最要命的是，万恶的美帝与蒋匪竟强迫我们接受了"战俘自愿遣返"的条款！而我方过去坚持的一直是"互相遣返"，互相遣返是无条件的，即互换或一对一，或一对二。"互相遣返"最根本的一条就是抹杀了战俘的个人意愿。

朝鲜战场的和谈从1951年就开始了谈谈打打的历程。双方在其他条件上均有让步，但就在战俘问题上，尖锐对立互不相让。1953年3月5日，共产主义阵营的一号领袖斯大林去世，继任的苏联领导人迫不及待地改变了以往的对朝政策，决定马上结束这场"劳民伤财，再也耗不下去的战争"，北朝鲜的领导人金日成早已打完了老本，更是恨不能立即停战，原想仗着人多还要拼上"几百万人"的中国亦只好打了退堂鼓。为了尽快签署协议，在苏联的强大压力下，我方只好完全同意了对方的要求，即战俘遣返奉行"自愿政策"！万恶的美帝及蒋匪为此弹冠相庆：这是自由世界对专制黑幕的一次重大胜利，开启了自由世界越战战强，光明无限的序幕……

既然原则已定，随时遣返就是了，但万恶的美帝及蒋匪又假惺惺地作了一次让步，同意我方政工人员对所有战俘进行"解释工作"，以动员他们回到祖国母亲的怀抱。台湾派来的工作人员则不慌不忙，似乎胸有成竹……

为了保证遣返的公正性，国际上成立了以印度、波兰、捷克、瑞士、瑞典等五个国家组成的委员会。委员会设立专门的中立区。被俘人员被带到中立区的帐篷里，在有委员会监管人员监督的情况下，由被俘人员自主选择遣返地。

我方采取的措施如下：人数上普遍多于美帝与蒋匪，多为连级指导员及营教导员，团、师里的政宣干事，个别的还有大学生（尤其是漂亮的女大学生）。人数与对方相比，是五比一。

我方口号如下：一、爱国、爱党、爱毛主席，毛主席最亲，亲过爹娘；二、祖国很快就要实现共产主义，苏联已经天天吃面包喝牛奶了，中国很快也要赶上来，现在耕地已经不用牛了，全用康拜因拖拉机，拖拉机不用喂饲料，治理淮河工程的土方能绕地球好几圈，新发明的人造眼给你装上去，能看50米远；三、台湾已经解放，蒋介石已经被枪毙，身上中了171枪；四、女工作人员还向战俘们许愿，你只要回国，并高呼打倒美帝，我就嫁给你；五、就是没白没黑地广播《金日成彭德怀告被俘人员书》，保证“一律不咎既往”。

对方的措施与宣传如下：

对方似乎没有措施，只有宣传。工作人员多为蒋匪帮的军人和个别的青年志愿者。一、欢迎到台湾来，欢迎投奔自由民主世界；二、这里没有指导员、支部书记，不需要你经常汇报思想，也不会有人三天两头来找你做工作；三、走亲访友，不要路条，想出国也是自由的；四、根据你的爱好、特长安排你的工作，培训免费；五、你可以自由地发表你的言论，自由地表达你的思想，可以在报纸上公开地向蒋总统提意见。

另外，就是强调台湾仍在自由世界手里，并没有被赤化，蒋总统身体健康，正为反共复国计，同时放映有关台湾的纪录片，如蒋总统视察台南一农民兄弟以及美国第七舰队如何威风等等。

其中，关于台湾土改的片子放了多遍。对此，台湾称为和平土改，说白了就是实现孙中山的“耕者有其田”。要求是“不流一滴血，双方都满意”。具体做法是将地主的土地由政府以公平价收买，再转卖给农民，地主先不收现金，而是由政府向地主发给债券，如果地主要转营企业，债券则可马上兑现。

最后还强调：大陆正逐渐实行合作化，分给的土地正渐渐收回，你们回去是没地种的，收你们土地的不是我们美帝。

“总之吧，那边不来虚的，全是实的。”小舅说，“还记得那个大奶子的美国女军医吧？她唱的歌才好听呢。”

我马上知道了：“就是你平时好哼哼的那首外国歌，对吧？”

大发马上撇撇嘴：“那是资产阶级的靡靡之音。”

国庆推了他一把：“你不爱听一边去。”

小舅接着便情不自禁地哼哼起来：

Moon River, Wider than a mile. （月亮河，宽过一英里。）

I'm crossing you in style some day. （总有一天我会优雅地遇见你。）

Oh, dream maker, you heart breaker. （哦，梦想让你心碎。）

Wherever you're going, （无论你流向何方，）

I'm going your way.（我将跟你前往。）

Two drifters, off to see the world. （两个漂流者，出发去看世界。）

There's such a lot of world to see. （有如此广阔的世界让我们欣赏。）

We're after the same rame rainbow's end.（我们追随在彩虹身后。）

Waiting round the bend, （在河湾边等待，）

My Huckleberry friend—— （我的哈克贝利老朋友——）

Moon river and me. （月亮河与我。）

上了大学后我才知道，这是一首当时脍炙人口的美国民歌。曲调悠长，绵软，略显几分忧伤，但忧伤中又带有些许渴望，渴望未来的美好生活和爱情。

…………

“那战俘们最后……”这才是我们最关心的。

“多半都愿去台湾……咱们的狗烦是一个。因为那边答应给他无息贷款开个小饭馆。我也答应去台湾。两个原因，一是那边答应让我再上三年免费师范，出来当教员。这是我一生最大的理想；二是，镇政府给我们团里来了信，说你姥爷对合作化不积极，让团里秘密监视我……我想，我……我回来也没好果子吃。”

“那你怎么又回来了呢？”

“唉，还不是怪那个女翻译！”

“啊，女翻译？”

“是呀，她说只要我回去，她就答应嫁给我，可是后来……”小舅一脸的沮丧，“后来我才知道，她几乎对所有的战俘都这么说……”

我们无语。

小舅一声长叹，叹一生之不幸：“当时，他们问我还有什么想法吗？我就说了句，俺想俺娘……那个女翻译马上用英语对印方中立人员说，他说‘他想念他的祖国’，应该走左门。不由分说，把我拉进了左门。”

凡是走左门的，就是回国，去台湾的走右门。就这样一句话，决定了我小舅一生的坎坷命运。

第二天，这帮回国的人便被迅速转移至大后方，做的第一件事就是四个人按住一个人，将原来的反共刺青抹去，再刺上新的口号。为什么是四个人呢？因为咱们没麻药，太疼……

第58章　俺就是没有当奶奶的命

晚年的姥姥好常常唠叨自己的命硬，说自己克死了不少人。不光克人的命，还把小舅的媳妇克掉了。从那以后，小舅就成了老光棍。克得连自己当奶奶的命也没了。

小舅背的“监督改造”是最轻的处分了，因为他毕竟是小兵蛋子一个。据现已公开的资料统计，当年归国的6064人中，有700多人被开除军籍，4600多人只承认被俘前的军籍。2900名党员，91.9%的被开除了党籍，保留党籍的只有120人，还不同程度地受到了处分。

所以，多年后，也就是狗烦之类的台商回乡投资建设时，便有了一段绝妙的顺口溜。不过，现在我还不想念出来。

其实，在我小舅回来当农民以前，还有段小插曲，这个小插曲凸显了两个人的性格及命运，所以不能不说。

熟悉煤矿生活的读者也许猜到了，你小舅舅很可能要到矿上当工人。不错，算你猜对了。煤矿招工历来讲究“子弟优先”。既然我们全家都在矿上，那么小舅到矿上当工人也是顺理成章的事。告诉你，这事还差点成了。因为我姥姥的面子，矿上的几个领导也没有说什么，但是，关键时刻，有一个人站了出来，此人就是我父亲，当时，他已是分管福利的副矿长（相当部队上的后勤部长）：

“不行，这事不能这么办！煤矿工人是产业工人，是最无产阶级化的工人，这个队伍里怎么能有俘虏哩？就是下井工也不行。”

他这么一表态，原先赞同的也表示犹豫，就这样，小舅当矿工的事就黄了，只好回老家当了个饲养员。

事后，几乎全家都骂他。但他只对我姥姥说了声对不住：

“妈，算我对不住我兄弟了……”

我姥姥倒没埋怨他，只是说了句看似与此事无关的话：

“你呀，忒一根筋了，拿着鸡毛当令箭，要吃亏的。”

我姥姥一语中的，不久后，我们家就因我爸爸的“认真”吃了大亏，落了个家破人未亡！

…………

就生活条件来讲，小舅回到老家还是不错的，家里毕竟有我姥爷当年留下的那套老屋，大队实行共产主义式的分配制度，都吃不好，也都饿不死，大伙吃什么你吃什么，饲养员还记全工分，也该知足了。

但总有另一个问题困扰着我姥姥，那就是小舅的媳妇问题。

在这个问题上，我姥姥始终比较务实，姥姥说，按说你小舅身高模样都不错，两个姐也在矿上干，家里也有现成的屋，找个媳妇该不难，但是，他是个俘虏兵，所以这事嘛……

一开始，有人给介绍了个邻村的闺女，闺女出身血贫农，模样不丑不俊，但就是左腿有点瘸。不料，媒人刚介绍完我小舅的情况，闺女的爹不愿意了：

“什么？俘虏兵？找那样的干什么？一辈子抬不起头来，俺闺女宁可找个瘸腿的贫农，也不找他！”

人家连面也不见（半年后，那闺女果然嫁给了一位瘸了右腿的贫农子弟）！

这事对我们家打击很大，小舅三天没出猪圈，觉得太没面子。

姥姥表面上骂人家不识货，但背后里却降低了标准：那就找个地主、富农的闺女吧。

现在的人根本不知道，也不理解，那个时代的婚姻特别讲政治，讲对方的家庭成分。贫农、共产党员、复员军人，都好找，相反，“地富反坏右”的子女就不好找，俘虏兵当然也在黑名单之中。

那么，黑五类子女的婚姻怎么办呢？换婚！即你家的哥哥娶我家的妹妹，我家的哥哥再娶你家的妹妹。这样双方都无怨言，都觉得很公平。至于是否有爱情的基础，去他娘的吧，什么爱情不爱情，晚上灯一吹，没爱情的也有爱情啦！这种罪恶的换婚制度在1949年后的中国大地上大约存在了30多年。

说到当年的地主富农，他们实在倒霉透了。他们当然不知道，早在当年土改时，《土地改革法》白纸黑字写着，五年后予以摘帽……可是，由于我们的最高领导人打了个盹，这一承诺并未兑现。30年后的1978年，才由务实的邓小平拍板摘了帽，从此，中国才不再有地主富农这样一个“阶级”。

…………

在花费了三个猪头九斤粉条（这就是说至少找了三个媒人）以后终于联系上了吴四爷的小老婆芥菜的一个侄女。1949年以前跟着芥菜沾了不少光的芥菜娘家，1949年以后也跟着倒了不少霉。她弟弟家的这个闺女就因“姑姑是地主婆”，也成了半个地主子女。

总算不错，双方见了面，感觉也不错。

为了促成这桩婚姻，我姥姥给女方的见面礼是200块钱。那时的200元钱是个什么概念，只有那时的经济学家知道。反正是那时最大币值的钱是10元的。我上初中时的生活费每月平均14元，还不算从家里带的饭。这些钱中有一部分是我姥姥平时攒的，还有一部分是她卖了一部分银元兑出的。

不料就在双方商谈婚期的时候，对方突然变了卦。原来，又有人给这家闺女说了婆家，家是东边郭里集的，小伙子两腿都瘸，但是个五代血血血贫农！五代啊。

“大脚嫂子啊，真是对不住了，”上门道歉的是芥菜本人，她那侄女没脸来见我姥姥了，闺女也是没办法，觉着要是嫁过来，生了孩子还是不得好，爹是俘虏，娘是地主，这什么时候是个头，“那边人虽残废，但是贫农啊，而且是五代啊，将来有了孩子也是血贫农不是……”

总算不错，人家一分没剩地退还了200元聘金！我姥姥能说什么？至少当时没有怎么埋怨：

“没什么没什么，将心比心，也是的……要是咱的闺女，不也是这么想吗？”

这话真说到芥菜的心里了，她的那个儿子虽然比我小舅还年轻，但也是一直找不上媳妇。因为他没有姐姐和妹妹，没法换。芥菜一天到晚地为这事发愁。

不能埋怨对方却不能原谅自己。姥姥为这事一人躲在老家哭了两天。她还去姥爷的坟头哭过，她又说自己命硬，小舅当俘虏也是她的事。要是换上别人当小舅的娘，或许就是个战斗英雄，就是被打得两眼失明，四肢全截，也能找个黄花闺女，还得说是几代血贫农……

“大脚俺不是东西，俺坏，俺命硬。俺这辈子是当不上奶奶了，呜呜……”

就这样，小舅的媳妇不停地找，却总是不成。

越不成，小舅越急，他人早早地驼了背，白了头发，掉了牙齿，精神也有些恍惚，常常对着人们吼道：“万恶的美帝和蒋匪……”

以至于又过了些日子，就有了我小舅与一头母猪那个的传说……

这是相当令人恶心的。在一个人性完全被扭曲的时代，这是对于人的正常情欲的压抑与摧残，是最不人道的。

第59章　爸爸，您不是电影里的坏蛋

这回该轮到我家出事了。

这说着说着就到了1958年的大跃进。出事的就是我父亲。原因则是姥姥说的“拧筋头”。

这时，也许会有读者问我：1957年反右那么大的运动，你们家（族）没出事吗？若是按照一般的艺术结构，我也许要虚构点事来，但是，没有就没有，我不想硬编。不过，之所以没有，也与我们家的情况有关。先说我二姨夫，自称老运动员，说对连绵不绝的运动早已看透了，“祸从口出”，咱来个“徐庶进曹营，一言不发”还不行吗？俺有汉奸嫌疑啊，俺给鬼子干过事啊，俺算什么玩意，俺当缩头乌龟还不行吗？除了生产上、技术上的事你找俺，别的俺一概不问。就这样，他居然躲过了反右（他的助手可真倒霉，一个刚从矿业学院毕业的23岁的大学生，因领导借了自己20元钱老不还，就给那领导提了条意见，立马成了右派。自杀死了一月了，都无人知道，尸体肿得像头河马）。

至于我爸，告诉你，像他这样的人，只能是左派，不会是右派。他是那种党叫干啥就干啥的人。要咱反右就反右呗。

但就是这样一个老革命，却在大跃进中犯了右倾错误，可见当年的大跃进狂热到了什么程度。

那时我还小，但依稀记得一些事，比如一些标语，什么15年赶上英国，一天等于20年，今天吃饭不要钱，明天就是共产主义；还有就是赶麻雀，很多麻雀都被赶得实在飞不动了，一头栽下来就死了，满嘴都是血，生性善良的我曾握着一只小麻雀哭了大半天。

那是一个最高领袖发高烧亿万百姓打摆子的年代。全国各地到处充斥着“亩产10万斤”、“人有多大胆，地有多大产”的口号声。当时的《人民日报》一天到晚连篇累牍的就是这些特大喜讯，如1958年8月27日《人民日报》就报道了“山东寿光县一亩地密植四五十万株”的消息。还有就是“福建荣湖社再夺高产冠军，花生亩产13241斤”，什么“麻城建国一社出现天下第一亩，早稻亩产三万六千九百多斤……”等等消息。著名科学家钱学森也在《人民日报》发表署名文章，称亩产十万斤是完全可以做到的！

这时，农民出身的我爸反而清醒了。当逆行和谎言超出了一定范围时，最先觉醒的往往是那些原来最坚定的支持者：

“亩产10万斤？牛逼吧……老子从小种水稻，我们那块弄好了产两季，最多打400斤稻！亩产10万？掘地三尺的土也没10万斤啊？疯了，疯了，全疯了……”

当然，矿上的大跃进是以另一种形式进行的，一开始的时候，大伙还适应得了，最普通的就是创高产，要求工人加班，有的工人一连三天两夜不上井，称为“连轴转”，最后口吐鲜血，气绝而亡。死后，小肚鼓胀如篮球般大小，什么东西？屎呗。人在井下光干啃馒头咸菜，喝凉水，不见一点蔬菜，岂能不便秘？

这时，我父亲已调到枣滕三矿任副矿长。这个矿是新矿，隶属关系归枣庄矿务局，但行政归划却在滕县（今滕州市）地界，距枣庄约40公里。

上级是这样明确给我爸谈的：好好干，新矿要出新产量。一旦走上正轨，矿长一职由你担任。我爸是那种认认真真、兢兢业业为党干事业的人，二话没说，就带着全家来了新矿。

新矿的生活很不方便，起码是不能天天看电影了。在枣庄那可是天天有电影，还有篮球赛。我记得那个时候我们最高兴的就是晚上去看电影，去矿俱乐部或矿务局的那座老体育馆。而且从来不买票，都是爬墙头或钻厕所。再就是不能常跟大发、国庆一块玩啦。妈妈打心里也不想来，但为了支持爸爸的工作也来了，在矿医务所当所长。

我姥姥更不用说，自然得跟着来。“俺是预备队，哪儿急往哪里跑呀……”多亏了姥姥跟了来，才在不久降临的大饥饿中，带领我们在下了马的矿上垦荒种地，渡过了难关。

…………

事情远不像我爸想象的那样，他很快就同上级顶了牛。因为上级给这个新矿的指示太高。该矿设计生产能力70万吨，可上级却要求增至130万吨，几乎超出了实际能力的一倍。

当时矿工大都是从农村招来的年轻人，根本就没有进行有效的技术培训，生产技能和安全知识，几乎是零，但是为了跑步进入共产主义，他们付出了宝贵的汗水与生命。那时人们满脑子想的就是增产增产再增产，跃进跃进再跃进。

由于只抓产量，安全肯定成了大问题，第一个月，矿上死伤10人，第二个月，死伤20人，第三个月死伤30人，对，就是这么巧，不信可查矿产档案。

更让人难以理解的是，每次发生事故后，矿上不是找问题，查原因，进行改正，而是狠抓阶级斗争上纲上线，硬说是阶级敌人破坏！每次都要抓几个替罪羊，打完揍完送公安局，这样一来领导就推掉了自己的责任，然后再树几个抢险救灾的典型，最后则变成了隆重的英雄模范表彰大会。

终于在1959年的“四一二”大矿难后，我父亲坚决不干了，他公开在矿党委会上跟书记闹翻了天。老枣庄的人都知道“四一二”大矿难，矿上因瓦斯爆炸死亡48人，伤69人。

“这不叫大跃进，这叫大杀人！”我爸吼道，他的安徽话此刻成了其他人的笑谈。其他领导背地都喊他“蛮子”。

“说话要注意影响，同志。”矿党委书记很年轻，有消息说，很快将升任为矿务局副书记。

“影响，什么注意影响不影响？死了这么多人你们很舒坦是吧？”

“搞社会主义建设嘛，总是要有牺牲的，现在各条战线不都这样吗？”

“那你亲自下到第一线干两个班行吧？你去干干试试，别光在办公室里耍嘴皮子。耍嘴皮子谁不会？赶明儿我也可以打报告说，枣滕三矿有能力实现翻三番，三天后实现共产主义。问题是能行吗？”我爸的话显然是有所指的。

“义和同志，你身为副矿长，说话要注意影响，也别忘了自己的政治前途。”别看书记年轻，却极有政治涵养。

一听这话，我爸更急了：“你不就是说我当主管矿长的事吗？告诉你，老子不感兴趣，这种沾了血腥味的官我不当。”接下来的话，让在座的其他党委领导成员更加惊诧，“老子这副矿长也不干了，我要回老家种地去！”

此语一出，举座皆惊。还是书记沉稳，笑眯眯地说：“张矿长今天很激动，难免说个玩笑话。今天的事到此为止，散会后任何人不得乱讲，这是党的纪律。”

不料，我爸根本不买账，他拍案而起：“不对，我说的是实话。君子一言，驷马难追。我虽然没有能力阻止这种蛮干，但却可以使自己绝不参与，我是共产党员，首先要对得起良心。战争年代，队伍里一有伤亡，大家成几天地吃不下饭，现在倒好，搞和平建设了，反而不把人命当人命了。这是共产党干的事吗？呜呜……”我爸竟在党委会上失声恸哭起来。

这事当然不能任我爸的性子来干。领导们纷纷找他谈话，意思是你肯定是一时冲动，说着玩的，所以……不料，我爸是越劝越醉，铁了心了。

为这事我妈跟我爸吵了好几次，也是埋怨他太草率，置家、置孩子于不顾。那时矿上的宿舍就是些干打垒，即一些十分简陋的泥土房。我依稀记得我们家住了三间这样的小平房。房子中央就能挖出当年没刨的地瓜来。那年的庄稼都烂在了地里，因为农民都去大炼钢铁了。这种房子质量极差，隔音效果也很差。有一天半夜我听到我爸在向我妈求饶，这是我第一次听到我爸哭：

“爱玲，对不起，真的对不起，我对不起你，对不起咱辛辛苦苦的妈，对不起两个孩子。”爸爸的举动使我永远只有了一个弟弟。

“你说，你这驴脾气吃了多少亏呀……”是我妈嘤嘤的哭声。

爸爸好像跪下了，声音也变得颤抖起来：“俗话说山难改性难移，我这辈子怕是改不了。我是个男人，更是共产党员，要说话算数……下辈子吧，下辈子我当个好丈夫，什么事不干专门在家里伺候你和孩子，照顾这个家！”

这时，妈妈只是小声地哭，什么也不说，肯定很伤心，但是又无奈。慢慢地，我就睡着了。

好像这事还没有完。不几天，几个市局的大官坐小轿车又来到了矿上，打头的是总要揣着负了伤的右胳膊的王强爷爷。那个时候王强爷爷已因健康原因处于养病状态，没有实职（他的最高职务是枣庄市总工会主席），但各级领导都很尊重他。

显然在矿上没有谈好，这些人最后来到了我家，来找我姥姥来了。打头的自然是王强：

“哎呀，老嫂子呀，这回可惹了大麻烦了。你这老革命得劝劝他呀。一个17级的领导干部怎么能这样对待大跃进哩？”当时我爸正在杠杠上，即副团级（现在好称副处）17级工资97.93元。这笔钱对我们全家来说，可是笔不小的数目。

当时的情景我依然历历在目。我在帮姥姥给客人倒茶时，我4岁的弟弟二林，则在一旁咋呼：

“我爸是好人，不是电影里的坏蛋……”

这话缓和了当时的紧张气氛，但我弟弟毕竟太小，最后还是哇哇大哭起来。我弟弟小名“小面瓜”，随我姥爷和小舅，连模样也随我小舅，故当地的人说“外甥随舅”。

我姥姥不动声色地说：

“义和的脾气我知道，他当初追俺三妮，就是这股劲。认真，认死理……也许他有些后悔，但是让他改变主意恐怕没门。”

王强哭丧着脸说：“要不……不你老再试一次？你是老革命，又是他的丈母娘，唉，这事影响大呀……”

姥姥喟叹一声说：“难啊，实际上，他心里很清楚这样就等于古戏里唱的尸谏，扛着棺材闯宫见皇上，他这也是为了社稷江山啊。”

这时，市里一位领导发话了：“老嫂子，这是党中央、毛主席亲自发动的大跃进啊，思想要跟上形势才行啊。”

我姥姥连连摆手说别给我说这个：“共产主义我懂，自打鬼子时就喊共产主义，共产主义就是过好日子，顿顿有猪头肉。但不能一顿吃下一个猪头，吃多了要滑肠拉稀的。给你们说吧，我正想上北京找罗政委哩，找他说说话，我想东进了……”

那位市委领导同志说，罗政委现在是元帅了，开国元帅，一共才10名。

我姥姥说，我懂，跟穆桂英他对象杨宗保同级，再往上就是皇上……

谈来扯去，我姥姥始终没答应再劝劝我爸。多年以后我在争取为爸爸落实政策而奔波时，我姥姥说，因为我知道你爸的脾气，劝也没用。

几天后，爸爸还是走了，回到了那个生他养他的皖南小乡村。

临走，他跑到矿北边的石岭上，跪在一片矿工的坟墓前号啕大哭，说对不起他们，让他们把命都丢了，说他们的命不该只值170元钱外加100斤山东粮票（当时实行的抚恤标准）。

以后我们才知道，当年，此类矿难层出不穷。中国成为吨煤死亡率最高的国家。最大的矿难发生在山西大同老白洞煤矿。1960年5月19日该矿发生大爆炸，死677人，被救出的228人中又死亡5人，共死亡682人，当时被列为绝密级惨案。其原因皆因左倾冒进盲目蛮干，该矿设计生产能力90万吨，被大跃进要求增至152万吨，超出实际能力的68%。

爸爸是从官桥火车站坐上的车，我还记得是青岛到浦口的慢车，那车是站站都停，能把活人颠晕。在那个小得不能再小的站上，爸爸抚摸着我和弟弟的脑袋，让我俩听妈妈、姥姥的话，好好学文化，将来好有出息。

我只是默默地哭，把爸爸的交代一遍又一遍地记下来。当时我发誓，爸爸你放心，我一定好好学习，要当全班的优等生，全校的优等生，为你争光。爸，你不是坏人，你是世界上最好的人，你是世界上最好的爸爸……

我弟弟死死拉住爸爸的衣角不放。翻来覆去一句话：“爸爸您不是电影里的坏蛋！爸爸您不是……呜……呜……”

当时所有送站的人无不为之动容，个个潸然泪下，以至于列车晚点一分钟。

矿务局对我爸爸的最后结论是：自动离职。

说明一下，我们党内几乎没有这种处分！为了给爸爸“平反”，我费尽周折……

第60章　我们家的南泥湾

真让我姥姥咒准了，吃多了就要滑肠拉稀的。

狂热的大胡闹（我姥姥语）过后，就是被我们称为三年自然灾害的大饥饿。我姥姥说，说是自然灾害那是睁着狗眼说瞎话。那几年里是最风调雨顺的，庄稼收成贼好。

三矿终于下马了。它像一匹还未长成个的小马驹，却被压上了三匹马的驮量，它硬硬地被压垮了。下马后的三矿一片破败凄凉。矿上所有值钱的东西都被附近的农民抢了个精光，连一块小铁轨的枕木都不剩。“共产主义住高楼”的标语被农民垒了猪圈，“15年赶上英国”的牌子被盖了茅房。高高的苏联式煤仓孤零零地坐落在一片梨树林里。所有的梨树都被毁了。煤仓上的木窗都被农民起走了。甚至砖头也开始被拆掉。

有一点让人难以理解的是，那个牛逼书记却照样提到局里当了副书记。不过，矿工们的爱憎是分明的，他的家门口半夜里被人泼了大粪汤。

附近农村已经有大批的人被饿死。有的一家七口一个不剩。路边上、大树下常常有人立马饿死，只要一倒地准是很快断气。有的村已经饿得连埋人的人都走不动了。矿上的一些留守工人这下有事干了，被请求去埋死人，只要去埋的，一人发两个黑窝窝头。矿上的工人毕竟还好些，有皇粮吃。

我们家挨饿了吗？当然也挨了。但是，并不严重。呵呵，这又要归功于我姥姥了，是她老人家神机妙算，高瞻远瞩帮我们全家渡过了难关。我说的这个全家当然也包括我二姨家和我那可怜的小舅舅。

首先，我姥姥否定了我妈妈同意调回枣庄的意愿。因我爸爸的认死理，我们这个家实际已“家破人未亡”，为了照顾我们全家，局里想把我妈再调回枣庄而且是直接去矿务局医院。这在其他人看来是天大的好事。因为三矿太偏僻，生活、娱乐等方面简直没法跟枣庄比，当时，三矿下马后改成了矿务局疗养院，很多人都不想在这儿干，都想门子托关系调回枣庄。

“三妮来，”没人的时候，我姥姥仍爱这么称呼我妈，“现今不同以往，这枣庄，还是不回的好，要回也要等这大饥荒过去……”姥姥说据她的经验，马上就要挨大饿，以往碰上大饥荒有吴四爷家赈粥，如今谁管这套。

“那俺娘你的意思是……”那些日子里，我妈妈突然老了许多。

“咱就待在这三矿，这里和农村差不多，矿上下了马，到处是荒地，咱开荒种地渡难关！回枣庄就只有干啃那点供应粮。”那时，大人一月21斤，小孩14斤，根本不够吃的。

就这样，姥姥一个主意，改变了全家的命运。我可以自豪地说，三年大饥饿，我们全家没一个得水肿病的。我们的同学可羡慕死了。

所以，至今我对红色经典歌曲《南泥湾》充满了喜爱和怀念之情：

花篮的花儿香，听我来唱一唱

来到了南泥湾，

南泥湾好地方，好呀地方

好地方来好风光，

好地方来好风光，

到处是庄稼遍地是牛羊

往年的南泥湾，

到处呀是荒山，

没呀人烟，

…………

在以后的岁月里，只要一哼哼这首脍炙人口的老歌，我就想起了当年跟在姥姥屁股后边乐颠颠地去种地的情景。这种来自心灵深处的记忆和感受，真的是刻骨铭心，没齿难忘。

挨饿的滋味太难受啦，所以当时的一些事情我记得特别清楚，姥姥让我给小舅写了一封信，让他“进城买酒糟时，来趟三矿，带些南瓜种、胡萝卜种和地瓜秧……”我还记得“萝”字被我写成了“罗”字。

几天后小舅就来了，带来了大包小包的种子。大发和国庆也来了。小舅又黑又瘦，头发很长了也没有理，也不太爱说话，因为他刚谈的对象又黄了，心情肯定不好。国庆哥就说，小舅很像鲁迅笔下的闰土，挺可怜。大发就说怪他自己，谁让他当俘虏的？我们就一起骂大发是“假洋鬼子”，小舅就拿眼剜大发：“万恶的美帝与蒋匪……”

每当凌晨我和弟弟还在熟睡的时候，姥姥已经迈着那双大脚出发了。她扛着一把镢头，在很多荒地上种下了胡萝卜、土豆、豆角、扁豆、地瓜、丝瓜（种在屋前，夏天还可乘凉）。姥姥好在傍晚浇水，这个时候我也放学了，我就争着要和姥姥一块去浇水。那时我已经完全可以提得动一小桶水了。我去，我弟弟就要去。这样我们就会欢天喜地地去浇水锄地。

为了到更远的地方去种地，姥姥干脆学会了骑自行车。她都是称“洋车子”。那时家里有辆青岛产的大国防，那车子质量真是好，特经摔。凭着一双大脚，姥姥几天就学会了。姥姥骑车子去种地成了当地一景，很多附近农村的老太太都对此赞叹不已。

再以后，姥姥的骑车技术升级，居然能带着我和我弟弟一块去种地。我弟弟个小，就坐在车把后边的横梁上，我则可以在姥姥的骑动中，一下跃上后边的车座。

姥姥的一双大脚猛蹬，“洋车子”呼呼生风。我和弟弟就会欢呼雀跃，大声高唱。他唱：“小兔儿乖乖，把门儿打开……”我则唱：“我们是共产主义接班人……”

也许你会说，在这些农作物长出来以前，饥荒如何度过呀？告诉你，我姥姥同样有办法，她带着我弟兄俩去了大沙河，专挖河边上的茅草根。这种茅草根是甜的，平日里没事时，我们小朋友好挖来生吃。而现在，却成了抵御饥饿的宝贝。挖回来后洗净切碎拌在粮食里烙成煎饼，味道甜丝丝的，口感特棒。

还有呢，我们还常常捕鱼捞虾改善生活哩，只是这鱼虾一股煤味，就连肉都有些发黑。为什么？因为它们是在煤水坑里大的。井下挖煤时，要不停地抽出地下水，这些地下水浑浑的，有很细的煤屑，实为黑水。抽上后聚在坑里经过一定的沉淀，倒也能长些水草和鱼虾，只是味道，哈哈，那个时候可顾不了这些了。

唯一的遗憾是当时的食用油也是定量供给的，大概是一人一两，所以做菜的时候总是舍不得多放。油少，鱼就腥，而且还有股煤味。即使这样，当时我也觉得这是世界最好吃的鱼，但它也害得我到现在最忌饭店的四川“水煮鱼”。

…………

老实说，还没到秋天，收获的日子就到了。没办法，人让饿坏了。我记得地瓜也就是比个蒜锤大一点的时候，姥姥就让刨了吃，还有玉米，也就是刚长成个，手一掐颗粒还不出水，但是顾不上，填饱肚子要紧。我记忆最深刻的一件事就是，有一天有个要饭的老太太来了我们家，可家里实在没什么给了，姥姥马上跑到最近的一块地里掰了十几个玉米棒子给了那位老太太，感动得那位老太太给我姥姥下跪。多年后，那位老太太的儿子还到三矿上去找我们，说是要报答我姥姥当年的救命之恩。可惜，那个时候，我们已经调回了枣庄。

这时，周围的农村饿死人的现象越来越严重。像我们借读的浏洋村，已经有大批的人饿死。有的全家饿死，我们的同学有很多都饿死了。有的昨天还来上学，第二天人就不见了。100多户的浏洋村到了这样的程度，有37户绝户了。一半以上的人家都饿死了5人。没有死人的只有三户：大队书记、大队长、大队保管。死了人还不让逃荒，说是给社会主义抹黑。民兵在各大路口持枪站岗，见人就打死，打死活该。

矿上的工人要好些。因为他们有供应粮，但也是不够吃的。人们几乎个个都得了水肿病。我至今记得我妈妈那条虚肥的小腿，皮肤发亮，好像一戳就破，用手一按一个坑，好半天起不来。好在这会儿胡萝卜下来了，我姥姥给她熬了一大锅，让她连汤加胡萝卜全吃了，当天夜里人气色就好多了。

…………

小舅经历的那件事更是让人毛骨悚然……

这天天刚蒙蒙亮，家里传来了急促的敲门声：“俺娘俺娘，我快饿死了，我快饿死了……”

是我们小舅！我急忙打开了门，果然是我小舅，他已饿瘦得没了人样。脸面更加灰白，胡子拉碴，脖子很显长，因此显得脑袋特别大，我姥姥急忙递给了他一块昨晚吃剩的煮地瓜。小舅拿过来，一口咬去了一小半：

“娘，死人了……死人了……”

我姥姥一点也不惊诧：“到处都死人……”

“猪吃人了，猪吃人了，猪……”小舅前言不搭后语，显然他又受了刺激，“哼，老刘头本想吃猪的，可倒好，倒让猪吃了，猪吃人啦……”

我们似乎听出了个大概，但又有些不明就里。我姥姥就劝他：“慢慢吃，还有呢，别噎着，慢慢说……”

小舅在吞下了三块地瓜后，神情及情绪才有点稳定，接着，他说出了一个让人浑身起鸡皮疙瘩的故事：

和他一块给队里喂猪的老刘头，饿得实在不行了，就揣了一把刀进了猪圈，想杀一头猪吃。不料，他刚进猪圈就饿得一头栽倒在了猪槽旁。这时，已经饿了好几天的猪一拥而上，对着他就是一阵乱啃乱嚼……

故事还没完，正好第二天公社马书记（就是当年那个马书记），陪同县委的一位副书记来吴村镇视察“跑步跨入共产主义”的工作，村里就杀猪招待他们。他们直夸很香很香，喂得不错。

过不了几天，猪全部饿死了。小舅“下岗”了，就连夜跑来找我们了。从此后，小舅再也不吃猪肉。

接下来小舅干脆就不走了，在这里同我们一起“自力更生，丰衣足食”起来。村里还没忘了他是监督改造分子，就来了一封信，令其回去，说之所以写信没有派人来，是因民兵小分队的人都饿得走不动了。

我姥姥就以自己的名义，让小舅给队里写了封回信，说，俺很想让刘俘虏回去接受改造，可他也饿得走不动了，干脆让他在这儿改造吧，俺来监督……

以后小舅每每谈起这事，总是笑呵呵的。那才是他最开心的时刻。

有了小舅，我们的南泥湾更加五谷茂盛，因为小舅伺弄起庄稼来，不次于我姥爷。这是我姥姥说的。再，小舅担负起一个任务，骑着车子隔三差五地跑枣庄，往二姨家运吃的。这辆大国防自行车在“文革”中又屡立“战功”，并一直用到1985年秋天。

那一年，我们家收了3000斤地瓜。这些地瓜保证我们度过了那段不堪回首的日子，保证了我们的生存，保住了我们的生命……

不过，这救命的地瓜也给我们带来了一定的“副作用”，那就是爱放屁。没事的时候，我就和我弟弟二林比放屁：

“我放的响。”

“我放的响。”

“你的响是响，可是不如我的臭。”

“你的也不臭，一股地瓜味。哈哈……”

我们常常是找姥姥作评判。姥姥只好一人一巴掌："都臭，叫臭狗屁。"

于是，我们就互相指责着"臭狗屁"跑开了。

其实，放屁的副作用还是小事。重要的是，地瓜给我留下了严重的"后遗症"，即，在以后的岁月里，不管见到什么地瓜，不管是红地瓜，黄地瓜，还是白地瓜，不管是烤地瓜，还是煮地瓜，还是蒸地瓜，还是炒地瓜，还是焖地瓜，哪怕就是外国地瓜，只要一看见，立马反胃！搞不好还抽疯……

第61章　七仙女下凡

1964年的时候，我上初中了，这时，生活已大大好转，猪肉有时卖五角一分一斤，称为爱国肉，号召大家买，我们家也早已调回枣庄。这个时候，我上初一，国庆上初三，大发上高一。我们都长大了，连不起眼的我也开始有了毛茸茸的胡须。我们已经是大人了。

这个时候矿务局中学已经搬到了北坡。初中部和高中部在一起。学校离着市里有三华里，像我们这样家住矿里或矿务局的，就不住校，早上去，晚上回。

但大发哥住校了。一是高中课时紧张，要为考大学作准备；二是他毕竟大了，不想再跟在我姥姥的屁股后边在两个姨家打游击。但是星期六还要回家。

我和国庆哥总是一块上学，一块放学。这段时光成了我们小时候最美好的时光之一。我们俩都对时事政治感兴趣，如"一定要解放台湾"，美帝入侵越南，苏联越来越修，世界上还有三分之二的人民没有解放，学习雷锋好榜样，阶级斗争天天讲，对地富反坏右要狠揍……

重要的是，我和国庆还经常偷听敌台，那时的敌台是指美国之音、苏联的"莫斯科广播电台"（女播音员的声音软软的，酸酸的，真是修正主义到家了），台湾的更不用说。这就要归功于我二姨夫了，他平日里就爱瞎捣弄，三弄两捣，搞了个半导体的收音机。收音机又大又笨，像块大砖头。但就是这块大砖头，使我们了解到不少"敌情"。

比如，他们说：刘少奇再次当选国家主席，表明毛的威信再次下降，大权旁落的日子已经不远，但依照毛的性格，他不会善罢甘休。中共历来山头林立，分红区党、白区党。刘志丹死于毛泽东的暗算。共军四大野战军互不服气，评衔后争斗依然。林彪分管军队工作、军队更加忠于毛，毛对军队工作大加肯定……

听了就会议论，说不议论是不可能的。爱动脑子的国庆哥就会发出些感慨。比如讲，他会忧心忡忡地说：为什么美国没有游击队？美国共产党干什么去了？台湾人民既然在水深火热之中，他们为什么不起义？马克思主义是蒸汽机时代产物，现在是月球时代（指美国登月成功）、电器时代了，他的一些观点是否应该得到补充？物质高度丰富，人人按需分配才是共产主义，那么现在的中国吃粮都要靠“配给”，离着共产主义是不是太远了？为什么党内有不少的干部搞特殊化，搞腐败？……

有一次我俩正听着，让姥姥撞见了。她问了句：“怎么这个广播员说话这么个腔调？”

国庆急忙调了波段：“噢，兴许她感冒了，嘿嘿。”

我就急忙推她：“哎呀呀，姥姥您快走吧，又不是戏匣子里唱戏。”

但有一回让大发撞见了，他眉头一皱：“好，你们收听敌台……”

国庆倒不慌不忙：“你怎么知道是敌台？”

“我刚刚听到的……”

“这么说你也听了……”

我急忙接上一句：“对，你比我们听得还多，怎么的？”

大发的脸让气得像块半熟的猪肝，悻悻然走了。从那以后，我俩格外注意。这习惯一直保持到“文革”开始甚至到知青下乡。

不仅如此，我们还看了大量的中外文学名著，这就要说到雍容华贵、美丽大方的海萍姐了。她就是国庆哥的初恋对象。

…………

海萍姐的确称得上气质典雅，雍容华贵。她从小在北京长大，说一口十分悦耳的北京话。她的父亲可不是个一般的人物，据说与毛泽东、邓子恢、安子文都有关系（想知道更详细的，请耐心往下看）。他是因犯了“右倾”错误，而下放到山东的。那时的枣庄因是煤矿基地而升格成了山东省省辖市，当时山东共4座：济南、青岛、淄博、枣庄。她的父亲便来到小小的枣庄当了副书记（仅有四个区，滕县尚未划过来，人口83万），级别10级，是当时的市级领导中最高的。海萍姐也就随她爸爸转学到了我们学校。

至于美丽大方，我就不再描写了，美丽就是美丽，大方就是大方。放现在说，那就是校花，尤其是她讲话或唱歌的时候。她还是校文艺宣传队里的领唱，一曲“天上布满星，月牙亮晶晶……”能把所有的人唱得掉眼泪。

我早说过的，我国庆哥身个随我二姨夫，模样随了我二姨，那叫一个帅。当时，国庆又是校篮球队的前锋，很招女同学的眼球。

很自然的，他们俩人就走到了一起，俩人的初次接触好像是在学校图书室里。海萍姐倒挺主动：

“三（4）班的？”

“是啊，你呢？三（1）班的？”这就是废话了。国庆毕竟生性腼腆。

“明知故问。”海萍姐笑起来的时候最好看，“哎，你讲话和他们有点不一样。”他们就是指我们喽。

国庆哥慢慢地不再慌了：“噢，我爸东北人，老东北，所以……”

“原来如此。”又是嫣然一笑，“枣庄什么都好，就是说话太难听。哇，枣庄的菜煎饼挺好吃……”

“我姥姥烙的才好吃呢！”我在一旁终于找到了机会。平时，国庆哥总说我是小屁孩。

“你？”海萍姐似乎这才注意到我。

“他是我表哥，嘿嘿……”我一挺胸脯。

“你是个跟屁虫吧？”是那种大人看小孩的眼神。

这让我立马很不高兴，我几乎是吼道：“我不是小孩了，我是个大小伙子。告诉你，我长大也要找个北京老婆。”（20多年后，我的誓言实现。但他们俩人却终未成眷属。）

“哈哈……”他俩同时笑了起来，笑得那样会心、爽朗。

说着说着，就说到了课外读书上，海萍说，学校图书室的书太少，还不如她家的多。她说，她有很多中外名著，如托尔斯泰的《安娜·卡列尼娜》、《复活》、《钢铁是怎样炼成的》、《基督山伯爵》，还有《红与黑》等。

就在他们俩高谈阔论的时候，我跑回宿舍拿来了我姥姥烙的菜煎饼。我在前边就讲过，我上初中时，姥姥的菜煎饼是我的必带食物，而且是我的骄傲。同学们常常用细粮（即馒头或大米饭）来换我的，而我还不愿换呢。

“海萍姐，给……”我跑了一头汗。

“哎，真拿来了。好，谢谢你了。”

“海萍姐，你身上真香……嘿……”1964年的我13岁，该是刚刚进入青春期吧。

“说什么呢，打你个小屁孩……”海萍姐嗔怪了我一句。哇，表情那个妩媚啊。

从此后，国庆哥和我就看了不少好书。我的文学功底也就是那个时候开始的。看得多了，就想写，觉得小说不就是这么写的嘛，有什么了不起。

有一次，海萍提出要见见我姥姥：“听说你们姥姥是个传奇人物，是铁道游击队的芳林嫂，有很多故事。”

“那当然，我姥姥可厉害了，每年过年王强都上我家拜年……”说到姥姥，我兄弟俩打开了话匣子。

“我可以去你们家看看姥姥吗？”大家闺秀就是有礼貌。

“行，怎么不行？”我抢先表态，“我姥姥也正想看看你哩，嘿嘿……”

原来我早已把国庆哥与海萍的事告诉了我姥姥，我姥姥就有点不相信：“哪有那么俊的人，那不成了仙女了？……”

反正当时我把所有形容漂亮的词都用上了，而且不止什么闭月羞花、沉鱼落雁，什么美丽无比，漂亮端庄，什么高贵典雅，什么，什么……

海萍终于来到了我家，不，应该是国庆家，因我姥姥“打游击”正好打在了他家，海萍在刚刚进门的时候就朝我姥姥鞠了个躬：

“姥姥好……”像京剧里的道白，真没说的。

只见见多识广的我姥姥两眼立马就直了，直了有大半天。然后，三步两步奔了过来，一把抱住了海萍：

“哎呀呀，俺的娘来，仙女啊，仙女啊，真是仙女啊……”

“姥姥，您看您……”海萍第一次不好意思起来，她一扭捏起来更好看。

这时，我可自豪起来：“怎么样，姥姥、二姨、二姨夫，我说得没错吧？”

“大林的一双眼贼亮，”我姥姥首先发话了，“没看错，这妮子赶在早时会，就是咱吴村镇的，不，全枣庄的荷花仙子。大林，去，去割点肉，妮子在这吃饭。”从此后，我姥姥就管海萍叫妮子。

海萍倒也痛快：“姥姥，我最爱吃您做的菜煎饼，我爸也爱吃……”

“共产党的大官都爱吃我的菜煎饼。”姥姥可有了话题了，“当年的罗政委，还有现在的刘主席，都吃过我的菜煎饼，哈哈……你吃够，再给你爸爸捎一点。”

“我爸可能又下乡了……”

“没事，姥姥这煎饼是世界第一饼，能放一个月。”姥姥也幽了一默，“你爸不错，没架子，是咱老八路的作风。枣庄的老百姓都挺喜欢他。告诉他，我表扬他……”

“哈哈，姥姥，你也是世界第一姥姥……”海萍姐让逗得笑弯了腰。

打这以后，海萍成了我们家的常客。

我姥姥不但“表扬”了这位曾给邓子恢同志当过秘书，而现任市委副书记的海萍的爸爸，还在以后的岁月里，救了他的命……

…………

老实话，国庆哥和海萍姐那时候还说不上是谈恋爱，但毕竟是有那么点意思，这样反倒让人更感到朦胧、可贵。

对此事持反对意见的只有一人，那就是“革命者”毛大发。“革命者”是国庆给他起的，意思是他处处都表现得十分激进。按现在的话讲叫“左粪（愤）”，网上也称“愤青”。

很难说他是出于嫉妒，还是出于真正的革命。反正他认为这样亲密的接触影响学习，也影响学雷锋。这时的大发担任着全校高中部的学雷锋小组的组长，他经常组织学校学生义务为矿工服务，比如为他们洗衣服、理发，为矿上打扫卫生，为矿食堂洗菜、运煤等等。

“国庆，告诉你，早恋是有害的，你要知道，你马上就要考高中了……”大发永远是那种烈士子弟加大哥的口气。

国庆就说：“我们没谈恋爱，我们只是常在一起谈学习、谈文学、谈人生。”

“那个海萍一身的高干子弟味，整个一布尔乔亚，典型的小资产阶级情调，整天抹雪花膏，和她交往有什么好处。”

我从心眼里烦毛大发，便朝他做鬼脸。“和她交往是为了念念不忘阶级斗争，是为了我们最终战胜资产阶级……”正好这时我放了个响屁，“对了，正好是用无产阶级的臭屁战胜资产阶级的香风……”

国庆哈哈大笑起来。

大发则扬起了拳头：“死大林，我揍死你……”但他还真不敢打。因为有姥姥。

我马上耍起无赖：“好，你骂死（斯）大林……”

姥姥也开始烦大发，嫌他把自己的菜煎饼拿来学雷锋。他因住校，一拿就拿一星期的。那个时候虽然比大饥饿时强多了，但学生每月的粮食定量供应27斤。根本不够吃，所以，凡是住校生没有不带干粮的。

但大发学雷锋正在兴头上，他干脆将自己的菜煎饼让给了生活更困难的同学，自己宁可饿肚子。为此，学校还表扬了他，称他“对同学像春天般温暖”。

我姥姥则兜头就骂：“大发你傻种吗？你自己都不够吃的你再让给别人，你干脆一点不剩地送出去，那才叫雷锋。”

“姥姥，您没文化……”这王八蛋，居然说我姥姥没文化。

姥姥吼道：“你有文化喝你的西北风吧。”骂归骂，星期天下午他返校时，姥姥还真得多给他一部分菜煎饼，以“供”他学雷锋。

大发哥的饿没有白挨，他很快成了学校的学雷锋标兵，有消息说，他很快就要入党，介绍人是我们的老校长，一位被我们称为“校长奶奶”的慈祥可亲的老太太，毕业于早年的上海教会学校。平时见了任何同学都是笑眯眯的，有时，会不由自主地用英语跟你打招呼“Hello”，我们都非常喜欢她。

在很快到来的“文革”中，她被打成了黑帮，剃了阴阳头。在关键时刻，是我救了她一命——真的，我不是吹牛。

第62章 “他们必须向我道歉”

上初中期间，我还担负起了另一重任：利用假期回安徽老家看望我爸。这段时间，是我最高兴的时间，一是能见到我爸，二是可以在安徽农村（即水乡）玩玩。

我爸自回老家后，就没来过。他信上说不是不想我们，而是怕别人说闲话，怕说他熬不住了，回来找工作。他说，人多嘴杂，不能不这么想。

我妈似乎是去看过他两三次。有时就说是出差顺便，谁知到底是不是顺便。但每次回来都是眼角红红的，显然是刚哭过。夜里她偷偷给姥姥说，果然是说跟我爸吵架了。原来她曾劝过我爸，说：“西三矿已经下马，事实证明你是正确的，你不妨顺便给局里写一封信，再回来工作算了。”但我爸坚决不同意，拧着脖子说：“我正确怎么还得我写信，还讲理吗？”我妈就嫌他“拧筋头”。

我妈叹了口气说：“他还提出离婚，说不想耽误我……”

我姥姥关切地问：“你答应了吗？”

我妈说，我没答应，话没说完，就哭了。

我姥姥一字一句地说：“三妮，你记着：一、咱这里永远不能提离婚，咱不能干缺德事。二、义和要是提离婚也不能答应。义和是共产党里最好的官，要是共产党的官都能像他这样，早就天天能吃猪头肉了……”

很快，爸妈之间陷入了冷战，谁也说不服谁。这时，妈妈已经担任了矿务局医院的副院长，工作也忙，看望我爸爸的任务就由我来担当了。

我至今记得当年旅途的漫长与艰辛。我需要上午在薛城上车，坐的就是当年我爸回乡时的那趟慢车（青岛至浦口），几乎站站都停。要坐到第二天早上才到南京，然后再坐一天只有一班的长途汽车到老家（还有一条路线是坐车到合肥，北京至合肥的，是快车，但车票贵，我只坐了一趟，为的是省钱）。

不知为什么，一回到那个普普通通的小乡村，我就感到格外的亲切。因为按照中国人的传统说法，这里才是我的老家，祖籍啊。

用山清水秀，不，坡青水秀来形容它是一点也不过分。为什么说是坡呢？因为它够不上山，就是一高岗，岗上长满青翠欲滴的竹子，岗下是绿油油的稻田，稻田里到处是水。一条大河从村旁穿过，河水清澈见底。河里田里到处是鱼虾、螃蟹、青蛙等。

我爸在村里辈分很高，有人都叫他四老爷爷，我自然也就成了爷爷。看到很多大人都恭恭敬敬地喊我爷爷，我心里那个乐呀。

白天，村里的小伙伴会带我这个“爷爷”去放水牛。水牛特别老实，你可以骑在它背上做倒立，也可以骑在它身上下河游泳。晚上，他们会带我去稻田里抓鳝鱼、甲鱼和青蛙。他们管青蛙叫田鸡，管甲鱼叫团鱼。我笑话他们蛮，他们就笑话我侉。

村里照顾我爸，让他白天放牛，晚上就睡在村东头的小水库坝上看水库，看水库本是个轻快活，但这小水库是1958年大跃进时建成的，质量不是很好，最后我爸爸反而就坏在了这座小水库上。

没事的时候，爸爸会跟我拉家常。在他儿子面前，他有时会流露出自己的另一面：

“大林呀，说实话，有时我也很后悔，后悔不该这么较真，害得你妈和你们吃了不少苦……”

一说到这些，爸爸就会掉眼泪。我以前从来没见他掉过眼泪。

“爸，别忘了我弟弟的那句话：你不是电影里的坏人，你是全中国最好的好人……”我尽量不让自己哭。

“儿子，有你们这句话，爸爸心里就畅快多了。”爸爸会很快地抹掉眼泪，“老实说，我有点像彭老总，但在中国彭老总是待不下去的，想待下去并能升官提拔，必须昧着良心说假话……”

“我……我听说刘叔叔要当矿务局的第一书记了……”我说的这人就是当年的那个牛逼书记。

爸爸什么话没说，只是长叹一声：“共产党越来越没共产党的味了。想当年老子提着脑袋打鬼子，打老蒋图个什么呀……”

于是，我们爷俩便陷入长时间的缄默……

“爸爸，我发现您不大骂人了。”最后我说，像是在作总结。

爸爸苦笑着说：“这就叫眼不见心不烦，无官一身轻。”

每次临分手，他总是一遍一遍地交代我，好好听我妈的话，听姥姥的话，照顾好二林……总是说他最对不起的就是我妈，说下辈子一定再娶我妈，一定加倍地补偿她，还一定要再生一次我……

这个时候，我在作文上已经显露出了一定的才气，我的作文常常被语文老师当作范文在班上阅读。有一次，还得了市里举行的作文比赛二等奖，奖品是支黑杆的金星钢笔。爸爸抚摸着那支金星钢笔，双手直抖，半天说不出话来。“大林有出息，我的儿子有出息……”他亲自给我把笔别在胸前，鼓励我好好写，将来当个大作家，好写写他，写写我姥姥。

…………

大约是1965年秋，开始提“千万不要忘记阶级斗争”，开始提阶级斗争要年年讲，月月讲，日日讲，时时讲，秒秒讲……枣庄闻风而动要盖“阶级斗争展览馆”。

展览馆所干的第一件事，就是把位于公胜街的“白骨塔”的解说词给改了。白骨塔实际情况是：1911年3月，中兴煤炭公司在修建枣庄南大井时，挖出了百余具矿工遗骸，同时还从其他小煤窑旧址挖出数百具遗骨，合葬后取名白骨塔，以祭奠死难矿工……改后的解说词是：日本鬼子时期，残酷迫害我矿工云云。

筹备小组所做的第二件事，就是决定邀请我爸来一趟，讲述当年新四军解放枣庄的情景。所需材料200字左右。

我爸接着寄来一封信，并附有200字的材料。信上说，不就是200字的材料吗，还用得着回去一趟吗？不料，筹备小组副组长王强又亲自给我爸回了封信，说，你必须来一趟，还要照相。

就这样，我爸回来了。这时，距他当年愤然回乡已经过去了五六年，事后才知道，这完全是我姥姥、王强和组织上的一个“阴谋”。这事只有他们知道，连我妈都瞒着了。

展览馆的事很快就办完了。我爸说，怎么样，完了吧？我该回去了。他嘴上这么说，心里也是不想马上走。这儿毕竟是他战斗、工作、恋爱过的地方。还有就是他当年一块工作的部下、矿工的热情挽留。他们一听说张矿长回来了，个个奔走相告。他们有单独来看我爸的，也有三五成群的，这个请他“喝一气”，那个请他“喝一气”。你不去，他就会认为你瞧不起他，跟你没完。

那些天里，我看到爸爸特别高兴，身上总是有股酒味，大脸盘红红的，两眼放着光。嘴里老是在说着过去的事情。有一天晚上10点多了，他突然喊醒我，让我陪他到矿上转转。我高兴地答应了。已经钻进了被窝的弟弟听到了，也一骨碌爬了起来，嚷着也要去。我爸当然也答应了。就这样，我们爷仨像个梦游症患者一样，在矿上转了大半夜。

我们都预感着要发生点事。终于有一天，王强爷爷到了我们家。他把我爸叫到了里间说：

“义和呀，按说你得管我叫叔，但咱是革命阵营，就不讲这套了。听我一声劝，就别回去，接着上班算了……实话给你说，这也不是我个人的意见，你也就别太……”

我爸先是一惊，他快意识到了什么，但没有马上回话，沉吟片刻后，他说：“老前辈，谢谢你们的一片好意，老实说，我对这儿有感情。要回来也行，但有个条件。”

“那你快说。”着急的反倒是王强。

“我不能就这么稀里糊涂地回来，得有个结论，哪怕一句话，也就是说，得有人对当年西三矿的冒进负责，对死伤的203名矿工负责。他们要对这事道歉，要说一声对不起……”

“嗯，说声对不起……”这回该轮到王强沉吟了，过了会，老英雄发话了，“按说这也不算什么过分的事，西三矿的事就是办错了。”

不办错的话还能下马吗？

很快，我爸爸就回了老家，专门等着“说法”。

临行前他表示，一旦有了说法他立马回来工作，职务、级别一概不讲究。但“对不起”这三个字却变得异常沉重，据说，当年的牛逼书记听说此事后，笑呵呵地说：“大跃进嘛，是毛主席亲自号召的……至于个别地方过火是难以避免的，为这点小事道歉不显得咱共产党小家子气吗？嗯，呵呵……是不是啊？嗯，呵呵……”

我爸爸终于没有等来这只有三个字的道歉，直到1968年死于那场从天而降的大洪水……

第63章　可怜的校长奶奶

“文革”是一场史无前例的民族大劫难，这一点已无异议。十届三中全会后，中央党校等有关权威部门进行过初步统计，十年动乱中，受各类冤假错案诬陷迫害株连的有一亿人，非正常死亡的近700万人。

“文革”是1949年以后的连绵不断的政治运动的加速度。就像一个日见加重的精神病人在不予治疗或拒绝治疗的情况下，最终的结局只能是狂躁至死。

我们家的人又如此不平凡，自然就会更有故事……

…………

首先，毛大发同志如鱼得水——我还是叫他“同志”吧，这样更革命些。因为他早就不把我这表弟放在眼里了。

要不我们就叫他“毛总司令”，因为他已经成了全市学生系统的“红卫兵造反总司令部”的司令。不过他还有个外号叫“牛皮带”，谁给他起的呢？我！

有一天一大早，我们刚起床，他气喘吁吁跑我们家来了：

“三姨，跟你说件事，我三姨夫的皮腰带送给我吧。”

“不行。”不等我妈表态，我抢先开口了。

我家的皮腰带是我爸爸从部队带回的日本货，是日军少佐以上的军官佩戴的，这也是我爸的战利品。在一次战斗中，他们七个人费了半天劲干掉了一个日军少佐，我爸分得了这一牛皮带。20多年过去了，那皮带仍然光泽闪亮，坚韧如初。

对“文革”稍有印象的人都知道，红卫兵兴起之初，多为官办（如北京的联动，全是高干子弟），当了红卫兵就像今天的出国留学或干房地产。而红卫兵的装束自然也是耀眼的，那就是一律的黄军装、皮腰带。黄军装好说（市武装部可以发，不要钱），但皮腰带可就……

“不行，我不给，我也要当红小兵。”我吼道，当时我上初二。

毛大发司令很认真地说：“只要你把腰带送给我，我马上批准你当红小兵。”

“我不信，当年我要求入队你就对我耍官腔……”想起这事我就恨。

“那是过去，而现在我们正需要人。”那口气就像在万人会上作报告，“现在中国的赫鲁晓夫正要用毒酒，加拌了老鼠药的花生米毒死毛主席，我们要保卫毛主席。”

“什么样的毒酒？”我一听急了。

“北京二锅头。”

“那你什么时候批准？”我也要保卫毛主席。

“很快。”

大发哥说话算数，我用一条皮腰带换了个红小兵，而且是早期的。

我成了红小兵后干的第一件事就是跟着大发哥直奔吴村镇，把那座老教堂砸了……哈哈，我革命啦……

而国庆却因家庭关系自始至终哪边都不参加，是个逍遥派，这使他有更多的时间看书和学习。

…………

很快，大发哥的“红卫兵造反总司令部”就干了件惊动全国的大事件。他在一块香皂上发现了阶级斗争新动向，并向全国发出紧急呼吁。为了说明事件的真实性，请允许我费点笔墨将他的呼吁信一字不差地发出：

《向全国发出最最最紧紧紧急急急的呼吁》

全国的红卫兵战友们，广大的革命的工农兵同志们：

现将我们最近发现的严重的反革命事件通告给你们，大家紧急行动起来，保卫毛主席！保卫党中央！

这一问题就是“中国上海中央香皂厂生产的”蜂花檀香皂的问题甚为严重。

1. 为什么在香皂上印有的两个商标都是国民党党徽？为什么国民党党徽还是金光闪闪的？

2. 在香皂上印有“中国上海中央香皂厂制”的字，我们要严厉地质问为什么不写“中华人民共和国”全称，而写“中国”二字，并且紧跟着又写有“中央”二字，这是什么意思？

3. 在香皂的宣传广告里，完全充满着资本主义、修正主义的黑东西。为什么在国内推销，仍有这样的广告，这是在向工人、农民和革命知识分子宣传些什么，要把我们引向何处？以上所述，可以明显地看出，阶级敌人还没有被消灭，他们在念念不忘人民公敌蒋介石，对新社会怀有刻骨仇恨，恨不得马上推翻社会主义的中国。我们对此表示亿万万亿万万亿万万分的愤慨，我们向“上海中央香皂厂”提出最最最最最强烈强烈强烈的抗议！！

呼吁信发出后，在全国尤其在上海引起极大轰动，红卫兵纷纷表示支持。上海的红卫兵还专门派人来枣庄学习。枣庄为此骄傲万分。不久就传来消息说，该厂的七名厂领导和几乎一半的工人统统被捕，一网打尽。哈哈，蒋介石完蛋啦……

此事使得大发哥，不，毛总司令名声大振。很快，他接到了省里的通知，赴北京，接受伟大领袖毛主席的接见。这一天是1966年8月18日，即毛泽东第一次接见红卫兵，在高高的天安门城楼上，毛泽东微笑着对宋任穷的女儿宋彬彬说：不要老是什么彬彬的，要武嘛……一声令下，全国性的武斗如井冈山的星星之火蔓延开来。首先，就是煤炭部部长张霖芝被活活地揍死，因为他被毛泽东点了名。

枣庄的武斗亦走在全省、全国的前列。

首先是我们学校“揪出”了女特务外加女修正主义分子“校长奶奶”。开始圈定她为“黑五类”就是大发哥决定的：

“伟大领袖毛主席说了，一定要划出5%，就是她了。”有人曾小声提出：“她可是准备介绍你入党的呀……”

“她那是修正主义的党，刘少奇的党。抓！”

老校长很快被扣上了一大堆帽子：培养修正主义接班人、女间谍、女特务，帝国主义埋在枣庄的定时炸弹。抓她的时候是大发哥亲自带着几个女同学抓的。他们不费吹灰之力就把老校长捆了起来，押在了三楼高二（3）班的大教室里。

“大林同志。”大发哥突然叫我的名字。

我立即一个立正：“到，总司令有什么指示？”那些天里我为了要回我爸的皮腰带，整天围着大发哥转（毛主席接见完他们以后，他们又在济南串联了几天，到处煽风点火。其间，军队里的造反派为他们一人发了一条现役军官的棕红色新腰带）。

“你在这里好好看着这个女特务，我去叫几个男同学来……”

“那我的皮腰带……”

他一下压低了声音说：“我已经给了姥姥了……”

哈，这下我放心了。我又是一个立正：“保证完成任务。”

一会儿的工夫，我成了一个小头目。这时，老校长已经没有什么气力了。她花白的头发被剃了一半，人称阴阳头，金丝眼镜也缺了一条腿，只是勉强能挂住，满脸的血痕，好像还被打掉了一颗血牙。

突然，老校长挣扎了下：“小同……同学，Water（水）……可以……以给我点水喝吗？”

一个女红卫兵吼道：“渴死你这个女特务……”

另一个干脆呼口号：“打倒女修正主义分子……”

不知为什么，当老校长那乞求的目光扫向我时，我却掠过一丝天生的悲悯：“毛主席说了，要优待俘虏……”

那几个女同学大概知道我同毛总司令的关系，便不再作声。我大步流星下了楼，开始去找水。这段时间里，包括以后每当我口渴想喝水时，总是闪现着老校长最后朝我磕头要水喝的情景……

不料，自来水管里没有水，因为校工也停产闹革命了，学校里处于半瘫痪状态。我又去了学校伙房才搞来一瓶水。那个时候可没有塑料瓶，都是些玻璃瓶，我记得很清楚，那是用来盛酱油的瓶子。

等我一路小跑来到三楼时，就听到大教室里乱哄哄一片，几个人在高喊打死她，打死她。接着，就是棍棒落在人身上的扑扑声和老校长的惨叫声。少顷，这伙人兴高采烈地拥出门外，为首的正是我大表哥毛大发。他们咋咋呼呼，像是打了一场胜仗，我一看不妙，便加快了脚步。尽管有着一定的思想准备，但眼前的情景还是让我吓了一大跳：

只见老校长浑身是血，躺在教室的角落里。她的神志已有些模糊，嘴里念叨着：“My God（上帝啊），Water（水）……”

我什么也顾不上了，急忙扑上去，将那半瓶水送到了老校长的嘴边，她就着鲜红的血慢慢啜了一口：

“谢谢你，同学，你是……”

“我是初中部的，叫张大林。”

“你是个……好……学生，你有颗善良的心。”

喝完半瓶水，老校长好些了。但身上的伤疼还在折磨着她，时不时地，老校长还要抽搐一阵子。因为平时我们就知道老校长患有心脏病，所以我觉得必须赶快把她送医院抢救，否则……

…………

急中生智，我一下想到了国庆哥和海萍姐。对，只有找他们。

我安慰了老校长几句，并把她的头部垫高。然后，飞也似的冲出教室。我终于很快找到了他们两个，因为我知道他们两个肯定在校围墙的草地上看书。

“快快，老校长她……她……”我急得语无伦次。

“伤得重不重？”国庆哥几乎跳起来。

“很重很重很重……”我只能这么说。

国庆哥马上作布置：“大林你赶快回去照顾老校长，我去找辆地排车……对了，海萍去把那台照相机带过去。好，咱们兵分三路……”

这个时候的国庆哥已经成了逍遥派，因为哪派红卫兵都不要他，这当然是因我二姨夫的关系，这时我二姨夫已被戴上了“大汉奸”、“大封建把头”、“蒋介石的孝子贤孙”的帽子。揭发他的就是他的外甥，我的表哥毛大发总司令……

批斗他的大会更是传为笑谈，尤其是批斗他给蒋介石写信一事。造反派在万人大会上问他：

“你当年给蒋该死写信出卖了我们什么机密？”

我二姨夫如实回答：“不是出卖机密，是告国民党下层官员腐败的。”

造反派上去又是一个耳光：“放屁，你个大汉奸岂能告国民党？国民党也是汉奸……”

“不……不是的，是这么回事……”二姨夫还想辩解。

啪啪啪，又是几个耳光。几个耳光下来，我二姨夫立马变脸：“对对对，是是是，我跟蒋该死写信告了密，我说你就是我亲爹，你快打回来吧，快搞资本主义复辟吧，快让千万颗人头落地吧……他……他委任了我为少将旅长，领一万人马计划先占徐州，后下枣庄，先杀陈老总，再杀毛泽东……我该死，我有罪，请炮轰我，请油炸我，再踏上一万只脚，让我永世不得翻身。我是不齿于人类的狗屎堆……咳咳……”吐出几口浓痰，痰中带有血丝。这是矽肺病明显特征。

你别说，我二姨夫这么一狠斗私字一闪，灵魂深处大检讨，居然被通过了。从此后，他去了矿澡堂看大门，他私下里笑称：看光腚。

老子反动儿混蛋，国庆哥自然也就成了逍遥派，利用这段时间，他通读了不少马列的很多原著，并记了大量的笔记。

很快，我们三人在大教室会合了。海萍姐拿来了那台在当时还算不错的海鸥120的照相机。事实证明，这是最有价值的行为。

天地良心，老校长佝偻着身子还躺在原地，身上的血迹已干裂，面色苍白，正艰难地呼吸着……海萍姐当时就呕吐起来，国庆哥二话没说，啪啪啪照了几张相。

怕夜长梦多，我们赶紧将老校长送到了矿务局医院，老人终于得救了。（万万没想到的是，11年后，在我人生的重要关头，她居然帮助了我。）

转眼间，34年过去。2000年的国庆节，远在日本的国庆哥给我寄回了这几张珍贵的照片，一看照片，当年的惨景又不由得浮现在眼前。一股难以名状的愤怒，促使我以“不能失忆”的网名将这几张照片发到了互联网上，立刻引起极大的轰动。

第64章　振臂一呼震全国

革命在继续深入，在揪出了不少走资派的同时，也揪出了不少叛徒、内奸。早年的铁道游击队老英雄王强则是个特务、内奸。“不然，他怎么能进得鬼子的洋行的？那是一般人能进的吗？”所以，他肯定……

正式的逮捕令是毛总司令签发的。那时的公检法已经被彻底砸烂。革命群众说了算（很快又实行军管）。据说，接令后，孔庄监狱（枣庄人都知道）已专门腾出了一间地下室作牢房来囚禁他。

那是一个腥风血雨，人人自危的年代。

一天半夜，我家突然响起了敲门声。我姥姥十分警觉地问了声：

“谁呀？”

“我，大脚嫂子，我呀……”

“该不是王强兄弟吧？”能叫大脚嫂子的还有谁。

“正是呀，嫂子呀，倒血霉了……”

我姥姥急忙打开门，王强慌不迭地闪进了门，就好像有鬼子宪兵队在追他。

“我的娘来，赶快弄点吃的……”枣庄人一着急，男女老少都喊“我的娘来”。

我妈急忙给王强下了两大碗面条。老英雄狼吞虎咽地吃完了，这才叙述了自己的不幸。他说，近段时间以来，他被追得四处打游击，过去的老战友、老部下家都转遍了，还是不安全。今夜他是摸黑转了近百里路从台儿庄的兰城摸来的。

“老嫂子，没说的，还得来找您啊……”老英雄连连打着饱嗝。

我姥姥说：“就知道你早晚还得奔这里，我早作了盘算了，咱还得走过去的老路，农村包围城市。”

“去乡下？”

“可不，乡下安全得多。俺已在吴村建立了秘密堡垒点。”姥姥很有几分得意，并小声地说，你不是被安排的第一个，那里已经有个人了，还是你的老战友。

“谁？”

“保密，等见了你就知道。”姥姥明显地在卖关子。

“拿我穷开心。”

“兄弟，咱啥时候都不能噜嘟着脸不是？”

王强急着现在就要走，但我姥姥不同意：“现在夜深人静，到处是巡逻的红卫兵，只要碰上了没个跑。亏你还是个老铁道游击队。”

“那你说……”

“咱就明天走，大模大样的，你旁的别问，只管按我吩咐的去做。”

第二天吃过早饭，我姥姥带王强上路了。还记得我以前说过的三年大挨饿时期，我姥姥为了方便开荒学会了骑自行车的事吧。现在，这一技术又得到施展。只见我姥姥推出那辆大国防自行车，将王强安置在后座上，一溜烟直奔北大门。

王强被打扮成了个病老头，脸上还抹了些尘土和炉灰，弄得蓬头垢面。身上披了床破褥子，我有多大这床褥子有多大，上边满是我和我弟弟小时的屎渍，那个味啊。

第一道关，是三个低年级的红卫兵，都是我们初中的同学，这些孩子好办。刚到关口，这些孩子例行问道：

“干什么的？”

“去抱犊崮求中医，家里有病人得了伤寒。”

王强表叔不愧是老游击，马上哼哼起来，一声高一声。

一听说是伤寒，其中的一个马上捂上了鼻子，示意快走。第一道关顺利通过。

第二道关就在北大门，即我大姨牺牲的地方，这里全是高中级的红卫兵把门。远远的，他们就让我姥姥停下了。我姥姥一双大脚稳稳地站在了那里。

“干什么去？”

“去抱犊崮求……”我姥姥又说了一遍。

王强表叔的哼哼声当然也高了起来。

高年级的红卫兵到底老成些，其中的一人掀起破褥子看了一眼：

“知道吗？我们正在通缉大日本特务王强……”

“那个狗日的我认识。”我姥姥脱口道，“早年我就知他不是好东西，什么狗屁老英雄。让我逮住了一定要他向毛主席请罪……”

红卫兵高兴极了：

“咦，老奶奶，您老觉悟高，你是……”

我姥姥抬抬大脚：“我是你们毛总司令的姥姥。”

“啊，您就是革命的大脚姥姥，啊，厉害呀，厉害……”

其中的一个居然激动地高呼“毛主席万岁！”

在他们的一片“大脚姥姥厉害还是双枪老太婆厉害”的争论声中，我姥姥带着王强已蹿上了矿外的乡间小道。

到了安全地带，王强把尿褥子一扔，吼道：“嫂子呀，我真服了您了。”

在以后的岁月里，王强爷爷（我得称他爷爷辈）经常给我提这事。说我小时候的尿要多臊有多臊，说我有出息。我同表爷爷的关系一直保持到他去世。他老时（即去世的意思），我因工作太忙实在不能回枣庄，就从济南专门发来一条173个字的唁电。

姥姥同王强是傍黑的时候到的吴村。到了姥姥说的那个据点，见到了姥姥所说的被救护的第一人，王强一见那人，便激动地一下扑了过去：王八蛋，你还活着呀，呜呜……

…………

真的叛徒被揪出来了。

大家还没忘了他是谁吧，他就是当年八路军里赫赫有名的毛炳昆！那个老红军，俺的大姨夫。

“文化大革命”那可真叫绝！那整个是一“人人都被整，人人都整人”的大革命。当毛大发总司令率领他的红卫兵为保卫毛主席流血拼命时，另外的一部分红卫兵也在为保卫毛主席而流血拼命，他们就是以枣庄实验二中为主的红卫兵组织“保卫中南海大联盟”。在毛大发这派眼里，保卫中南海大联盟是假造反，真保皇；而在保卫中南海大联盟这派眼里，毛大发他们则是假造反，真保皇。

双方就进行大辩论、大字报、大串联，更糟的是，双方后边都有工人和部队支持。开始是动嘴不动手，后来是动嘴又动手。枣庄大街上一天到晚棍棒交加、杀声阵阵、血肉横飞。

终于，保卫中南海大联盟的高人派出精干人员，在济南的某大图书馆里找到了我大姨夫当年叛变后登在《山东新民报》上的照片。这无疑是枚真正的定时炸弹。

一夜之间，枣庄的大街小巷全都贴满了被翻拍的这幅照片，以及“毛炳昆是大叛徒，死有余辜”、“打倒大叛徒毛炳昆，再踏上一万只脚让其永世不得翻身”、“叛徒的儿子也是叛徒，毛大发是政治小爬虫”、“毛大发是刘少奇在枣庄的代理人”的大字报。

很多人，包括自己那一派的人都认为毛大发这回是完蛋了。但接下来的事情却让人们大感意外。

首先是，毛大发自己先摘下了“红卫兵造反总司令部”的红卫兵袖章，他请人糊了顶一米五高的高帽子，上写“向毛主席请罪”。他戴上这高帽子在总司令部的毛主席像前下跪，手里还拿着红彤彤的《毛主席语录》，他不吃不喝，一气跪了两天一夜，直到休克晕倒在地，这一过程他专门安排人照了相。

很快，枣庄的大街小巷又贴满了他向毛主席请罪的照片。这一手很绝，使得保卫中南海大联盟的人几乎无话可说。

更绝的还在后边。在一次万人集会上，毛大发悍然宣布：坚坚决决，决决坚坚与叛徒父亲割断父子关系，坚决继承烈士母亲的革命遗志，誓将无产阶级文化大革命进行到底。

“打倒刘少奇！”最后，他带头高呼！

“打倒刘少奇！”人们跟着呼道。

“打倒谭启龙。”当时的山东省委书记。

“打倒谭启龙。”

“打倒陈杰。”时任枣庄市委书记。

“打倒邓子恢的走狗刘润泽。”海萍姐的父亲。

“打倒大日本特务王强。”

“打倒大日本特务王强。”

“打倒我爹！”声音一下高了八度。

“打倒我爹！”

“打倒我爹！”又是一声。

“打……打倒我爹……”这回跟着喊的就差得多了。有人醒悟过来了。

“打倒我爹！”毛总司令还在高呼。

但人们不再跟呼了……俺爹又不是叛徒俺呼个什么劲呀？

但一声“打倒我爹”，也算创了“文革”中的枣庄之最，山东之最，乃至全国之最。

毛大发仍然干他的总司令。从此后，他只是“烈士的儿子”，而“不是叛徒的后代”。直到“上山下乡”开始后的再次表现……

第65章　猪圈里藏三个老干部

你猜得出王强碰上的那个老同志是谁吗？告诉你，你猜不透！不信你就先猜着。我现在来说另一件事。

被我姥姥秘密转移到堡垒点的第二个人就是海萍姐的爸爸刘润泽。随着运动的深入发展，他被彻底揪了出来，北京来了人，要把他押回农业口批斗。这样，他连夜被我姥姥给救了出来。

现在我们才知道海萍姐的爸爸刘润泽的确不是个一般的人物。他早年是邓子恢的秘书，常年随邓子恢跑农村，对农业合作化的实际情况十分了解，邓子恢呈报给毛泽东的三份报告（即被毛批评为小脚女人的报告）都是他起草的，毛泽东大为震怒，要求严肃处理。依照原来的意见是发配宁夏的一个农场。但组织部长安子文十分欣赏他的才干，就给山东省委书记谭启龙打了电话，问他敢要吗。谭说都是信马大爷的，都是共产党，有什么不敢要的……就这样，他带着全家来了山东。

营救刘润泽是场精心策划的行动，保皇派的“间谍”先是灌醉了造反派的看守，凌晨2点，刘即由看管他的市委2号楼三楼坐绳梯滑下，接应他的就是我姥姥。浑身伤痕的刘书记一把握住了我姥姥的双手，几乎说不出话来：

“老嫂子啊，再生之恩啊……”

“一家人不说两家话。上我的车……”她的那辆大国防。

上了车子蹬上就走，造了一天反的大街显得格外冷清、安静，我姥姥的大国防如同利箭。突然，后边响起了汽车声，原来是造反派开车追来了。车上是全副武装的造反派，他们一人握一根钢钎子（将井下用的大号钢筋截断，每根约两米长，前头锻造成箭头形）。

刘书记急了：“不行，快放我下来。”

我姥姥脚下更加有劲：“废话，俺来是干什么的？”

“要……要连累你的……”

“这是咋说的，当年罗政委从不说这话……”

眼见得汽车越追越近。我姥姥嘿嘿一笑：“狗日的，我让你撵……”车把一拐，钻进了一条小巷。

狗日的在小巷口来了个急刹车，一车的造反派全摔倒了，等他们反应过来下车追时，我姥姥的自行车又拐进了另一个小巷。三拐两拐，后边的追兵不见了踪影。

刘润泽长舒一口气，如释重负：“老嫂子，您这双大脚真是名不虚传啊。”

就这样，我姥姥在60多岁的高龄，用一双大脚将我党的两位高级干部安全地营救出来。她的堡垒点上就有了三个不一般的人物。

…………

现在，我该告诉你王强骂的那个“王八蛋”是谁了。

他就是大名鼎鼎的长篇小说《铁道游击队》的作者、著名作家刘知侠！

20世纪50年代初，刘知侠为了创作《铁道游击队》来枣庄地区采访，一住就是好几年，与王强、我姥姥等一帮老人建立了深厚的友谊。“文革”甫起，刘知侠遭受到了空前未有的迫害，他东躲西藏，最后投奔了我姥姥。他是我姥姥掩护的第一个老干部。20世纪80年代中期我大学毕业学习搞创作，能够得到刘知侠老师的帮助，也就是顺理成章的事了——先说好，他是先看了我作品才知道了我是谁的。咱绝对凭的是实力。

这三个老革命凑在一起，是无话不说，无话不骂。王强是个炮筒子，又没文化，历来是张口就来：

“我看毛主席是老糊涂了……”

“未必呀，未必……”刘知侠到底是作家。

“路线问题哟……”刘润泽更深沉。

王强又喊开了：“大脚嫂子要不就说你神哩，打鬼子的时候，就看出来刘少奇有灾了……”

“俺可是瞎说……嘿嘿。”我姥姥管自翻着她的菜煎饼，给她当下手的是地主婆芥菜，对了，我该说说芥菜的故事了。

刘大作家长叹一声：“唉，堂堂的国家主席一眨眼成了叛徒内奸工贼……”

刘润泽则顾左右而言他：“出腿才见两脚泥……”

刘大作家还没完：“那井冈山会师也不该是毛主席和林彪啊，林彪那时不过是个小排长啊。”

王强唾了一口：“呸，嘴是两面皮，咋说咋……”不说了。

刘润泽则像在作诗：“好在历史是人民写的。”

最后，他们又拱着我姥姥说两句：

“欢迎老嫂子作总结……”

我姥姥便咳嗽两声，真的像总结：“俺多亏了当年没在党，没当干部没吃（皇）粮，嘿嘿……”

此言一出，全体哑然。

…………

现在不保密了，这个堡垒点就设在我小舅的猪圈里。那个时期，农村相对稳定些。大队便将黑五类集中起来，分别担任喂猪、扫街、沤粪等工作。遇到批斗会，不管是批刘少奇，还是批邓小平、批陶铸，以及后来批“二月逆流”，再后来批陈伯达、林彪、孔老二，他们一律是当然的陪绑。

偷偷地为三位老同志做饭的就是地主小老婆芥菜。她是我姥姥向大队要来的，说我小舅舅一个人忙不过来，就让芥菜来帮帮忙吧。大队头头觉得反正黑五类不是喂猪就是扫街，再加上大脚姥姥点了名，也就同意了。

这个时候的芥菜已经是个典型的农村老太婆了，佝偻着腰，头发花白、稀疏，面色清白、灰暗。尤其是那双小脚，一步还不出两拃。她虽然不如我姥姥大，但身体远远不如我姥姥。可怜她娘俩从1949年以后就没过过一天好日子。

当年吴四爷招她为小老婆也是有故事的（我前面没谈过，到这里该交代这一段了）。说起来芥菜一点也不俊，远远不像《白毛女》里的喜儿。他爹也不是杨白劳。恰恰相反，他爹是个二流子，吃喝嫖赌无恶不作，很快家底就光了。走投无路的他吊死在了吴四爷后院的大树上。这人还算有点心计，临死他托识字的人写了个纸条，请大善人吴四爷收养芥菜。吴四爷见到纸条后，泪就掉下来了，当即答应予以收养。当时，芥菜才12岁，整个一黄毛丫头，一脸的灰垢，长长的鼻涕都过了黄河。

就这样芥菜进入了吴家，当上了个丫环，专门负责吴四爷的起居。芥菜人长得虽不好看，但有心眼和眼色，把个吴四爷照顾得十分周到。慢慢地，芥菜长成了个大姑娘。人都是有感情的，性也是人的自然属性之一。谁也不知是什么时候，芥菜填了吴四爷的房。

吴四爷是个规矩人，明人不做暗事，当即举办了填房仪式，亲朋好友欢聚一堂，由大太太亲口宣布了这一决定。活该芥菜命不济，不久就开始了那场彻底改变吴家命运的大土改……

这次我姥姥把她叫来，只是简单说了几句：

“婶子，信不信俺大脚从来不干坏事？”我姥姥还是尊称她。

“嫂子，俺不信还来吗？”她还是称我姥姥为嫂子。

“好，那你就把这三人的饭做好。别让外人知道。”

“嫂子，你放心。”

三位老革命了解了这位地主婆的不幸遭遇后，深表同情，他们每月分别从当时已经不高的工资中抽出五元送给芥菜。芥菜几乎是感激涕零。因为这个时候她最需要钱，他唯一的儿子让马书记家的大狼狗给咬伤了，拉到医院又不给治，说是革命的狗咬了地主羔子，活该，谁治谁也是地主羔子。没办法，只好拉回家，整个人腿全烂了，里外全是蛆，露着白森森的大腿骨（次年的第一个伏天，该地主羔子被活活痛死。当夜，芥菜跳了发了洪水的龙泉河）。

我小舅的主要任务则是放风。虽然猪圈在村子的西北角，还得过了龙泉河，但还是小心一点的好。我小舅就站在坡上一边打猪草一边放风，一看见有人来，就吼道：

“万恶的美帝与蒋匪……”

只要一听到这五音不全的歌，三位老同志便老鼠般地哧溜一声钻进那座干草垛里，里边有早已掏空的大洞……

“文革”结束后，刘知侠老师曾在一篇散文里写道：“十年动乱时期，我没有进牛棚，进了猪圈，但那是全中国最幸福的猪圈……”

1984年春，在习仲勋同志的亲自提议下，经邓小平批准，刘润泽上调中央农村工作委员会。临行前，他专门宴请我姥姥。当着同行的一位省委副书记及新华社一位副社长的面，他向着我姥姥深深地鞠了一躬：

“老嫂子……子，您救了我一命，老区人民是……是我的再生父母……”

所有在场人员，无不泪如雨下。

第66章 “姥姥我给你抠腚眼”

文的攻了，武的卫了（文攻武卫）；该死的死了，该伤的伤了；该砸的砸了，该毁的毁了。折腾得差不多了，该消停消停了。

1968年冬，毛泽东一声令下，知识青年上山下乡，到农村去，接受贫下中农再教育，广阔天地是大有作为的，赖在城里早晚是刘少奇的接班人。如此云云。

大发哥第一个报了名，他是总司令，他不带头谁带头（不料他这带头却为自己带来了好运）？

国庆哥、海萍姐也在下乡之列，他们是那种你下也得下，不下也得下的，谁让你是黑五类子女的呢？

我也报了名，但矿上说我年龄小，让我再等两三年，以后我才知道，这是矿上的某些有良心的领导在暗地里呵护我，他们大多是1958年大跃进时跟着我父亲干的下级。

毛主席发了话，那就要执行，反正是执行，反正是去农村，那还不如回老家吴村。后经我姥姥到矿上“下乡办”找了两趟，大发哥、国庆哥、海萍姐三人被重新划到“回乡知青”的行列（当时规定，回乡亦可），他们将落户在姥姥的老家吴村。

三代不离姥娘土，吴村啊，大脚妮的后代又回来了……

就在欢送大会那天，事情又发生了戏剧性的变化，下乡办的领导同志突然大声宣布：

鉴于烈士子弟毛大发同志积极带头下乡的先进行为，已充分显示了该同志忠于毛泽东思想，忠于毛主席革命路线的革命觉悟，有关领导认为，他已无须再接受贫下中农的再教育，可以直接进入工人阶级的先进行列，故特此批准毛大发同志为我矿矿工，成为光荣的工人阶级的一员……

大发哥一听，那个激动啊，立刻又振臂高呼：

“工人阶级是光荣的。”

“工人阶级是先锋队。”

“工人阶级万岁。”

“我要当个好的工人阶级。”

但台下跟着呼的却不像当年，一是因为这已经不是1966年那阵了，二则是有怨气，你奶奶的不用下乡了，当然高兴，可俺呢……万岁你奶奶个腚呀。

…………

就这样，我们三个表兄弟一下分成了三块，毛总司令摇身一变成了工人阶级一分子，国庆哥回乡当了回乡知青，我则在矿中学“复课闹革命”（其实多半时间是玩、打架、学木匠活、练拳、偷矿上的煤，几乎无恶不作）。

很快，大发哥又麻烦我姥姥了。有一天，他急匆匆跑来找我姥姥了。他脸色苍白，满脸大汗：

“姥姥，我……难受，我……”

我姥姥心疼地直为他擦汗：“怎么难受的？”

“我三天没拉屎了，憋得……得慌……我……”

我姥姥一听明白了，马上凶他：“早给你说了，大发，做人老老实实，别太羊屎蛋子钻天……”

大发哥哭丧着脸说：“我我……这也是矿革委的好意嘛，我总不能……”

原来矿革委又抓了毛大发同志的先进典型，说他在井下挖煤时拼命干活，苦活累活抢着干，并准备培养他入党，还说，这回可不是修正主义的党，正儿八经是毛主席的党。他呢，自然更加积极，开始了连轴转，有时连着三个班不上井。在井下光吃馒头、咸菜喝开水，一点蔬菜水果不吃，加上过度劳累，当然便秘。

这不，关键时刻又找他姥姥来了。

“奶奶个腚的，快去厕所……”反正她老人家这辈子是当不了奶奶了，所以爱骂这一句。

“干什么？”大发哥还有点不明白。

“干什么？给你抠腚眼子呗。”

“啊，那多臭呀……”

“俺不是你姥姥吗？奶奶个腚的……”姥姥话音未落，便撕心裂肺地大哭起来，“呜呜……俺是个什么命呀……”

事后，我把毛大发大骂一顿：假洋鬼子，活该。那时我已经开始读鲁迅的书了。

我姥姥没有白抠这腚眼子，在她为她的大外孙抠到第三次时，毛大发同志光荣地被“纳新”入党，并上调刚刚成立的“女子掘进队”任团支部书记，半脱产。

从此我姥姥再也不用抠他的腚眼子了。

…………

与先苦后甜的大发相比，国庆哥和海萍姐就倒大霉了。首先是农活累，这个就不用说了，再就是生活苦。我前边说过的，一天挣10分，才合8分钱，住的地方更糟糕，大队原先的破仓库，上漏下潮，到处是跳蚤。

我姥姥看在眼里疼在心里，就整天骑着那辆大国防往吴村跑。每次去都要带上好多好吃的，她总是让我把所有的馒头票都买成馒头（馒头和大米饭在当时被称为细粮，粗粮就是小米、玉米或高粱，矿食堂一般都做成煎饼），再给他俩烙上好多菜煎饼，再炒上两罐头瓶的小咸菜。那时候植物油少，就用肥肉炼成猪油，现在的人早已不吃猪油了，但在当时却是好东西，炼过油的油渣子还可用来包大包子，那个香啊。

每次帮姥姥准备东西时，我就看到她眼角红红的。

“姥姥，我帮您送吧。”那时，我刚刚学会骑自行车。

“你还是好好念书吧。”

“念书没用的，反正要下乡。”

姥姥白我一眼：“别这么说，识字就是文化，哪朝哪代都离不了读书人。”

我听姥姥的话，就去读书，读我爱看的小说，其中就有刘知侠签字送我姥姥的《铁道游击队》，上写：送大脚嫂子，老嫂比母。

姥姥去的次数多了，有时也幽他一默：“闹鬼子时是农村包围城市，如今是城市包围农村……”

这个时期国庆哥利用业余时间也读了不少书。如《反杜林论》、列宁的《国家与革命》、马克思的《致约·魏德迈（1852年3月5日）》，另外还有《哥达纲领批判》、《法兰西内战》、《帝国主义是资本主义的最高阶段》、孟德斯鸠的《论法的精神》、亚里士多德的《形而上学》、奥利费·E.威廉姆森的《资本主义制度》等等。有好多书是海萍姐的爸爸读过的，红卫兵抄家时被海萍姐偷偷藏了起来。

国庆哥还记了大量读书笔记，提出了很多思考性问题。如：无产阶级一旦夺得了政权，就成了有产阶级，就成了实际的统治者；为什么无产阶级专政的国家容易出现政变和流血，而资本主义国家则很平稳；像中国这样的大国不能只有一部《婚姻法》，应有其他相应健全的法律；人是不能活一万岁的，万寿无疆更是一种封建式的吹捧。

唯一让国庆哥不高兴的是，晚上“偷听敌台”不方便了，知青点的人太多。更糟的是收音机让大伙这个调一下，那个按一下给搞坏了。

国庆哥与海萍姐的事基本是公开的。其他的知青差不多也是成双成对。那个时候大伙精神空虚，只好以谈恋爱打发时光。

我小舅舅这个老光棍对国庆哥和海萍的事大加赞赏，他整天夸海萍姐长得俊：“七仙女，俺外甥媳妇是七仙女，长得那个俊……”

那个时候有些大队和公社干部整天想女知青的好事，有不少女知青被搞大了肚子。我小舅听说公社那个马书记在认了6个“干女儿”后，又老跟海萍姐套近乎，就揣了一把镰刀在他家门口狂挥乱舞：

“万恶的美帝与蒋匪，万恶的……”

打那以后，马书记彻底蔫了。

第67章 溃堤

我爸爸突然去世了……

他死得太冤，太突然。可谓是飞来横祸：晚上，他正在水坝上守夜睡觉，突然，天降大雨，黎明时分洪水猛涨，这座本来就有质量问题的水库大堤突然溃决。

那时，电话极不普及，最快的就是电报。家乡的人拍的电报是这样说的：嗨，大水冲了龙王庙，水太急，把四老爷爷给冲走了云云。

瞧，这就是命运，前半生闯过了枪林弹雨的人，居然让大水给淹死了。

人死了就要奔丧啊，我妈和我二话没说，坐上车直奔安徽老家，这回矿上还不错，派了一辆北京吉普专门送我娘俩。我依稀记得笨重的北京吉普在并不平坦的公路上颠簸的情景。那时可没有什么高速路和国道，就是一般的柏油路。山东的公路还好些，安徽的就是“麻子路”了。我们几乎颠了一天一夜才到了老家。

爸爸的尸体已经被水泡得胖了一圈，乡亲们临时做了个大棺材才装下。我们到的时候已经钉死棺材了。怕的就是我们看见了难过。

下棺的时候，我突然大喊一声：

“停一下……”

所有的人都愣住了，人们不知我要干什么。我突然掏出了我的几篇作文，这是被老师当作范文在全校传阅的作文，这是我的骄傲，我要把它献给我的爸爸。我要告诉他，我没有辜负他的期望，我在努力学习，或许将来我要做个记者和作家，而且是大记者或大作家。

“爸爸，亲爱的爸爸，我要念给……给您听……”我大声吼道，接着便哽咽无语……

我好像念了两篇，直到我妈妈因过分悲痛而晕了过去。我将所有的作文都放在了我爸爸的棺木上，我要使他一抬头就能看到他儿子的作文，我要让我爸爸知道，我永远爱他，永远怀念他。

爸爸去世以后，妈妈陷入了极度的悲伤和忧郁，胃疼病也一犯再犯，找了好多医生看，但医生们大都摇头叹息。其实妈妈的病根人家知道。

直到20世纪80年代后，我才从当地的水文资料上得知，这个水库是当年大跃进时搞成的，采用的是大会战的形式，动员了几乎全县人口的一小半。工期计划是8个月完工，他们却提出提前两个月完工的口号。更要命的是，他们把本来建地基的石料节省下很多，在堤坝的正面砌了7个大字——“一天等于二十年”，每个字再涂上红漆，隔十几里路都能看得到。当时我爸爸就跟乡亲们说，这大坝早晚要出事，但是没有人听得进去，就是听进去了也没人管一管。谁犯得着找别扭呢？

…………

爸爸死于非命，对我们全家是个沉重打击。我姥姥常常哀叹：又一个走我头里了，又一个……俺命硬，俺克人……

比起我们家的不幸，二姨一家算是不错的，虽然国庆进了监狱，但关键时刻由于我姥姥的大脚一跺，也算躲过一劫。

二姨夫家祸起国庆哥。他不是读过很多马列写过不少笔记嘛，结果被人揭发，说他是打着红旗反红旗，说他一个大汉奸的儿子怎能会研究马列？反还反不过来呢。尤其是那些日记，更是罪证。资本主义国家没有政变？那只能说明他们的人民被糖衣炮弹击中了。早晚有一天，他们的人民会架起大炮炸毁白宫。说中国需要很多法律更是恶毒，我们有战无不胜的毛泽东思想，要什么鸡巴法律，等等。总之，现行反革命分子范国庆被驳得体无完肤……

国庆哥被“咔嚓”了一副手铐，接着，又“咣当”一声丢进了孔庄（监狱）。

据说，在狱中，国庆哥曾据理抗争：

“我国宪法规定，‘公民在法律上一律平等，公民有居住和迁徙的自由，公民有进行科学、文艺和其他文化活动的自由权利……’”

提审人员就嘲笑说：

“你胡啰啰一套什么，什么屌鸡巴宪法。”

“1954年颁布的第一部宪法……”

“1954年？哈哈哈，‘文革’以前的都是修正主义的，必须彻底砸烂。”

国庆哥还想申辩，看守的战士一枪托过去，国庆的门牙掉了五颗。打人的战士因“对阶级敌人像严冬般冷酷”而被评为了五好战士，并入了党。

据说，国庆哥还是申诉。再申诉就关小号，一米见方，只能坐，不能躺，只有一个鸡蛋大的小孔，以保证空气流通。

很快，有消息说国庆哥的精神状态已经垮掉了，头发有一尺多长，双眼几乎失明。到了最后只会喋喋不休地说三个字：“我抗议……”

更要命的是，那个时候的“现行反革命犯”根本不让家人探视。为此，我姥姥急白了头（二姨夫及二姨根本没有探视资格，连哭的权利都没有）。她找过王强，那时王强的境地已有好转，是三结合的市革委里的老干部代表。王强使了劲，也不行，因为那个时候公检法已被军管，地方上说了不算。

我姥姥急了，说：“那俺送点菜煎饼总可以吧？”

管监狱的军代表说：“看您老人家的面子，行。”

我姥姥就急忙烙了不少菜煎饼送了去。但据说国庆哥半口也没吃上，一是他牙不行了；二是狱头根本不交给他，而是分给了那些监视他的“积极分子”，谁打的小报告多谁分得多。

接二连三的打击，使姥姥的身体垮了下来。她开始驼背，一双大脚也不像以前那样有力，很长一段时间已不见她再骑大国防了。有时，她会长时间地待在一个地方发呆：“俺这是什么命呀？……”

海萍姐受到了极大的打击，一度时间里，她一天到晚围着孔庄监狱的高墙狂奔，一跑一天，也不觉着累，手里还拿着一本脏兮兮的《毛主席语录》，逢人就高呼：

“独有英雄亲（驱）虎豹，更无豪杰怕熊包（罴）……”注意，我只是照录。

每天坐在矿大门与洋街的交叉路上等海萍姐，成了姥姥的重大任务。只要堵到海萍姐，姥姥就连哄加拉，把她拖回家里。但有时看管不严，海萍姐又会从家里跑出来。只要海萍姐一跑出来，姥姥就很难撵上了，姥姥已大不如以前啦。

第68章　半夜母猪叫……

正所谓祸不单行，就在这个时候，我那可怜的小舅又出事了。

村里是这样传的：半夜里，猪圈里传来一阵阵母猪的叫声，这时有人看到，是我小舅正追那母猪，并就势趴到了母猪的后腚上……

很快，村里就全知道了。

“急毁了，刘家的明怀爬老母猪啦……”

“真可怜呀，四十多的人，不知女人什么味。”

“咱枣庄话讲，狗×猫×没摸过，白过了。”

“刘孚虏这辈子算完了，嘻嘻。”

姥姥一听说这事，立马又犯了晕病……

正好那几天里，大发哥也遇到了件事：矿上要推荐他去济南上工农兵大学，他不想去。姥姥就说他没远见，力劝他去。正劝着，小舅的事传来了。

姥姥醒来后，二话没说，立刻让我骑那辆大国防送她回吴村。一路上，她不停地感慨，唉，这才几年的工夫，俺就得让别人送了，人啊，真是没意思……

听说我姥姥来了，人们都围在猪圈旁看热闹，只见我姥姥一副大义凛然的样子，门也不进，就在门口喊了起来：

“小明怀，你给我出来。”

我小舅战战兢兢地走了出来。小舅的确老多了，头发蓬乱，面如菜色。可以当鲁迅笔下的闰土的爹了。

“俺……俺娘，您来了……”小舅甚至不敢正眼瞄一下自己的老母亲。

“来了。”姥姥应道，不见一点笑容，“儿啊，为娘……娘的没本事，到现在……也没给你说门媳妇……害得……得你到现在不知女人是什么味。”

所有的人都愣住了，人们显然没有意识到我姥姥会说上这样一通话。更让人们没有想到的是，我姥姥说完后，忍住满眼的泪水，扑通一声跪倒在我小舅面前：

“儿啊，娘给你赔不是了……”

小舅像是让人捅了一刀，几乎傻了：“俺娘，您这是……”

人们震惊了，人群里响起一阵嘘声。

“嫂子来，麻（快）起来……”几个年纪大的，急忙拉起了我姥姥。

这时，我姥姥又正言问道：“小明怀，你给娘说实话，那天晚上你干这事了吗？……”

“俺……”小舅涨红着脸。

“说，到底干没干？”

“俺没……没干。”

“真的没干？”

“真的没干。俺俺……”

“好，老少爷们，姊妹娘们，今天大家都在场。”姥姥一下提高自己的嗓门，“你们都听到，俺儿没干那事。这事今天就算完了。谁要是以后再嚼舌根子……”

说到这里，姥姥弯腰拾起了小舅平时用来切猪草的大菜刀，又拉过了一条小板凳，朝着小板凳就是一刀：

“谁要是再乱嚼舌根子，我围着全庄骂死他，我剁一刀骂一声，骂一声剁一刀，让他全家不得好死。”

剁刀骂人，有时还要跳起来骂，是鲁南一带农村妇女老娘们最恶毒的骂人方式，一般人招架不了。

就此一刀，剁得全村成了哑巴。

但私下里，我姥姥却抓紧给小舅找起老婆来，这回几乎没什么标准了，只要是个女人就行。很快，人托人，就给他在孟庄找了个50多岁的寡妇，还带了三个孩子。

…………

姥姥马不停蹄又来处理大发的事。

大发的事说到底是接受不接受推荐上大学的事，那个时候，伟大领袖毛主席脑子一英明，提出大学还是要办的。当然，后边还有一句：我说的是理工科大学。主席一声令下，全国立刻行动。即从工农兵里招收大学学生。工农兵都是根红苗壮的，可以永葆无产阶级江山永不褪色。

到了矿上，毛大发同志自然就成了首要人选。因为他把本来就是典型的女子掘进队搞得更典型了，他把队里的生产指标上调一倍，跟男子掘进队的差不到哪里，队里的姑娘们让累得东倒西歪，不少人还因井下潮湿而闹得月经不调。他就站在一边念毛主席语录鼓励大家，同时，以请技师的各义调来不少男矿工，但成绩全记在女子队身上。于是，嘿嘿……

而且这个节骨眼上，矿上要直接提拔毛大发同志为女子掘进队党支部书记。区支书就是中层干部，再往上提就是矿党委副书记，副书记再提就是书记。书记再往上提就是矿务局，再往上提……再提就无穷无尽了！

所以，大发同志不愿去上学：

“姥姥，我正在节骨眼上……”

姥姥说：“你这叫老鼠眼看不远，告诉你，到底都是有文化的人主事。没有文化白熊搭，您看人家吴四爷，那叫知书达礼……”

最终，大发同志还是同意了上大学的意见。

多年后，当社会上刮起“文凭风”的时候，他才深感姥姥的厉害。尽管他是个工农兵学员，但仍然算数。

第69章　大脚一跺：刀下留人

最要命的时刻终于来到了：国庆哥因为反对《公安六条》而被判处死刑！判决书的最后一句是“死不悔改的年轻的反革命”。

据监狱内部的人员讲，国庆蹲了小号以后，有段时间还在据理力争。他向监管人员吼道：

“伟大领袖毛主席教导我们说：‘人民的言论、出版、集会、结社、思想、信仰和身体这几项自由是最重要的自由。’我没罪……”

“胡说八道，毛主席怎么会说这种屁话，那无产阶级专政怎么办？”

“毛主席说过的，在《毛泽东选集》第三卷第971页，不信你们查一下……”

监管人员捧来《毛选》一查，果然有这段话。

国庆哥于是一言不发，用沉默表示抗议。而那个随口说“毛主席怎么会说这种屁话”的是个副监狱长，结果被判刑13年，两条腿被活活砸断，两只眼被用竹签戳瞎。直到1978年1月才平反出狱。

像是心灵感应，国庆哥被判极刑的时候，也正是海萍姐开始围着监狱高墙裸奔的时候……

现在的人已无法理解当年的法制环境，可以说，已经到了毫无章法，毫无秩序的程度。那时的公检法已经全部砸烂，统统由部队军管。地市一级的军管会就可以决定死刑，批准后不过是报到省里备备案，实际就是走走形式……

当时在枣庄地区军管的是驻兖州的炮兵12师，师政委是一把手。该政委姓马，是个老八路。据说是陕西人，说话很哏。当时的枣庄人老老少少都喊他马政委。据知情人说，马政委看了国庆哥的卷宗以后曾长叹一声：这么年轻，可惜了。太可惜了……

…………

人命关天，这可不是别的……

二姨甚至一夜之间烧了一嘴的燎泡。没办法，我们只好围着姥姥哭。我姥姥则铁青着脸，一声不吭。那两天里，是我姥姥最少说话的时候，她常常一个人把自己关在屋子里不出门，不说话，也不吃饭。

在我们哭到第三天时，我姥姥突然说话了："行了，都别哭了。"

我们全部戛然而止，个个大眼看小眼。屋里的空气就像死了一样。少顷，姥姥一字一句地说道："都别管了，俺自有办法。"我们都知道姥姥的脾气，她说有办法，就是有办法。

"二妮，"姥姥开始交代我二姨，"你给我准备几个菜煎饼和一床薄被。这回我豁出去了，是成是败就这一锤子了……"

"是，俺娘。"二姨急忙应道。

第二天早上，我姥姥带上几个菜煎饼和那床薄被，骑上那辆大国防上了路。她一路骑得飞快，直奔军管会大院，即原来的老市委。来到大门口，见有解放军战士站岗，我姥姥下了车，老远就打招呼：

"小同志，咱马政委在吧？"一个"咱"字，说得很亲。

那小战士马上说："在，在。大娘，您是……"

"孩子来，知道铁道游击队的故事吧？知道里边的芳林嫂吧？"姥姥认真地问。

这时，旁边带班的排长走了过来："知道呀，大娘，您这是……"

姥姥抬抬自己的大脚："告诉你小同志，大娘我就是当年的芳林嫂。"

小排长马上一个立正敬礼："啊，大娘您就是啊。哎呀呀，老革命啊。我们马政委的资历都不如您呢。"

姥姥挺挺胸脯："王强当年都给我提鞋……"

"我们部队早就想请您给战士们作报告了。"

"没问题，保证比刘胖子讲得好。他净胡诌。"

"您老人家找马政委……"

"有事。"姥姥大咧咧地拍拍几个菜煎饼，"看，给马政委的……"

那小排长又是一个立正："那好，马政委在一号楼210房间，要不我让他们带您……"

姥姥立刻翻身上车："不用，这地方俺常来。"

进了一号楼，还有秘书呢。果然，秘书（就是部队里的干事）出来了："大娘您……您找谁？"

我姥姥大大的嗓门："我找马政委，跟他说，我是枣庄的大脚嫂子，是115师的。"

"115师……"秘书显然让搞蒙了。

"八路军115师，罗元帅的部队……"

这声音肯定是太大了，满楼的人都出来了。这时，一个鬓发斑白的老军人也走出了房间："哪位啊？嗓门不小。"

秘书马上一个敬礼："报告政委，这老大娘说找您，她说她是115师的……"

也许是115师这个番号起了作用，马政委十分客气："老嫂子，您这是……"

"你就是马政委？嘿，你这眼镜一戴，跟当年的罗政委差不多。"

"我这是老花镜。不是……"

"外人看不出，你管它花镜不花镜。嘿嘿……对了，说正事。"姥姥咳咳嗓子，说自己是大脚嫂子，是铁道游击队……

还没等再说下去，马政委马上明白了：

"哎呀呀，您就是大脚嫂子呀。王强同志整天念叨您呀。前些天还说，有空带着我去拜访您呢。"说着，把我姥姥迎进了办公室，并亲自给她泡了一杯枣庄人爱喝的旗枪。

姥姥不让他泡："马政委，我可不是来喝茶的，我是来谈正事的。"

马政委这才有所察觉，说，老嫂子，您尽管说。

我姥姥咳咳嗓子开始说："马政委，想必你也知道，我这大脚妮子从小就是老革命……"从当年救了峄县县委李仲文书记，到参加台儿庄大战，到给罗荣桓同志看小孩，到我姥爷参加淮海战役，到我爸爸是新四军战斗英雄，到我大姨是抗日烈士，到……

"老嫂子，您到底有什么事吧？"马政委到底是军人。

"你说我能不革命吗？"

"肯定革命。"

"你说我们家能不革命吗？"

"肯定革命。"

"那好，那我外甥怎么能是反革命？"姥姥腾的一下站了起来，"他不过是个书呆子，认死理，拧筋头……"

"打住打住。"马政委的陕西音很浓，让我姥姥再说一遍，说详细点。

我姥姥如此这般，把事情的前前后后说了一遍。

马政委也惊得站了起来："怎么，那小年轻的是您外甥？"

"那还有假。"我姥姥说，"这样吧，马政委，俺也不为难你，俺换俺外甥行不？他还年轻，就说过去让中国的赫驴小腹（鲁晓夫）给蒙蔽了……还可以改造。要杀就杀俺，俺都是快七十的人了。你看，俺连牢饭都准备好了。俺烙的菜煎饼那可是有名。"

马政委一时间没再说话，他站起来走了几步。接着，又拧着一双眉头在那里翻菜煎饼，还使劲嗅了嗅鼻子，一副若无其事的样子。

我姥姥急了，喊道，马政委，俺是来求您办事的。

这时才见马政委关上了门，压低声音说：

"我给你说，老嫂子，这事您谁也不能讲，我给他改无期，先把小命保住，其余的以后再说……怎么样？"

我姥姥差点没背过气去，立马一拍大腿：“那当然好，俺本来就不是反革命。哼，看来俺这牢饭也省了。”

马政委嘿嘿一笑，说：“干脆给我呗，军民一家亲嘛。早就听王强说过，您的菜煎饼是枣庄一绝。合我这老陕的口味。”

我姥姥更干脆，当场拿出那几张菜煎饼，搡到了马政委的怀里：“这好说，马政委，以后想吃你吭声，我立马给你烙。你看我这命，净给政委一级的烙菜煎饼。哈哈……”

我姥姥说，不行，我得走，你是领导，你忙，我得走，我这就走。

马政委却不让我姥姥走：“那不行，您不能走，您哪能走？平时想请还请不来呢，今天中午我请您，我不能白吃您的菜煎饼。”接着交代秘书，午饭上茅台。

我姥姥说，那你吃亏吃大了。

马政委说，我才不想吃亏呢，我是想着您以后的菜煎饼……接着又把秘书喊住：“把王强同志也请来。”

…………

国庆哥的小命是保住了，这只能是不幸中的万幸。国庆哥毕竟是要坐牢的，而且是无期（同样是马政委做了工作，服刑的地方倒是不远，就在薛城西边的微山县，在一座犯人开的煤矿上下井）。

最先倒下的是我二姨夫，他的矽肺病一下加重了。这正中了中医“怒伤肝，气伤肺”的说法，他是让气的。正好，那些日子里冬天又到了，他憋得喘不过气来，只好送到枣庄东边的矿务局郭里集医院，这是一家专门治疗矽肺病人的医院。但是，在那个以阶级斗争为纲的年代里，他这个狗汉奸是得不到很好的治疗的。他只好人整个地跪在床上，腰尽可能地低下，几乎头顶到了床面，才能勉强呼吸。每吸一口气，就像拉风箱。很快，还没到那年过年，二姨夫便喊着国庆哥的名字去世了。

二姨夫去世，按说应回东北老家安葬。但他出来多年，老家也没人了。回去安葬是不现实的。这时，我姥姥做主了，说，你们二姨夫打和你们二姨成家，就没回过老家，这和倒插门没什么两样。一个女婿半个儿，我看就葬在咱刘家的地里吧，我就当儿埋了。我们大伙自然没有意见。于是，我二姨夫就葬在了吴村我姥爷的坟旁。

二姨夫一去世，二姨更像塌了天，整天喊着要死要活的。我姥姥就狠狠地凶她：“你死？你死去吧，你死了，谁去微山看国庆？”

“文革”中坐了牢的人也是让探监的，也可以送点吃的。我姥姥这一敲，二姨才不再嘟哝了，人的精神有些好转。但没人的时候，还是抱着当年的虎头鞋呜呜地哭。

我妈也一下病倒了，她的胃病更加严重。实际上，万恶的癌细胞已经侵蚀了她的胃。

我和我弟弟二林愤怒至极，却不敢言语。二林一天里跟他的小伙伴打了两架，因为那些小伙伴嘲笑他是反革命分子的表弟，反革命的表弟也是反革命嘛。

“反你奶奶个头……”二林一拳过去，那个小伙伴甩出去三米远，趴在那儿呜呜地喊毛主席呀毛主席。

那时，我已经大了，已经参加了工作（矿上的一些老人为了照顾我们家，就没让我下乡，而是直接在矿上干了工人。而且是最好的工种：机电科的钳工）。我不能打架了，就鼓动二林打，我远远地站在一边悄悄地鼓劲：

“告诉他们这些王八羔子，老子的爸爸打枣庄的时候，他们的爹还在要饭哩。”

二林就重复着：“你爹还要饭哩……”紧跟“咣”就是一拳，接着“咣”又是一拳：“你爹还要饭哩……”

那些天里，我们兄弟俩看什么都不顺，看什么都想上去揍两拳。二林还想学铁道游击队炸煤仓，可惜找不到炸药。

海萍姐的精神状态已经不行了，她光着身子满大街地跑，谁也拦不住。来了例假就往毛主席像上抹：“用鲜血保卫毛主席，用鲜血保卫毛主席……”

有一次我姥姥好不容易拦住她，说：“妮来，我领你上微山看国庆去……”

她一下挣脱我姥姥的手说：“不，我不去资产阶级的微山，我要去无产阶级的北京……”

第70章　枣庄的第一台日本东芝彩电

历史的发展自有其固有的规律，这是任何人也改变不了的。个别貌似强大的人物试图改变，但那是徒劳的。到头来，除了老百姓遭殃外，他们个人还颜面尽失，遗臭万年。

终于，“四人帮”被抓了。

终于，改革开放了。

我们全家也同多灾多难的整个民族一样，开始迎来舒心、愉快和光明的生活。

给我印象最深的第一件事就是，姥姥督促我，不叫督促，简直就是“监视”我考大学。

恢复高考那年是1978年，从9月里邓小平拍板到实行，时间很短，所以上上下下都很紧张。

消息传到矿上，在很多人中，尤其是过去的老三届中引起很大反响，很多人都跃跃欲试。这些人中年龄最大的与年龄最小的居然相差了10岁。老实说，当时对这事我并没放在心上，因为机电科的工作太舒服了，在这个位置上找对象，可以随你挑。我就挑了一个：我妈医院的护士，姓蔡，应该说是矿上最漂亮的。

但没想到，姥姥动员我考大学：“大林呀，别犯傻，将来没文化可不行……”

又是她的那套老理论，什么知书达礼了，身份高贵了，吴四爷了等等。

“我这就不孬。”

“没出息，你一辈子就当个小钳工吗？你不是爱写文章吗？不是说要当你第二个刘大爷（指作家刘知侠）吗？你是怎么对你爸说的？……”

姥姥一阵机关枪，打得我哑口无言。

更要命的是，姥姥看不中蔡美女：“小蔡那叫漂亮？腚太小，奶子也太小，做女人的无论丑俊，这两样不能少，太小了生孩子都生不好！”

咦？挺新鲜的，还没完呢，姥姥又压低声音说：“你将来要是当上秀才、状元，天下的俊妮还不尽你挑？书中自有颜如玉，书中自有黄金屋，你忘了？嘻嘻……”

嘻嘻，这当然是很风光的事。好，这大学我考了。要考就要学习了，好在还有大发哥当年剩下的不少高中课文，这下就有了新用场。更重要的是——当年的校长奶奶听说我要参加高考，那个高兴啊。她亲自给我制订了复习计划。她很认真地告诉我，是上帝让她来帮助我的。有了校长奶奶的帮助，何况还有上帝呢，我就认真地复习起来，当时的矿上也很支持这些人的愿望，可停产复习，工资照发。

但毕竟疯了10年啊。实在有些坐不住，看不了一会儿，就想着出去玩玩，到了第三天，出不去了。怎么了？姥姥拿着个小板凳往门口一坐，堵住了：

“告诉你个贼羔子，哪里也不能去，你就给我憋在屋里学习，我伺候你吃喝拉撒。”

得，这一手还真绝，我硬是让姥姥憋进了状态。这一憋就是50多天……

我至今记得当年的政治试题：

一九七八年全国高等学校统一招生政治试题

（可不抄题，须标清大小题号）

一、解释下列名词（每题4分，共16分）

1. 生动　2. 阶级　3. 实践　4. 矛盾的普遍性

二、问答题（每题4分，共24分）

1. 人类社会从低级向高级发展有哪几种社会形态？

2. 党的新民主主义革命的总路线是什么？

3. 党的社会主义建设的总路线是什么？发展国民经济的总方针是什么？

4. 按照五届人大批准的十年规划到1985年我国粮食和钢的产量分别要达到多少？

5. 根据毛主席关于三个世界划分的理论，指出一、二、三世界包括哪些国家和地区？举例说明。

6. 认识运动的总规律是什么？

三、简述题（每题10分，共20分）

限于篇幅，请允许我中断记忆。

…………

高兴的事接踵而来，有一天，市委统战部来了一位姓王的副部长，开着一辆旧北京吉普来到我们家，说是要请我姥姥去市委招待所：

“老太太，日本来人了，来人哭着喊着要找您老人家……”

姥姥有些迷惑不解“日本来人？俺什么时候来的日本友人和亲戚？不会搞错吧？”

姥姥想了半天，猜来猜去猜不出是谁。要是酒井孝直吧，他不是找俺，应该找三妮（即我妈妈）的。他要是活着，也该60多岁了，心也不该是这么年轻了……要是当年铁道游击队里的那两个日本兵吧，也不至于，这些年他们倒往枣庄写过信，那是写给王强的，也问候过俺，但够不上单找俺。要不就是那个不会煮包子的中植根，要是他的话，也该100岁的人了，身子骨未必这么硬朗，也难来到中国，那……那该是谁呀？……

“老太太，那日本友人喊您支那姥姥，喊一声鞠一个躬，可亲啦。”

“啊，是俺那个大头孙，哎哟，是他呀……”姥姥顿时激动得不知干什么好。

统战部的同志又说：

“他说了，他还想吃你做的菜煎饼，最好再带点酱豆子。”

“有有，家里有现成的。”姥姥咧着嘴笑，“还是韭菜馅的呢。快走快走，赶快带俺去，俺想俺的大头孙了……”

于是，一帮人急忙上了那辆破旧吉普，紧赶慢赶到了市委招待所（如今这里已盖起了鲁南宾馆，四星级）。

就在大门口外，一个西装革履的日本中年男子领着一个年轻漂亮、穿着日本和服的日本女人，以及两个日本小孩正毕恭毕敬地站在一旁翘首以待。

车还没停稳，姥姥的一双大脚就已迈出了车子：

“嘿嘿……大头孙呀，你想死姥姥了……”

那日本男子一怔，看到我姥姥马上叫了一声跪下了：“基（支）那捞捞（姥姥），基（支）那捞捞（姥姥）……呜呜……”

他这一跪不要紧，他的夫人及两个小孩也一起跪下了。那两个小孩喊的是：“老捞捞（老姥姥），老捞捞（老姥姥），基（支）那老捞捞（姥姥）……”

我姥姥鼻涕一把泪一把地扶起了她的大头孙：“你……你这个贼羔子，小……贼羔子，走了这些年也不来……来看我……”

“我的……的，早想来的，基（支）那姥……姥呀……”中植根三郎哭得像一个孩子，“你们这边不让来的。现在好了……嘿嘿，能来了……”

“还记得姥姥给你喊魂吧？”

“记得，记得。我的（灵）魂在中国，哈哈……”很自豪地大笑。

“你爹还……在吗？”我姥姥破涕为笑，“当年他不会煮包子，用凉水，哈哈……”

中植根三郎介绍说，他父亲早已不在人世，临死前还唠叨着当年在枣庄的事情，说我姥姥的菜煎饼好吃。又说，他妈妈还好，待在北海道农村的老家。妈妈还专门要他向我姥姥问好，说她非常想她……

“你妈妈是个好人，是天……天底下最好的女人。”姥姥的眼圈红了，“哎，当年她受了不少委屈呀……”

“这是我夫人，不不，我媳服（妇）……”中植根三郎开始介绍他家人。

我姥姥抢白道：“不用你说，我知道，嗯，长得像个洋娃娃，好看，好看……”

中植根三郎小声跟媳妇说了，那个日本女人立刻羞得满脸绯红，一口一个“希希，希希（谢谢）”地向我姥姥鞠躬……中植根三郎又介绍那个十几岁的女孩和那个八九岁的男孩，我姥姥一把搂住男孩不放了：

“太像你小时了，头也是那么大，又是一个大头孙，嘿嘿，晚上让老姥姥搂你睡行吧？”

那个大头孙听不懂，只是一个劲地傻笑。我姥姥说，你就这一笑才像你爹呢，贼羔子……啪，照头亲了一下。

过后，我姥姥才知道，这次中植根三郎来中国共有两件事。一是将他爹临终前的一份建议捎给枣庄当局，建议说，为了枣庄矿能够持续开采，应在当年“因战争原因而没有栽成树”的地方继续栽树，以防止抱犊崮山区的洪水下流，渗灌地下的采煤道（过后，枣庄当局上报煤炭部有关单位，勘察结论是这位日本友人的建议是正确的）。二是，他此行来是继续半个世纪前中断的“寻根问祖”行动，他们这个家族肯定是当年汉皇族刘协的后代。肯定……

中植根三郎一家在枣庄一共待了四天，天天和我姥姥在一起，喝多了新出的十里泉特酿就唱歌，还跳舞。他一跳，全家也一齐跳。只是，他的右耳有点问题，这是当年在枣庄洋街上被那个汉奸把头打后留下的后遗症……

临走他什么没要，要我姥姥给他烙了近20斤的菜煎饼，一家四口一人背了一大包，像是去逃荒。

他送给了我姥姥一台十六英寸的日本东芝彩电，这是枣庄的第一部彩电。可那时看不到彩，纯黑白。一天到晚就是赵忠祥、刘佳、李娟等在那里说新闻，要不就是那八个样板戏。偶尔地，播些刚刚解禁的老电影，什么《南征北战》、《地道战》、《三进山城》、《地雷战》……

第71章　二妮呀，你真是个没福的人

家里好像是双喜临门。

一是我的大学通知书来了，二是国庆哥的案子有关部门要彻底平反。那些天里，家里的笑声就没断过。

我所要上的大学，是济南的一所最好的大学。顺便说一句，和小蔡的事也黄了，是她主动提出的，应该说小蔡是个很有心计，也很知趣的姑娘。好在我们是刚谈。

老实说我并没有感到有什么激动。主要是动乱的时间太长了，人们的思维里已经没有了学习和读书的概念。哪像现在的人，张口就是本科、硕士、博士的。

但是我姥姥却无比激动，仿佛要去上学的是她：“俺大林考上大学了，上济南府去上，济南府知道吗？”她几乎逢人便说：“比枣庄大多了，以前吴四爷……”

“行了，姥姥，人家都知道，您就少说几句吧。”我就跟在她腚后拽她的衣角。

她根本不听：“怕什么？就是上济南府上嘛，咱矿上不就考上了你一个吗？……”甚至越说越兴奋：“济南还有趵突泉、大明湖哩。对了，韩主席坐济南，大贪小贪心胆寒；韩主席最孝顺，不让官府欺小民……”

人们就附和她：对对对，大林有出息，济南地方大。

大发哥也来向我表示祝贺，他似乎比我还高兴，大概是觉得我是凭本事考上的。他在二楼就喊开了：

“大林，厉害啊，中文系的，将来从政的料啊。”

我不愠不火地对他说：“我不想当官，你是知道的，我就想当作家或记者。”

大发哥就笑笑说：“那些什么记者作家玩意的只是个空头帽，没什么实惠，在中国还是从政。告诉你，我马上就要调到地方去了，在煤炭系统没干头。”

大发哥就是能，你不服不行。前些年来，他把一个女子掘进队搞得越干越红火，使这支娘子军成了全省煤炭系统的典型，他也干上了女子掘进队的支书兼副队长（队长是位女的）。其代价就是不少的姑娘被累断了腰落下病根，以至于对象难找，随着改革开放的不断深入发展，一些极左的东西被逐渐拨乱反正。不久前，女子掘进队一夜之间全部解散。他这个支部书记调到市委党校学习。学习期间，他又很快搭上市委组织部的人，这就有了他要去地方工作的传言。

这时，姥姥问了一句：“那些妮子怎么办的？丧良心，哪有女的下窑的？……”

大发哥就说：“姥姥，你不懂，这就是政治。她们是典型，哪有不吃苦的？再说，上边对她们都不错，大部分都入了党，个别人提了干，最差的还去了配电室和食堂。”

我姥姥更生气了：“孩子都不能生了，在个党管什么筋？”

大发哥又是一阵讪笑，没再说什么。但他的眼神里流露出的却分明是：姥姥，你懂什么？

我看不下去，就刺了他一句：“地方工作更不好干，你在矿上干得很好，到了地方未必玩得转。”

大发哥很不服气：“没什么了不起的，毛主席说得好，在战争中学习战争嘛，如今乡镇企业很有发展前途，我去了说不定会更有前途。”

“行了行了，又来了。”姥姥烦了，拿起苍蝇拍打了他一下，“赶快上街给你三姨买两瓶麦乳精去，大林快走了，姥姥要跟他说会话。”

大发哥赶忙站起，伸了下舌头：“姥姥偏心眼，打小喜欢大林，俺抗议。”

我马上堵了他一句：“放屁，姥姥起码没给我抠过腚眼子。”

这下正打在他的七寸上，他只好连连说：“好好好，姥姥最疼我，姥姥最疼我……”人就下楼了。

…………

姥姥很高兴，还办了两桌，请了楼上楼下的老邻居。这还不算，她还非要我回老家吴村去办几场不可。在她看来，那是老家，更得办。

“让你小舅来办，也让他风光风光，搁过去的时候，舅舅可是个了不起的人物，分家的时候就找舅舅做主。”

“姥姥，您累不累啊？”

“这不是累不累的事，就得办。”姥姥从来没有这么硬气。

我知道这是吴村的老风俗，谁家要是有了好事，一定是大张旗鼓地办，为的就是让全村的男女老少都知道，脸上好风光。我只好应承下来。

有了家的小舅完全像是变了个人，腰板直了，脸上也有了光彩。最显眼的是，他腚后一步不拉地跟着个七八岁的小男孩，这是那位寡妇跟前夫的孩子。小舅立马给他改了姓，似乎一改姓就变成了亲生的：

“看见了吗？俺儿，怎么样，有出息吧？”

人家就附和着，有出息，有出息。

“喊爹。”小舅命令道。

“爹。”那男孩就喊一声。

“大声点。”

“爹——”那男孩就放开嗓子再喊一声。

“哈哈哈，怎么样？俺儿，俺儿……”笑声日夜不息。

听说让他办场，小舅竟自豪地两眼放光；“没心烦，咱不说请遍全村，也八九不离十。小舅我现在有钱了，我承包了队里的养猪场，哈哈……”小舅发了点财，买了辆手扶拖拉机。来吴村，就是他开车接的姥姥和我。

…………

肯定的，我还有件大事得办，那就是去微山探监。我上大学的事，必须告诉国庆哥。这也是我姥姥的旨意。

说到探监，那可不陌生。因为这些年来看望国庆哥的任务基本都是我来承担的。一开始，是我姥姥来看，你不让她来她还发脾气，只是后来她实在骑不动那辆大国防了，才不再坚持。以后就是我二姨亲自来，但她精神上老是恍恍惚惚，直到有一次她看完国庆哥后，竟然坐车去了滕县的柴里，姥姥便干脆不再让她出门了。

按说大发哥最该来看，因为他是老大。但是这小子怕影响他的进步，总是找借口不来。不过，毕竟亲情在那里，他每次总是拿的钱最多。大发不愿来，那就轮到我了。所以，每到月底，我总是骑上那辆大国防带上很多好吃的直奔微山。来回正好一天。那时年轻，根本不觉得累。

实际上，那些年里，国庆哥在里边也没受什么罪，监狱里的管理人员对他都挺好。他下了没几天井，就被调上来专门编监狱的小报纸。这份小报因而年年被省里评为先进。有一次我去看他，见他居然和监管人员一块杀羊烧羊肉汤喝。他们说说笑笑，根本看不出半点坐牢的样子。

我曾悄悄地说："你这牢坐得可真幸福……"

他的嗓门倒比我大："现在大伙的心里都清楚，我们还一块骂江青呢。"每每这时，国庆哥总要露出没了5颗大门牙的嘴巴，这是唯一让人伤心的。所以，多年后，当他去日本留学时，第一件事就是镶了5颗世界上最先进的烤瓷牙。

转眼间，十多年过去，时事巨变，乾坤颠倒。春天再次降临人间……

不容我多想，第二天我便上了路。人逢喜事精神爽，几十里的路，我很快骑到了。没想到国庆哥早已知道了自己要平反的事，一见面就拥抱了我。那时探监可不像现在电视里放的，双方隔着层玻璃，用电话聊。那个时候允许你见面，但监管人员在一旁监视。

"大林，好消息，我快要平反了……"

"啊，你已经知道了？姥姥还想让你大喜一跳呢。"

"他们已经告诉我了，嘿嘿。"

"我还有好消息呢。"我开始卖关子。

"和小蔡的事？"

我摇摇头。

"海萍的事？海萍有消息了？……"国庆哥猛地抓住了我。这些年来唯一让大伙不悦的事就是海萍姐至今无消息。有人说，她被拐到抱犊崮老山里了，嫁给了一个50多岁的瞎子，已经生了3个孩子……

我不想让气氛变坏，便掏出了入学通知书，一晃。国庆哥两眼都直了："真的吗，大林？好消息啊。好消息。"

"我们中终于有考上大学的了。"他说的我们中，就是指的我们这第三代。

"你出来后也复习下考吧，你最聪明，肯定行，说不定能去北京上。"

"我要考就考北大，那是中国的希望，北大精神不死……自由民主法制，多么令人向往。中国，它不会成为例外！"你瞧，又来了，俺那国庆哥啊。

国庆哥说到做到，不久，他平反出狱，矿上问他有什么要求，他就提了一条：去矿图书馆上班。这算什么要求？矿上当下答应了。我的国庆哥发奋努力，第二年就考上了北大。那年，除了枣庄三中一个在校生考上复旦外，他是唯一一个考上北大的。

这段时间里，就有一件事是让人伤心的，那就是国庆哥出狱的那一天，我二姨喜极生悲，一激动脑出血，当时就不行了。我姥姥几乎是悲愤欲绝，她根本不相信又一个后代人走在了她的头里。据国庆哥后来对我说，火化那天，我姥姥狠狠地扇了我二姨一个嘴巴：

"没福的二妮，日子刚要好起来……哎呀呀，俺这是什么命呀？……"

第72章　雨中黄树叶，灯下白头人

好事连连，这天统战部又来人了，还是来请我姥姥。当时，我姥姥正在吴村帮我小舅忙秋。这回规格要高些，是辆当时来说比较高档的上海轿车，领头的还是那位姓王的副部长。车子一直开到我小舅家门口。小舅也把茶泡在了家门口。

消息很快传开了，村里的老人都说：还是大脚厉害，净来当官的请。

但王副部长刚喝了两口就嘟哝快走，原来，他们一大早先是到了矿上我家，但听说我姥姥来了吴村，便把带来的“重要物件”一放就直接来了吴村，现在他们就急着把我姥姥接回去。

“慌什么？再喝口茶。”我姥姥劝他们多喝。

“大喜事呀大娘，还是赶早回去吧……”

“该不是日本又来人了？……”

王部长笑呵呵地说：“大娘呀，这回不是日本来人，而是台湾有人来信了……”

“什么？台湾？”姥姥一惊，茶泼了一地，“哟，俺十八辈贫农，跟国民党蒋介石可没任何关系。”

王部长知道姥姥误会了：“大娘，没事的，现在改革开放了，人家都巴不得有海外关系哩。”

“那就不解放台湾了，不油炸蒋介石了？这可是喊了30多年了，光喊不练那不叫真本事……”

“和平统一，和平统一，嘿嘿……”

“那……那俺在那边也没有人……”的确，姥姥是无论如何也不会想到还有谁会给她来信的。

那位王部长又像是打官腔，又像是卖关子：“大娘，人世间有很多事是大喜大悲的……大娘，这是您的大喜事，也是咱枣庄的大喜事。咱枣庄籍的在那边的高官不少，最主要的就是台湾的原国防部长高魁元，其次就是这位给您来信的贵人了，哈哈……”

“那他是……是……谁？”

“您外甥大林不让告诉您，怕您太激动，说等您到了矿上再说。咱们还是快走吧。”王部长一行人再次起身。

我姥姥似乎有点明白了：“这个熊大林，就是鬼点子多，弄了半天是他卖关子，跟说书的样……”嘴里这么说着，人还是上了车。

不错，这的确是我的主意。

那段时间我正好在家，因为我妈妈的胃癌已经查明，但是，是做手术还是靠中医保守治疗，还没拿定主意，主张手术的有我、我弟及我妈，因为我们信任西医，反对手术的就是我姥姥。她的观点是本来就有病，再割一刀岂不更坏。为了商量这事，我就跟学校请了几天假回到了家里。

信是王部长这伙一大早亲自送来的！信封呈长方形，比大陆通用的信封大，黄色牛皮纸，有光泽，结实又漂亮。字是从左往右写的，收信人居然写着："大脚妹妹"收，落款也有趣，是：大少爷吴玉臣（玉臣哥）。

我妈一看，当时就是一声惊叫："啊，吴大爷的信。"

我和我弟弟二林当时都在场，当然也十分高兴："妈，是不是以前老家的那个地主大少爷？"

我妈立刻变得欣喜万分，就好像病也好了："这么些年了，真是没想到……"

统战部的人很着急，他们就想把信直接送到吴村去。他们说，这是咱们市的第一封台湾高层的来信。因为吴玉臣为那边的三朝元老——北洋、民国（老蒋）、小蒋。连蒋介石都敬他三分。退下来的时候为中华民国海军总司令部作战研究室中将副主任。如果交往顺利的话，统战部的同志准备委托他办两件事：一、撰写当时枣庄地区的国民党抗战史料；二、为枣庄引进一部分台资。

但我表示反对，我说："信不能直接送到吴村，老人家见了肯定激动，乡下缺医少药，万一有个闪失……"

医生出身的我妈妈非常赞成我的意见，最后她提出个折中的方案：将老人家接到这里来……家里平时都有准备，预防老年人常见病突发病的药物比比皆是。

统战部的同志大叫好主意，立马驱车直奔吴村。

…………

姥姥终于来了，一行人还在楼下，她就嚷嚷开了："什么了不起的事啊？真是的……"那时，我们家住三楼，姥姥上楼从来都很顺当。邻居们把看她上下楼当作一景。

我妈急忙开门迎接："俺娘，大喜事，你小时候最要好的人来信了。"

"最要好的？……"

"对，咱吴村老家的。"

"吴村老家的？那是……"姥姥眉头颦颦，少顷，似豁然开朗，"吴家大少爷？你吴大爷……"

"是的俺娘，正是。"我妈妈把信高高举起。

"俺的娘……娘来……"果然，姥姥身子一抖，立马晕了过去。

后边统战部的人眼明手快，急忙扶住了老人。

我妈有经验，就劝大伙："别慌，这是老人家的老毛病，先扶到沙发上坐一回，观察一下再说。"

真是奇妙，我姥姥在沙发上躺了一会后，便渐渐清醒过来："没事，俺没事，就是有点晕……大少爷来信了……他来信了，他……"说着说着，两行浑浊的老泪便滚了下来，“他没忘了俺，他说过的，要娶俺……”接着便任着劲大哭起来。

“俺娘，你别哭，消停消停……”我妈劝着自己的老母亲，但她本人哭得更厉害。

“谁说俺哭来？俺这是高兴……”姥姥抹抹泪，泪更多了，“快，拆开念念，看看他都说了些什么。俺最挂……挂念的就是他找了个什么媳妇，对他好不好……”

统战部的人把信交给我妈，但我姥姥还不同意，她坚持让我念：“让秀才念，让外甥念……”

我当然十分自豪和高兴，颤抖着双手拆开了信封，厚厚的一沓纸展现开了，哇，一手潇洒、飘逸的正楷。我清清嗓子，念了起来，像念一份历史文献：

大脚妹妹啊，您好啊……

知道我是谁吧？我是你玉臣哥啊，这些年来您还好吧？……

四十年来我无时无刻不在想念你啊……

突然间，我念不下去了。

“怎么了？念啊……”姥姥急了。

我只好说：“这儿念不下去了，字被洇了，像是泪水泡的……”

“哼，俺就知道他得哭，跳过去念。”

我只好跳过去念：

这些年来，我军务甚是繁忙，时时刻刻为建立一支强大的民国海军而大力奋战着。老总统（指蒋介石）对我十分敬重，从来都称我为国栋兄，常常约我喝下午茶……

小总统对我更是倍加敬重，每年过年他都要给我拜年，给予拜年的元老中，孙元良将军为第一名，我为第二名，怎么样，为咱吴村人争脸了吧？……

大脚妹妹啊，常言道，老来多健忘，唯有不忘相思，小时候的事……

“快看看他找了什么媳妇……”似乎这才是老人家最关心的！

告诉你大脚妹，两任总统都亲自给我说过媒，但都被我婉谢了，我给他们说了，我一定要回大陆娶媳妇……

“等等，大林，你没念错吧？”

“没有啊。”我一个堂堂的秀才岂能念错家信？

“他还是单身？”老人家脸色又一阵苍白。

我说：“看来是的。”

“快往下念……”

大脚啊，知道吗？我想娶的就是你啊。一、俺早发过誓的，非你不娶；二、俺这边早就知道金贵兄弟在土改中被老黄牛顶死的事……这边的情报工作还是很……

俺猜你八成没再嫁人，那你就是在等俺。肯定在等俺。就算嫁了人，俺也要你跟他拜拜，因为他不是金贵，是半路夫妻，半路的就那么回事，你离，俺娶您……

你还记得我当年写的那首歪诗吗？

我乃吴张生，

就迷崔莺莺。

天下独一枝，

偏爱大脚妹。

“哈哈……”姥姥笑了起来，脸颊上飞过少女般的红晕，“这个大少爷，还是小时那劲头。”

屋里顿时充满了笑声，人们一个个喜笑颜开，就好像喜酒马上就要开喝。

老人家一个劲地催促快念……

我立刻放开喉咙，一如中央台的《新闻联播》：

大陆在邓小平先生的推动下，实行改革开放，实为一大进步，亦是整个中华民族之幸事……经国贤侄更高一筹，曾亲口对我言：蒋家第三代绝不做总统，并在适当时机宣布解除实行了长达40年的“动员戡乱时期临时条款”（即“解严”），放台湾走向民主与法制之康庄大道。

现今，台湾在各方面正逐渐放松……当然，论到我这一级，似尚需时日，咱俩的喜酒还得慢慢等。

“怎么，还得等？……烦人。”姥姥小孩般地把个茶杯拨拉翻了，“等到什么时候？”最后一句声音很小，生气了。

满屋的人面面相觑，不知说什么好。

最后，只好我妈妈出来打圆场：“俺娘，不会等多久的，其实俺吴大爷也急呀……”

“是呀大娘，慢慢来嘛，这些年不都是……”统战部的人也跟着劝。

姥姥这才平息下来，稍一停，又说：“那得抓紧给他打信（即回信），别让他急。”

“姥姥，我来写吧。”我自告奋勇。

“废话。还能让我来写？”姥姥先自笑了。

大伙也跟着笑。

“怎么写呀姥姥？您快说……”我弟弟马上给我取来了笔和纸。

姥姥反而不急了，瞄了瞄大伙，好像是有些不好意思：“写什么，这会儿不能说，嘻嘻，容我……我想想。”

午饭是统战部请的，我们全家都去了，席间，姥姥又给我们讲了许多许多的往事。老人家多少有点喝醉了。我妈说，多少年了，没见老人这么高兴过。

…………

到了写回信的时候，才有意思呢，她喝退了家里所有的人，包括闻信后刚赶来祝贺的大发哥一家三口。

姥姥把我叫到二林睡的小房间里，关上门，一双大脚在屋里踱了大半天，而后才一字一句地说：

你这样写，大少爷来，你好啊，你的来信我收到了，俺是那个激动呀……

“用‘十分激动’这个词。”我建议说。

“不，用‘万分’，‘十分’算什么。”姥姥认真地说。

我脑子一闪："那还不如用'十二万分'哩……"

"胡扯，那不就太假了。"她老人家反而不同意了。

我只好答应了。

姥姥继续说下去：

告诉你吧，自打金贵不在后，俺就没再找。说等你是假话，但全枣庄合适的老头中没有像您这么棒的是真事……

我拍案大吼："姥姥呀，大哲学呀！"

"贼羔子，吓俺一跳，什么折削夹（哲学家）？……"

我只好费了口舌给她解释了半天，直到她似懂非懂地点头。

……你还记得长得最俊的二妮吗？她刚刚不在了，又跑我头里去了。她那个对象也不在了，就是那个东北人，大高个，鬼子刚来时，还当过通译官……一辈子受了不少难为。咳，他们家的事难说啊……不过她儿倒挺有出息，现在北京上大学。说是专门研究日本问题，这小日本有什么好研究的？……

三妮现在也很好，就是有个心口疼（枣庄人指胃病为心口疼）的老毛病，他丈夫前些年也死了，这个蛮子有点拧筋头，一辈子没落好，白拼了那么多年的刺刀……好在三妮能挺，现在已经离休了，有两个儿，一个在济南府上大学，是考上的，一个在矿上干，也找了对象了，是个大腚细腰，在矿小卖部卖香烟，肯定能生个大胖小子……

我停下不写了："二林还没结婚，您怎么知道生胖小子？"

姥姥马上变得十分神秘："姥姥当然知道，我会看手相。"

我只好按她说的写。

接着，又唠叨下去：

大妮抗战时牺牲了，你该知道，还有大妮的丈夫，那个老红军投了鬼子……不过，他们的儿子还算不错，从小跟着我长大的，脾气有点像他的江西老表的爹，有的地方能得过火。对了，他最近就要到咱们吴村当副镇长了，分管乡镇企业。是作为年轻干部培养的。您来的时候让他好好伺候您。他早就成了家，儿子都上小学二年级了，这个小重孙也是羊屎蛋子钻天——能豆子一个，现在就整天学美国语，说是将来要去美国留学，不想在中国待了，你说这叫什么事……

最后又让我强调了两点：

一是她身子骨还硬朗，一步还能迈好远，就是有点驼背，有点白头发，掉了几颗牙，但煎饼还能吃……二是，等你来家时，我给你烙菜煎饼吃，现在生活好了，已经不用粮票、豆腐票了，社员们起码能吃饱了，菜煎饼大大的有……

"这是日本话！"我很严肃地指出。

"闹个笑话还不行吗？谁跟谁……"姥姥先自己笑开了。

好家伙，差不多熬了半夜，我才把这封信整理出来，比我写的那部后来得到刘知侠老师首肯的中篇小说还费劲。

第73章　冲喜与“状元红”

从这以后，姥姥就像变成了另一个人，她变得爱打扮了，变得爱照镜子，时不时地要把发白的头发拔掉。她常常问我妈，三妮来，我穿什么样的褂子好看，三妮来，我该缝条什么样的裤子。我妈就说，娘来，您穿什么都好看。有一阵子，她硬说自己又长了一颗牙，说是在右边的上牙后边，我妈当时就给她看了，说不是，很可能是牙床肿，她说不可能，肯定你看错了，肯定是长了，又说，报纸上不是说河南有个七十岁的老人长牙了吗？他能长，俺为什么不能长？我妈只好说，那就去医院查下吧，她反而不去了，查不查的呗，反正是俺长了。

她时不时地催促着大发哥，去市委统战部看看大少爷又来信了吗。信当然是经常来的，但大少爷还是那个字，让她“等”。

“那就等呗……”姥姥这样说的时候，脸上总是挤出一丝无奈的笑。

这期间，姥姥作出的一个最大胆的决定，就是同意我妈妈手术了。

她的理由是：有我这大喜事顶着，就等于给三妮冲喜了。所以，三妮这手术可以做，而且肯定能做好。

她不但认为自己的事能冲喜，他还让我弟弟二林立马结婚，也来冲喜。

但对我的要求则相反：“你先不要找对象，先学习好，争取毕业就留在济南，别回这鸡腚眼子枣庄。济南府的好闺女多的是，尽咱挑。”

听见了吗？谁说老太太没文化？

“你虽然不能拉对象，但也得冲喜。”

“那我怎么冲？”这我就不明白了。

“考它整个学堂的第一名，当个状元红！”那口气就像发布命令。

“这没问题，姥姥放心。”

最后，她又神神秘秘地对我说：她要尽一切办法为我妈冲喜，不能让她像我大姨、二姨那样走在她前头里。哼，说俺的小命硬，俺不服……

…………

20世纪80年代初期的中国，可谓日新月异，推陈出新。各种新的生活方式和新的思维思潮，潮水般地涌来。电影院里在放映日本影片《追捕》以及国产的《小花》，这些影片给人以耳目一新的感觉。

年轻人在穿喇叭裤，事实上，喇叭裤能凸显人的下身的线条，尤其是个子高的，穿上就是好看。

类似《甜蜜蜜》之类的轻音乐及校园歌曲也在青年之中广泛传唱。至今，我还记得我们班的文娱委员提着卡式录音机播放《甜蜜蜜》的情景：

甜蜜蜜，你笑得多甜蜜，好像花儿开在春风里……哦，在梦里，梦里依稀见过你。是你，是你，梦见的就是你，在哪里，在哪里见过你，你的笑容这样熟悉，我一时想不起……

萨特、尼采、弗洛伊德、海德格尔、胡塞尔、叔本华等名字及他们的著作似乎在一夜之间进入了校园。大学生里掀起了一股思想解放的热潮。政治民主、经济自由、司法独立成了大家日夜议论的话题。

我的老毛病没改，或是受国庆哥的影响太深，并且坚信不会再因思想罪而被击碎脑瓜，故我在上课时公开提出了许多尖锐的问题：

马克思的著作及观点，仅仅是一种学说，是否可以作为一种信仰而近200年不变？

马克思呀，您为什么偏偏将“马克”留给了自己的故乡，而将“思想”输出到了相对落后的沙俄和亚洲的大部分地区，并给这里的民众带来了流血和动荡（那时，苏联还没解体，但已初露端倪）？

波兰团结工会等一些东欧国家的新的组织，为什么越来越不信任共产主义？东欧的很多共产党为什么都有社会民主党的倾向？

现今中国的改革开放与当年的洋务运动有什么不同？如果仅仅引进西方的先进技术，而抗拒先进文化，这场改革能走多远？

不受监督和制约的权力必定产生腐败，在一党领导的框架内能根除腐败吗？

…………

我提出的问题尖锐而新鲜，引起了同学们的广泛兴趣，历来枯燥无味，逃学率甚高的政治课成了大家最爱上的课。

这时，政治系副主任找我谈话了，我至今记得他那种少见的微妙的笑容：你提的这些问题嘛都是客观存在的，有很大的前瞻性，但是，但是……

“倒不如，另辟蹊径……”笑容停止了。

“另辟蹊径？”

“是啊，政治上叫‘边缘理论’，军事上称侧面进攻……”

“主任你能否具体点，对我不要‘侧面进攻’？”我笑呵呵地说。

“搞文学，写小说……”主任开始直言：小说可以虚构，可以艺术化，可以委婉，可以……况且你完全具备这个素质。

我顿时有一种被猛击一掌的感觉，是呀，我为什么不发挥我的长项呢？我一把拉住主任的手：

“主任，导师啊……”

“什么意思？”主任被搞得一头雾水。

“写小说，中状元。”

“什么跟什么呀？”

我高叫着冲出办公室。当晚开始构思第一个短篇小说。大学最后的一段时光里，我写了不少作品，发了一个中篇两个短篇，大学没毕业就发表三篇！这样的命中率是相当高的。尤其是那部中篇（即那部得了750元稿费，并捐给了村小学的中篇）引起了一位大人物的注意。

这天，该轮到中文系主任找我了。

“大林同学，镇了，省作协的一位领导来学校讲课，顺便谈起要见见你，说你是颇具实力的后起之秀。”

“见不见得呗。”我嘴上这么说，心里却很高兴。这时的我，在同学眼里已是名副其实的“作家”了。那些漂亮的MM整天围着我转，一件衬衣曾在一天里被洗了两遍。

后来，从学校贴出的海报上，我才知道来讲课的是大作家刘知侠，这不是姥姥整天说起的刘爷爷嘛。真是山不转水转。

刘老师高大，微胖，黑黝黝的，像座大铁塔，他讲了两小时，掌声一直不断。当时我就想，什么时候我也熬到这份上，总该算状元了吧？

下课后，系主任果然来叫我了，说是让我陪客。饭菜很简单，就在校食堂小餐厅。系主任把我介绍给刘老师，刘老师让我坐在他身边：

“来来来，后生可畏，你的小说多反映枣庄地区生活的，你是枣庄人？”

我说：“土生土长的枣庄人，但真正的老家在安徽，因我老爸是新四军。”

这一说刘老师马上来了兴趣，马上举起酒杯，一个劲地问我爸是哪个部队的。

我开始绕刘老师：“……他可厉害呢，第一次打枣庄就有他，他是第一个冲进‘电光楼’的。”

刘老师眼瞪圆了：“咦，你还知道‘电光楼’？”

“我还认识王强老英雄哩。”

“那个王八蛋也是我的老战友……”

“还有菜煎饼大大的有哇……”我眨眨眼。

刘老师停下吃饭：“你这小鬼鬼头大大的，你是……”

“你住过的猪圈我都知道……”

“啊，你这小鬼到底是谁？”

满桌的人都惊呆了，大眼瞪小眼，就像看电影里的地下党接头。

“您猜……”

“我猜……”猜不出，刘老师摇摇头。

“话说枣庄有一革命的老太太，人称大脚嫂子……”

“啊，敢情你是……大脚的……”

“我是她的外孙张大林，刘老师您好。”我站起身恭恭敬敬地向刘知侠鞠了个躬。

刘知侠顿时热泪盈眶，不能自已，马上把我拥在怀里：

“哎呀呀，孩子，原来是你呀……”

这可是真正的喜相逢。满桌的人都激动不已，校长又喊着上了瓶当时最时髦的孔府家酒，从此后我更加“出名”。

第74章　台湾又来人了

统战部的小轿车又来吴村了。

不过，这次不是来找我姥姥，而是找我小舅的。我这可不是给你说相声，是真的。

当时，小舅正在出猪粪，搞得浑身臭烘烘的，一见几个上班的人来到自己面前，颇有几分惊异和慌乱。

“你就是刘明怀先生吧？”带头的还是那位王部长。

“先生？”这可是个久违的名词，并且是第一次用在我小舅身上，“俺……小时倒是想当教……教书……先生……可是……”

“请您跟我们到市里走一趟吧，台湾来人了，点名要见你。”

小舅十分愕然：“俺不认识……识万恶的美帝与蒋匪。”

“呵呵，现在不能这么说了。现在讲和平统一，很多人巴不得跟那边有关系哩。”王部长还是那一套。

小舅赶忙换上了新褂子，按他的话讲，叫喝茶的衣裳。自然，也带上了他的宝贵儿子：“跟爹进城，有人管饭……”声音很大很响亮。

一路上，轿车开得飞快。我小舅问了几次王部长到底是谁，可王部长总是打哈哈：“不能告诉你，为的是给你一个惊喜。总之，你们关系不一般。”

“对了，你外甥毛大发也在欢迎的行列里。”王部长说。

小舅马上来了句：“别提他，我不喜他，俺娘也不喜他。他好舔腚眼子遛腚沟。”

王部长被我小舅逗得哈哈大笑：“大发同志还是有不少优点的嘛，他活动能力强，脑瓜好使，能迅速全面地领会上级意图，他到家乡任父母官，对改变家乡面貌会有帮助作用。”

话说着，已经来到了鲁南宾馆，远远望去，但见一片彩旗飘舞、人头攒动，震耳欲聋的锣鼓声阵阵传来，那阵势就像过年。大门前，一大帮人簇拥着一个外商模样的人，那人50多岁，穿了一身雪白的名牌西装，系了一根猩红的领带，皮鞋擦得贼亮，手指上全是黄灿灿的金嘎子（戒指）。其身后是一个二十岁出头的年轻女子，十分漂亮，模样如同越南人。

那人一见小舅过来了，急匆匆迎了上来：

“刘明怀，大书记，还认得我吗？”

“你是……是？”小舅拧起眉头想了半天。

在这期间，人们叽叽喳喳议论起来。随行的记者跑前跑后忙着照相。小舅哪里见过这世面，更加局促不安。

大资本家突然打了我小舅一拳：

“混蛋，我是吃美国牛肉吃红了眼的狗烦啊，你当年的战友……”

我小舅像是又被炸弹炸了一次，浑身一抖，白眼珠翻了出来：“什么，您是狗烦？……”

“怎么的，这还有假？”

小舅立马一个趔趄：“你……你不是生活在……在水深火热中……中吗？”

狗烦急忙扶住了我小舅：“深不深热不热我不知道，我只知道我现在是千万富翁……”说着，调皮地压低了声音：“光老婆就娶了三个，最小的这个是泰国的，今年才21……”

狗烦介绍着身后的年轻女子。

突然间，我小舅哇哇哇大哭起来：“呜呜……俺的娘来……”

“明怀，别哭，别哭……”

“俺能不哭吗？俺死的心都有哇。”我小舅哭声更高了，“你知道当年的战友们现在是怎么说的吗？最壮烈的牺牲，最光荣的负伤，最幸运的赴台，最倒霉的归来……呜呜，俺好恨呀……”

“明怀，别哭，别哭，过去的事了……”狗烦急忙把我小舅揽在怀中，轻轻地拍着他，“我知道，你受了不少苦，好在还活着，有不少的战……战友早就被折磨死了……呜呜……”狗烦最后也哭了。

狗烦一哭，他的年轻的太太也哭了起来，接着，先是在座的几个女同志，然后是全体在场的人都跟着一阵啜泣不止。

突然，狗烦朝着他当年的老战友又是一拳：“谁让你当年说那句俺想俺娘……的……？”

小舅不服，脖子一挺：“俺说想俺娘怎……怎么了？俺就是想俺娘了。都是那个狗日的女翻译，呜呜……”

“也是也是，狗日的女翻译，狗日的女翻译。”狗烦也跟着大骂起来。两人又一阵子抱头痛哭。

…………

吃大席的时候，狗烦又干了件令人尴尬万分的事。他一抬头，看见了小舅带去的那个继子。那小子哪里见过这样的场面，正埋头大吃大喝。

狗烦说话了：“明怀，这小子是你的老儿？”狗烦早说了，他三个老婆一共给他生了七个儿子，五个闺女。

我小舅一嘴的鸡肉：“噢噢……是最小的，前面两个是闺女……”别忘了，我小舅是永不碰猪肉的！

狗烦则是不吃牛肉（大伙也没忘吧），他正将那块牛肉递给那个孩子：“不孬，长得太像你了，日后定有出息。”其实那个孩子一点也不像我小舅。但大伙只好随声附和，纷纷说像。我小舅当然只有点头的份。

两位老战友说着说着，说起了枣庄在台的老乡们，我小舅小心翼翼地问道：

“咱吴村的大财主吴四爷家的大少爷，对了，咱得喊大爷的，你认识吧？”

狗烦则大声说道：“当然认识，吴老先生是咱山东同乡会的名誉会长，资格老，威望高。别说是枣庄的，就是山东省到了一块也觉得格外亲。”

“他说也要回来的，还说……说……”

狗烦不知前因，只管照直说：“他回来可不容易，他可不是一般的人物。他这样的大人物得慢慢来。”

“啊，那得等到什么时候？唉……”小舅一声长叹。

…………

聊完家常谈工作。

该轮到副镇长毛大发出面了。

原来，狗烦此次荣归故里还有个重要心愿：斥巨资投资家乡建设。意向已定——建个水泥厂，反正抱犊崮山下有的是石头。这也是毛大发镇长出面接待的原因。

毛大发镇长适时地站起，来到狗烦面前，他端着个盛啤酒的大酒杯，里边装的却是白酒：“欢迎老前辈荣归故里，我代表家乡的人民欢迎您……”

狗烦一看那大酒杯，先自懵了：“这……”

“前辈随意，我的干了。”话音未落，一杯十里泉香特酿已经落了肚，而且毫无声息。大发哥这些年来，酒量十分见长。

狗烦将嘴巴凑了毛镇长的耳根：“大外甥啊，这以后的事就全靠您了。听说大陆的腐败……”

不等狗烦说完，毛镇长已经拍了胸膛：“前辈放心，咱一分一厘都花在有用的地方。服务员，倒酒，白酒……”

一声倒酒，把狗烦吓得又是一愣。

第75章　七十古稀，八十整寿

不管好事坏事，该来的总得来。这不，台湾那边终于批准了，但大陆又说还要研究研究。

我姥姥那个气呀……

赶这节骨眼上，我妈的病情又恶化了（姥姥就直怨冲喜冲得不够），没办法，只好住进了济南的一家大医院。临走的时候，我姥姥一直把她送到薛城：

“三妮来，怪就怪我跟你吴大爷的事老办不了……”

“俺娘，您那是迷信。”

“我和你吴大爷都八十多了，七十古稀，八十整寿，八十是老喜，只要办了，肯定行……”

我妈与其说安慰自己，不如说在安慰我姥姥：“俺娘，您别急，兴许这边也快了。”

一说这事姥姥就火：“什么狗屁事还要研究？不是说婚姻自主吗？俺俩都愿意，怎么还要研究？”说着说着，又给我妈打气：

“三妮，你挺住，济南的大医院治得好，等着娘给你冲喜……”

“俺娘，我没事，我等你和吴大爷的大喜。”我妈妈的泪水再次涌出。

俩人都没想到，这竟是母女俩的诀别。待我再次回枣庄时，捧回的已是我妈的骨灰盒了。

…………

我妈一来济南住院，矿上的家就等于散板了，尽管二林小两口诚心挽留我姥姥，但姥姥还是坚持回了吴村。

我小舅说：“俺娘，那我给你腾出堂屋来你住。”

老人家非常坚决地说不住：“……俺要去你吴大爷家住，反正俺快是吴家的媳妇了。反正俺要住他家，俺小时又不是没在他家住过。哼，要不是俺一双大脚，你吴大爷早娶俺了……”

那些天，姥姥唠唠叨叨的没个完，她到底还是住进了吴家大院。原来，当地有关部门为了迎接吴玉臣的荣归，办了两件大事：一是重新修葺了他父亲吴四爷的墓，还立了块碑，上书：开明乡绅，抗日英雄；二是归还了吴家大院。原来设在这里的镇粮所、镇计生办、生猪办以及几家住户均已搬出。

现在，我该说说“吴家大院——不正”的歇后语了。还记得当街杀狗的刘拐子吧？早年间，他的后屋加后院（放狗的地方）正好凸进了吴家老宅子里一部分。民国十一年（1922年），吴四爷托人带了厚礼找到刘拐子的父亲，称愿高出市价一倍的价格（约合450块大洋）买他的后屋以及后院。不料，刘拐子的父亲不愿卖，称，此处正临街口，好做生意。接着，吴家又将价码提高一倍。不料刘家仍是不卖，称，买卖事小，祖传家业为大，一草一瓦当为金不换！吴家的管家颇为生气，认为刘家是敬酒不吃吃罚酒。便想带几个人吓唬吓唬刘家，但被吴四爷制止：休得无礼，买卖自由，交易平等，天下同理。以后任何人不得再提此事……这便是那句歇后语的来历。

姥姥一人住进了空空荡荡的吴家大院，却丝毫没有寂寞的样子，而是如同当年当陪读时那样勤快，把大院里里外外收拾得干干净净。但她却没有住进那间大堂屋，而是仍然住当年丫环们住的耳房里。

“大脚啊，住堂屋呗，亮敞呀……”一些老人都这样劝她。

但姥姥说：“不慌，等俺拜了堂，俺让大少爷抱着俺进去……”

几个老人便一起跟着笑。

…………

这等人的滋味最难受。

等了一些时间以后，还不见有研究结果，姥姥急了，坐上一面包车上了枣庄。那时个体运输已经兴起，从吴村有跑枣庄的小面包，五毛钱一张票，随叫随停，极为方便。

姥姥也知道了找关系。她找到了王强。王强正在医院里住院，老英雄浑身伤疼，身上插了好几根管子，硬是从床上坐了起来：

“老嫂子，这事不同寻常，是你的大喜事，我一定帮忙。走，咱这就去统战部，这帮子龟孙忒拖拉作风。”

“谁说不是，俺都八十多了……”

王强马上要了车，直奔市委大院。王部长正好在，急忙热情接待，还要安排饭。

我姥姥说：“俺不是来吃饭的，俺是来催官僚主义的，俺那事你们什么时候研究完？”

王部长释然：“啊哈哈，老人家呀，这事不归咱枣庄管呀，枣庄管不了呀……”

“济南府能管啵？”姥姥很自豪地说到了我，说，可以通过俺那个在济南当大记者的外甥给问问。

“济南肯定比咱枣庄管事呀。”统战部的人异口同声地说。

“那好，俺马上办！”

阴差阳错，我毕业后没能去文联系统搞专业创作，而是进了新闻部门，干起了记者。在我姥姥准备委托我走省统战部的后门时，我已经升任省城一家大报的采编部主任了。

电话是小舅拨通的，而后我姥姥又亲自给我交代一番。那时，电话还没有普及。小舅带着我姥姥去镇邮电所打的长途，排了半天队不说，还花了近10块钱。

我知道这事不好办，根本不是动用关系就能打听清的。于是，我通过关系打电话问了下，结果不出我所料，这事得中央统战部及对台办等部门研究决定。我立刻给小舅写了回信，将结果告知。并且说，我是动用了好多关系，请了两次客打听来的，我要是说只打了打电话，姥姥准得骂死我。

…………

济南的消息使姥姥十分恼火，她站在院子里吼道：“那我去北京，去找罗政委……”

话说着，就要烙菜煎饼。

我小舅就说："俺娘，你先别急，我看还是先打封信给罗政委家林婶子吧，把事情说清，这叫打招呼。毛主席就喜欢打招呼。"

姥姥一听也冷静下来，就说："那好吧，你先替我打封信。"

于是，我小舅就替我姥姥写了一封信：

月琴妹妹：

你好，东进好吧？俺好想你们，俺是当年枣庄的大脚啊，一晃四十多年了，就像说书的说的那样，往事历历在目……

…………

而后，将事情详细一说，信写了整整三张纸。小舅的字是没说的，不愧是当年拿过国民政府奖学金的优秀生。

这期间，家里又出了件大事：我母亲终未能战胜病魔，在省城的那家大医院去世了。好在，我及我弟弟、弟媳都在其身边。在最后的日子里，我妈妈谈论最多的两个人就是我爸爸和我姥姥。

谈及我爸爸是爱恨交加，爱多于恨。

谈及我姥姥则是除了崇敬还是崇敬，并满含深情地说："来世还给你姥姥当闺女……"话至此，我们三个晚辈不由得泪流满面。

妈妈的骨灰是我和弟弟一块送回枣庄的，此前尽管我小舅给姥姥下了毛毛雨，但一见到我妈妈的骨灰盒，老人还是呜呜大哭起来。

"我就知道……知道不好，这些天左眼皮老是跳，大……少爷老不能回来。三妮……妮就走了，呜呜呜，闺女来，都是为娘的不好，俺命硬啊，怎么……么都走到俺前边去了？……呜呜……"

这么哭还不够，姥姥又跑到姥爷及大姨、二姨、二姨夫的坟前哭。姥姥直哭得天昏地暗，山河摇动，整个吴村都在跟着呜呜咽咽，泪水磅礴……

第76章　可怜无定河边骨

绵绵秋雨下个不停。雨不大，一丝丝，一滴滴，可就是下个没完。高高的抱犊崮被笼罩在一片阴云之中，完全不见了它往日的黛青色，周围的一切都阴沉沉的，山上的树木全都沉默不语，地里的庄稼也被烟雨泡得无精打采，吴村到处是一片死寂，完全没有了平日的明朗和热闹。

霏霏细雨中，有人看到从枣庄方向开来三辆轿车。根据以往的经验，人们认定“一准又是来找大脚的”。果不其然，车子开到了我小舅家，小舅正在屋里拌猪食，一看来客了，急忙迎了出来。

来客还是王部长和其他几个统战部的同志，但其中的一位胖胖的、挺富态的老同志，我小舅却不认识。

王部长将老同志介绍给我小舅，我小舅很是诚惶诚恐的样子，急忙将手在衣服上搓了搓后，才去同那人握手。

他们接下来就在院子里谈了起来，甚至顾不上到屋里去。他们个个声音不大，面色沉重，似乎比这连阴天还要阴沉……

有几个热心的孩子看到这一切，急忙往吴家大院跑去，一路上雨水淋淋，一脚的泥巴汤水：

“大脚老姥姥，您家又来公家人了……这回是三辆小包车。”乡下人好把轿车叫包车。

“三辆？怎么这么多？”姥姥一脸的狐疑。

“还来了个大胖子，是个大官。”

“有多大？”

“有……有这么大……”一个半大孩子还比划了下，像比划一个西瓜，其他孩子都笑了。

“走，回家看看。”姥姥马上换上了一双胶鞋。

“走喽……”一群孩子簇拥着姥姥向家里去。

说来也巧，刚出吴家大门，那三辆车正迎面开来。孩子们喊道：就是这些车。

车子停了下来，一群人走下，我小舅走在最前边，后边跟着王部长和那位大官。

“俺娘，市里程书记来看您来了……”

“程书……书……记。”

“大娘，您好啊，我代表市委、市政府……”那位胖大官已伸出手来。

“好好好，”我姥姥还说了句笑话，“看你这么胖就知你官大。走走，屋里喝茶，你看这雨下得烦人不？”我姥姥急忙将人迎进了吴家大院，这回进的是堂屋的正厅。

“明怀，去烧点水。”姥姥似乎觉出了什么，“怎么了今天，这脸阴得也像下连阴雨？”

小舅像是抹了一下泪，起身去烧水，但被王部长劝住了：“算了算了，程书记很忙，谈完事就走，嘿嘿。”

“什么事还……”

“大娘啊，是这样的……”那程书记欲言又止。

我姥姥可有点急：“程书记，有话尽管说。”

“是这样的，吴玉臣老先生他……”停下，干咳嗽几声。

我姥姥一拍大腿："我猜就是他的事，怎么样？咱这边也同意了？好哇……"

"不不……不是的，大娘，不是好……消息。"

"那，那是坏消息，这边没批？"姥姥脸色开始变青。

"比……这还坏，大娘。"

"怎么，台湾也变卦了？"再坏，不过如此吧？

"不，不，比……比这还坏。"程书记扶扶眼镜，咧咧嘴，"吴……老先生仙逝……逝了……"

"什么叫仙……逝了？……你说什么？"

"就就是过……过世了……"程书记只好重复一遍。

"什么？过过……俺的娘来……"姥姥两腿一蹬，立马又晕了过去。

程书记慌了，吩咐人赶快送走抢救。我小舅却没怎么慌乱："没事的，俺娘的老毛病，过一会就会……"王部长已经经历过一次了，所以也没见得慌乱，只是吩咐人将姥姥放平……

真是命运捉弄人。原来见大陆老研究个没完，吴老先生连急加气突然引发心肌梗死去世了。去世后，台湾方面马上通知了大陆方面，称老先生生前早有交代，要叶落归根，活回家乡定居，死回家乡安葬。台湾将派专人将老先生的骨灰盒送至香港，希望大陆有关方面积极配合。

这事总不至于还要研究研究的，人都死了嘛，大陆有关方面很快答应了这一要求，已委派山东有关方面派专人赴香港接回骨灰盒。后天即可抵达枣庄。

初秋的连阴雨仍在不紧不慢地下，淅淅沥沥、哗哗啦啦。下得那个烦心呀。屋里的人屏住呼吸等待老人的醒来。但是，老大一会过去了，仍不见老人醒来。

这时，我小舅慌了，连连晃着我姥姥：

"俺娘，俺娘来，您醒醒，您不会是走了吧？"

同行的王部长也有点担心了，跟程书记窃窃私语着什么。

小舅加大了晃动："俺娘，俺娘您醒醒……"

姥姥还是紧闭双眼，一声不吭，看脸色倒也正常，只是灰白中带点青色，整个神态应该说是很安详。

小舅急忙又喂我姥姥喝了一口水，好像是没喝。水又从嘴角流了出来。这时，只见我小舅一声哀嚎：

"唉呀，俺娘死了，俺娘死了……"

这时，人们不免有几分慌乱，外边也聚满了看热闹的人，小雨还在下，还是那样不紧不慢地下。

"别慌，我来看看。"统战部的同志中有一个在部队时干过卫生员的，他凑过来看了看。他先是号了下老人的脉，又用手试了试呼吸，最后又扒开眼皮一看：

"没事的，老人还活着，呼吸心跳均有，只是弱些，瞳孔也无放大………"

我小舅马上破涕为笑："啊哈哈，俺娘没死，俺娘没死，我早说过，俺娘不会死的……”

程书记速下令：立刻送市第一医院抢救，并派一人专门跑步去镇政府提前打电话通知医院，那时可不像现在，连小菜贩也有手机，那会儿连传呼机也未出现。

大结尾：生不同衾，死亦同甍

抢救及时，姥姥总算稳定下来，大约是在第三天上午，老人家醒来了。

这时，站在她床头的除了小舅外，还有我和我的临时女友以及二林及他已经有了喜（即怀孕的意思）的媳妇。

这时国庆哥正在从日本回国的途中。通知国庆哥是小舅和我的共同意愿。觉得这时候不能不告诉国庆。姥姥万一有个三长两短，他会埋怨我们一辈子。何况国庆的命就是姥姥保下来的。国庆哥是大学一毕业就去了日本留学的，那个时候讲究担保。他的担保人就是汉献帝刘协的第×代孙中植根三郎。

在该到的人中，独独缺了大发哥，因为他“出事”了。

说起我的临时女友，还有段故事。姥姥住院的消息是小舅挂长途给我说的，最后强调说：你不能光棍着回来，你得给我找个对象，偷也行，雇也行，上街上硬抢一个也行，反正我不管，你得给我带个人来：“来给你姥姥冲喜……”

我当然理解在这关口，对象的重要性。我下决心找一个，哪怕是临时演戏。我想到了仍在学校上学的李丽。她比我矮了两届（年龄却小七岁），今年刚毕业，还没分配。平时她就对我有意思，但我却不敢接受，因为她长得特别漂亮，而且又是高干的女儿，还讲一口纯正的京腔。第一次在学校联欢会上见到她时，我以为海萍姐又复活了。原来，她的父亲是个1934年的老红军，是贺龙的二方面军的，1955年授衔时，被授予少将军衔。“文革”甫起，受到林彪四野一伙的打击排斥，被下放到济南军区装甲部队干了个闲职。1985年11月，落实政策返回北京，但李丽却因上大学而留在了山东。按现在的说法，李丽就是当年的校花。

我急忙找到了她，支支吾吾将来意说了：

“就替……替我蒙蒙老人，没别的……意思。”

李丽却很大方：“多给我几个姥姥腌的咸鸭蛋就行……”

“没问题，以后你……你一辈子的咸鸭蛋我都包了。”

李丽嗔怪了我一句：“想占我便宜不是？……”

就这样，我们“小两口”急急忙忙返回了枣庄。

国庆哥比我们晚到半天，他在北京下了飞机后，没出机场直接上了飞济南的班机。这次省委有关部门倒很重视，国庆一下飞机，直接用轿车把他送回了枣庄。

…………

姥姥终于醒过来了。

小舅喜极而泣："俺娘，你吓死俺了……"

接着二林说话了，他平时少言，却一句顶十句：

"姥姥，俺媳妇有了，正要给你报喜哩……"

姥姥眼睛一亮："啊，那好，那好……爱吃酸爱吃辣？酸男辣女……"又是那套理论。

二林说："酸辣都爱吃。"

姥姥扑哧一声笑了："那就生个龙凤胎。"

轮到国庆哥了，国庆哥一把抓住姥姥的手就不愿丢开："姥姥，姥姥……我是国庆啊。呜呜……"

"噢，国庆啊，你也来了。不许哭，都不许哭。朗（姥）娘我还没死……"

于是，所有的人都止住了哭。

"咦？国庆，你的门牙怎么长出来了，还这么白，这么齐？……"姥姥一下来了精神。

国庆说，这是镶上去的，是一种最先进的烤瓷牙。

"小日本就是会鼓捣……"接着又问他在日本过得惯吧。

国庆说，过得惯，生活习惯和在中国差不多。空气特别好，水特别甜："结果我在北京一下飞机，反而觉得不习惯，总感到憋得慌，觉得喘不过气来……这两天都不得劲。"

姥姥苦笑了下："这倒好，留学留成了小鬼子了……"

终于轮到我了，我凑到床前："姥姥，看我给您带谁来了？"

李丽适时上前，甜甜地喊了声："姥姥好……"

姥姥一愣，马上喜形于色："哟，这妮子这么俊，又跟个仙女似的，怎么说话像你海萍姐？"

我介绍说："姥姥，她就是北京的，我俩是同学……我小时不是说了，也要找个北京的媳妇？"

姥姥顿时更加高兴："还是俺大林有出息，济南府的媳妇都不找，专找京城的，厉害厉害……"

我突然间来了"灵感"，也顾不上李丽的感受了，大声说："姥姥，我们马上就结婚，给您老人家冲喜……"

"是的，姥姥，我们马上结婚。"李丽也跟着喊道，这多少让我感到意外，也感到宽心（事实是，17个月零23天后我们结的婚）。

不料，姥姥收敛了笑容："你们都好就行，我也就放心了。我已经不想活了，你们吴爷爷不在了，我活着也没意思，我想死，随你吴爷爷去……"

这时，吴老先生的骨灰已经到了，我们搬出来给姥姥看，因为早晚要让她看一看的。一见到骨灰盒，姥姥顿时大哭起来：

“大少爷，大少爷，大少爷你回来了……”

台湾的骨灰盒也非常精致，为檀香木的，镂了精致漂亮的花纹，周边烫了金。骨灰盒正面右上方贴了一张吴老先生的一张二吋半身照，是穿着中华民国海军将军礼服照的，样子在60岁左右，人显得十分精神矍铄。

趁姥姥手扶骨灰盒轻轻抽泣的空隙，我小声说：“姥姥，台湾那边说了，骨灰里有枚大号的金镯子……”

“俺也有，俺也有，”姥姥抬起手，向所有的人炫耀着，“是当年大少爷送给俺的，他留了一枚，送给俺一枚。明怀，你听着……”

“娘，俺在，您说……”

“俺死了，这镯子不能传后，要一块烧了，也埋在俺的骨灰里……我要带着这镯子去见你吴爷爷。”

“是的，娘，不传后，一块……”

好像护士撵我们的时候，姥姥才想起了大发哥，就问，大发呢？能豆子呢？怎么没来？可见姥姥是真的不喜欢他。

我急忙接过了话头：“噢，大发忙，来不了。”

“什么事这么忙？我都快死了，他也不来看看。”

“他出差上了徐州买材料去了。”这是我们事先编好的。

事实上，毛大发同志被市纪检部门请去“喝茶”了，因为有人检举他乱花台商的那笔钱。有消息说，如果事情严重的话，检察院就将出面。

姥姥开始拒绝治疗，她不停地拔掉手上的针管，打定了主意要回家，回吴村，回吴家大院。

“这回我要去住二堂屋，住大少爷住过的堂屋……”

老人甚至骂我们，骂护士，甚至拒不进食。

既然这样，我们只好同意老人出院。市里专门派了车，把我们一行人送回了吴村。

…………

尽管身子很虚弱，但姥姥还是坚持自己走进了吴家大院。而且吴老先生的骨灰还是她抱进来的。

在二堂屋里坐定，姥姥开始交代：从现在起俺要一人在这院子里静一静，时间为七七（即七天七夜），什么东西都不要留，只给俺留一瓶蜂蜜。任何人不要打搅俺，谁要是不听话，俺死给你们看。

我们深知姥姥的脾气，谁也不愿承担这责任，都一一答应一切照她说的办。

姥姥又给小舅作交代：“七天后，我要是不走，就再活个80多岁给你们看；要是我走了，你们谁也不要伤心难过。再说一次，我火化的时候一定要带这枚镯子，埋的时候要和你吴爷爷埋在一起，就埋在他家老林里，埋在他父亲身边，我活着不是吴家的人，我死也要当吴家的鬼。明怀，你不会不高兴吧？”

“俺娘，你这是咋说的？”

姥姥叹了一口气，说：“俺对得起你们刘家了，对得起你爹金贵了，俺给你们刘家养活了三个闺女一个儿子，俺……”

小舅大哭起来：“俺娘，您什么都别说了，就依您……”

我们也跟着哭成一团。

第二天，姥姥就紧闭了吴院大院的所有门窗，将我们完全挡在了外边。

这漫漫的七天七夜啊，就像过去了长长的80多年，如同姥姥走过的这一生……

其间，一些上了年纪的老人同我们这些晚辈作了种种猜测。有的说，老人这是准备走了，真的奔她的大少爷去了；也有的说，老人不会走的，她只是想一个人静静，她要是想死的话，还要一瓶蜂蜜干什么？更有迷信的说法，说姥姥这七天里要到阴曹地府里走一圈，去见见她的大少爷，叙叙旧再回阳间……也有的说，老人这般做法是气功里的“辟谷”现象，即不吃任何食物，只靠喝水维持生命，以达到“净身”的结果，这多是些想死的人的一种做法，多见于一些寺里的老僧人。他们自知来日无多，即将仙去，便自己挑个日子盘腿打坐，不食人间烟火，闭目诵经，直到悄然去世，此举被称为“圆寂”，中医亦有称为“骨蒸”的……

就在第六天的夜里，浩瀚的夜空突然划过一道刺眼的闪电，接着，一阵雷鸣般的声音传来，伴随着雷声，一颗硕大耀眼、亮如白昼的流星急促地直坠向地面，大约几秒钟后，抱犊崮下的山岗上传来一声闷响，碎石浮土腾空而起。枣庄落下了一块四百年不遇的卡车般大小的陨石！被砸凹的地坑，居然有半个篮球场大……

吴村的老人第二天就说，坏了，这是要有大人物升天了……正好，那年好像是闰八月。而老人们自古就有“天灾人祸在（闰）八”的说法：闰七不闰八，闰八用刀杀……

…………

漫长的七天终于过去。我们怀着一种难以言状的心情，轻轻推开了吴家大院的大门，门是虚掩的！堂屋的门也是虚掩的。姥姥正睡在床上，微闭着眼，穿了一身十分整洁的衣服，那双大脚上竟穿了一双崭新的布鞋。她双手合扣，压在小腹上，手腕上的那只金镯子正发出夺目的光亮。枕边是吴老先生的骨灰盒。小舅示意我们小声点，别打搅了老人的美梦。

“俺娘……俺娘……时间到了，您想吃点什么？”小舅站在床头轻轻地呼唤。

姥姥没有应声，她面色红润、安详，像是睡得很沉，很香……

“俺娘……”

“姥姥……”我们跟着一齐喊。

但姥姥还是没有应答。二林急了，跑前一步将手放在了姥姥的鼻翼处试了试：“啊，不喘气……了，姥姥她……”

小舅瞪他一眼："别胡扯……"也用手试了试姥姥的额头："看，看，额头还温乎哩，哈哈，额头还温乎哩……"

我心中多少有点预感，我试了试姥姥的额头，的确温乎，但试了试鼻翼处，确实没了呼吸。我试着号了号脉，没有。

"快看看瞳孔。"国庆哥吼道，他多少懂点。

我掀起姥姥的眼皮一看瞳孔……一切都明白了。

我们当然不承认这现实。小舅哭喊着叫来了镇卫生院的医生，医生们一阵忙乱后，宣布血压全无："人已经死了三四天了，原因尚不清楚。"

……至于体温，那只能用"特异现象"来解释了。

我们顿时哭成一片……

…………

"忒神了……大脚就像睡着了一样……"

"大脚本来就是个仙……"

"完了，完了，咱吴村从此不风光……"

"大脚是脚踏三朵祥云走的……"

一时间，各种说法在吴村（镇）盛传开来。

姥姥走了，姥姥就这样镇定、安详、有心地走完了她80多岁的一生……或许，姥姥见到了从小供她衣食的百家邻舍，又见到了她从小喜欢的大少爷，两人正手拉手地过龙泉河；或许，姥姥又在嗔怪姥爷的窝囊无能，但同时又在温酒炒菜；或许，姥姥正急忙地赶往台儿庄战场，李宗仁将军手一点，天上掉下来一包小米；或许，她正在给罗政委烙他最爱吃的菜煎饼，远远地，伙夫（胡服）同志说，给我留几个带到延安去；哇，村里正在分地，那块最好的地分给了我们家；哇，小舅终于讨到媳妇了，媳妇十八岁，俊妮一个，自北宋以来就是个血贫农；咦，国庆哥与海萍姐结婚了，他俩穿着世界上最漂亮的婚纱，原来他没有被判刑，海萍姐的爸爸又当了北京的大官，开来一溜小包车来送海萍姐；哈哈，我爸也落实了政策了，而且被提拔为矿务局局长，矿工们把他抬了起来，爸爸妈妈居然又为我们生了个小妹妹；咦咦，这不是王强表爷爷吗？腰里别着两支盒子炮，手里还拎着两支，来参加姥姥与大少爷的婚礼，他的一帮弟兄非要姥姥与大少爷亲嘴不可；"刘胖子"也来了，说是要把《铁道游击队》改编成电视剧，800多集，还要让我亲自操刀当编剧，一集99万元……

呵呵，姥姥啊姥姥，您应该拥有您应该拥有的一切。您是世界上最好的人，您是世界上最好的姥姥。姥姥啊姥姥，您一路走好，一路走好……